NUMMER ABENDSTERN 365

LEGIONARION

Klimaneutral
Druckprodukt
ClimatePartner.com/14701-2009-1001

Originalausgabe, erschienen 2020
1. Auflage

ISBN: 978-3-96937-008-7

Coverdesign: © Antonio Kuklik, LEGIONARION Verlag
Umschlagmotiv: © Shutterstock 53459242

Druck: Eisermann Media GmbH

Bibliografische Information der Deutschen Nationalbibliothek:
Die Deutsche Nationalbibliothek verzeichnet diese Publikation in der
Deutschen Nationalbibliografie;
detaillierte bibliografische Daten sind im Internet über
http://dnb.d-nb.de abrufbar.

Die Handlung, die handelnden Personen, Orte und Begebenheiten dieses Buchs sind frei erfunden.
Jede Ähnlichkeit mit toten oder lebenden Personen oder Persönlichkeiten des öffentlichen Lebens, ebenso wie ihre Handlungen sind rein fiktiv, nicht beabsichtigt und wären rein zufällig.

SABRINA WOLV

NUMMER ABENDSTERN 365

ÜBER DIE AUTORIN

Sabrina Wolv wurde 1992 in München geboren und wuchs in der schönen Salzstadt Aichach auf. Trotz ihrer Legasthenie vermarktete sie dort bereits in der Grundschulzeit ihr erstes Buch auf dem Sommerfest ihrer Eltern.

Auch später ließ sie das Schreibfieber nicht los und sie entwickelte eine Vorliebe für dystopische All Age Literatur und historische Krimidinner.

Wenn sie in ihrer Freizeit nicht schreibt oder liest, trainiert sie historischen europäischen Schwertkampf, bringt ihrer Hündin Nox neue Tricks bei oder geht ihrer Leitungstätigkeit bei den Pfadfindern nach.

Während des Studiums der Sozialen Arbeit arbeitet sie mit traumatisierten Menschen und ehemaligen Kindersoldaten. Diese Erfahrung hat sie zu ihrer ›Nummer 365‹ Dilogie inspiriert.

Kontakt und Infos zur Sabrina Wolv:

www.facebook.com/Sabrina.Wolv
www.instagram.com/sabrina_wolv
kontakt@sabrina-wolv.de

Über Feedback oder Rezensionen zu ihren Büchern, freut sie sich immer sehr.

INHALT

Für alle Legasthenikerinnen und
Legastheniker dieser Welt

PROLOG

Er war gekommen, um sie zu töten.

Sie hatte immer gewusst, dass er zurückkehren würde. So war er erschaffen. Nun war er hier und sie lächelte über ihre eigene Genialität. Trotz allem war das Wichtigste gelungen. Er war ein Mörder. Eine perfekte Todesmaschine. In seinen türkisen Augen leuchtete Hass. Und sie wusste, er würde nichts lieber tun, als sie auf grausamste Weise zu ermorden. Er war wie ein Tier. Wild und dumm. Nicht in der Lage zu begreifen, welches Geschenk sie ihm gemacht hatte.

Doch dann brach er den Blickkontakt. Sie musste zugeben, dass sie überrascht war. Das kam selten vor. Wie konnte er es wagen, sie erneut zu enttäuschen? Nie hätte sie erwartet, dass er seine Mordlust zügeln konnte. Wie konnte es in seinem beschränkten Horizont etwas Bedeutenderes geben als seine Rache an ihr? Wie hatte sie nur so etwas Mangelhaftes erschaffen können? Was für eine Schande!

Er wagte es wirklich, sich von ihr abzuwenden. Von ihr! Sie sollte alles sein, was ihn interessierte. Das Zentrum all seiner Gedanken. Es sollte für ihn nichts Wichtigeres geben als sein Streben, sie zu töten!

Stattdessen kniete er sich zu diesem Bengel.

Ignoriere sie.

Dafür würde er leiden.

Würden sie beide leiden.

Sie würden erkennen, dass sie alles war. Alles von Bedeutung.

FLUCHT

Er rannte. Noch vor einem halben Jahr wäre es ein Leichtes für ihn gewesen, mit dem Soldaten Schritt zu halten. Jetzt hatte er Mühe, nicht über seine eigenen Füße zu stolpern. Die lange Zeit in Gefangenschaft hatte ihn geschwächt und seine auf den Rücken gefesselten Hände behinderten ihn. Durch den Knebel in seinem Mund bekam er nicht genug Luft. Auf seine jahrelang antrainierten Instinkte konnte er sich jedoch noch immer verlassen. So hechtete er in Deckung, Sekundenbruchteile, bevor ein Kugelhagel über sie hinweg flog. Auch der unbekannte Soldat hatte sich einige Meter vor ihm zu Boden geworfen.

Durch einen hastigen Blick zurückstellte er fest, dass die Lichtbringer ihnen dicht auf den Fersen waren. Sein militärisches Verständnis sagte ihm, dass ihre Chancen äußerst schlecht standen. Wäre sein bester Freund Finan hier, hätte er ihm die genaue Prozentzahl ausrechnen können. Der Soldat brüllte über den Kampflärm: »Los, beweg dich! Ich gebe dir Feuerschutz. Jetzt mach schon, Strudel!«

Strudel wandte den Kopf wieder seinem Retter zu. Der Soldat mit den türkisen Augen mochte ihn zwar vor seiner Hinrichtung durch die Lichtbringer bewahrt haben, aber wenn er nicht schnell einen verdammt guten Plan aus dem Ärmel schüttelte, würde er sich in nicht allzu ferner Zukunft zusammen mit Strudel erneut vor dem Erschießungskommando wiederfinden. Vorausgesetzt, dass sie sich nicht schon vorher ein paar Kugeln einfingen. Das war Wahnsinn.

Doch es blieb Strudel nichts anderes übrig, als dem Mann zu vertrauen. Die einzige weitere Option bestand darin, in die Akademie zurückzukehren, und dort hatten sie ihn zum Tode verurteilt.

Der Soldat feuerte aus der Deckung heraus. Jetzt oder nie. Strudel rollte sich auf den Rücken, sprang auf und sprintete über das Schlachtfeld. Wie durch ein Wunder blieb er unverletzt. In den Knebel keuchend warf er sich zu seinem Retter in den Schnee. Ohne viel Feingefühl riss dieser ihm mit der einen Hand den Knebel aus dem Mund, während er mit der Waffe in der anderen weiter auf die Lichtbringer zielte. Dann zog er zu Strudels Überraschung einen kleinen Schlüssel aus der Hosentasche.

»Dreh dich um.«

Strudel befolgt den Befehl und spürte schon einen Moment später, dass seine Hände frei waren. Erleichtert nahm er sie nach vorne. »Wir müssen …«

»Hier weg. Ich weiß. Jetzt halt den Mund und lass mich arbeiten.« Der fremde Soldat feuerte erneut eine Salve zu den Lichtbringern hinüber. »Hier, nimm das Gewehr und halt sie mir ein paar Sekunden vom Hals. Dafür bist du doch ausgebildet oder etwa nicht, Kleiner?« Ohne eine Antwort abzuwarten, drückte er Strudel das Gewehr in die Hände.

Strudels Spezialität war der Nahkampf, aber natürlich konnte er mit dieser Waffe umgehen. Er hatte sie das erste Mal mit sechs Jahren in der Hand gehalten. Es handelte sich um das Standardgewehr der Lichtbringer.

Strudel legte an, zielte und feuerte. Ein Schrei zeigte ihm, dass er getroffen hatte.

Neben ihm zog der Soldat etwas aus seiner Gürteltasche. Strudel riskierte einen raschen Blick. Der Gegenstand hatte Ähnlichkeit mit einer Granate, jedoch entsprach er keinem Modell, das Strudel kannte. Er war rund und hatte eine glatte Oberfläche.

»Was ist das?«, fragte Strudel und konzentrierte sich dann erneut aufs Zielen.

»Wirst du gleich sehen. Neueste Technologie. Frisch aus dem Labor.«

Was auch immer es sein mochte, Strudel hoffte inständig, dass sie dieses Ding vernünftig getestet hatten. Neue Technik bedeutete nach seinen Erfahrungen oft Unausgereiftheit, hohes Fehlerpotenzial und die erhöhte Neigung, in unpassenden Momenten in die Luft zu fliegen.

»Wenn ich ›*Lauf!*‹ sage, dann läufst du. Verstanden?«

Er war ein bestens ausgebildeter Soldat und kein ahnungsloser Zivilist. Doch, anstatt genau das zu antworten, feuerte Strudel weiter und nickte nur.

Er nahm im Augenwinkel wahr, dass sich der Soldat gefährlich hoch aus der Deckung wagte, um die Kugel auf ihre Gegner zu schleudern. Strudel sah durch die Zielvorrichtung, wie sie landete. Genau zwischen den Soldaten. Einige von ihnen bemerkten das Wurfgeschoss und warfen sich zu Boden. Auch Strudel erwartete eine Explosion. Nichts dergleichen geschah.

Er biss die Zähne zusammen. Sie waren erledigt.

Im nächsten Moment brach etwas aus der Kugel hervor. Wie ein zweiter Himmel spannte es sich über den Boden und schloss die Soldaten ein. Erstaunt stellte Strudel fest, dass das Etwas, der Kuppel des Lebenserhaltungssystems über ihren Köpfen verblüffend glich.

»Lauf!«, rief der Soldat mit den türkisen Augen.

Strudel riss sich vom Anblick der Gewehrkugeln los, die gegen die Innenseite der Miniaturkuppel schlugen. Der Soldat war bereits einige Meter voraus. Strudel holte ihn ein und bemühte sich, nicht zurückzufallen.

»Wie lange hält das an?«

»Keine Ahnung. Ich hoffe lange genug, um von hier zu verschwinden. War eigentlich nicht für den Kriegseinsatz gedacht. Anders als wir beide.«

Der letzte Satz irritierte Strudel. Er beschloss, ihn vorerst zu ignorieren. »Wir müssen zurück und meinen Trupp holen«, verlangte er stattdessen.

»Vergiss es, Kleiner. Du bist kein Idiot. Dort sind viel zu viele von diesen verfluchten Lichtbringern. Ich habe doch nicht die ganze Mühe auf mich genommen, damit du schnurstracks wieder zu ihnen zurückläufst.« Der Soldat warf ihm einen warnenden Blick zu. »Wenn du das versuchst, schlag ich dich k. o., dann muss ich mir zumindest deine Fragen nicht mehr anhören.«

Strudel überlegte, ob er es mit dem Soldaten aufnehmen konnte. Sicher, der andere war erwachsen und in besserem körperlichem Zustand, doch er, Strudel, galt als der beste Nahkämpfer der Akademie. Selbst ohne sein EXO rechnete er sich Chancen aus.

»Meinst du wirklich, deine Freunde wollen, dass du wegen ihnen zurückkommst?«, knurrte der Ältere.

Strudel konnte sie vor sich sehen. Seine drei Freunde, die einzigen, die die Ausbildung an der Akademie überlebt hatten. Canina, wie sie wütend auf den Boden stampfte. Nesrins grüne Augen, voller Sorge. Und Finan, wie er in sarkastischem Tonfall mit ihm sprach. Doch Finan würde vielleicht nie wieder mit irgendjemandem sprechen. Nach Strudels letzten Informationen lag er im Koma.

Es stimmte, jeder der drei würde Strudel auffordern, so schnell wie möglich von hier zu verschwinden. Aber wie konnte er fliehen und seine Freunde zurücklassen? Alles andere hatte die Armee der Lichtbringer ihm schließlich schon genommen. Er konnte unmöglich auch noch sie verlieren.

Schlitternd wechselte Strudel die Richtung.

»Na warte, du kleine Ratte.« Die Stimme klang unheilverkündend. Strudel blieb gerade noch genug Zeit, sich darüber zu wundern, warum der Soldat nicht die Verfolgung aufnahm, als ihn etwas am Hals traf.

Die Wirkung setzte augenblicklich ein. Er stolperte, rutschte auf dem gefrorenen Boden aus und schlug hin. Seine Finger gehorchten ihm kaum noch und es gelang ihm nur mit Mühe, die Kanüle aus seinem Hals zu ziehen. Seine Gedanken verwandelten sich in einen zähen Brei. Eine Erinnerung drängte mit Macht in seinen Kopf. Die

Generalüberholung. Schmerz, der seine Wirbelsäule hinunter jagte. Finan mit dick bandagierten Händen. Oberst Viktoria.

Starke Hände packten ihn und holten ihn für ein paar Sekunden in die Gegenwart zurück.

»Ich muss zurück«, lallte Strudel den Stiefeln vor ihm zu. Stiefel. Stiefel der Lichtbringer. Der blonde Soldat. Tot. Erschossen. Adrian hatte ihn erschossen, um Simon zu retten. Adrian und Simon, auch sie waren tot. Alle tot.

»Ich hatte dich gewarnt, Kleiner.«

Unsanft wurde er hochgehoben und in unnatürlicher Haltung über einen breiten Rücken geworfen. Hilflos lag er da und spürte, wie sich bei jedem Schritt harte Schultern in seine Rippen bohrten. Schlimmer als das war jedoch das Wissen, dass jeder dieser Schritte ihn weiter forttrug.

Der Tod würde wieder zuschlagen. Er würde ihm noch mehr nehmen. Das durfte er nicht zulassen. Bevor Strudel einen weiteren Gedanken fassen konnte, schlug die Dunkelheit über ihm zusammen und verschluckte ihn endgültig.

Dieses Ungeziefer. Diese niederen Kreaturen! Wie konnten sie es nur wagen? Wie konnten sie sich anmaßen, ihre Schöpfung zu stehlen? Diese unterentwickelten Barbaren hatten nicht die leiseste Ahnung, was sie sich da angeeignet hatten. Sie würden alles kaputtmachen! Alles umsonst! All ihre Arbeit! All die Stunden ihrer wertvollen Zeit!

Verärgert schlug sie die Fäuste auf ihre Schreibtischplatte. Sofort bereute sie es und rieb sich die alten schmerzenden Finger.

Sie durfte sich nicht so aufregen. Die Produktion würde auch ohne den Bengel laufen. Jahrzehntelang hatte sie sich auf diesen Schritt vorbereitet.

Jetzt ärgerte es sie, dass sie sich derart für sein Überleben eingesetzt hatte. Er hätte schon seit Monaten tot sein können und es wäre nie zu dieser Komplikation gekommen. Hoffentlich erwischten sie ihn schnell. Sollten sie den kleinen Misserfolg doch endlich erschießen. Ihr war es recht.

Strudel riss die Augen auf. Er keuchte und sein Herz raste. Die Welt schien zu einem holpernden, lauten Ort geworden zu sein. Die Bewegung gefiel weder seinem flauen Magen noch seinem schmerzenden Kopf.

»Na, schlecht geträumt, Brüderchen?«

Kein Traum. Erinnerungen. Neuere und ein paar Altbekannte. Von Tod, Schmerz und Angst. Doch das ging den Fremden nichts an. Er, Strudel, hatte keinen Bruder.

Als er die Hand hob, um sich den Schweiß von der Stirn zu wischen, bemerkte er den eisigen Wind. Verwundert richtete sich Strudel auf. Die kalte Luft beruhigte seinen Magen ein wenig.

Er lag im Beiwagen eines Militärmotorrads. Sie waren nicht mehr im Lebenserhaltungssystem Eden, sondern fuhren durch die zerstörte Landschaft außerhalb der Kuppel. Strudel drehte den Kopf, doch er konnte Eden nirgends entdecken. Das bedeutete, er musste für Stunden außer Gefecht gewesen sein. Panik drohte ihn zu überwältigen, als er begriff, wie weit er seine Freunde bereits zurückgelassen hatte.

»Seit einer halben Stunde muss ich mir schon dein Gejammer anhören. Dieser Simon hat es wohl nicht geschafft, was?«

Strudel löste seinen Blick von der kahlen Trümmerwüste und sah stattdessen zum Fahrer des Motorrads.

Die Augen des Soldaten hoben sich für einen Augenblick von der Straße. »Was schaust du so? Bin ich etwa plötzlich mutiert, dass du mich so anstarren musst?«, fragte dieser ungehalten.

»Sie haben mich gezwungen, meinen Trupp im Stich zulassen.« Strudels Puls begann wieder schneller zu schlagen, was dazu führte, dass sein Kopf schmerzhaft pochte. Mühsam verlangsamte Strudel seine Atmung, um die Angst zurückzudrängen. Er musste sich beruhigen. Vielleicht war es noch nicht zu spät.

»Nun benimm dich nicht wie ein Baby. Wir hatten keine andere Wahl.«

»Halten Sie bitte an.«

»Einen Dreck werde ich.«

»Halten Sie an!«

»Rede nicht in diesem Ton mit mir, Bürschchen. Ich bin leicht …«.

»Sie haben keine Ahnung, was mein Trupp mir bedeutet. Wie soll ich das von einer gefühllosen Kriegsmaschine wie Ihnen auch erwarten?« Die Worte waren aus seinem Mund, bevor er es verhindern konnte. Die Angst um seine Freunde und die Angst vor der unbekannten Welt, in die er gezerrt wurde, hatten ihn leichtsinnig gemacht.

Das Gesicht des Soldaten verzerrte sich zu einer Fratze des Hasses und seine Hand zuckte zum Pistolenhalfter an seinem Gürtel. Strudels Körper handelte, bevor sein Verstand ganz begriffen hatte, was geschah. Seine Muskeln spannten sich an und er warf sich aus dem Beiwagen hinüber auf das Motorrad. Mit einer Hand bekam er die Pistole zu fassen, mit der anderen versuchte er, die Kontrolle über das Fahrzeug zu erlangen. Die Rangelei dauerte nur wenige Sekunden. Strudel gelang es, die Waffe loszureißen und vom Fahrzeug zu werfen. Gleichzeitig bremste der Soldat scharf. Das Motorrad samt Beiwagen kippte zur Seite und schlitterte unkontrolliert über die Straße. Strudel fiel zuerst. Er schützte seinen Kopf mit den Armen, aber der harte Aufprall presste ihm die Luft aus den Lungen. Dank der reduzierten Geschwindigkeit blieb er dennoch unverletzt. Als er wieder genug Luft bekam, um aufzustehen, war es zu spät.

»Ich bin also eine gefühllose Kriegsmaschine? Du glaubst, ich weiß nicht, wie du dich fühlst?« Der junge Mann warf sich auf Strudel und riss ihn wieder von den Beinen. »Undankbarer kleiner …«

Strudel ließ ihn nicht aussprechen, sondern vergrub sein Knie in die Nierengegend seines Gegners. Der stöhnte, warf sich jedoch gleichzeitig herum und beförderte ihn mit dem Gesicht nach unten auf die Straße. Ihm wurde schwarz vor Augen. Bevor er reagieren konnte, spürte Strudel einen Arm an seinem Hals.

»Glaubst du vielleicht, ich hätte mir dieses Leben ausgesucht?«

Verbissen verdrängte Strudel Balor aus seinen Gedanken. Die Erinnerung an seinen Onkel, der ihn seine ganze Kindheit hindurch gequält hatte, war das Letzte, was er jetzt brauchte. Leider drängte sie sich immer in den unpassendsten Momenten in seinen Kopf.

Verzweifelt bäumte Strudel sich auf und versuchte, sich aus der Umklammerung zu befreien. Es war zwecklos, denn der Soldat nutzte sein Gewicht geschickt, um Strudel bewegungsunfähig zu machen. Der Arm drückte ihm die Luft ab und mit dem Sauerstoff wichen auch seine letzten Kraftreserven. Er war noch zu schwach.

»Hätte ich sie dich doch erschießen lassen!«, brüllte der Mann Strudel ins Ohr und würgte ihn noch unbarmherziger.

Strudel blinzelte irritiert. Der Schmerz in seinem Kopf schwoll an. Aus Erfahrung wusste er, dass es nicht mehr lange dauern würde, bis er das Bewusstsein verlor. Er konnte nicht das Geringste dagegen tun. Auch wenn das, was er gesagt hatte, dumm und verletzend gewesen war, rechtfertigte es doch nicht diesen Ausbruch. Wollte der Soldat ihn wirklich umbringen?

Als hätte er seine Gedanken gehört, gab er Strudels Hals plötzlich frei und stand auf.

»Ich habe mir den Arsch aufgerissen, um dich da rauszuholen! Das hab ich nur für dich getan!«

Strudel hustete und versuchte, sich aufs Atmen zu konzentrieren. Ein harter Tritt in die Rippen machte seine Mühe umsonst.

»Weil du doch ...«, ein weiterer Tritt, »mein ...«, der nächste Stoß warf Strudel auf den Rücken, »... Bruder bist.«

Strudel wappnete sich, doch keine neuen Angriffe folgten. Im Gegenteil.

Nach ein paar Herzschlägen näherten sich zögerlich Schritte.

»Alles in Ordnung mit dir?« Der Zorn in der Stimme war von einer Sekunde auf die nächste verschwunden.

Strudel wartete auf eine Erklärung, stattdessen hörte er nur das Keuchen des Anderen über sich und sein eigenes mühevolles Atmen. Als er sicher war, dass der Soldat nicht wieder über ihn herfallen würde, setzte sich Strudel auf. Er wollte den Älteren sein Gesicht nicht sehen lassen und drehte ihm den Rücken zu, während er seinen Körper nach Schäden abtastete.

»Das war nichts«, antwortete Strudel schließlich, ohne sich umzudrehen. Es stimmte. In seiner Kindheit bei Balor und in den Jahren des tödlichen Trainings in der Akademie der Lichtbringer hatte er Schlimmeres erlebt. »Warum sagst du das?«, wechselte Strudel das Thema.

»Was?«

»Warum sagst du, dass ich dein Bruder bin?«

Es dauerte einen Moment, bevor der Soldat antwortete. »In Eden nannten sie mich Neshamah 1«, erklärte er dann in leicht überraschtem Ton. »Ich bin der erste Klon, der im Projekt Neshamah von Viktoria erschaffen wurde. Wir haben also die gleiche DNA und die gleiche Schöpferin. Das macht uns zu Brüdern. Denkst du nicht?«

Strudel schwieg. Klone. Sie waren beide Klone. Erschaffen für den Krieg. Perfekte Soldaten. Tödliche Killer. Die Vorstellung ließ ihn schaudern.

»Habe ich dir die Rippen gebrochen?« Echte Besorgnis lag in der Frage.

Strudel schüttelte den Kopf und stand auf, um die Geste zu unterstreichen. »Dafür braucht es mehr.«

»Ja, wir sind beide aus hartem Holz geschnitzt, was?«

Strudel zuckte mit den Schultern. Er hatte keine Lust auf einen Erfahrungsaustausch unter Klonen. Er konnte in diesem Fremden auch keinen Bruder sehen. Es gab nur einen Menschen, den Strudel je als Bruder betrachtet hatte. Und Simon war tot.

»Strudel?«

Strudel drehte sich um und sah seinem älteren Ebenbild ins Gesicht. Die Ähnlichkeit war verblüffend. Nur das hellblonde Haar trug der ältere Klon ein wenig länger als Strudel. Sein Körper war nicht ausgezehrt und blass, sondern muskulös und gebräunt. Strudel schätzte ihn auf Mitte zwanzig.

Verlegen rieb sich der junge Mann das Kinn. Offenbar hatte er sich seit mehreren Tagen nicht rasiert, denn seine Finger kratzten über blonde Bartstoppeln. »Tut mir leid, Kleiner. Ich verliere schnell die Beherrschung. Du hast mir eine Menge unnötige Scherereien gemacht. Ich dachte, du wärst ein Soldat?«

Strudel betrachtete seinen Retter genauer und stellte fest, dass er tatsächlich deutliche Spuren trug, die nicht auf ihren Unfall oder die Rangelei eben zurückzuführen waren. Am linken Brustkorb war seine Uniform von einem Streifschuss zerrissen. Am Oberschenkel war die Hose und gewiss auch das Fleisch darunter von einem Messer aufgeschlitzt. Ihre Flucht aus Eden war mit Sicherheit nicht einfach und bestimmt nicht friedlich vonstattengegangen.

»Ich glaube nicht, dass ich das noch bin. Soldat meine ich.« Strudel hörte selbst, wie verbittert er klang. »Der Krieg kann mir gestohlen bleiben. Alles was ich möchte, ist meinen Trupp zu befreien.«

»Das ist unmöglich. Wir können nicht wieder hinein.«

Das war die bittere Realität. Der Versuch, jetzt nach Eden einzudringen, wäre Selbstmord. Er musste seinen Trupp im Stich lassen. Einen Moment fürchtete Strudel, er würde ersticken. Kälte breitete sich in ihm aus, als würde er in Eiswasser ertrinken.

»Glaub mir, ich weiß, wie das ist. Wir holen deine Freunde. Du hast mein Wort. Nichts würde ich lieber tun, als diesen verdammten Lichtbringern noch ein paar ihrer Kindersoldaten zu stehlen. Aber nicht heute.«

Strudel nickte unglücklich. Er musste sich zusammenreißen. »Du hast mir das Leben gerettet und anscheinend besitzen wir die gleichen Gene, aber ich kenne nicht einmal deinen Namen.«

»Dort drinnen«, der Klon deutete vage in die Richtung, in der

Eden liegen musste, »hielten sie einen Namen für unnötig und nannten mich ›Neshamah 1‹. Hier draußen«, er streckte die Arme aus und grinste, »gab ich mir den Namen Talion.«

»Warum kämpfst du dann hier draußen und nicht auf der anderen Seite, Talion?«

»Das fragst du nicht im Ernst? Du warst doch dort. Du kennst sie!« Talion sah aus, als würde er gleich wieder die Kontrolle verlieren. »Sie wollten dich hinrichten!«

Strudel hob beschwichtigend die Arme »Ich meine, wie hast du es geschafft, ihnen zu entkommen?«

Talion entspannte sich sichtlich und knurrte: »Du lebst wohl gerne gefährlich, Kleiner. Sag das doch gleich so.«

Eigentlich konnte Strudel auf Nervenkitzel gut verzichten, doch sicherheitshalber verkniff er sich die Bemerkung. Nicht, dass Talion ihm beim nächsten falschen Wort ein Messer zwischen die Rippen stieß …

»Ich bin natürlich geflohen. Mit zwölf bin ich weg. Ich wusste, sie wollten mich töten. ›Misserfolg‹ stand in der Akte.« Es schien nicht Talions Lieblingsthema zu sein und irgendwas an seinem Blick warnte Strudel, weiter nachzufragen. »Jetzt lass uns nachsehen, ob unser Fluchtfahrzeug noch zu retten ist, Brüderchen.«

Das war es nicht. Strudel brauchte nur einen kurzen Blick, um das zu erkennen. Erst jetzt, da er das Motorrad mehrere Meter entfernt verbeult auf der Straße liegen sah, begriff Strudel die Gefährlichkeit ihres Manövers. Es musste eine Menge Glück im Spiel gewesen sein, dass sie beide den Unfall unverletzt überstanden hatten.

Talion fluchte, als er das Wrack untersuchte, das einmal ihr Motorrad gewesen war.

»Und jetzt?«, fragte Strudel. Sicher waren die Lichtbringer ihnen schon auf den Fersen.

»Wir laufen.« Talion zuckte mit den Schultern. »Oder hast du eine bessere Idee?«

Strudel schüttelte wahrheitsgemäß den Kopf. Aber so war es nur eine Frage der Zeit, bis die Lichtbringer sie fanden.

»Immer mehr Menschen, die hier draußen leben, fliehen vor den Kämpfen zur Kuppel 67. Wir müssen versuchen, uns unter sie zu mischen.«

»Ist das Leben in Kuppel 67 besser?«, fragte Strudel verwundert.

»Ja klar. Die Leute hier draußen sind arme Schweine. Wir in Kuppel 67 nennen sie ›Verlorene‹. Der Name sagt eigentlich alles. Sie haben ein hartes und vor allem kurzes Leben. Haben sie euch in dieser Akademie nicht verraten, dass ein Leben außerhalb der Kuppeln möglich ist?«

»Doch, aber sie haben behauptet, es gäbe keine anderen funktionstüchtigen Kuppeln.«

»Sieht ihnen ähnlich. Wahrscheinlich hatten sie Angst, dass ihr während der Einsätze desertiert und euer Glück lieber bei den Feinden sucht.«

»Und die Kuppel 67 nimmt diese Verlorenen auf?«

»Nein. Nicht viele jedenfalls. Die Kapazitäten sind beschränkt. Diese elenden Lichtbringer haben leider nicht ganz unrecht, wenn sie behaupten, dass unsere Kuppel nicht wirklich rundläuft. Aber das hält die Leute nicht davon ab, zu versuchen, rein zu kommen. Ich kann es ihnen nicht verübeln. Wer hier draußen nicht verhungert, den bringen die Umweltbedingungen um oder er wird von den Mutanten gefressen. Die wenigen Glücklichen, die das alles überstehen, erwischt am Ende meist eine verirrte Kugel.«

Strudel sah skeptisch an sich hinab. Er trug immer noch die Uniform der Lichtbringer und auch wenn Talions Kleidung etwas gelitten hatte, waren deutlich die Lichtbringerfarben Rot und Schwarz zu erkennen. »So fallen wir auf.«

Talion brummte zustimmend und kramte mit einer Hand im umgekippten Beiwagen herum. »Deswegen hab ich die hier besorgt.« Er zog den Arm wieder hervor und warf Strudel ein Kleiderbündel zu.

Strudel fing es und stellte fest, dass es sich um einen ausgebeulten Pullover und eine abgetragene Hose handelte.

Für sich selbst hatte Talion ebenfalls Zivilkleidung aus dem Beiwagen geangelt und begann bereits, sich umzuziehen.

Als er sah, dass Strudel zögerte, fragte er ungehalten: »Was ist los, Kleiner? Ist dir das Zeug nicht schick genug?«

Strudel ging nicht darauf ein. Stattdessen drehte er sich erneut um und hoffte, dass Talion es ihm gleich tat. Schnell schlüpfte er aus seiner schwarzen Hose und streifte die neue über. Der bläuliche Stoff wirkte erfreulich robust. Anschließend knöpfte er geschickt das Uniformhemd auf und legte es ab.

»Die Uniformen sollten wir …« Talion brach ab und Strudel fuhr zusammen, als er plötzlich eine Hand auf seinem Rücken spürte.

»Wie ist das denn passiert?«

Wütend schüttelte Strudel die Hand ab und beeilte sich, den Pullover über den Kopf zu ziehen. Es ärgerte ihn, dass er zurückgezuckt war und noch mehr ärgerte es ihn, dass Talion seine Narben gesehen hatte. »Das ist nichts.«

»Waren das die Lichtbringer?«

»Nein.« Zumindest stammten die Schlimmsten der Narben aus der Zeit vor dem Training.

»Wer dann?«

Strudel schwieg, doch Talion wartete beharrlich auf eine Antwort.

»Mein On…« Das stimmte nicht. »Balor.«

»Wer ist das denn?«

Mit zusammengebissenen Zähnen drehte Strudel sich um. »Der Mann, von dem sie behauptet haben, dass er mein Onkel ist. Eine Bestie.«

Aus Talions Gesicht war nicht abzulesen, was er davon hielt. »Und dieses Metallstück in deinem Nacken?«

Strudel atmete zischend aus. »Das ist mein Anschluss. Mein EXO-Anschluss.«

»Verstehe.«

Einen Moment dachte Strudel, Talion würde gleich wieder auf ihn losgehen, so hasserfüllt war seine Miene. Dann entspannten sich seine Züge und er begann stattdessen laut zu lachen.

»Das erklärt zumindest, was sie vorhatten.« Mit diesen Worten strich sich Talion die Haare zurück und zeigte Strudel seinen Nacken. Er war von großen Narben entstellt. »Davon hab ich noch ein paar. Sie waren sich damals mit der Stelle wohl noch nicht sicher.«

Es klang amüsiert, doch in den türkisen Augen sah Strudel kalte Wut.

»Lass uns aufbrechen. Die Uniformen nehmen wir vorerst mit«, entschied Talion.

»Wir könnten sie zusammen mit dem Motorrad anzünden. Vielleicht glauben die Lichtbringer dann, dass wir bei dem Unfall gestorben sind«, schlug Strudel vor.

»Nein. Den Rauch würde man hier kilometerweit sehen. Das bringt jeden Lichtbringer in der Gegend auf unsere Spur. Dafür sind wir nicht schnell genug.«

»Dann lass uns das Wrack verstecken. Das verschafft uns Zeit.«

»Du hast recht. Sie wissen vermutlich längst, dass ich es mir geliehen habe und werden uns auf den Straßen suchen. Zu Fuß können wir querfeldein laufen, während sie uns weiter auf der Straße vermuten. Nicht schlecht, Kleiner.«

Strudel zuckte abwehrend mit den Schultern. Für solche Situationen war er schließlich ausgebildet worden. Egal was er von den Lichtbringern und ihren Methoden hielt, er hatte viel gelernt.

Es kostete sie wertvolle Zeit, das Motorrad hinter einem Felsbrocken zu verbergen. Weitere lange Minuten verstrichen bei der Suche nach der Pistole, die Strudel fortgeworfen hatte. Schließlich fand Talion sie hinter einer vom Rost zerfressenen Metallplatte, die wohl vor langer Zeit ein Schild gewesen war. Strudel glaubte, etwas wie ›Munchen‹ darauf entziffern zu können.

Auffordernd streckte Talion Strudel die Pistole entgegen. Nach kurzem Zögern nahm er die Waffe und steckte sie in den Hosenbund. Sorgfältig achtete er darauf, dass sie vollständig unter seiner Kleidung verborgen war.

Talion hingegen trug das Gewehr der Armee offen über der Schulter. Schweigend machten sie sich auf den Weg.

Es war nicht einfach, eine Route durch das Trümmerfeld zu finden und sie kamen nur langsam voran. Trotz der eisigen Temperaturen lag kein Schnee und so konnten sie wenigstens sehen, wo sie hintraten. Hier, abseits der Straße, hätte auszurutschen schmerzhafte Folgen, denn ihr Weg war gespickt mit scharfkantigen Trümmerteilen. Über die trostlose, zerstörte Landschaft fegte ein zunehmend kälter werdender Wind und je näher der Abend rückte, desto mehr gewann er an Kraft. Bald konnte Strudel es nicht mehr verhindern, dass er zitterte und seine Zähne laut klappernd gegeneinander schlugen.

Schließlich blieb Talion stehen. »Wir sollten uns einen Unterschlupf suchen. Wenn es dunkel ist, können wir nicht weiter.«

Strudel nickte. »Am besten einen Krater.« Ganz wohl war ihm zwar nicht bei dem Vorschlag, aber es war der sicherste Platz. Er musste versuchen, das Bild von Finan, wie er leblos in so einem Krater lag, zu verdrängen.

»Ja, davon gibt es hier wirklich genug. Dort unten können wir ein Feuer machen. Sonst sind wir morgen früh erfroren. Außerdem hält uns das die Mutanten vom Leib.«

Talion ruckte mit dem Kopf nach rechts. Strudel hätte das Tier im Dämmerlicht nicht bemerkt, wenn Talion ihn nicht darauf aufmerksam gemacht hätte. Von den vier kurzen Beinen bis zum Kopf mit der länglichen Schnauze war es keine 50 Zentimeter groß. Sein völlig haarloser Körper lag auf dem Boden auf und war von einer ledrigen braunen Haut bedeckt, die das Tier mit der staubigen Umgebung verschmelzen ließ. Es schien keine Ohren zu besitzen und seine schlitzförmigen Pupillen fixierten die beiden Eindringlinge aus zwei erstaunlich intelligenten Augen.

»Ist es gefährlich?«, fragte Strudel und tastete vorsichtig nach der Pistole. Eigentlich sah es recht harmlos aus.

»Nein, nur hungrig. Es weiß genau, dass es uns unterlegen ist. Gefährlich werden die Viecher erst, wenn sie größer sind oder einen Vorteil zu ihren Gunsten vermuten.« Zum Beweis tat Talion einen drohenden Schritt auf das Wesen zu. Unerwartet schnell huschte es davon und ließ sich von der Umgebung verschlucken.

»Wie kann es hier draußen überleben?«

»Sind ziemlich anpassungsfähig, die Biester. Höllisch intelligent. Ich glaube, sie waren mal Hunde.«

Strudel schüttelte verständnislos den Kopf. »Wovon ernähren sie sich?«

»Vor allem von Kadavern. Aber die ausgewachsenen Exemplare schließen sich gelegentlich zur Jagd auf gefährliche Beute zusammen.«

»Und was jagen sie dann?«

Talion lachte, als hätte Strudel einen besonders komischen Scherz gemacht. »Menschen natürlich.«

Es war nicht leicht, brennbares Material zu finden. Außer einigen Dornenbüschen und Flechten wuchsen hier keine Pflanzen. Doch Talion kannte sich in der Einöde außerhalb der Kuppeln aus und zeigte Strudel, wie man mit den Dornengewächsen ein Feuer in Gang setzte. Die Flammen waren klein und grünlich, doch es war besser als nichts. Der Krater verhinderte, dass ihr Feuer kilometerweit zu sehen war. Außerdem schütze er sie vor dem eisigen Wind, der über sie hinwegfegte. Trotzdem war an Schlaf nicht zu denken. Obwohl sie zusätzlich die Uniformen um sich gewickelt hatten, war die Gefahr zu erfrieren zu groß.

Eine Weile saßen sie da und wärmten ihre steifen Finger über den kläglichen Flammen. Strudels Magen knurrte.

Talion sah vom Feuer auf und grinste ihm zu. Dann öffnete er seine Gürteltasche und holte einen fingerlangen riegelförmigen Gegenstand hervor. Eine Notration. Er packte sie aus, brach sie in zwei Hälften und warf eine davon Strudel zu. »Lass es dir schmecken.«

Strudel fing sein Abendessen auf und schob es sich in den Mund. Er kaute langsam mit den hinteren Backenzähnen darauf herum. Während sich der süßliche Geschmack auf seiner Zunge ausbreitete, dachte er an Yaro. Jetzt, da er einmal damit angefangen hatte, stürzten Erinnerungen auf ihn ein und ließen ihn erschöpft die Augen schließen.

»Hey, nicht einschlafen, Kleiner!«

»Ich schlafe nicht«, versicherte Strudel matt und öffnete die Augen.

»Was ist dann los? Hast du Kopfschmerzen?«, fragte Talion desinteressiert. »Vielleicht eine Nachwirkung von dem Zeug, mit dem ich dich betäubt habe.«

»Nein es … Ich hab nur an einen Freund gedacht, der gestorben ist.«

»Was ist mit ihm passiert?«

Er wollte es nicht erzählen. Dennoch gab er sich einen Ruck und tat es. »Er wurde erwischt, als er Kontakt mit Kuppel 67 aufgenommen hat. Sie haben ihn ausgemustert.«

»Ach, du meinst diesen Yaro?«

Strudel runzelte die Stirn. »Du weißt davon?«

»Yunes hat mir von ihm erzählt. Die Sache hat ihn damals ziemlich mitgenommen. Was meinst du mit ›ausgemustert‹?«

»Dass sie ihn getötet haben.«

Talion schnaubte und rieb sich die Hände. »Ich hab Yunes immer gesagt, dass sie ihn mit Sicherheit erschossen haben, aber er wollte mir ja nicht glauben.« Er musterte Strudel und fügte dann hinzu: »Yunes war es übrigens, der mir von dir erzählt hat.«

Strudel sah Talion fragend über die Flammen hinweg an.

»Yunes ist Kommunikationstechniker. Er hat eine anonyme Nachricht aus Eden erhalten, in der von deiner geplanten Hinrichtung und deinem Klonstatus berichtet wurde.«

»Wer hat sie geschickt?«

»Wir hatten gehofft, du weißt es.«

Strudel schüttelte den Kopf.

»Zumindest hat die Nachricht für ganz schön Wirbel gesorgt. Die Diskussionen, was zu tun sei, haben wohl ewig gedauert. Alles streng geheim natürlich. Als ich endlich davon erfahren habe, dachte ich schon, ich komme nicht mehr rechtzeitig und kann nur noch dein Gehirn vom Boden kratzen.« Talion lachte leise. »Zum Glück haben diese Spinner die Hinrichtung immer wieder verschoben.«

»Warum haben sie das getan?« Unruhig strich Strudel über die Narbe in seiner rechten Hand.

Talions Blick folgte der Bewegung und blieb an Strudels Händen hängen. »Ich kann mir vorstellen, dass die Zeit dir mächtig lang vorkam«, sagte er jetzt wieder ernst. Dann zuckte er mit den Achseln und berichtete: »Angeblich hat Viktoria sich mit allen Mitteln dagegen gewehrt, dich hinrichten zu lassen. Du seist ihre Schöpfung und nur sie habe das Recht, über deinen Tod zu entscheiden. Das passt zu ihr.« Wieder wechselte Talions Blick auf diese unheimliche schnelle Weise zwischen Mordlust und Belustigung. »Wette sie war gewaltig sauer, als trotzdem gegen sie entschieden wurde.«

»Das hat sie nicht davon abgehalten, bei meiner Erschießung in der ersten Reihe zu stehen«, murmelte Strudel.

»Diese Frau wird nie wieder über unser Leben oder unseren Tod bestimmen, das verspreche ich dir, Brüderchen.« Ein beinahe fanatisches Funkeln trat in die Augen des Klons.

Die Stunden bis zum Sonnenaufgang krochen zäh dahin. Die Zeit in der Zelle hatte ihn Muskelmasse gekostet. Das stellte sich nun erneut als Nachteil heraus. Denn er fror nicht nur erbärmlich, sondern sein Körper verlangte nach den harten Kämpfen und dem langen Fußmarsch des heutigen Tages vehement nach Schlaf. Strudel wusste, Bewegung war das beste Mittel gegen Kälte und Müdigkeit und so lief er fast die ganze Nacht vor dem Feuer auf und ab. Talion schloss sich zwei Stunden nach Mitternacht seinem eintönigen Marsch an. Anders als Strudel wurde er weder von Krämpfen geplagt, noch schien der fehlende Schlaf ihm das Geringste auszumachen. Das überraschte Strudel nicht, denn noch vor einem halben Jahr wäre das auch für ihn kein Problem gewesen. Durch Talions Mühelosigkeit ärgerte ihn seine eigene Schwäche noch mehr.

Als es endlich zu dämmern begann, fühlte sich Strudel kraftlos. Hätte sie ihn im Training nicht immer wieder über seine Grenzen hinaus gequält, hätte Strudel gedacht, er wäre am Ende. Doch inzwischen wusste er, dass Durchhalten Kopfsache war. Sein Körper würde erst dann versagen, wenn er ihn versagen ließ.

Talion kümmerte sich um alles, was vor ihrem Aufbruch nötig war. Vor allem verwischte er ihre Spuren im Krater. Als er fertig war, kletterten sie nach oben.

»Warum schaust du so melancholisch zu diesem Drecksloch runter? Hast du dich hier so heimisch gefühlt, dass du gar nicht mehr weg möchtest?«, scherzte Talion.

Strudel riss sich von dem Anblick los. Es widerstrebte ihm immer noch, sich diesem fast fremden Menschen anzuvertrauen. »Mein Freund Finan ist in so einem Krater fast gestorben.«

Talion zuckte mit den Schultern. »Na und? Vergiss es. Er hat es überlebt, oder?«

»Ich weiß nicht.« Mit knappen Worten berichtete Strudel, was er über Finans Zustand wusste. »Und es war meine Schuld. Ich trug ein EXO. Also hätte ich ihn retten müssen«, gestand Strudel leise.

»Und du glaubst, dadurch dass du ihn jetzt zurückgelassen hast, wird die Schuld noch größer?«

Strudel nickte überrascht. Dieser jähzornige Sonderling schien ihn tatsächlich zu verstehen.

»Da hast du recht.«

Diese schlichte Feststellung fühlte sich wie ein Schlag in den Solarplexus an.

»Aber lass dir eins von jemandem sagen, der viel über das im Stichlassen weiß: Irgendwann wirst du es wieder gut machen.«

»Und wenn er inzwischen gestorben ist?«, fragte Strudel leise.

»Dann bleibt dir nichts anderes übrig, als deine Schuld auf andere Weise zu begleichen.« Im Plauderton, als redete er über eine Nebensächlichkeit, fuhr er fort: »Sonst treibt sie dich in den Wahnsinn und bringt dich langsam um, wie eine faulige Wunde.«

Strudel schluckte. »Aber …«

Mit einer hastigen Bewegung brachte Talion ihn zum Schweigen. Irritiert blickte Strudel auf. Mit zusammengekniffenen Augen beobachte Talion etwas am Horizont.

»Was ist?«

»Ich weiß nicht genau. Könnten Fahrzeuge sein.«

Nervös suchte Strudel das Gebiet mit den Augen ab. Jetzt konnte er es auch sehen. Was Talion meinte, war eine Staubwolke in der Ferne. Angestrengt versuchte Strudel, Genaueres zu erkennen. »Ich glaube, sie fahren nicht auf uns zu.«

Talion brummte. »Ja, sie folgen der Straße. Aber damit schneiden sie uns den Weg ab. Uns bleibt nichts übrig, als einen kleinen Umweg zu machen.« Dieser Umstand gefiel Talion offenbar nicht.

Der Wind flaute leicht ab. Das war gut, denn es kostete Strudel auch so genug Willenskraft, weiter zu gehen. Zu allem Überfluss ging es stetig bergauf, denn sie mussten eine Anhöhe überwinden.

Seine Muskeln in Beinen und Rücken protestierten lautstark gegen die neue Anstrengung. Mehr beunruhigte Strudel jedoch die Vorstellung, wie leicht sie schon von Weitem entdeckt werden konnten. Vor allem, da immer wieder aus der Ferne der Lärm von Schüssen und Explosionen ertönte. Der Krieg ging weiter, so viel war sicher. Wenn die Lichtbringer sie fanden, waren sie erledigt.

Als sie endlich oben ankamen, blieb Strudel dennoch wie festgefroren stehen. Unter ihnen erstreckte sich eine Kraterlandschaft. Strudel wusste, dass überall außerhalb der Kuppel Zerstörung an der Tagesordnung war. Doch alles Bisherige war nichts im Vergleich zu dem Anblick dort in der Senke. Hier musste über Monate eine erbitterte Schlacht getobt haben.

»Ja, sieht übel aus, was? Davon werden noch in hundert Jahren die Spuren zu sehen sein.«

Das Land wirkte ausgebrannt und tot. Kein Stein schien auf seinem eigentlichen Platz. Strudel konnte sich nicht vorstellen, dass dort unten irgendetwas überlebt hatte.

»Was ist hier passiert?«

»Heftige Kämpfe. Die Lichtbringer wollten zu unserer Kuppel vordringen. Hier sind wir ganz nahe an 67. Siehst du, dort hinten. Vielleicht noch zwei Tagesmärsche.«

Strudel blickte in die Richtung, in die Talion deutete. Tatsächlich sah er etwas, das Eden ähnelte. Allerdings war diese Kuppel nicht wirklich mit dem Bild der grünen Oase zu vergleichen, das Eden von außen bot. Sie wirkte eher grau und trostlos. Dennoch breitete sich Erleichterung in Strudel aus, als er ihr Ziel vor Augen hatte.

Dort gab es keine Lichtbringer. Keine Klonforschung. Keine Viktoria.

Beim Abstieg stolperte Strudel mehrmals. Einmal bewahrte ihn nur Talions Arm vor einem Sturz. Der Seitenblick des älteren Klons entging Strudel nicht. Er wusste, er macht keine gute Figur. Nur konnte er auf die Schnelle nichts daran ändern.

Beim Durchqueren des ehemaligen Kampfgebiets mussten sie höllisch aufpassen. Granatsplitter ragten wie Dolche aus der noch immer aufgerissenen Erde, der Boden drohte über halb verschütteten Gräben einzubrechen, Stacheldrahtbarrikaden versperrten ihnen den Weg und zurückgelassenes Befestigungsmaterial wurde zur heimtückischen Stolperfalle. Ein Gutes hatte der beschwerliche Weg allerdings: Mit einem Fahrzeug war hier an ein Durchkommen nicht zu denken.

»Was ist das?«, fragte Strudel und deutet auf ein großes, offenbar im Nachhinein umgegrabenes Gebiet, das ihm verdächtig erschien.

»Massengräber«, antwortete Talion knapp. »War eine verdammte Schinderei, die auszuheben.«

»Du warst hier?« Strudel versuchte, sein Entsetzen zu verbergen.

Talion nickte untypisch betroffen. »Ich war in den letzten zehn Jahren praktisch überall, wo dieser Krieg gewütet hat.« Er seufzte. »Du kannst dir den Lärm nicht vorstellen. Stündlich gingen tausende Minen und Granaten hoch. Ständig liefen wir Gefahr, durch den nächsten Angriff zerfetzt oder lebendig unter dem aufgewirbelten Dreck begraben zu werden. Es war ein Segen, wenn der Nachschub durchkam, sonst hungerten wir. Wenn du im Niemandsland verwundet wurdest, konntest du nur beten, dass deine Leute dich holten, sonst bist du elend zwischen den Fronten verreckt. Die reinste Hölle. So viele Tote. Der Gestank …« Talion schien nicht weiter sprechen zu wollen. Strudel war es recht. Seine eigenen Erfahrungen mit dem Krieg reichten, um sich das Geschilderte lebhaft auszumalen. Mehr wollte er wirklich nicht wissen.

Am Nachmittag hatten sie den Höllenschlund fast durchquert, als Talion stehen blieb.

»Wenn wir hier durch sind, können wir jederzeit auf Verlorene treffen, die auf dem Weg zu 67 sind. Besser die halten uns nicht für

Lichtbringer. Ich such mir irgendein Loch und lass die Uniformen verschwinden.«

Strudel nickte. An Löchern mangelte es hier nicht.

»Setz du dich kurz hin und ruh dich aus. Sonst kippst du noch um. Dieser Ort hat wirklich schon genug Tote gesehen.«

Strudel grinste. »So schnell wirst du mich nicht los.« Trotzdem sank er dankbar auf ein Trümmerteil und gab Talion seine alte Uniform.

Als Talion zusammen mit dem rotschwarzen Stoffbündel verschwand, war Strudel seltsam erleichtert. Neun Jahre lang hatte er nun die Kleidung der Lichtbringer getragen. Auf den ersten Blick konnte so jeder mühelos erkennen, dass er zu ihnen gehörte. Ihnen gehörte. Jetzt, da Talion seine Uniform wegtrug, fühlte sich Strudel ungewohnt frei. Er sah fast aus wie ein Zivilist. Wie ein ganz gewöhnlicher Mensch.

Obwohl Strudel für die Pause dankbar war, wunderte er sich nach ein paar Minuten, wo Talion blieb. Sie mussten sich beeilen, wenn sie nicht die Nacht hier verbringen wollten. Schließlich stand Strudel auf und ging in die Richtung, in die Talion verschwunden war. Er musste keine hundert Meter zurücklegen, bis er ihn fand. Regungslos stand Talion zwischen zwei ausgebrannten Militärfahrzeugen. Im selben Augenblick in dem Strudel seine unnatürlich starre Haltung auffiel, bemerkte Talion ihn.

»Komm bloß nicht näher, Kleiner. Mann ist mir das peinlich.« Tatsächlich schien ihn die Situation eher zu beschämen, als ihm Angst einzuflößen.

Strudel ließ sich von den Worten nicht abhalten und kletterte zwischen den Trümmern hindurch zu Talion. »Eine Mine? Welches Modell?«

»Verdammt, ich steh auf ihr. Woher soll ich das wissen?«, gab Talion ungehalten zurück. »Da immer noch beide Beine an mir festgewachsen sind, nehme ich an, es ist ein Blindgänger.«

»Aber könnte es eine L6 mit sekundärem Entlastungszünder sein?« Dieses Modell war von den Ingenieuren der Armee speziell zum Töten der Ersthelfer konzipiert worden. Stolz hatten die Lichtbringer ihnen in der Akademie die Funktionsweise erklärt. Die erste Zündung erfolgte beim Treten auf die Mine, wie bei den Standardmodellen. Der Schaden war allerdings gering. Der Verwundete fiel zu Boden und aktivierte mit seinem Gewicht den großflächigeren Entlastungszünder. Versuchte nun ein Kamerad oder Sanitäter, den Verwundeten wegzutragen, explodierte eine zweite, größere Ladung.

»Ja. Diese Teufelsdinger haben sie hier eingesetzt. Schreckliche Sauerei. Ich konnte mich noch nicht dazu überwinden, mein Glück herauszufordern.«

»Du meinst, du könntest sie scharfgemacht haben?« Strudel achtete auf den letzten Metern sorgsam darauf, wohin er trat und kniete sich dann vorsichtig ein Stück neben Talion auf die hart gefrorene Erde.

»Ja. Auch wenn die erste Zündung, die mir die Beine abreißen sollte, defekt war, kann die Zweite noch intakt sein. Habe ich schon mit eigenen Augen gesehen.«

Ein Blick unter Talions rechten Fuß verriet Strudel, was er wissen musste. »Du hast recht. Es ist eine L6.«

»Dann solltest du jetzt wirklich verschwinden. Wenn du weiter nach Westen gehst, müsstest du bald …«.

Mit einer ungeduldigen Handbewegung unterbrach Strudel ihn. »Ich entschärfe sie.« Es wäre einfacher ohne das Zittern seiner Finger, doch es würde auch so gehen. Aufseiten der Feinde galt die L6 als schwer zu deaktivieren. Zum Glück hatten die Lichtbringer nicht nur mit dem neuen Modell angegeben, sondern ihnen auch die Bauweise genau erklärt.

Umsichtig begann Strudel zu graben.

»Bist du sicher, dass du weißt, was du da …?«

»Jetzt hör schon auf. Du bist nicht der Einzige, der sich auf den Krieg versteht. Ich wurde neun Jahre lang ausgebildet.« Tatsächlich verstummte Talion. Zufrieden beugte sich Strudel wieder über seine Arbeit und fuhr fort, eine Seite der Druckplatte freizulegen.

Er kam schnell voran, denn die dünne Platte befand sich nicht weit unter der Oberfläche.

Plötzlich hörte Strudel einen Laut, der ihm völlig fremd war. Eine Mischung aus Fauchen und heiserem Husten. Im nächsten Moment stöhnte Talion auf. Strudel riss den Kopf hoch und Blut spritze ihm ins Gesicht. Nur Zentimeter über seinem Kopf flog eine Klaue mit vier messerartigen Krallen vorbei.

Strudel wirbelte herum. Der Mutant landete knapp neben dem Entlastungszünder und noch bevor seine Pfoten die Erde berührten, zog er die fingerlangen Krallen ein. Er musterte Strudel abschätzig und gab wieder dieses seltsame Geräusch von sich. Er sah genauso aus wie der Mutant, den sie am Vortag gesehen hatten. Vielleicht war es sogar das gleiche Tier.

Strudel hatte die Pistole bereits gezogen, doch wenn er feuerte, würde er damit ihre Position verraten.

»Pass bloß auf, das sind kleine Monster. Jetzt, da er einmal angegriffen hat, wird er seine Beute nicht kampflos aufgeben. Das Vieh weiß ja nicht, dass wir dann alle drei draufgehen.«

Talions Stimme hinter Strudel klang gepresst. Kein Wunder angesichts des Blutes an der Pfote des Mutanten. Offenbar hatte das Tier Talions Notlage erkannt und ihn sofort als potenzielle Futterquelle eingestuft.

»Vergiss es. Du bekommst ihn nicht«, warnte Strudel den Mutanten.

Der schien unbeeindruckt. Statt zu verschwinden, fuhr er wieder seine scharfen Krallen aus und stürzte sich mit einem Knurren auf Strudel. Strudel wich ein paar Schritte zur Seite, weg von dem Entlastungszünder. Adrenalin jagte durch seinen Körper und vertrieb jede Müdigkeit. Wütend schlug das Tier nach ihm, doch Strudel war schneller. Auf seine Reflexe konnte er sich noch immer verlassen.

Strudel baute sich auf und versuchte den Mutanten zum Angriff zu reizen. Das klappte besser, als er erwartet hatte und er musste aufpassen, dass das Tier ihn nicht erwischte. Immer wenn es ihn attackierte, wich Strudel ein Stück zurück, sodass sie sich langsam von Talion entfernten.

»Verdammt, pass auf!« Der warnende Ruf kam zu spät.

Erregt fletschte der Mutant die Zähne und spannte die Muskeln an.

Doch Strudel hatte längst gemerkt, dass er mit dem Rücken an einem der Fahrzeuge stand. Genau das war sein Ziel gewesen.

Der Mutant schnellte vor. Todbringende lange Klingen flogen auf Strudel zu. Er wartete bis zum letzten Augenblick und tauchte erst dann an dem wütenden Tier vorbei. Die Krallen krachten gegen Metall. Darauf hatte Strudel gewartet. Mit einer schnellen Bewegung packte er das Tier am Hals und brach ihm mit einem Ruck die Wirbel. Ohne einen Laut brach der Mutant zusammen.

Einen Moment sah Strudel bedauernd auf das Tier hinab, dann drehte er sich zu Talion um. »Wo hat er dich getroffen?«

»Seitlich die Rippen entlang. Hat mich ordentlich erwischt, das Biest.« Talion drückte die Hand auf die Wunde, doch das Blut, das darunter hervorquoll, bestätigt seine Einschätzung.

»Okay, ich kümmere mich gleich darum. Erst die L6.« Sollte Talion ohnmächtig werden, würde er sie damit höchstwahrscheinlich in die Luft sprengen.

So ruhig wie möglich ging Strudel wieder in die Hocke. Behutsam legte er die restliche Platte frei. Talion stand an deren Rand. Hätte er versucht, dem Angriff auszuweichen, oder wäre er gefallen, hätte er sie ausgelöst. Sie wären zerfetzt worden, denn die zweite Sprengladung war tatsächlich aktiv.

Trotz der misslichen Lage durfte er sich jetzt keinen Fehler erlauben. Hochkonzentriert führte Strudel die erforderlichen Handgriffe aus.

Als er aufstand, versuchte er, sich seine Nervosität nicht anmerken zu lassen. »Okay. Jetzt kannst du runter.« Das hoffte er zumindest.

»Willst du nicht lieber in Deckung gehen? Nur für den Fall«, schlug Talion vor.

Strudel schüttelte den Kopf.

»Sicher?«

»Sicher«, sagte Strudel überzeugter, als er in Wirklichkeit war.

Talion hob den ersten Fuß und setzte ihn neben die Druckplatte. Mit geschlossenen Augen zog er hastig das zweite Bein nach. Nichts passierte.

Strudel atmete auf. »Jetzt setz dich erst einmal. Aber am besten nicht gleich wieder auf zweihundert Gramm Sprengstoff.«

Talion grinste, ließ sich aber erleichtert auf den Boden sinken.

Strudel zog den zerfetzten Stoff von der Wunde am rechten Rippenbogen. Talion hatte nicht übertrieben. Etwa eine Hand lang klafften vier nebeneinanderliegende Wunden. Vorsichtig zog er die ohnehin schon herunterhängenden Wundränder noch ein Stück weiter auseinander, um die Tiefe der Verletzung einzuschätzen, zu können.

»Verdammt, pass doch auf!«, fluchte Talion.

»Tut mir leid.« Die Wunden waren zwar nicht tief, doch sie würden bis in alle Ewigkeit weiter bluten, wenn sie nichts dagegen unternahmen. »Ich werde den Pullover aufschneiden.«

»Spinnst du? Und was soll ich dann anziehen? Hilf mir lieber ihn auszuziehen.«

Strudel widersprach nicht und half Talion aus der blutigen Kleidung. Es klappte erstaunlich gut. Jetzt, da sein Oberkörper frei lag, sah Strudel, was Talion gestern gemeint hatte. Über seine ganze Wirbelsäule zogen sich die gleichen wulstigen Narben, wie Strudel sie schon in seinem Nacken gesehen hatte. Obwohl er versuchte, Talion nicht anzustarren, entdeckte er zahlreiche weitere Narben, größtenteils von Schussverletzungen. »Hast du medizinische Ausrüstung dabei?«

»Natürlich. Hältst du mich für einen Stümper? In der Gürteltasche.«

Strudel nahm sie Talion ab und fand Verbandsmaterial, einen medizinischen Tacker sowie Desinfektions- und Schmerzmittel.

»Kein DIMMTA?«

»Einen was?«, fragte Talion verwirrt.

»Es wird auch so gehen. Ich wollte nur sehen, ob etwas Wichtiges getroffen ist.«

»Was soll denn an der Stelle Wichtiges getroffen sein? Es blutet nur wie verrückt. Hast du so einen Tacker schon mal benutzt?«

Strudel nickte. Aber es war nicht sein Fachgebiet. Wie gut könnte er jetzt Nesrin und Canina an seiner Seite gebrauchen. »Einfach Wundränder zusammenhalten und abdrücken, oder? Es blutet genug, dass wir es nicht säubern müssen.«

»Ja mit Sicherheit. Jetzt mach schon.«

Entschlossen drückte Strudel ab und setzte im Abstand von etwa eineinhalb Zentimetern Klammer um Klammer. Aus eigener Erfahrung wusste er, dass Talion kaum etwas davon spürte. Als er mit allen vier Wunden fertig war, zitterte Talion vor Kälte.

Der Soldat warf einen nachlässigen Blick auf die Verletzung. »Sieht ganz ordentlich aus«, lobte er, aber seine Stimme klang ungewohnt matt.

Strudel nickte und legte einen Verband über die Rippen. »Fertig. Brauchst du Schmerzmittel?«

»Nein. Vielleicht später.« Talion stand auf und sah sich um. »Wäre echt verdammter Mist gewesen, wenn ich doch noch an diesem verfluchten Ort gestorben wäre. Danke, Kleiner.«

Strudel zuckte unbehaglich mit den Schultern und wusste nicht, was er antworten sollte. »Kein Problem«, sagte er schließlich.

Erst kurz vor Sonnenuntergang erreichten sie das andere Ende des Tals. Nach Talions Zeitplan hätten sie längst eins der Flüchtlingslager erreichen müssen. Der Umweg hatte sie Zeit gekostet und sie kamen zu langsam voran. Trotzdem war Strudel erleichtert, diesen Ort des Todes endlich zu verlassen und auch Talion entspannte sich sichtlich.

»Dort hinten liegt die Straße, die von den Verlorenen benutzt wird. Sie führt direkt zu 67« sagte Talion und deutete mit dem linken Arm nach Westen. »Wir haben Glück.«

Tatsächlich machte Strudel in einiger Entfernung Bewegung aus.

»Komm, wir nutzen die Dämmerung, um uns unter sie zu mischen«, schlug Talion vor.

Je näher sie kamen, desto deutlicher erkannte Strudel die Gestalten vor ihnen. Es waren gut vierhundert Menschen, die sich zu einer Gruppe zusammengeschlossen hatten und zügig voranschritten. Viele trugen unförmige Bündel oder sperrige Rucksäcke mit sich. Bei den meisten handelte es sich um junge Erwachsene. Kinder und Alte hingegen waren kaum unter ihnen.

»Findest du es nicht seltsam, dass sie so spät noch unterwegs sind?«, fragte Strudel. »Warum haben sie kein Lager errichtet?«

»Es ist ja nicht mehr sehr weit. Vielleicht hoffen sie darauf, schon morgen Mittag in Kuppel 67 die Füße hochzulegen«, antwortete Talion abwesend. Offenbar war er in Gedanken woanders.

Außer ihnen näherte sich noch eine weitere Gruppe, um sich der Sicherheit der Masse anzuvertrauen. Gespannt beobachtete Strudel, wie die vier Neuankömmlinge misstrauisch gemustert wurden. Doch niemand erhob Einspruch, als sie sich dem Zug anschlossen.

Talion gab sich einen sichtlichen Ruck. »Vergiss nicht, wir leben hier draußen, wissen keinen Rat mehr und unsere letzte Hoffnung ist Kuppel 67.« Zweifelnd musterte Talion Strudel, der sich Mühe gab, verzagt und hoffnungslos zu erscheinen. Talion verdreht die Augen. »Am besten du sagst nichts und überlässt mir das Reden«, urteilte er über Strudels schauspielerisches Talent.

Strudel war das nur Recht und er erklärte sein Einverständnis durch ein Schulterzucken.

Vorsichtig näherten sie sich der Straße. Da sie nur wenige Meter trennten, bemerkte Strudel die gebeugte Haltung und die stumpfen Blicke der Flüchtenden. Talion hatte recht, diese Leute waren am Ende. Trotzdem hoben viele wachsam die Köpfe, als sie Strudel und Talion am Straßenrand entdeckten. Erst jetzt registrierte Strudel, dass fast jeder der vierhundert bewaffnet war. Meist mit langen Messern, die aussahen, als wären sie aus Granatsplittern gefertigt oder mit hoffnungslos veralteten Schusswaffen. Offensichtlich wirkten Talion und er bedrohlich, denn einige der Waffen wurden auf sie gerichtet und ein Murmeln ging durch die Reihen. Verwirrt suchte Strudel zwischen den Verlorenen nach der Vierergruppe. Warum war sie problemlos aufgenommen worden und sie beide erweckten Argwohn?

Ohne dass jemand einen Befehl gab, blieben alle nahezu gleichzeitig stehen. Es entstand Bewegung, als sich drei der Leute zu ihnen nach hinten durchschoben. Zwei Männer und eine Frau bauten sich drohend vor ihnen auf.

»Wer seid ihr?«, fragte die Frau angriffslustig. Strudel konnte im schwindenden Abendlicht gerade noch erkennen, dass Teile ihrer Haut seltsam bläulich angelaufen waren.

Talion hob beschwichtigend die linke Hand. »Was ist denn los mit euch?«

»Antworte!«, bellte einer der Männer, dessen Glatze mit knubbeligen Beulen übersät war.

»Ist ja gut. Ich bin Kain und das ist mein Bruder Abel«, log Talion mühelos.

»Nun Kain, was ist mit dir passiert? Du bist verletzt«, stellte der jüngere der Männer fest. Er war etwa im gleichen Alter wie Talion und wirkte besonnen.

Vielleicht wandte sich Talion deshalb an ihn. »Wir wurden unterwegs von Mutanten angegriffen.« Er deutete auf Strudel. »Mein kleiner Bruder ist völlig am Ende. Wir wollen nur …«.

»Halt den Mund«, fuhr der Glatzkopf dazwischen.

Der jüngere Mann hob besänftigend die Hände. »Ihr müsst verstehen, wir sind etwas angespannt. Lichtbringer treiben sich in der Gegend rum. Was haben sie wohl so nah an Kuppel 67 zu suchen?«

»Hört mal«, Talion klang zunehmend genervt, »woher sollen wir das wissen? Wir sind keine Feinde. Wir frieren genau wie ihr und …«

»Na und? Meinst du, meine Kinder frieren nicht?«, fragte die Frau gereizt. »Ich kenn euch nicht. Vielleicht schneidet ihr meinen Kindern im Schlaf die Kehle durch? Ich sage, die beiden müssen verschwinden.«

Talion versteifte sich sichtlich. »Hör mal Schätzchen …«

»Wahrscheinlich sind sie gefühllose Bestien und …«

»Jetzt reicht es.« Talion ging einen drohenden Schritt auf die Frau zu.

Es sah nicht unbedingt so aus, als hätte Talion die Situation noch unter Kontrolle. Andererseits hatte er Strudel verboten, sich einzumischen. Strudel überlegte noch, ob er sich über sein Sprechverbot hinwegsetzen sollte, als die Frau bereits handelte. Mit einer fließenden Bewegung zog sie das Metallrohr, das sie bei sich trug und holte aus. Strudel erwartete, dass Talion diesen Angriff spielend leicht abwehren würde. Er irrte sich. Als Talion den Arm hob, um den Schlag abzufangen, sah Strudel bereits, dass es nicht gelingen würde. Das Rohr sauste nieder, an Talions unzureichender Verteidigung vorbei und traf ihn präzise auf den frisch verbundenen Wunden. Talion stöhnte und krümmte sich zusammen. Einen Moment schien er zu schwanken, dann trat diese unheimliche Mordlust in seine Augen.

»Das versuchst du nicht noch mal, Freundchen«, drohte die Frau, die Talions Stimmungsumschwung nicht bemerkte.

Sie hob das Rohr erneut. Talions Muskeln spannten sich. Diesmal zögerte Strudel nicht. Mit einem großen Schritt stand er zwischen den Streitenden. Mit einer Hand fing Strudel die zuschlagende Waffe, mit der anderen packte er Talion an der Schulter.

Ein aufgebrachtes Flüstern ging durch die Menge. Strudel verstand nur einzelne Worte, doch die klangen nicht sehr vielversprechend. Gefährlich. Fremde. Verschwinden.

»Krieg dich wieder ein«, zischte Strudel Talion zu. »Sonst sind wir erledigt.«

Überrascht und gekränkt sah Talion zurück.

Verjagen. Ausschalten. Töten.

Das hörte sich überhaupt nicht gut an.

»Ich kenne die beiden«, meldete sich plötzlich eine Stimme über das Murmeln hinweg. Ein alter Mann drückte sich zwischen den Schaulustigen nach vorne. Verwirrt musterte Strudel den Alten. Er war sich sicher, dass er ihn zum ersten Mal sah.

Unbeirrt fuhr der Alte fort. »Ist schon eine Weile her, deshalb habe ich sie nicht gleich erkannt. Ich habe die Zwei in der Nähe von 64 getroffen. Zähe Burschen, die beiden.« Wohlwollend blickte der Greis Strudel an. »Du bist ganz schön gewachsen, Abel.« Eins der freundlichen, blassen Augen zwinkerte Strudel zu. »Du wirst dich nicht mehr an meinen Namen erinnern. Ich bin Dan.«

»Natürlich erinnere ich mich an dich, Dan«, murmelte Strudel nervös. »Du warst sehr nett zu uns.« Strudel ließ die beiden Kontrahenten los und hoffte inständig, dass seine Nervosität als Schüchternheit durchging.

»Kain war immer der hitzköpfigere von euch beiden. Wie ich sehe, hat sich das nicht geändert.«

Strudel wandte sich zu Talion um und warf ihm einen auffordernden Blick zu. Talion verdrehte die Augen und deutete ein Nicken an, dann sah er zerknirscht zu dem Alten. »Du hast ja Recht, Dan. Tut mir leid. Mein Gemüt geht manchmal mit mir durch.« Es klang aufrichtig.

Herausfordernd sah Dan die drei Ankläger an. »Ich verbürge mich für die Brüder und fordere, dass sie mit uns ziehen dürfen. Seid ihr damit einverstanden?«

Alle Drei nickten, wenn auch zögerlich.

»Du hast gelogen«, stellte Talion fest, sobald sie sich weit genug zurückfallen gelassen hatten, dass niemand außer Dan sie hörte.

»Was du nicht sagst, mein Junge«, brummte der Alte. »Hätte ich zulassen sollen, dass sie euch töten? Meinst du nicht, es fließt schon genug Blut?«

»Aber du kennst uns nicht und hättest verletzt werden können«, wandte Strudel ein.

»Und wenn schon, mein Sohn. Wir müssen zusammenhalten. Sonst freut sich bloß der Tod.« Stirnrunzelnd drehte sich Dan wieder Talion zu. »Geht es dir gut, Junge?«

Talion machte eine wegwerfende Geste. »Nicht der Rede wert.« Doch Strudel hatte längst bemerkt, dass er die rechte Hand auf die Verletzung drückte. Entweder hatte die Wunde wieder zu bluten begonnen oder der Schlag hatte Talion ein oder zwei Rippen gebrochen. Strudel drängte es nachzusehen, denn in beiden Fällen hätte er Talion Linderung verschaffen können. Der Rest der Gruppe würde jedoch keinesfalls auf sie warten. Also musste es so gehen, bis sie eine Pause machten.

Dan schien noch etwas sagen zu wollen, überlegte es sich aber offenbar anders.

»Willst du denn auch in Kuppel 67?«, fragte Strudel. Zwar wollte er den Alten vor allem davon abhalten, seinerseits zu viele Fragen zu stellen, aber Strudel war auch ehrlich neugierig.

»Nein, ich begleite nur meine Tochter und meinen Enkel dorthin. Mich würden sie nie reinlassen, da mache ich mir keine Illusionen. Viele dieser Träumer da vorne werden eine böse Überraschung erleben, wenn wir ankommen. Nein, einen alten Mann wie mich können sie dort drinnen nicht gebrauchen. Aber es heißt, dass sie gesunde Säuglinge aufnehmen. Schließlich bleibt auch bei ihnen der Nachwuchs aus.«

Dan begann von seinem Leben zu erzählen und Strudel hörte fasziniert zu. Er war in einer Kuppel mit der Nummer 63 geboren worden, doch vor über fünfzig Jahren war diese endgültig in sich zusammengebrochen. Dan, damals etwa so alt wie Strudel heute, hatte mit seiner Familie zunächst versucht, in einer anderen Kuppel Schutz zu finden. Vergeblich. Niemand nahm sie auf und so mussten sie sich an den Gedanken gewöhnen, im Niemandsland außerhalb der Kuppeln zu leben. Keiner aus seiner Familie, außer Dan, überlebte die ersten drei Jahre. Der alte Mann war gerade dabei zu berichten, wie schließlich auch noch seine Schwester an einer Krankheit, die er »Frost« nannte, starb, als er mitten im Satz abbrach. »Was ist das?«

Inzwischen war es Nacht und so sehr er sich auch anstrengte, konnte Strudel nichts Verdächtiges in der Dunkelheit erkennen. Dann erst bemerkte er, dass der Alte lauschte. Strudel schloss für einen Moment die Augen und konzentrierte sich. »Fahrzeuge. Viele.«

Die Geräusche näherten sich aus der Richtung, aus der sie kamen. Das bedeutete, dass es sich vermutlich nicht um Truppen der Kuppel 67 handelte. Sie waren erledigt.

»Das sind Lichtbringer«, bestätigte Dan Strudels Verdacht. »Entschuldigt mich. Ich muss nach meiner Tochter sehen.« Mit diesen Worten eilte er schneller nach vorn, als Strudel es dem alten Mann zugetraut hätte.

»Das gibt Ärger«, murmelte Talion, der während ihres Marsches kein Wort mehr gesagt hatte.

Das Dröhnen der Fahrzeuge war nicht mehr zu überhören. In der Menge wurde es unruhig.

»Verdammt, seit wann trauen die sich wieder so weit in unser Gebiet? Denen muss ja wirklich etwas an dir liegen.« Talion hatte kaum ausgesprochen, da überflutete Licht die Straße. Scheinwerfer.

Strudels Herz pumpte immer schneller Adrenalin durch seinen Körper. Sie würden ihn finden. Es gab kein Entkommen. Nur Tod oder Gefangennahme. Aber leicht wollte er es ihnen nicht machen. »Was tun wir jetzt?«

Talion zog Strudel zum Straßenrand. Seine Verwundung schien Talion dabei kaum zu beeinträchtigen, was Strudel trotz der düsteren Aussichten erleichterte. »Wir bleiben genau, wo wir sind. Wir halten uns an den Plan und verstecken uns in der Menge.«

»Das ist Wahnsinn. Sie werden uns finden.«

»Dafür müssen sie uns erst einmal erkennen. Schau mich an«, befahl Talion. Gehorsam hob Strudel den Kopf. Talion hielt ihm eine kleine Spraydose vor die Augen und grinste irrsinnigerweise. Dann drückte er auf einen Knopf. Eine Flüssigkeit zerstäubte in der Luft und traf Strudel im Gesicht. Sie brannte in seinen Augen, wie der Qualm von verschossenem Schießpulver.

»Was soll das?«, zischte Strudel wütend. Ganz egal was gleich passierte, er würde seine Augen brauchen.

»Halt den Mund und schmier dir dieses Gel in die Haare.«

Talion warf ihm eine kleine Dose zu, dann nahm er das Augenspray und sprühte es sich selbst ebenfalls in die weit geöffneten Augen. Strudel fing irritiert die Dose. Als er aufsah, hatte Talion sich verändert. Im ersten Moment überlegte Strudel, was es war, dann verstand er. Talions Augenfarbe hatte sich in ein dunkles Braun verwandelt.

Während Strudel Talion noch anstarrte, begann der bereits Gel aus einer zweiten Tube in seinen Haaren zu verteilen. Sofort verfärbten sie sich schwarz.

»Gut, was? Jetzt mach schon! Wir haben nicht ewig Zeit.« Talion strich sich schon den kurzen Bart mit der Paste ein.

Strudel öffnete rasch die kleine Dose und eine schmierige durchsichtige Masse kam zum Vorschein. Er nahm einen großzügigen Batzen und begann ihn eilig auf sein Haar aufzutragen. Es kribbelte leicht. Verwirrt stellte Strudel fest, dass plötzlich mehr Haare auf seinem Kopf wuchsen als früher. Dann erkannte er seinen Irrtum. Seine Haare wurden nicht mehr, sondern länger.

»Was soll das?«, fragte Strudel Talion, der nun keine Ähnlichkeit mehr mit Strudel hatte.

»Sie suchen einen männlichen Teenager mit türkisen Augen. Ein braunäugiges Mädchen wird sie kaum interessieren.«

Verdattert hielt Strudel inne. »Ein Mädchen?«

»Ja, warum nicht. Du bist so dürr, dass der Unterschied kaum auffällt. Atme das ein.«

Misstrauisch beäugte Strudel den kleinen Inhalator, den Talion ihm reichte.

»Es macht deine Stimme weiblich. Jetzt stell dich nicht so an oder willst du drauf gehen?«

»Warum spielst du dann nicht die Frau?«, murmelte Strudel rebellisch, doch er wusste, es war zu spät für Gegenargumente. Die Lichtbringer hatten sie fast erreicht. Einige der Fahrzeuge scherten aus, um einen Kreis um die Gruppe zu ziehen.

Ungehalten nahm Strudel das Gerät, schüttelte es, steckte es sich in den Mund und drückte ab. Dabei atmete er tief ein.

»Na, geht doch. Wir trennen uns. Mach keine Dummheiten, sonst sind wir tot.«

»Schon klar.« Als er seine Stimme hörte, erschrak Strudel. Sie klang hoch und klar.

Talions nun braune Augen funkelten amüsiert. »Dann pass auf dich auf, Schwesterchen.« Mit diesen Worten rannte er davon und verschwand in der Menge.

Die Fahrzeuge hatten einen engen Kreis um sie gezogen und Strudel beeilte sich, ebenfalls zum Rest der Gruppe zu kommen. Auffallen war in dieser Situation nicht ratsam.

Die Transporter der Lichtbringer bremsten. Ihre Lichter machten die Nacht zum Tag.

»Legt eure Waffen auf den Boden. Bleibt ruhig, dann passiert euch nichts«, brüllte der erste Lichtbringer, der aus einer der Fahrerkabinen sprang. »Ich bin der Kommandant dieser Truppe und garantiere für eure Sicherheit, wenn ihr uns gebt, was wir wollen!«

Niemand rührte sich, nur der junge, besonnene Mann trat ein paar Schritte auf den Lichtbringer zu. »Entschuldigt. Wir sind nur auf der Durchreise. Wenn wir unwissentlich …«

»Ich habe einen Befehl erteilt, junger Mann!«

Der Wortführer zuckte mit den Schultern. »Wie Ihr sicherlich wisst, sind wir ein freies Volk. Da Ihr uns keinen Schutz bietet, sehen wir keine Veranlassung, Eure Befehle zu befolgen. Eure ebenso wenig, wie die Eurer Feinde. Aber wenn Ihr uns sagt, was Ihr sucht, können wir Euch vielleicht …«.

»Zwei Deserteure sind vorgestern aus Eden geflohen«, antwortete der Kommandant prompt.

Sie bezeichneten ihn allen Ernstes als Deserteur? Etwa, weil er vor seiner Hinrichtung ›geflohen‹ war und sich nicht wie ein braver Soldat hatte erschießen lassen? Und Talions Flucht aus der Armee lag nun wirklich ein paar Jahre zurück.

»Es handelt sich um zwei blonde Soldaten. Der eine ist etwa fünfundzwanzig, der andere fünfzehn. Der Jüngere hat auffällige türkisfarbene Augen. Von ihm haben wir ein Bild.« So neutral, wie sie behaupteten, konnten die Verlorenen nicht sein. Denn jedem von ihnen musste klar sein, dass die Beschreibung auf ihre beiden Neuzugänge passte, doch keiner verriet sie.

Nach kurzem Schweigen ergriff der Besonnene wieder das Wort. »Wir haben niemanden gesehen. Vielleicht wären Sie jetzt so freundlich und würden uns weiter …«

»Das werden wir nicht! Wir werden uns erst einmal jeden genau ansehen. Jeder bleibt, wo er ist!« Diesmal verlieh er seinem Befehl mit dem Standardgewehr der Lichtbringer Nachdruck. Drohend richtete er es auf die Gruppe.

»Schon gut«, lenkte der Anführer ein. »Wir werden tun, was Ihr wollt. Aber ich sage Euch noch mal, dass Ihr eure Zeit verschwendet.«

»Das werden wir ja sehen.« Über die Schulter brüllte der Kommandant: »Befragt jeden. Verdächtige werden zusammengetrieben. Zwanzig von euch durchsuchen die Umgebung!«

Rüde drängten sich die Lichtbringer durch die Menschenmenge. Zu Strudels Schrecken hielten sie alle ein ziemlich aktuelles Bild von ihm in den Händen.

Rechts von Strudel bauten sich einige Lichtbringer vor einem jungen Erwachsenen mit kurz geschorenen Haaren auf. Die Lichtbringer nahmen ihm seinen Speer ab und brüllten ihm Fragen ins Gesicht. Als seine Antworten ihnen nicht gefielen, schubsten sie ihn aus dem Lichtkreis hinter die Fahrzeuge. Das Durcheinander nahm zu. Überall bekamen unfreundliche Fragen unfreundliche Antworten.

Strudel sah zwei männliche Teenager, die sich ebenfalls widerwillig zur Befragung hinter einen der LKWs führen ließen.

Dann wurde links von Strudel ein Junge, der höchstens zehn Jahre alt war, aber unglücklicherweise blondes Haar besaß, rüde aus der Menge gezerrt. Die Frau mit der bläulichen Haut schrie und beschimpfte die Lichtbringer. Der Junge weinte und versuchte, sich aus dem Griff der Soldaten zu winden.

Kalter Hass stieg in Strudel auf. Nein. Nicht schon wieder. Nicht noch ein Kind, das seinen Eltern entrissen wurde. Nie wieder! Strudel kämpfte sich durch die ungewaschenen Leiber hindurch. Die Hilfeschreie des kleinen Jungen gellten in seinen Ohren. Endlich hatte er den Rand der Gruppe erreicht und stieß sich durch die letzten Zuschauer.

»Er ist es nicht! Lasst ihn los!«, brüllte Strudel mit seiner neuen Mädchenstimme.

Tatsächlich blieben die Lichtbringer stehen.

»Woher willst du das denn wissen?«, fragte eine von ihnen, die ein Leutnantsabzeichen trug.

»Sie hat doch recht«, mischte sich plötzlich eine weitere Person ein. »Der Bengel ist niemals fünfzehn.« Talions Augen hatten sich zu schmalen Schlitzen verengt. Strudel stand nahe genug bei ihm, um das Zittern seines Körpers zu bemerken. »Wollt ihr ihn töten, wie meine Brüder?« Talions Stimme hallte so laut über die Ebene, dass einige der umstehenden Lichtbringer sich ebenfalls zu der Szene umdrehten. »Wie meine kleinen Brüder?«

Die Frau mit dem Leutnantsabzeichen betrachtete erst den kleinen Jungen und dann Strudel und Talion kühl. »Lasst das Kind. Er passt nicht«, urteilte sie dann knapp.

Gehorsam ließen die Lichtbringer den Zehnjährigen los. Er rannte zu seiner Mutter, vergrub das Gesicht in ihrem Bauch und schluchzte. Die blaue Frau schenkte Strudel ein dankbares Lächeln.

Erleichtert atmete Strudel auf. Der Kleine war in Sicherheit. Zumindest so sicher, wie er umzingelt von feindseligen Soldaten sein konnte.

Strudel wollte sich abwenden und wieder in der Menge verschwinden.

»Nicht so schnell«, sagte die Lichtbringerin gebieterisch.

Strudel hielt inne. Ihm schwante Übles.

»Shell, Pustel, ihr nehmt euch das Mädchen vor. Vielleicht weiß sie etwas. Ich kümmere mich um diesen vorlauten Schreihals.«

Ein älterer, stark schwitzender Lichtbringer salutierte und trat auf Strudel zu. »Mitkommen, Mädchen.« Ein wenig hinter dem ersten Mann stand ein pickliger Soldat, der etwa drei oder vier Jahre älter als Strudel sein mochte.

Jedes einzelne von Strudels Nackenhaaren stellte sich warnend auf. Das Letzte was er wollte, war alleine mit den beiden Soldaten zu sein. Aber Strudel wusste nicht, wie er der Befragung entgehen sollte. Weigerte er sich mitzugehen, würde er noch mehr Aufmerksamkeit auf sich und Talion lenken. Es blieb ihm also nichts anderes übrig, als mit den Lichtbringern den Lichtkreis zu verlassen.

Strudel warf noch einen letzten Blick zu Talion. Dessen Wut war mal wieder so schnell verflogen, wie sie gekommen war. Nun diskutierte er hitzig mit der Lichtbringerin, ohne Strudel eines Blickes zu würdigen.

Das hatten sie hervorragend hinbekommen.

Der ältere Lichtbringer räusperte sich. »Dann erzähl mal, was du weißt, Mädchen.«

Strudel schüttelte den Kopf. »Nichts.«

»Das klang gerade aber ganz anders«, wandte der jüngere Soldat ein. »Wir wollen dir nichts tun«, fuhr er fort. »Sag uns einfach, was du weißt. Das ist wirklich eine sehr wichtige Mission. Edens Sicherheit steht auf dem Spiel.«

Offenbar glaubte der Lichtbringer tatsächlich an das, was er sagte. Strudel konnte ihn gut verstehen. Lange genug hatte auch er den Lügen der Armee vertraut.

»Du willst doch nicht, dass wir grob werden?«, fragte der Ältere mit falscher Besorgnis in der Stimme. »Wäre schade um dein hübsches Gesicht.« Der schwitzende Lichtbringer trat einen Schritt näher an Strudel heran. Gut, dass sein Gesicht noch keinen nennenswerten Bartwuchs aufwies. Denn sonst hätte dem Soldaten spätestens jetzt klar werden müssen, dass mit dem »Mädchen« etwas nicht stimmte.

»Die, die wir suchen, sind eine Gefahr für ganz Eden. Weißt du wirklich nichts über sie?« Der picklige Mann warf seinem Kameraden einen Blick zu, den Strudel nicht deuten konnte.

Der ignorierte seinen jüngeren Kameraden. Viel zu sehr war er damit beschäftigt, Strudels Körper mit gierigen Augen zu verschlingen. »Schade, schade. Was sollen wir dann unseren Vorgesetzten sagen? Sie wären bestimmt wütend auf dich.« Der Mann streckte eine Hand aus und wollte Strudel über die Wange streichen.

Strudel wich zurück.

»Keine Angst. Du bist so ein süßes Ding. Wir finden sicher eine Lösung.«

»Shell …«

»Misch dich nicht ein, Frischling.« Der Ältere trat noch einen Schritt auf Strudel zu.

Schweißgestank raubte Strudel den Atem. Sein Blickfeld schien sich zu verengen. Er musste hier weg!

»Lass das Mädchen in Ruhe!«, verlangte der picklige Lichtbringer mit erstaunlichem Nachdruck.

»Keine Sorge, ich will doch nur ein bisschen Spaß.«

Strudel stieß mit dem Rücken gegen den Lastwagen. Keine Fluchtmöglichkeit. Strudels Herz pochte hart und schnell.

Der Mann streckte seine Hand abermals nach Strudel aus. Diesmal zielte er nicht auf Strudels Gesicht, sondern auf seine Brust.

Übelkeit stieg zeitgleich mit dem Bild Balors in Strudel auf. Es war, als spüre er wieder dessen Hand auf seinem Rücken. Er war erneut sechs Jahre alt. Er roch den Alkohol im Atem seines Onkels. Er spürte die Angst. Die Panik.

Das Messer! Er brauchte das Messer!

»So ein süßes Ding …«

»Shell, lass das!«

Ein dumpfer Schlag. Strudel blinzelte.

»Du widerliches Schwein«, knurrte eine weibliche Stimme.

Der schwitzende Soldat war vor Strudel zusammengebrochen. An seiner Stelle stand nun die zierliche Gestalt eines Mädchens. Es war zu dunkel, um Genaues zu erkennen, doch offenbar hatte sie den Lichtbringer mit einem gefährlich aussehenden Knüppel auf den Kopf geschlagen. Er war entweder bewusstlos oder tot. Strudel ertappte sich dabei, wie er Letzteres hoffte. Mit Mühe überwand er den Drang, dafür zu sorgen. Er musste sich um den zweiten Lichtbringer kümmern. Der versuchte verzweifelt seine Waffe aus der Halterung zu ziehen. Er konnte noch nicht lange bei der Armee sein, dafür war er einfach zu langsam.

Strudel zog die Pistole, die immer noch unter seiner Kleidung verborgen war und zielte auf den Lichtbringer. »Lass das. Ich will dich nicht erschießen.« Es war die Wahrheit. Schließlich hatte er versucht, ihm zu helfen.

»Hör mal Kleine, Shell ist ein Mistkerl. Aber du musst uns helfen. Wir Lichtbringer sind die Guten. Wir …«

»Da irrst du dich«, unterbrach Strudel ihn. Er fühlte sich matt und zittrig.

»Woher willst du das wissen? Du wiederholst doch nur, was man sich hier draußen erzählt«, sagte der Lichtbringer bedauernd.

»Die Lichtbringer haben mich neun Jahre lang ausgebildet. Sie haben meine Freunde getötet. Ich weiß vermutlich mehr über sie, als du je wissen wirst.«

Der picklige Soldat schüttelte fassungslos den Kopf. »Das kann nicht sein. Wer bist du?«

»Ich bin Strudel. Soldat Nummer 365. Kandidat in Projekt 8. Mitglied von Trupp 6. Auserwählter EXOträger. Klon, entstanden im Projekt Neshamah. Seit neustem Deserteur und Gefahr für ganz Eden.«

Es dauerte nur ein paar Sekunden, bis beide Lichtbringer gefesselt und geknebelt waren.

»Mister Gefahr für ganz Eden, wie wäre es, wenn wir uns jetzt um deinen Kumpel kümmern?«, schlug das Mädchen vor.

»Talion?«, fragte Strudel alarmiert. »Was ist mit ihm?«

»Ich glaube, der hat sich um Kopf und Kragen geredet. Als ich dir gefolgt bin, haben sie ihn gerade abgeführt.«

»Wohin?«

»Dorthin wo sie die Verdächtigen sammeln.« Das Mädchen deutete nach Süden. »Ich habe euch beobachtet, seit ihr zu dieser Gruppe gestoßen seid. Echt, ich hab ja schon gehört, dass dieser Talion unberechenbar ist. Aber ich meine, auffälliger ging das Ganze wohl nicht? Ziemlich amateurhaft.«

Strudel ging nicht darauf ein, sondern lief los. Er hörte, dass das Mädchen ihm folgte. Kurz fragte er sich, wer sie eigentlich war. Konnte er ihr vertrauen? Oder hatte sie vielleicht nur versucht, ihn zu manipulieren? Aber sie kannte offenbar Talion. Strudel beschloss, bis auf Weiteres davon auszugehen, dass das Mädchen tatsächlich auf ihrer Seite stand.

Als Strudel einige menschliche Schatten vor sich entdeckte, ließ er sich auf den Boden fallen.

»Vermutlich ist es besser, wenn du das Kommando übernimmst«, flüsterte das Mädchen, während es seinem Beispiel folgte. »Ich bin nämlich Rekrutin im ersten Jahr und überhaupt nicht für einen solchen Einsatz ausgebildet.«

Strudel hörte ihr kaum zu, denn er überlegte fieberhaft, wie er die Wachen, die es gewiss gab, loswerden konnte.

Schließlich entschloss er sich für die einfachste, aber auch riskanteste Methode. Er stand auf. »Hallo ihr da! Hier drüben!« Jetzt hing alles von Talion ab. Kurze Verwirrung entstand, als alle versuchten, Strudel in der Dunkelheit zu lokalisieren. Mehr war nicht nötig. Schnelle Bewegung. Leises Stöhnen. Dann gingen fast zeitgleich mehrere Gestalten zu Boden.

Strudel winkte zögerlich. »Talion?«

Einer der noch stehenden Schatten dreht sich um und lief auf sie zu. Die verbliebenen Gefangenen rannten in unterschiedliche Richtungen davon.

»Ich hätte jede Wette angenommen, dass ich meine Bewacher schneller loswerde als du deine, Kleiner.« Talions Stimme klang amüsiert. »Wen hast du denn da dabei? Hattest du etwa Hilfe? Das ist ja unfair!«

Strudel wollte erwidern, dass jetzt keine Zeit für Scherze war, sondern sie schnellstmöglich verschwinden sollten. Doch dazu kam er nicht.

»Ich habe euch nichts zu sagen.«

Das war Dan.

Strudel vergaß ihren Fluchtplan. Talions warnende Rufe ignorierte er. Stattdessen rannte er genau dorthin, von wo sie fliehen wollten.

»Lüg mich nicht an, alter Mann. Jemand hat dich mit den Deserteuren gesehen.« Es war die Stimme des Kommandanten.

Jemand musste sie verraten haben. Was hatten die Lichtbringer getan, um den Willen der Verlorenen zu brechen? Strudel erreichte gerade die Grenze zwischen Licht und Dunkelheit, als Talion ihn von hinten umriss.

»Was soll das werden?«, zischte er und drückte Strudel zu Boden.

»Was wollt ihr von dem Jungen? Er ist doch noch ein Kind.« Dan stand furchtlos vor einer Gruppe Lichtbringer und blickte dem Kommandanten trotzig entgegen.

»Runter von mir!«, knurrte Strudel.

»Die Diskussion hatten wir doch schon mal«, erwiderte Talion trügerisch ruhig. »Ich lasse nicht zu, dass du dich umbringst.«

Der Kommandant schlenderte gelassen auf Dan zu. »Du magst also Kinder?«

»Nein«, keuchte Strudel und versuchte, Talion abzuwerfen. Vergebens. Hilflos musste Strudel mitansehen, wie der Kommandant die Waffe hob und scheinbar wahllos in die Menge richtete. Ein Schuss knallte durch die Nacht und ein kleines Mädchen brach neben seinem Vater zusammen. Die Stille war vollkommen. Strudel hörte den Vater fassungslos auf die Knie sinken. Dann packte er den leblosen Körper seines Kindes und drückte ihn stumm an sich.

»Warum tut ihr das? Warum schießt ihr auf Kinder?« Dan sprach leise und doch laut genug, dass jeder ihn hören konnte. »Ihr seid keine Menschen.«

»Mir ist es egal, wie viele von euren verwahrlosten Bälgern ich erschießen muss, um eine Antwort zu bekommen.«

Verzweifelt schüttelte Dan den Kopf. »Warum schießt ihr auf Kinder? Schämt ihr euch nicht? Was seid ihr nur für Ungeheuer?«

»Alter Mann …«

»Warum tut ihr das? Warum schießt ihr auf Kinder?« Dan zeigte anklagend auf das tote Mädchen.

»Ruhe, sonst …«

»Warum? Warum schießt ihr auf Kinder?« Dan keuchte und wischte sich Tränen aus dem Gesicht. »Warum? Warum!« Dann umklammerte der alte Mann plötzlich seinen linken Oberarm und sackte ohne einen Laut zu Boden.

Als wäre der Anfall des Greises irgendein geheimes Zeichen, zogen die Verlorenen ihre Waffen und griffen an. Wütende Rufe. Schüsse. Schmerzerfüllte Schreie.

Strudel wehrte sich nicht mehr. Stumpf starrte er auf den reglosen Körper des alten Mannes inmitten des Kampfgetümmels. So viele Jahre hatte Dan außerhalb der Kuppeln überlebt, um jetzt zu sterben. Nur weil er freundlich zu zwei Fremden gewesen war. Nur weil er die Grausamkeit des Krieges nicht ertrug. Nur weil er tief in seinem Inneren, trotz allem, was er erlebt hatte, ein Mensch geblieben war.

Als Talion bemerkte, dass Strudel keinen Widerstand mehr leistete, ließ er von ihm ab und zog stattdessen das fremde Mädchen in Deckung. »Dummes Gör, willst du dich erschießen lassen?«

Widerspruchslos ließ sie sich zu ihnen hinunterziehen.

»Du bist vom Abendstern, oder?«, fragte Talion sie, während vor ihnen auf dem Platz gut ausgestattete, satte Soldaten, gegen hungrige, verzweifelte Ausgestoßene kämpften.

Das Mädchen nickte erschöpft.

»Kannst du mit ihnen Kontakt aufnehmen?«

»Ich hab ihnen schon vor Stunden gemeldet, dass sich Lichtbringer hier herumtreiben.« Sie klang abwesend. Vielleicht war es das erste Mal, dass sie den Krieg sah.

Kaum hatte das Mädchen den Satz vollendet, als über dem Platz wie aus dem Nichts zwei Hubschrauber erschienen. Wie hatten sie sich unbemerkt nähern können? Strudel konnte gerade noch einen weißen Stern auf dem Heck des einen erkennen, ehe er zu viel Staub aufwirbelte und die Sicht beeinträchtigte.

»Na, das wurde auch Zeit«, murmelte Talion.

Aus der Staubwolke brachen Soldaten in blau-weißen Uniformen hervor. Feinde wurden sie in der Akademie genannt. Doch schlimmer als die Lichtbringer konnten sie unmöglich sein.

Talion übernahm augenblicklich das Kommando. »Wir schlagen uns zu dem Transporthelikopter durch. Bleibt dicht zusammen.«

»Wir müssen Dan mitnehmen«, brüllte Strudel über den Schlachtlärm hinweg.

»Hör mit dem sentimentalen Quatsch auf. Der Alte ist tot. Was soll das bringen?«

Auch wenn es Strudel nur ungern einsah, Talions Einschätzung stimmte. Womöglich würden sie bei dem Versuch, den Leichnam zu bergen, sterben. Widerwillig nickte Strudel. Doch als sie an Dan vorbeiliefen und ihn im Dreck liegen ließen, fühlte sich Strudel wie ein Verräter.

Talion übernahm die Spitze und schaltete jeden Lichtbringer aus, der sich ihnen in den Weg stellte. Obwohl Strudel gegen das Kriegshandwerk eine tiefe Abneigung empfand, musste er eingestehen, dass Talion der geschickteste Soldat war, den er je beobachtet hatte. Die Verletzung an seiner Seite schien ihn überhaupt nicht mehr zu beeinträchtigen, als er Feind um Feind tötete.

Perfekter angepasst für diese schreckliche Arbeit, hätte er nur noch mit EXO sein können.

Durch Talion geschützt, rannten Strudel und das Mädchen völlig unbehelligt durch die Schlacht.

Eine Granate hatte eins der Fahrzeuge in Brand gesteckt. Das Feuer tauchte das Elend in ein flackerndes, schonungsloses Licht. Verlumpte Kinder, abgemagerte Greise, entstellte Frauen und verkrüppelte Männer, tot auf dem Boden. Verletzte wälzten sich schreiend im Dreck. Ein Gestank hing in der Luft, der Strudel an ein Lazarett erinnerte: Blut, Angst und Schießpulver. Obwohl er all das bereits kannte, erfüllte ihn die Intensität der leidenden Zivilisten mit neuem Schrecken. Das war nicht ihr Krieg, in den sie hier hineingezogen wurden.

Strudel kam es vor, als bräuchten sie Stunden. In Wirklichkeit konnte höchstens eine Minute vergangen sein, als sie ihr Ziel erreichten.

»Keine Bewegung!« Die Soldatin, die beim Hubschrauber stand, richtete drohend ihr Gewehr auf sie. Kein Modell, das in Eden verwendet wurde.

»Mach die Augen auf, du Hohlkopf. Ich bin es, Talion.«

Zu Strudels großer Erleichterung huschte Wiedererkennen über das Gesicht der Frau.

»Talion! Was zum Henker machen Sie hier?«

»Urlaub«, erwiderte Talion trocken. »Wonach sieht es denn aus? Lässt du uns jetzt rein oder muss ich dich erschießen?« Die Frau verdrehte die Augen, trat jedoch einen Schritt zur Seite.

Talion sprang als Erster in den Innenraum. Den darin zurückgebliebenen Soldaten rief er zu: »Wenn ich ihr wäre, würde ich sofort den Abflug befehlen. Ihr habt soeben ziemlich brisante Ladung aufgenommen!«

★

Sekunden später hoben sie ab. Strudel war nie zuvor geflogen. Die Armee von Eden hinkte, was das anging, ihren Konkurrenten hinterher. Er wusste also nicht, wie man sich in so einem Transportmittel korrekt verhielt. Noch dazu war es hier ziemlich düster. Die anderen setzten sich auf Sitze, die an den Wänden angebracht waren und legten Gurte an, also tat Strudel es ihnen gleich.

Talion sackte, kaum dass er saß, in sich zusammen. Eine Hand lag schützend über dem blutgetränkten Verband. Kurz fragte sich Strudel, ob Talion ohnmächtig geworden war, doch sein tiefes Atmen sprach dagegen. Er war eingeschlafen. Auch Strudel drohte die Müdigkeit zu überwältigen. Er kämpfte ein paar Sekunden dagegen an. Dann gab er auf und auch ihm fielen die Augen zu.

Strudel erwachte, als der Lärm um ihn herum verstummte und der Helikopter zum Stillstand kam. Gleich drauf durchflutete Licht den Transportraum.

»Alles klar, Kleiner?«, fragte Talion vom Sitz rechts neben ihm.

Strudel fühlte sich völlig zerschlagen. Aber er vermutete nach weiteren zehn bis fünfzehn Stunden Schlaf würde sich das legen. Davon abgesehen sah Talion weit mitgenommener aus. Kleinere und größere Blessuren, Dreck und Ruß zeugten von ihrer gefährlichen Flucht. Außerdem war die Hand, die Talion im Schlaf über seine Verwundung gelegt hatte, blutig.

Also nickte Strudel.

»Haben wir ganz gut hinbekommen, was?« Talion grinste und Strudel fiel auf, dass seine Augen bereits wieder ihre ursprüngliche Farbe angenommen hatten.

Strudel konnte dem nicht zustimmen und schwieg.

»Ich glaube nicht, dass der Abendstern besonders zufrieden mit einem von uns ist«, erklärte das Mädchen, das neben Talion saß.

Strudel schnallte sich ab und stand auf. Auch die anderen beiden befreiten sich von ihren Gurten.

Er hatte sich noch gar nicht richtig bei ihr vorgestellt. »Mein Name ist Strudel.« Zu seiner Erleichterung klang er wieder wie er selbst. Also fügte er hinzu: »Danke.«

Das Mädchen stand auf und lächelte. Zum ersten Mal sah Strudel sie im Licht. Sie mussten beide etwa im gleichen Alter sein. Ihr Haar leuchtete in einem satten Rot, das er noch nie als Haarfarbe gesehen hatte. Fast der gleiche Ton wie die Uniformen der Lichtbringer. Nur noch eine Spur dunkler. Doch was Strudel den Atem raubte, waren ihre Augen. Einen Moment glaubte er, der plötzlich aufflammende Schmerz würde ihn zerreißen. Simons Augen.

Sie streckte ihm die Hand hin. »Mein Name ist Mel. Willkommen in Kuppel 67.«

Versager! Inkompetente Versager! War sie nur von Idioten umgeben? Wie konnten sie ihn entkommen lassen? Wie schwer konnte es sein, einen halbwüchsigen Bengel zu fangen? Natürlich musste sie zugeben, dass er kein gewöhnlicher halbwüchsiger Bengel war. Sie selbst hatte dafür gesorgt. Bewies das nicht, dass ihre Forschungen erfolgreich waren? Bewies es nicht, dass es funktionierte? Brauchte es noch weitere Beweise? Kein gewöhnlicher Junge wäre noch am Leben! Nur ihre Schöpfung. Das Ergebnis ihrer harten Arbeit.

Andererseits hatte er Hilfe. Wie sie es hasste, an ihn erinnert zu werden. Ein weiterer Misserfolg. Aufsässig. Unberechenbar. Wieder hatte sie zu lange gezögert. Der Stolz darüber, dass es ihr gelungen war, ihn zu erschaffen, hatte ihren Verstand getrübt. Was für ein Fehler. Hätte sie das erbärmliche Dasein dieser unwürdigen Kreatur doch ausgelöscht, als sich diese Fehler das erste Mal zeigten. Aber nein. Sie musste diesen Misserfolg am Leben lassen. Sie wollte aus ihrem ersten Fehlschlag lernen. Was für ein Unfug. Was für eine alberne Sentimentalität.

ASYL

W ieso starrst du mich so an? Habe ich irgendwas im Gesicht?«, fragte Mel.

»Du bist Simons Schwester.« Strudels Kehle brannte. Er schaffte es kaum, die Worte hervorzuwürgen. »Du solltest in Eden sein. Du und deine ältere Schwester.« Der Boden unter seinen Füßen schien zu wanken.

»Strudel?« Talion packte ihn grob am Arm. »Was ist mit dir?«

Strudel schüttelte Talions Hand ab. »Lass mich.«

Verwirrt sah Mel ihn an. »Wir sind schon vor Jahren aus Eden geflohen. Lya sagt, es wäre zu gefährlich gewesen, bei unserer Tante zu bleiben. Woher …«

Strudel biss sich auf die Unterlippe und kämpfte um Haltung. »Simon ist tot.«

»Ich weiß. Er starb, als ich vier Jahre alt war. Die Lichtbringer haben ihn ermordet.« Sie runzelte die Stirn. »Aber woher kennst du meinen Bruder?«

Strudel schüttelte fassungslos den Kopf. »Er hat doch versprochen zurückzukommen. Er hat es so sehr versucht. Und ihr wart gar nicht mehr da? Ihr seid einfach weggegangen?«

»Was redest du da für einen Unsinn?« In den braunen Augen, die Simons so sehr glichen, loderte Wut auf.

»Strudel, was zum …«, setzte Talion an.

»Er ist gestorben. Simon ist neben mir verblutet. Ich habe alles versucht, aber es hat nichts genützt.« Der Schmerz kehrte mit einer Intensität zurück, die Strudel erschütterte. Er schluckte schwer und blinzelte angestrengt gegen das Brennen seiner Augen.

»Als mein Bruder starb, warst du noch ein kleines Kind.« Es klang wie ein Vorwurf.

»Viktoria hat auf ihn geschossen. Er starb, als er 17 Jahre alt war. Vor etwa einem halben Jahr.« Strudel musste sich räuspern. »Simon war wie ein Bruder für mich.« Talion neben ihm versteifte sich. »Er …« Strudel konnte nicht weiter sprechen und schloss stattdessen die Augen. Sofort erschien Simon vor ihm.

»Das ist unmöglich«, flüsterte Mel. »Das ist einfach völlig unmöglich. Simon ist seit Jahren tot.« Zorn mischte sich in ihre Stimme. »Ich glaube dir kein Wort!«

Strudel hörte, wie Mel einen Schritt auf ihn zu ging. Dann traf ihn eine Ohrfeige. Das holte ihn wieder in die Gegenwart zurück. Er riss die Augen auf.

»Lügner!«, brüllte das Mädchen ihm ins Gesicht.

Bevor sie ein zweites Mal zuschlagen konnte, mischte sich Talion ein. Mit einem gut gezielten linken Haken schickte er das Mädchen zu Boden. »Finger weg von meinem Bruder, Rekrut.«

Mels Lippe blutete, doch sie schien keineswegs eingeschüchtert. Stattdessen warf sie Talion einige unschöne Schimpfwörter an den Kopf.

Talion verdrehte die Augen und machte eine wegwerfende Geste. Strudel fiel auf, dass Talion auch dafür die linke Hand benutzte. »Dein Gezeter ändert nichts an den Tatsachen. Wie hätte Strudel denn erraten sollen, wessen Schwester du bist?«

Mel stand auf und reckte trotzig das Kinn. »Woher soll ich das wissen? Vielleicht ist er einfach genauso verrückt wie du?«

Drohend ging Talion einen Schritt auf das Mädchen zu. »Pass bloß auf, du kleine Göre.«

»Lass sie in Ruhe, Talion«, bat Strudel.

Zu Strudels Überraschung blieb Talion tatsächlich stehen. »Vielleicht redest du lieber mal ein Wörtchen mit deiner Schwester«, schlug Talion vor. »Wenn du mich fragst, hat sie dich ziemlich verarscht.«

Mel schnaubte und verschwand durch den offenen Seiteneinstieg des Helikopters, ohne sich noch einmal umzudrehen. Während Strudel ihr nachsah, strich er sich über die getroffene Gesichtshälfte. So etwas hätte Simon nie getan.

»Was für ein Aufstand«, murmelte Talion genervt. »Los, wir gehen. Man wartet auf uns.«

Als sie den Hubschrauber verließen, entdeckte Strudel Mel nirgends mehr. Erleichterung mischte sich in das Gefühlschaos, das in seiner Brust tobte.

Um sie herum herrschte emsiges Treiben. Sie waren direkt an der Kuppelwand gelandet. Der Eingang in die Kuppel lag vor ihnen und wurde streng bewacht. Würden die Soldaten nicht ihre Gewehre auf ihn richten, sobald er sich ihnen näherte? Würden sie nicht sagen: Seht mal, der hat jahrelang für die Lichtbringer gekämpft! Wir sollten ihn töten!

Um sich von seinem nervös pochenden Herzen abzulenken, wandte sich Strudel der einzigen Person zu, der er hier vertraute. »Du hättest sie nicht gleich schlagen müssen«, bemerkte er vorsichtig.

Talion wischte sich über die Stirn. »Wieso nicht? Sie hat dir doch auch eine verpasst. Hätte ich zusehen sollen, wie sie sich meinen kleinen Bruder vornimmt?«

»Ich passe schon auf mich auf.«

»Es sah aber nicht so aus, als hättest du vorgehabt, dich zu wehren.«

Strudel zuckte mit den Schultern. »Ich habe wohl einfach langsam genug davon, mich zu prügeln.«

Talion lachte sein ein wenig verrücktes Lachen. »Damit kannst du aufhören, sobald der Krieg vorüber ist.«

Sie wurden zwar überprüft, doch niemand richtete eine Waffe auf Strudel. Die Soldaten brachten Talion eine merkwürdige Mischung aus Respekt und Spott entgegen. Als Talion erklärte, Strudel wäre sein jüngerer Bruder, den die Lichtbringer jahrelang gefangen gehalten hatten, musterten sie Strudel sogar mit so etwas wie Wohlwollen. Über Funk holten die Grenzwachen das Einverständnis ein, die beiden Neuankömmlinge hereinzulassen. Es stellte sich heraus, dass sie tatsächlich ungeduldig erwartet wurden – in der Kommandozentrale des Abendsterns.

Hastig wurden sie in die Kuppel geschickt, wo ein Fahrzeug bereitstand, um sie weiter ins Innere des Lebenserhaltungssystems zu bringen. Strudel sah sich um, aber er erkannte nicht viel. Es war zu dunkel. Die Luft in 67 war im Vergleich zu Eden anders. Irgendwie stickig, als wären sie unter der Erde.

Talion scheuchte ihn weiter und deutete ihm auf der hinteren Sitzbank des Wagens Platz zu nehmen. Ein Fahrer saß bereits am Steuer und wartete sichtlich angespannt auf sie.

Talion stieg ebenfalls hinten ein und kaum hatte Strudel die Tür geschlossen, gab der Fahrer Gas.

Die dunklen Schatten draußen flogen rasch vorbei und die Fensterscheibe war dreckig, sodass es Strudel schnell aufgab, aus dem Fenster zu sehen. Stattdessen lehnte er sich müde an die Kopfstütze und schloss die Augen. Der Fahrer sprach kein Wort und Talion hatte wieder eine Hand über den blutigen Verband gelegt. Die Stille machte Strudel schläfrig. Fast wäre er erneut eingeschlafen, doch dann bot Talion an, ihn von seinen langen Haaren zu befreien. »Ich meine deine wallende Haarpracht macht bestimmt Eindruck, aber vielleicht willst du sie trotzdem loswerden, bevor wir vor dem Ratsvorsitzenden Vadim stehen?« Talion zog sein langes Messer und wog es abwartend in der Linken.

Strudel willigte zögernd ein. Er hielt einen holpernden Wagen mit mäßiger Beleuchtung nicht unbedingt für den richtigen Ort für einen Haarschnitt, aber das Ganze ging ohne Blutvergießen vonstatten. Strudel mutmaßte zwar, dass das Ergebnis ein wenig zerrupft aussah, doch immerhin fielen ihm jetzt die Haare nicht mehr ständig ins Gesicht.

Kaum hatte Talion sein Werk für vollendet erklärt, sprach der Fahrer zum ersten Mal, um ihnen mitzuteilen, dass sie ihr Ziel erreicht hatten. Er bremste den Wagen ab und parkte vor einem hässlichen grauen Betonbau.

»Sie warten nicht gerne. Wir sollten hineingehen.«

»Fast zweihundert Verlorene tot. Dazu zwei von unseren Soldaten. Die militärischen Pläne für die nächsten Tage dahin. Talion, haben Sie eine Ahnung, was Sie dieses Mal angerichtet haben? Können Sie sich vorstellen, was das für uns bedeutet?« Die Soldatin sah streng auf sie herab. Kein einziges Haar bedeckte ihre Kopfhaut, obwohl sie höchstens zehn Jahre älter als Talion sein konnte. Sie saß an einem großen Tisch. Tisch und Stühle waren die einzigen Möbelstücke des Raumes, in den Soldaten sie gleich nach ihrer Ankunft geführt hatten. Es saßen sechs weitere Personen dort. Alle trugen einen weißen Stern auf blauem Grund auf der Brust. Doch bisher hatte niemand gesprochen außer der haarlosen Soldatin. Sie hatte sich weder vorgestellt, noch ein einziges freundliches Wort verloren. Auch ließ sie keinen Zweifel daran, dass die beiden zerschundenen Gestalten, die vor dem Tisch standen, völlig von der Gunst dieser Versammlung abhängig waren. Trotzdem verspürte Strudel keine Todesangst. Er wusste nicht warum und seine eigenen Gefühle überraschten ihn. Wäre er in Eden in diese Situation geraten, hätte die Angst sich mit Sicherheit längst eingestellt, denn der Vortrag der Soldatin ließ keinen Zweifel an ihren Vergehen.

Vielleicht lag es an Talions entspannter Haltung oder daran, dass niemand in diesem Raum Waffen trug. Vielleicht war Strudel die Angst vor dem Tod inzwischen auch einfach abhandengekommen.

Talion zog spöttisch die Augenbrauen hoch. »Seit wann interessiert sich der Abendstern für tote Verlorene?«

»Sie wissen genau, dass wir uns sehr wohl um die Menschen außerhalb der Kuppel sorgen. Wir …«

»Ja vor allem darum, dass sie nicht nach 67 hinein kommen, nicht wahr? Sind wir doch mal ehrlich, in Wirklichkeit ärgert es euch Ratsmitglieder doch, dass ich gegen euren Befehl gehandelt habe.«

In die Stirn der Frau gruben sich tiefe Falten. »Wenn Sie damit meinen, dass Sie einem ausdrücklichen Beschluss des Rates entgegen gehandelt haben: Ja, das verärgert uns allerdings. Was haben Sie sich dabei gedacht?«

»Zufällig hielt ich es für das Beste für den Abendstern, anders zu entscheiden.«

»Das liegt aber nicht in Ihren Befugnissen, Talion. Es ist unsere Entscheidung. Der Rat befiehlt und Sie als Soldat des Abendsterns folgen diesen Befehlen. Wie oft müssen wir Ihnen das noch sagen, bis Sie es verstehen?«

»Es war nicht unsere Schuld. Die Lichtbringer haben mit dem Töten begonnen«, knurrte Talion. »Ich hab niemanden gebeten, uns dort herauszuholen.«

Die Frau stand auf und schlug mit den Fäusten auf den Tisch: »Ja, natürlich nicht. Aber unglücklich können Sie über unser Taxi auch nicht gewesen sein. In Anbetracht der Tatsache, dass es Sie mitten in einer verdammten Schlacht aufgesammelt hat!«

Der Mann an der Mitte des Tisches zog verärgert die Augenbrauen zusammen.

Ein wenig hastig setze sich die Frau wieder, als wäre sie über sich selbst erschrocken. Sie atmete tief durch und musterte den Klon dann kopfschüttelnd. »Sind Sie überhaupt in der Lage, zu begreifen, dass wieder mal Menschen wegen ihrer Sturheit sterben mussten? Zweihundertdreizehn Menschen, um genau zu sein.«

Zweihundertdreizehn Menschen waren also gestorben, weil er, Strudel, lebte. Die Lichtbringer waren nur auf die Verlorenengruppe gestoßen, weil sie nach ihm gesucht hatten. Keiner der zweihundertdreizehn hätte sterben müssen. Zweihundertdreizehn Leben.

Talion versteifte sich. »Was wollen Sie damit andeuten, Ministerin?«

Die Frau seufzte nachdrücklich. »Das wissen Sie genau. Aber ich sage es gern noch mal in aller Deutlichkeit: Sie sind undiszipliniert und verantwortungslos. Das waren Sie immer schon. Denn Sie sind nicht in der Lage, zu denken oder zu fühlen wie ein normaler Mensch.«

Talion zitterte und Strudel war sich sicher, es kostete ihn all seine Willenskraft, nicht auf die Ministerin loszugehen. Was ihn davon abhielt, waren wohl die unauffällig in den Raum getretenen Soldaten.

»Halten Sie den Mund«, warnte Talion leise.

»Sie sind nun mal ein Klon und ...«, begann die Frau erneut trotz der Warnung.

»Ich wollte nur den Jungen holen!«, brüllte Talion dem Tisch entgegen.

Waffen wurden gehoben. Strudel machte sich bereit, einzugreifen.

Ein frustriertes Seufzen unterbrach die Anspannung. »Manchmal frage ich mich, warum du so einen Spaß daran hast, dich mit dem Rat anzulegen. Falls es dir entfallen ist, Talion: Du ziehst jedes Mal den Kürzeren.«

Die Stimme, die sich einmischte, kam Strudel vage bekannt vor. Verwundert wandte er sich um. Der dichte Vollbart war neu und die dunklen Haare jetzt zu einem unordentlichen Knäuel zusammengebunden, anstatt zu einem Pferdeschwanz. Doch der Ohrring war noch immer der gleiche, wie vor fünf Jahren. Dort stand eindeutig der Mann, den Strudel als Hologramm aus der Nacht kannte, in der Yaro Kontakt zu Kuppel 67 aufgenommen hatte.

»Yunes!« Lachend schloss Talion den Neuankömmling in die Arme. »Diesmal war es wirklich nicht meine Idee, wie du ganz genau weißt.«

»Du siehst aus, als hätte ein Rudel Mutanten auf dir herumgekaut«, scherzte der Mann, den Strudel aus seinen Erinnerungen kannte. Er schlug Talion kameradschaftlich auf die Schultern, doch Strudel sah, dass er dabei sehr behutsam vorging.

»Es war nur ein Mutant. Dafür hat noch der eine oder andere Lichtbringer versucht, mich umzubringen.«

Der Mann in der Mitte des Tisches räusperte sich ungeduldig. Zum ersten Mal betrachtete Strudel ihn genauer. Sein Gesicht wies eine merkwürdige Asymmetrie auf. Die linke Hälfte schien einige Zentimeter nach unten gerutscht. Das schwarze Haar an Augenbrauen und Kopf wirkte deutlich dünner und gräulicher als das auf der rechten Seite. Auch das rechte Auge hatte einen dunkleren Braunton als das kleinere linke. Etwas Vergleichbares hatte Strudel nie zuvor gesehen.

Mit einer harschen Bewegung scheuchte der missgestaltete Ratsmann die bewaffneten Soldaten aus dem Raum. Dann ergriff er das Wort. »Der Löwenbändiger ist da. Yunes, warum wundert es mich nicht, dass du hier auftauchst?«

Yunes ließ Talion los und drehte sich zum Tisch. »Vorsitzender«, grüßte er knapp. »Wenn Sie erlauben, würde ich gerne ein paar Worte zu dieser Angelegenheit vorbringen.«

»Das hatte ich bereits befürchtet«, der Vorsitzende deutete auf Talion. »Er hat dich ja schon immer zu Dummheiten überredet. Erzähl schon, wie bist du in die Sache verwickelt?«

Eine Sekunde lang glaubte Strudel, einen bitteren Zug um Yunes Mundwinkel zu erhaschen, dann grinste er breit. »Na ja, wie Talion völlig richtig erwähnt hat, bin ich an den Ereignissen nicht ganz unschuldig. Um genau zu sein, habe ich ihm von der Nachricht aus Eden erzählt.«

Das frustrierte Seufzen des Vorsitzenden war eine perfekte Imitation des Lautes, den Yunes zuvor von sich gegeben hatte. »Dieser Talion bringt dich nur auf dumme Ideen. Wann siehst du das endlich ein? Und was bitte verstehst du nicht an *streng vertraulich*? Man sollte meinen, ein Mann in deiner Position könnte Geheimnisse für sich behalten.«

Yunes zuckte unbekümmert mit den Schultern. »Ich dachte einfach, Talion würde mich zu Hackfleisch verarbeiten, wenn ich ihm das vorenthalte. Der schlechte Einfluss, Sie wissen schon …«

»Womit er völlig recht hat«, bestätigte Talion. »Prioritäten hin oder her, die Entscheidung, den Jungen sterben zu lassen, war falsch.«

Missbilligend sah der Vorsitzende auf die beiden hinab. »Wir hatten gute Gründe.«

Talion nickte ernst. »Die hat mir niemand erklärt und es hätte auch nichts geändert.«

Der Vorsitzende musterte Strudel mit unverhohlener Neugier. »Weil du diesen Jungen für deinen Bruder hältst?«

»Ich halte ihn nicht nur dafür. Ich bin mir völlig sicher. Ich erinnere mich an jeden meiner achtundvierzig Brüder. Was ich nicht wusste, war, dass damals außer mir noch einer das Ende von Projekt Neshamah überlebt hat. Wie hätte ich zulassen können, dass sie ihn erschießen?« Beim letzten Satz senkte Talion die Stimme.

Der Vorsitzende rieb sich die Stirn. Strudel fiel auf, wie ledrig seine Haut aussah. Fast wie bei den Verlorenen. »Aber du behauptest, die Entscheidung auch zum Wohl des Abendsterns getroffen zu haben. Wieso hältst du ihn für wertvoll? Was kann er zur Eroberung Edens beitragen?«

Talion schwieg.

»Also?« Die zwei unterschiedlichen Augen wanderten wieder zu dem Kommunikationstechniker.

Der zögerte und sagte dann: »Ich habe vor diesem Rat bereits vorgetragen, weshalb ich ihn für wertvoll halte.«

»Und wir haben entschieden, dass es nicht ausreicht, dass er ein Klon ist und von den Lichtbringern ausgebildet wurde.« Allmählich schien der Vorsitzende die Geduld zu verlieren. »Er ist noch ein Junge, was soll er schon über die Pläne der Lichtbringer wissen?«

Yunes schien sich einen Ruck zu geben. »Er ist eine der neuen Geheimwaffen der Lichtbringer.«

Alle Augenpaare richteten sich nach diesen Worten interessiert auf Yunes. Der Einzige, der weder überrascht noch neugierig, ob dieser Neuigkeit wirkte, war Talion. Dessen Gesicht verfinsterte sich.

»Geheimwaffe?«, hakte der Vorsitzende nach.

»Ja.« Auch Yunes bemerkte Talions Verärgerung und warf ihm einen entschuldigenden Blick zu. »Erinnern Sie sich an Bericht 7-439-1?«

»Der über die angeblichen neuartigen EXOskelette, die auf dem Schlachtfeld gesehen wurden?«

»Genau die. Der Arzt Sanmar beschrieb einen Jungen, der ein solches Skelett trug und versuchte seinen Freund vom Schlachtfeld zu retten.«

Der Vorsitzende nickte nachdenklich. »Ich erinnere mich an diese wilden Geschichten.«

Talion sah Yunes an und schüttelte beschwörend den Kopf. Yunes ignorierte ihn. »Der Junge, den Sanmar traf, steht vor Ihnen.«

Die Ratsmitglieder begannen zu murmeln.

»Was soll das, Yunes? Mein Bruder ist kein Forschungsobjekt«, knurrte Talion. »Sie werden ihn in irgendein Labor verschleppen und untersuchen wie ein seltsam mutiertes Tier.«

»Ich weiß, dass dir das nicht passt. Aber einen anderen Trumpf haben wir nicht mehr. Sie werden ihn sonst wieder rauswerfen. Sie tun es jeden Tag. Du weißt, wie es um die Kuppel steht.«

»Aber er hat das EXO nicht dabei. Du versprichst ihnen eine Geheimwaffe und alles, was wir tatsächlich haben, ist ihr Träger. Was soll das bringen?«

Strudel hatte genug davon, dass alle über ihn redeten, als wäre er überhaupt nicht anwesend. »Ich zeige Ihnen den Anschluss.«

Talion und Yunes sahen Strudel überrascht an. So als bemerkten sie gerade erst, dass er neben ihnen stand.

»Das gefällt mir nicht«, sagte Talion schließlich.

Da ging es Strudel nicht anders. Obwohl er sehr wohl verstand, dass seine Bleibensberechtigung in 67 davon abhing, widerstrebte es ihm dennoch, die Ergebnisse von Viktorias Forschung als Preis einzusetzen. Nicht, weil Strudel etwas dagegen gehabt hätte, Geheimnisse der Lichtbringer zu verraten. Was ihn störte, war, dass er sich die Erlaubnis zu bleiben, überhaupt erkaufen musste. Die Leute hier wollten ihn erneut ausbeuten. Sie bewerteten ihn nur nach seinem Nutzen. War der Abendstern dann wirklich besser als die Lichtbringer?

Trotzdem trat Strudel vor und salutierte mit der Faust auf der Brust.

Schlagartig verstummten die Gespräche am Tisch.

Erst jetzt wurde Strudel bewusst, dass diese für ihn ganz alltägliche Geste, sicherlich als unpassend empfunden wurde. Für die Menschen hier zeugte sie nicht von Respekt, sondern war der Gruß des Feindes.

Hastig ließ Strudel die Faust sinken und strich sich stattdessen die Haare aus dem Nacken. »Das hier ist die Schnittstelle zwischen dem EXO und meinem Körper«, erklärte Strudel und versuchte, jede Gefühlsregung aus seiner Stimme fernzuhalten. Dann drehte er sich nur so lange um, wie er schätzte, dass die Ratsmitglieder zur Betrachtung des metallenen Fremdkörpers in seinem Nacken benötigten.

»Erzähl uns von diesem EXO. Was ist das Besondere daran?« Das erste Mal richtete der Vorsitzende sich direkt an Strudel. Ein warnendes Kribbeln lief seinen Körper entlang. Dieser Mann, so harmlos er gerade wirkte, war gefährlich.

Mit knappen Worten erklärte Strudel, was er über die Funktionsweise des EXOs wusste.

Der Vorsitzende ging nicht auf seine Erläuterung ein, sondern fragte: »Du bist ein weiteres Ergebnis der Klonexperimente der Lichtbringer?«

Strudel biss die Zähne zusammen, nickte aber.

»Und stimmt es, dass eine ihrer Wissenschaftlerinnen versucht, Klone für den Kriegseinsatz zu züchten?«

»Ja.«

»Denkst du, die Klonsoldaten werden mit dieser neuen Technik ausgestattet?«

Etwas glomm in den Augen des Vorsitzenden auf. Strudel konnte es nicht einordnen. War es Faszination?

»Ja.«

Nachdenklich lehnte sich der Vorsitzende zurück. Fast eine Minute sagte niemand etwas. Dann ergriff er erneut das Wort. »Bis auf weiteres bleibt ihr alle drei auf dem Stützpunkt. Talion, Yunes«, Strudel glaubte, dass der Blick der ungleichen Augen einen

Moment länger an Yunes haftete als an Talion. »Ihr habt euch beide über die Regeln unserer Gemeinschaft hinweggesetzt. Euer Verhalten ist inakzeptabel. Über angemessene Sanktionen wird der Rat entscheiden.«

Keiner der beiden gab sich Mühe, besonders reumütig auszusehen.

»Auch darüber ob der Junge bleiben kann, werden wir beraten. Unsere Entscheidung wird euch mitgeteilt.«

»Da sind wir ja noch mal mit einem blauen Auge davon gekommen.« Yunes sah aus, als wäre ihm ein guter Streich gelungen. »Ich bringe euch zu euren Wohneinheiten.«

Talion brummte nur. Er wirkte müde. »Glaubst du wirklich? Ich fürchte, dein alter Herr war ziemlich sauer.«

Yunes machte die gleiche Geste, mit der der Vorsitzende die Soldaten aus dem Raum geschickt hatte. »Mach dir keine Sorgen. Er braucht uns. Uns alle drei. Du kannst dir sicher sein, dass mein Vater das ganz genau weiß. Was glaubst du, warum du sonst immer mit allem davonkommst?«

»Vater?«, unterbrach Strudel die beiden.

»Ja, Brüderchen, du kannst dich geehrt fühlen. Yunes hier ist der Sohn vom Vorsitzenden Vadim höchstpersönlich.«

Jetzt, da Talion es erwähnte, fiel Strudel die Ähnlichkeit zwischen den beiden auf. Ohne das verformte Gesicht des Vorsitzenden wäre sie nicht zu übersehen gewesen.

»Ja, ist wirklich eine große Ehre«, spöttelte Yunes. »Nur leider bin ich nicht unbedingt der Sohn, den er sich gewünscht hat. Ich laufe ja nur selten übers Schlachtfeld und erschieße Lichtbringer. Leider ist genau das der Punkt, an dem mein Vater zwischen Gewinnern und Versagern unterscheidet. Mich wundert immer wieder, dass er dich trotzdem nicht leiden kann.«

»Wirklich ärgerlich, dass ausgerechnet du und nicht eins deiner älteren Geschwister überlebt hat.«

Strudel spürte, dass Talions Worte Yunes verletzt hatten. Talion selbst schien davon jedoch nichts zu bemerken und fuhr unbeirrt fort. »Vadim hat fünf Kinder und seine Frau an den Frost verloren. Nur Yunes, der Jüngste, hat überlebt. Deshalb ist Vadim auch so scharf darauf, Eden zu erobern. Dort wären die Kinder bestimmt nicht krank geworden.«

»Frost?«, fragte Strudel verwirrt. »Sind sie erfroren?«

»Erfroren? Nein. Du hast die Verlorene mit der bläulichen Haut gesehen. Die, die mich mit der Eisenstange verdroschen hat. Diese Verfärbungen sind ein Symptom vom Frost. Eine Krankheit, die man sich außerhalb der Kuppeln schnell einfängt.«

Jetzt erinnerte sich Strudel, dass auch Dan etwas Ähnliches erwähnt hatte.

»Es beginnt mit einem Kribbeln und der Blaufärbung der Haut. Später kommen Kältegefühl und schreckliche Schmerzen in den betroffenen Körperteilen dazu. Der Frost breitet sich aus und irgendwann sterben die Kranken einen qualvollen Tod.« Trotz des schrecklichen Themas hatte Talion den lockeren Plauderton beibehalten. »Yunes Geschwister sind krank geworden, weil ihre Mutter zu viel von dem Gift abbekommen hat als sie und Vadim nach dem Zerfall von 64 draußen gelebt haben. Vadim hat sie alle an den Frost verloren. Erst die Kinder. Dann seine Frau. Es hat ihn unerbittlich gemacht.«

»Dir kann ich aber auch nichts anvertrauen, Talion«, seufzte Yunes.

Sie verließen das hässliche Gebäude. Draußen dämmerte es bereits, sodass Strudel nun sah, was sich um sie herum befand. Der Betonbau, aus dem sie gerade heraustraten, bildete das Zentrum der Anlage. Zahlreiche weitere Gebäude gruppierten sich symmetrisch um sie herum. Was in Strudels Augen fehlte, war eine wehrhafte Mauer um den Stützpunkt herum. Für den Fall, dass es Feinden gelang, in die Kuppel einzudringen, schien die Anlage nicht wirklich gewappnet. Die Kuppelwand selbst wirkte zum Greifen nahe.

Während sie durch die fast leeren Straßen gingen, erläuterte Yunes Strudel die Funktionen der einzelnen Häuser. Der Stützpunkt diente anscheinend einerseits als Truppenlager, andererseits als Ausbildungsort für neue Rekruten. Einen Moment lang fühlte sich Strudel, als liefe er durch eine verzerrte Variante der Akademie. Dann erklärte Yunes jedoch, dass die Rekruten des Abendsterns erst ab ihrem sechzehnten Lebensjahr ausgebildet wurden und sie sich alle freiwillig meldeten.

Das klang schon besser.

Yunes bemerkte Strudels Interesse und erklärte ihm das Ausbildungssystem, während er in eine Seitenstraße einbog. Die Rekruten wurden innerhalb von drei Jahren ausgebildet. Erst mit neunzehn und nach erfolgreichem Abschluss der Grundausbildung war es ihnen erlaubt, ins Feld zu ziehen. Alternativ konnten sie sich für einen zusätzlichen Ausbildungsabschnitt entscheiden und sich innerhalb von zwei weiteren Jahren zur Spezialkraft ausbilden lassen.

Nachdenklich strich Strudel über seinen Anschluss. Es musste ein gutes Gefühl sein, selbst entscheiden zu können, womit man sein Leben verbringen wollte. »Bist du so eine Spezialkraft?«, fragte er Yunes.

»Nein, ich habe mich nach der Schule für eine zivile Ausbildung entschieden. Das war übrigens der Zeitpunkt, an dem ich meinen Vater maßlos enttäuscht habe.«

»Das heißt, du arbeitest nicht für den Abendstern?«

»Doch, schon. Praktisch jeder in 67 arbeitet für den Abendstern. Ich habe mich aber für einen zivilen Weg entschieden.«

»Warum?«

»Ich wollte niemanden töten.«

Die Antwort gefiel Strudel und er lächelte Yunes zu.

Talion, der bisher wortlos neben ihnen hergegangen war, blieb stehen. »Wo führst du uns eigentlich hin?«, fragte er Yunes plötzlich misstrauisch.

Yunes blickte drein, als hätte Talion ihn bei etwas Verbotenem ertappt. »Nun komm schon. Du gehörst eigentlich in ein Krankenhaus. Aber weil ich genau weiß, dass du dort keinen Fuß hineinsetzen wirst, nehme ich dich mit zu mir.«

»Ich brauch einfach nur Schlaf.«

»Vergiss es. Ich bin nicht blind. Du verlierst Blut und hast Schmerzen.«

»Ich will deiner Frau nicht zur Last fallen. Sie hat schon genug mit eurer kleinen Noriko zu tun.«

Bedeutete das, dass Yunes eine Familie hatte? Viel wusste Strudel darüber nicht. Eigentlich nur, was seine Truppmitglieder über ihre Familien erzählt hatten. Die Vorstellung, in den privaten Raum einer Familie einzudringen, erschreckte Strudel. In seiner Vorstellung war sie eine Art heiliger Ort. Vielleicht fühlte Talion genauso?

»Du weißt genau, dass sie es gerne macht«, widersprach Yunes. »Sie wird sich beschweren, aber in Wirklichkeit machst du ihr eine Freude damit. Sie vermisst die Arbeit im Krankenhaus.«

Strudel wusste, dass ein Krankenhaus so etwas Ähnliches wie ein Lazarett war. »Wäre es nicht besser, Talion würde dort hingehen? In so einem Krankenhaus können die Sanitäter ihm bestimmt am besten helfen.«

»Siehst du, Strudel hat kein Problem mit Krankenhäusern.«

»Der kann sich ja auch, im Gegensatz zu mir, nicht an die Zeit im Forschungslabor erinnern.« Talion wirkte weggetreten, als hätte ihm jemand zu viel Schmerzmittel verabreicht.

»Ehrlich Talion, ich versteh ja, dass dich die Atmosphäre an früher erinnert, aber …«

»Du? Wie willst du das verstehen? Du bist behütet aufgewachsen. Geliebt. Niemand hat an dir herumexperimentiert oder versucht, dich zu töten.«

Die Verachtung in Talions Stimme schien Yunes nichts auszumachen. Wahrscheinlich kannte er solche Ausbrüche. Bestimmt brauchte man für eine Freundschaft mit Talion eine gewisse Gleichgültigkeit für Beleidigungen. Einen Schutzschild, an dem die unbedachten Äußerungen abprallten, ähnlich einem EXO.

Strudel war sich sicher, dass das, was Talion hinter diesen verletzenden Worten zu verbergen versuchte, Angst war. Denn mit Angst kannte Strudel sich aus.

»Ich verstehe es«, sagte Strudel. Er blickte Talion in die Augen und zeigte ihm, wie sehr er sich fürchtete. Er zeigte ihm die Angst vor Balor. Die Angst vor den Lichtbringern. Die Angst vor dem Krieg. Die Angst vor all dem Unbekannten in Kuppel 67. Die Angst um seine Freunde. Die Angst, sich selbst zu verlieren. »Ein Freund hat mir mal gesagt, es ist normal, dass wir Angst haben. Wir wären Idioten, wenn wir keine hätten.«

»Dein Freund hat verdammt recht«, brummte Talion.

»Er ist gestorben, weil er nicht wollte, dass ich ihn zu den Sanitätern bringe. Glaub mir, ich lass nicht zu, dass mir das bei meinem Bruder noch einmal passiert. Also nimm Yunes Angebot an.«

Ein kurzes Lächeln huschte über Talions bleiches Gesicht. »Na gut, Brüderchen. Du hast mich überzeugt.«

Zum Wohnkomplex in dem Yunes und seine Familie lebten, war es zum Glück nicht mehr weit, sodass Talion keine Gelegenheit mehr hatte, es sich anders zu überlegen. Sie stiegen in den zweiten Stock hinauf, wo Yunes eine triste, graue Tür aufsperrte. »Yukino, ich bin zuhause!«

Eine zierliche Frau erschien aus einem angrenzenden Zimmer. Ihre mandelförmigen Augen erinnerten Strudel sofort an Tian. Schon wieder ein Freund, den er verloren hatte. Verloren in einem See aus Eis.

»Und du hast mir mal wieder Arbeit mitgebracht, wie es aussieht.« Sie beäugte Talion kritisch. »Wir betreiben hier keine

Privatklinik für die Freunde meines Mannes. Nur für den Fall, dass ich das beim letzten Mal noch nicht deutlich genug gesagt habe.«

Statt auf ihre Worte einzugehen, fragte Talion. »Wie geht es Noriko?«

Die Frau schien ihren Ärger augenblicklich zu vergessen und lächelte. »Sie schläft.«

Yunes und Talion zogen ihre Schuhe aus, bevor sie den Gang betraten. Strudel folgte ihrem Beispiel.

»Das hier ist übrigens Strudel«, stellte Yunes ihn vor. »Er ist so etwas wie Talions kleiner Bruder. Strudel, das ist meine Frau Yukino.«

»Strudel?«, frage sie als wäre sie sicher, dass sie sich verhört haben musste.

»Ja, ich bin auch froh, dass wir bei der Namenswahl unserer Tochter ein glücklicheres Händchen hatten. Strudel. Das ist doch kein Name.«

Der Spott in Yunes Stimme störte Strudel nicht. Im Gegensatz zu den meisten, die so auf seinen Namen reagierten, sprach er ihn mit einem gutmütigen Lächeln aus. Nicht mit Geringschätzung.

»Heute weiß ich das auch.«

Überrascht sah Strudel zu Talion.

Der kratzte verlegen über sein stoppeliges Kinn. »Damals wollte ich einfach, dass meine Geschwister einen Namen und nicht, wie ich, nur eine Nummer erhielten. Ich meine, jeder Mensch verdient schließlich einen Namen. Aber richtige Namen kannte ich nicht viele. Nur die von den Wissenschaftlern, die im Forschungslabor arbeiteten. Aber so wie sie wollte ich meine Brüder nicht nennen. Also gab ich ihnen Namen von Dingen, an die sie mich erinnerten.«

Strudel war völlig verblüfft. »Du hast mich benannt?« Strudel fragte sich, warum er nie darüber nachgedacht hatte, wer ihm damals seinen Namen gab.

»Ja.« Talion räusperte sich. »In deinem Brutkasten bildete sich immer ein Wasserstrudel. Ich gebe zu, besonders gelungen war meine Wahl nicht. Aber immer noch besser als 49, oder?«

»Na ja, ich weiß ja nicht«, sagte Yunes skeptisch. Strudel ahnte, dass er in Wirklichkeit ziemlich überrascht von dem Geständnis seines Freundes war.

Die Namenswahl schien Talion peinlich zu sein. Fast schuldbewusst sah er zu Strudel, so als erwartete er eine berechtigte Beschwerde.

Das verstand Strudel nicht. Ihm gefiel sein Name. Außer Talion hatte sich niemand die Mühe gemacht, ihm einen zu geben. Ansonsten hatte man ihn nur nummeriert. Neshamah 49. Soldat 365. Talion hatte völlig Recht. Jeder Mensch verdiente einen Namen. Egal ob er ein gezüchteter Klon oder ein entbehrlicher Soldat war. Strudel berührte die Stelle an seiner Brust, wo die Zahlen drei, sechs und fünf in seine Haut eingebrannt waren. Er war keine Waffe, die man einfach nummerierte. »Danke«, sagte Strudel ernst.

Erleichtert grinste Talion ihn an. »Gern geschehen.«

In einem der Zimmer hatte Yukino eine Art Behandlungsraum aufgebaut. Wenn Strudel ihrer Aussage glauben durfte, dann gab es ihn eigens für Talions regelmäßige Besuche, zu denen Talion, wie sie behauptete, immer mehr tot als lebendig erschien.

Auch dieses Mal war sie offenbar sehr unzufrieden mit Talions Zustand. Schimpfend versorgte sie seine kleineren und größeren Blessuren. Yunes und Strudel saßen währenddessen an einem kleinen Tisch und nippten an heißen Getränken. Die Wärme brachte allmählich die Müdigkeit zurück. Als Yukino fertig war, bestand sie darauf, dass Talion mindestens bis zum nächsten Tag blieb, damit sie ihn im Auge behalten konnte.

Kaum hatte seine Frau ihre Arbeit beendet, trug Yunes stolz ein vielleicht zweijähriges Mädchen in den Raum. Das Kind freute sich sichtlich, Talion zu sehen, und quietschte vergnügt, als er es unter den missbilligenden Blicken seiner Mutter in die Luft warf. Verwundert beobachtete Strudel, wie Talion und die kleine Noriko zu spielen begannen.

Yunes bemerkte Strudels Blick. »Würde man ihm nicht zutrauen, oder?« Er setzte sich zusammen mit Yukino auf die andere Seite des Tisches.

Strudel schüttelte wahrheitsgemäß den Kopf. Einen kurzen schmerzhaften Moment lang stellte er sich vor, wie es hätte sein können. Ein liebevoller, großer Bruder, der mit ihm spielte und ihn beschützte.

Yukino lächelte zart. »Die beiden versinken immer völlig in ihrer Welt. Der Schrecken der Lichtbringer krabbelt mit einem kleinen Mädchen über die Spieldecke. Das muss man mit eigenen Augen gesehen haben, sonst glaubt man es nicht.« Sie drehte sich zu ihrem Mann. »Es war gut, dass du ihn hergebracht hast.«

»Ich dachte mir schon, dass er ziemlich fertig ist. Er versteckt es immer gut, aber ich kenne ihn zu lange, als dass er mir etwas vormachen könnte.«

»Passiert das öfter?«, fragte Strudel.

»Jedes Mal«, antworte Yunes. »Du erinnerst dich wirklich nicht an dieses Labor, von dem Talion spricht, oder?«

»Nein.«

Yunes brummte nachdenklich. »Ihm macht es jedenfalls eine Heidenangst. Er beginnt zu zittern. Schwitzt am ganzen Körper.«

Strudel fragte sich, was Talion in Viktorias Forschungslabor erlebt hatte, dass seine Reaktion darauf ähnlich war, wie Strudels, wenn Balor ihn in seinen Gedanken besuchen kam.

»In den ersten Jahren, nachdem Talion in 67 ankam, habe ich ihn noch zu meiner Mutter gebracht. Aber sie starb, als ich sechzehn war. Danach habe ich ihn regelmäßig halb verblutet auf irgendeinem Fußboden aufgesammelt.«

»Eigentlich hat er mich nämlich nur geheiratet, damit ich seinen besten Freund zuhause zusammenflicken kann«, erklärte Yukino.

Yunes küsste seine Frau auf die Nasenspitze und lächelte glücklich. »Stimmt genau.«

Strudels Gesicht fühlte sich plötzlich heiß an und er wandte schnell den Blick ab. Diese Familie war so glücklich. Ein heißer Knoten glühte in seinem Magen. Neid. Gleichzeitig schämte er sich, weil er Yunes Familie ihr Glück nicht gönnen konnte. Was war nur los mit ihm? Das Gefühl, völlig fehl am Platz zu sein, verstärkte sich. Am liebsten hätte er sich aus dieser Idylle davongeschlichen. Müde rieb er sich die Stirn. Er fühlte sich, als drücke ihn ein vierzig Kilo Rucksack zu Boden.

»Strudel?«

Er blickte auf, und stellte fest, dass die beiden ihn besorgt ansahen.

»Du siehst mitgenommen aus. Darf ich einen Blick auf dich werfen?«

»Mir geht es gut«, wehrte Strudel Yukinos Angebot ab.

Yunes verdrehte die Augen. »Ja, das behauptet Talion auch immer. Fang nicht du auch noch damit an. Komm schon, runter mit dem Pulli.«

Obwohl er sicher war, dass ihm selbst nichts weiter fehlte, ließ Strudel sich von der Ärztin zum Untersuchungstisch führen. Wie immer war es ihm unangenehm, seine Kleidung auszuziehen. Heute war es sogar noch ein klein wenig schlimmer, da die dunklen Blutergüsse auf seinem Körper größtenteils von Talion stammten.

Strudel warf einen forschenden Blick zu seinem Klonbruder. Glücklicherweise schien der so in Norikos Fantasiewelt versunken, dass er die Beweise seines Wutausbruchs auf Strudels Haut überhaupt nicht bemerkte.

»Was ist denn da passiert?« Die warmen Finger der Frau berührten einen der blauen Flecken.

Strudels Körper versteifte sich wie von selbst. Diesen Reflex konnte er sich nicht abgewöhnen, so sehr er sich auch bemühte.

»Habe ich dir wehgetan?«, fragte Yukino besorgt.

»Nein. Es ist nichts. Ich …« Nervös rieb Strudel die Narbe in seiner rechten Hand.

»Du bist wohl schüchtern«, scherzte Yunes.

Seine Frau warf ihm einen missbilligenden Blick zu. »Geh und koch noch einen Tee!« Es war keine Bitte.

Yunes runzelte zwar die Stirn, fügte sich aber willig.

Strudel spürte, wie Yukinos Augen über seinen Körper wanderten. An den hässlichen Brandnarben und der Nummer 365, die in seine Haut gebrannt worden war, blieben sie einige Sekunden hängen.

Die Musterung war Strudel unangenehm. »Es ist wirklich alles in Ordnung. Es ist nichts gebrochen.« Er sprach die Worte leise zu seiner Hand, über deren Narbe er immer noch strich.

»Ja, du hast recht. Du brauchst vor allem Schlaf. Anständiges Essen kann auch nicht schaden, damit du ein paar Kilo mehr auf die Rippen bekommst.«

Erleichtert zog Strudel sein Oberteil wieder über den zerschundenen Körper.

»Angeblich hat jemand ein medizinisches Verfahren entwickelt, um Erinnerungen zu löschen. Es soll traumatisierten Soldaten helfen. Wenn du möchtest, höre ich mich für dich nach einem Platz um.«

Strudels Kopf zuckte hoch. Erinnerungen löschen? Die Möglichkeit, Balor zu vergessen? Mehr noch? All den Schmerz, all die Angst, all die toten Freunde? Die Möglichkeit lockte und verstörte Strudel zugleich.

»Du musst dich nicht gleich entscheiden. Denk darüber nach.« Strudel nickte dankbar. Wie von selbst sah er zu Talion hinüber. Er und Noriko bauten gerade einen Turm aus abgegriffenen rechteckigen Klötzen.

Yukino folgte seinem Blick. »Ihm habe ich es auch angeboten.«

Strudel wartete.

»Er hat abgelehnt.«

Nachdem sie alle eine weitere Tasse Tee getrunken hatten, schickte Yukino Talion ins Bett.

»Warum muss ich hierbleiben, aber Strudel nicht?«, beschwerte er sich.

»Weil ein Mutant dir den halben Körper aufgerissen hat und nicht ihm«, gab Yunes mit gespielter Verzweiflung zurück.

Dann verabschiedete er sich, um zu seinem Arbeitsplatz in der Kontrollzentrale zu gehen. Auf dem Weg wollte er Strudel zu dessen Wohneinheit bringen. Wie Strudel Yunes verstand, schien heute irgendein besonderer Wochentag zu sein. Weshalb Yukino und Noriko nicht zu einem Ort gehen mussten, der sich »Zentrum für kindliche Frühförderung« kurz ZKF, nannte.

Die Straßen waren nun deutlich belebter. Fußgänger schritten zielstrebig von einem Ort zum anderen. Ein Fahrzeug mit einem großen weißen Stern auf der Motorhaube jagte mit quietschenden Reifen um eine Kurve. Eine Gruppe junger Männer und Frauen joggte im Gleichschritt an ihnen vorbei. Niemand beachtete sie.

Dankbar stellte Strudel fest, dass Yunes nicht versuchte, mit ihm zu sprechen. Er war einfach zu sehr mit seinen Gedanken beschäftigt, um jetzt ein Gespräch zu führen.

So wechselten sie nur noch ein paar Worte, als Yunes ihm eine Schlüsselkarte für seine Wohneinheit überreichte und erklärte, wie er sie benutzen sollte. Yunes verabschiedete sich und lud ihn ein, seine Familie bald wieder zu besuchen.

Die Wohneinheit, die man Strudel zugewiesen hatte, war ein kleiner rechteckiger Raum. Er erinnerte Strudel ein wenig an die Zelle, in der er das letzte halbe Jahr verbracht hatte. Doch im Gegensatz zu seinem Gefängnis erhellte hier ein kleines Fenster den Raum. Die einzigen Möbelstücke bestanden aus einem Bett, einem kleinen metallenen Tisch und einem einfachen Stuhl. Eine Tür führte in ein winziges Badezimmer.

Erschöpft ließ sich Strudel auf das Bett fallen. Es kam ihm vor, als wären seit seiner verhinderten Hinrichtung Jahre vergangen. Die Todesangst. Die Miene und der Kampf mit dem Mutanten.

Das Aufeinandertreffen mit dem Soldaten Shell. Dans Tod. Simons Schwester Mel. Die Anhörung vor dem Rat. Yunes und seine Familie. Das Angebot, seine Erinnerungen zu löschen.

Tatsächlich waren keine drei Tage vergangen. Strudel war müde. Todmüde. Er drückte sein Gesicht in den frisch gewaschenen Kissenbezug und versuchte, seine kreisenden Gedanken zu ersticken.

»Elender Schmarotzer!« Die junge Frau, die ihm die Worte entgegenzischte, tauchte rasch in der Menge unter. In der Kantine, die hier Mensa genannt wurde, herrschte immer ein dichtes Drängen und so hätte der Rempler ein Versehen sein können. Wäre da die Beschimpfung nicht gewesen.

Er hatte die Frau nur kurz gesehen, trotzdem war er sich sicher, dass er sie nicht kannte.

Das war kein Einzelfall. Es kam häufig vor, dass völlig fremde Personen ihm finstere Blicke zuwarfen. Nicht alle waren so mutig wie die Frau. Die meisten tuschelten hinter seinem Rücken.

»Was will der überhaupt hier?«

»Schau ihn dir doch an. Der braucht nicht wirklich Hilfe.«

»Der ist doch ein Spion der Lichtbringer. Warum sieht das keiner?«

»Ja, der will uns alle tot sehen.«

Strudel lebte nun lange genug in Kuppel 67, um zu wissen, weshalb sie sich von ihm bedroht fühlten. Es lag nicht an ihm speziell. Einfach die Tatsache, dass er früher nicht hier gelebt hatte und nun schon, machte ihn zur Bedrohung.

Kuppel 67 starb. Er schmeckte es an der stickigen Luft. Er sah es am trüben Sonnenlicht. Er hörte es, wenn das Lebenserhaltungssystem über den Köpfen ächzte. Er spürte es an der allgegenwärtigen Angst.

Die Ressourcen wurden immer knapper. Allen voran Nahrung und unverseuchtes Wasser. Diese Knappheit mit Freunden und

Verwandten zu teilen, war eine Sache. Doch jeder weitere Fremde schmälerte die eigenen Überlebenschancen.

Etwas Ähnliches hatte Strudel bereits erlebt, als die meisten in der Akademie glaubten, er würde nachts durch die Gänge streifen und Mitschüler töten.

Er spürte keine Abneigung gegen die Leute, die ihn beschimpften. Stattdessen verstand er nun besser, warum der Abendstern alles daran setzte, Eden zu erobern. Allerdings fragte sich Strudel, was dann aus den Bewohnern Edens werden sollte.

Zwei Personen traten zu ihm und schreckten ihn aus seinen Gedanken auf.

»Das lässt du dir gefallen, Brüderchen? Na warte, das Biest hol ich mir.«

»Lass es gut sein, Talion. Ich verspreche dir, es hat nichts damit zu tun, dass er ein Klon ist. Falls du es vergessen hast: Das weiß hier niemand außer uns.«

»Yunes. Talion.« Strudel lächelte.

Strudel traf Talion gelegentlich beim Essen. Sie besaßen beide eine Wohneinheit im Wohnkomplex 3, deshalb mussten sie ihre Essensration in der gleichen Mensa einnehmen. Yunes dagegen hatte er seit seinem ersten Tag in 67 nicht mehr gesehen.

Das war bereits sechs Wochen her.

»Was verstehst du nicht an: Komm ruhig mal vorbei?«, Yunes wirkte ein bisschen gekränkt.

»Tut mir leid.« Die Gründe für sein Fortbleiben konnte er Yunes unmöglich erklären. Denn wie sollte er ihm sagen, dass er sein Familienglück kaum ertrug?

Da sie alle drei ihre Abendrationen bereits bei sich trugen, setzten sie sich an ein leeres Tischende, um zu essen. Es war nicht erlaubt, außerhalb der Mensa zu essen. So wollte der Rat verhindern, dass Nahrung gehortet oder getauscht wurde. Vergebens.

»Du solltest niemanden so mit dir reden lassen«, wiederholte Talion, kaum dass sie saßen.

»Ist schon in Ordnung. Es macht mir nichts aus.«

Die Antwort grub tiefe Falten in Talions Stirn, doch bevor er weiter auf Strudel einreden konnte, ergriff Yunes das Wort.

»Du siehst besser aus.«

Es stimmte, dass er in den sechs Wochen an Gewicht gewonnen hatte. Noch nie in seinem Leben stand Strudel so viel Freizeit zur Verfügung. Die einzigen Termine, zu denen er erscheinen musste, waren die Mahlzeiten. Ansonsten war es ihm freigestellt, zu tun, was immer ihm gefiel. Es fühlte sich seltsam an.

Einerseits erwartete zum ersten Mal niemand von ihm, dass er sich anders verhielt, als für sein Alter angemessen. Andererseits wusste er nicht, was darunter zu verstehen war. Was sollte er den ganzen Tag tun? Die anderen Jugendlichen, die es ihm vielleicht hätten erklären können, mieden ihn. Zu seiner eigenen Verwunderung hielt er unter ihnen nach Mel Ausschau. Er hätte sich gerne mit ihr ausgesprochen. Vielleicht waren die Rekruten im ersten Jahr sehr beschäftigt, jedenfalls sah er sie nie mit den anderen Jugendlichen herumlungern. Vielleicht hatte sie den Stützpunkt sogar bereits verlassen.

Also verbrachte er viel Zeit damit, den Stützpunkt zu erkunden. Schon nach drei Tagen entdeckte er die Trainingshalle. Sie war frei zugänglich und mit verschiedenen Geräten ausgestattet. Da er nicht wusste, was er sonst mit sich anfangen sollte, verbrachte er den größten Teil des Tages dort. Was zur Folge hatte, dass sein Körper nach und nach zu seiner alten Form zurückfand.

Doch so sehr er sich auch am Tag verausgabte, fand er trotzdem keinen Schlaf. Die Albträume wurden mit jedem Tag schlimmer, an dem er untätig hier herumsaß. Alte Bilder vermischten sich mit den Horrorszenarien, die er sich tagsüber ausmalte. Canina und Nesrin in Gefangenschaft. Finan tot.

Deshalb schlief er selten mehr als drei Stunden pro Nacht. Er wusste, das war auf Dauer keine Lösung. Denn umso mehr Zeit blieb, um sich noch schlimmere Bilder auszumalen.

»Das wird Yukino freuen. Sie hat sich Sorgen um dich gemacht. Ich soll dich übrigens von ihr fragen, ob du es dir überlegt hast. Du wüsstest schon was.«

Wie oft hatte er in den letzten Wochen das Für und Wider abgewogen? Das Angebot war so verlockend. »Sag ihr, dass ich ihr sehr dankbar bin. Aber ich muss ablehnen.«

So schrecklich die Albträume, so schlimm seine Furcht vor Balor auch waren. Er konnte es nicht. All das machte ihn zu dem, der er war. Nichts fürchtete er mehr, als sich selbst zu verlieren. Wenn er all das vergaß, was hielt ihn dann noch ab, genauso zu werden wie Balor? Wie sollte er dann noch verstehen, warum seine Freunde das Wichtigste für ihn waren? Wie, wenn er sich nicht mehr an all die Freunde erinnerte, die gestorben waren?

Talions Augen funkelten wissend, aber er sagte nichts.

»Nun gut. Scheint nicht so, als wolltest du meine Neugier befriedigen. Dann komm ich gleich zum Grund, warum ich hier bei euch esse und nicht bei meiner wunderschönen Frau und meiner reizenden Tochter: Mein Vater hat mir mitgeteilt, dass der Rat über uns geurteilt hat.«

Yunes machte eine Pause.

»Nun raus damit«, knurrte Talion. »Oder muss ich es aus dir herausprügeln?«

»Nein, danke.« Yunes grinste seinen Freund an, fuhr aber schnell fort, als er Talions bewölkte Miene sah. »Mir haben sie einen Sicherheitsrang gestrichen. An so tolle Informationen komme ich also in nächster Zeit nicht mehr heran.«

»Aber dann kürzen sie dir auch dein Gehalt! Was ist mit deiner Familie?« Talion ballte die Fäuste und Strudel hatte den Verdacht, dass er sich vor allem um Noriko sorgte.

»Yukino meint, das wäre ein perfekter Grund für sie, wieder mit der Arbeit anzufangen. Noriko ist alt genug, um alleine ins ZKF zu gehen. Meine Frau ist dir also ausgesprochen dankbar dafür, dass du mich auf dumme Gedanken gebracht hast.«

Strudel schloss erleichtert die Augen. Er hätte es nur schwer ertragen, wenn seine Befreiung zu allem Überfluss auch noch Schaden für Yunes Familie bedeutet hätte.

»Dich, Talion, versetzen sie zu den militärischen Spezialkräften.«

Vorbei war die Erleichterung. Strudel sah zu Talion.

Der lachte. »Als würde ich nicht seit meinem zwölften Lebensjahr zu den Spezialkräften gehören. Was ist mit meinem Bruder?«

»Er darf bleiben. Aber es gibt mehrere Bedingungen.« Yunes wandte sich an Strudel. »Der Rat erwartet von dir, dass du dich nützlich machst. Ich schlage vor, du meldest dich bei der Verwaltung und gibst an, was du gut kannst. Dort werden sie eine passende Arbeit für dich finden.«

Strudel nickte. Er freute sich darauf, eine Aufgabe zu bekommen.

»Außerdem musst du dich für Befragungen über die Armee der Lichtbringer und für Forschung am EXO zur Verfügung stellen.« Das Letzte sagte Yunes schnell. Als dachte er, es wäre besser diesen unangenehmen Teil so rasch wie möglich vorzubringen.

»Diese elenden Mistkerle.« Talion umgab eine gefährliche Aura.

Strudel war nicht überrascht. Er hatte ja selbst seinen EXO-Anschluss als Argument eingebracht. »Ich akzeptiere die Bedingungen.«

»Ist dir klar, was das bedeutet?«, fragte Yunes. »Das EXO ist für unsere Wissenschaftler interessant, keine Frage. Aber sie werden sicher die Gelegenheit nutzen. Wenn sie einen Klon …«

Talion schlug ohne Vorwarnung zu. »Nenn ihn nicht Klon!«

Yunes kippte zur Seite. Seine Nase blutete.

»Talion!« Strudel warf sich auf seinen Klonbruder, bevor der noch weiteren Schaden anrichten konnte.

Talion wehrte sich, doch Strudel gab seine Arme nicht frei. »Hör auf. Yunes ist dein bester Freund.« Vermutlich auch dein einziger, doch das sagte Strudel nicht. »Glaubst du wirklich, er unterscheidet darin, ob Klon oder nicht?«

Talion beruhigte sich augenblicklich. »Nein. Ich weiß.« Seine Reaktion schien ihn selbst zu verwirren.

Strudel ließ ihn los und setzte sich. Ihm fiel auf, dass alle im Umkreis zu ihnen herübersahen.

»Yunes?« Talions Stimme klang ähnlich besorgt, wie an dem Tag, an dem er Strudel verprügelt hatte.

»Schon okay. Ich hätte es besser wissen sollen.« Yunes winkte wieder mit dieser beiläufigen Geste ab, die Strudel auch bei seinem Vater beobachtete hatte.

Wie oft so etwas wohl schon vorgekommen war? Häufig genug jedenfalls, um den beiden einen gewissen Ruf zu bescheren. Wie Strudel festgestellt hatte, wurde Yunes von den Kuppelbewohnern ›Löwenbändiger‹ genannt. Strudel hatte recherchiert und herausgefunden, dass Löwen ziemlich gefährliche Raubtiere gewesen waren. Der Vergleich gefiel Strudel zwar nicht – es klang, als wäre Talion ein wildes Tier, das Yunes zu zähmen versuchte – doch er musste zugeben, dass er trotzdem irgendwie passte. Was machte Talion nur so unberechenbar? Schaudernd überlegte Strudel, ob bei den Genexperimenten wohl etwas falsch gelaufen war.

»Tut mir leid, Mann.« Talion streckte Yunes die Hand hin, um ihm aufzuhelfen.

Der schlug ein, zog sich hoch und wischte sich das Blut vom Gesicht. »Nicht der Rede wert.« Yunes schien es genau so zu meinen, wie er es sagte, und wechselte das Thema.

»Ich glaube allmählich, mein Vater hat das alles genau so geplant. Überlegt mal, im Grunde ist alles so gelaufen, wie er es wollte. Vielleicht sind wir ihm total auf den Leim gegangen.« Yunes zählte die Folgen an den Fingern ab. »Talion aus dem Weg, weit weg im Krieg. Ich an eine weniger brisante Stelle versetzt. Ich frage mich, wobei wir ihn gestört haben.« Er sah sich kurz um und führte mit gesenkter Stimme seine Überlegungen weiter aus. »Als Bonus haben wir ihm Strudel geliefert, der sowohl wegen seiner Ausbildung durch die Lichtbringer, wie auch durch seinen Status als Klon interessant für ihn ist. Besser konnte es für meinen Vater eigentlich nicht laufen.«

Strudel schob sich einen Löffel mit der inzwischen lauwarmen Suppe in den Mund und dachte nach. Das klang, als misstraute Yunes den Absichten des Vorsitzenden. Strudel fand es beunruhigend, dass auch in 67 jeder seine eigenen Pläne zu verfolgen schien.

Etwas zog seine Aufmerksamkeit auf sich. Eine Frau, vielleicht so alt wie der Vorsitzende Vadim, beobachtete immer noch ihren Tisch. Ihre Haltung verriet Strudel, dass sie nicht zufällig so saß.

Strudel überlegte noch, ob er die anderen auf die verdächtige Frau hinweisen sollte, als sie seinen Blick bemerkte. Sie zuckte zusammen, straffte dann jedoch die Schultern und stand auf.

»Wir bekommen Besuch«, warnte Talion, obwohl er mit dem Rücken zu der Frau saß.

Strudel nickte und legte den Löffel zur Seite.

Yunes sah suchend durch den Raum und entdeckte die Frau erst, als sie an ihren Tisch trat.

Sie kam Strudel vage bekannt vor. Er musterte ihre weißen Locken. Ihm fiel nicht ein, wo er sie getroffen haben könnte.

»Sie sagen, du kommst aus Eden.«

Ihre Stimme hatte Strudel noch nie gehört. Er sah keinen Grund, die Frau anzulügen und nickte.

»Mein Junge ist dort gestorben. Ich suche seit Jahren jemanden, der mir erzählen kann, wie es passiert ist.«

»War er in der Akademie?«, fragte Strudel verunsichert.

»Akademie? Nein. Er war ein Abendstern. Hatte irgendeinen streng geheimen Auftrag. Ich habe ein Bild von ihm.«

Sie zog eine kleine Fotografie hervor. Das Bild war abgegriffen, als hätte sie es schon zu oft herumgezeigt. Es zeigte einen jungen Mann in der Uniform des Abendsterns. Stolz lächelte er in die Kamera. Sein Haar war gelockt wie das der Frau, nur blond.

Strudel biss hart die Zähne zusammen.

»Du kennst ihn.« Diese Feststellung trieb der Frau Tränen in die Augen. »Du kennst meinen Henry.«

»Ich habe gesehen, wie er gestorben ist.« Die Einzelheiten hatten sich tief in Strudels Gedächtnis gebrannt. Also erzählte er ihr leise von dem Tag, an dem Adrian den blonden Soldaten getötet hatte.

Sie hörte schweigend zu. Auch Talion und Yunes unterbrachen ihn nicht.

Als Strudel seinen Bericht beendete, seufzte die Mutter, als hätte er sie von einem langen Schmerz befreit. »Ich danke dir.« In ihrer Stimme lag so viel Wärme, dass Strudel es kaum ertragen konnte.

Sie griff nach seiner Hand und drückte sie fest.

Er lächelte schüchtern.

Sie ließ seine Hand los und wollte sich abwenden, hielt dann jedoch noch einmal inne. »Dieser Junge, der Henry erschossen hat, was ist aus ihm geworden?«

»Er ist tot.«

Die Frau musterte Strudel eingehend. »War er ein Freund von dir?«

Strudel nickte.

»Es tut mir leid, dass er tot ist. Was für eine Verschwendung. Zwei junge Männer tot. Und wofür?«

Darauf hatte Strudel keine Antwort.

Talion kam nicht, um sich zu verabschieden. Er verschwand einfach. Zurück in den Krieg. Zurück in den Kampf gegen seine Schöpfer.

Seit Strudel im Stützpunkt lebte, hatten Talion und er kaum mehr als ein paar Worte gewechselt. Im Gegensatz zu Strudel war Talion meist beschäftigt und hatte, wie er es selbst ausdrückte, keine Zeit, um seinen kleinen Bruder zu bemuttern. Trotzdem fühlte sich Strudel alberner Weise verlassen.

Sicher, Yunes beteuerte, dass er bei seiner Familie jederzeit willkommen war. Trotzdem hatte Strudel das Gefühl, ein Störfaktor in einer Idylle zu sein. So hielt er sich von der kleinen Wohnung und ihren Bewohnern fern.

Er vermisste seine Freunde, mit denen er seit seinem sechsten Lebensjahr jeden Tag verbracht hatte. Ohne sie an diesem fremden Ort fühlte er sich schutzlos und einsam.

Er dachte sogar darüber nach, Talion zu folgen. Strudel hasste den Krieg, keine Frage, doch war das Kämpfen nicht das Einzige, was er konnte? War der Krieg nicht die einzige Möglichkeit, seine Freunde zu befreien? Natürlich hatte Talion ihm versprochen, dass Strudel die Gelegenheit bekam, seine Freunde zu retten. Doch wann sollte das sein? Musste er dafür zurück in die Schlacht? Gab es keinen anderen Weg?

Strudels Tagesablauf änderte sich wenige Tage, nachdem Talion mitsamt seinem Versprechen verschwunden war. Gleich am nächsten Tag teilte die Verwaltung ihm mit, dass sie eine passende Aufgabe für ihn suchen würden.

Die Verantwortliche erklärte Strudel, dass er noch ein halbes Jahr zu jung war, um den Rekruten im ersten Jahr beizutreten. Diese Aussage fühlte sich seltsam an. Strudel war sich keineswegs sicher, ob er das überhaupt wollte. Es kam ihm aber befremdlich vor, dass man ihm in Kuppel 67 den Zutritt zur Armee verweigerte. Einerseits fand Strudel es gut, dass hier keine Kinder in den Krieg geschickt wurden. Andererseits fragte er sich, wie er zu jung für diese Ausbildung sein konnte. Schließlich stand er schon mit dreizehn Jahren das erste Mal auf dem Schlachtfeld. Außerdem: Wieso hatten sie Talion erlaubt zu kämpfen, als er erst zwölf Jahre alt gewesen war? Wo machten sie den Unterschied zwischen ihnen beiden? Oder hatte Talion sich auch dabei einfach über die Regeln hinweg gesetzt?

Als die Frau in der Verwaltung ihn fragte, was für Talente er besaß, schwieg Strudel zunächst. Sie machte zaghafte Vorschläge, ob er vielleicht ein Handwerk gelernt hatte oder in einem Schulfach besonders gut war. Schließlich sagte Strudel, dass er gerne Sachen zusammenbaute und reparierte.

Mit dieser Antwort schien die Frau nicht sonderlich zufrieden. Kritisch sah sie Strudel über den Bildschirm ihres Computers an und tippte dann lustlos ein paar Zeilen. Schließlich schickte sie Strudel mit dem Hinweis davon, dass sich jemand bei ihm melden würde.

Tatsächlich dauerte es keine Woche, bis die Verwaltung ihn benachrichtigte. Er sollte die Mechaniker dabei unterstützen, die Kuppel instand zu halten.

»Das bedeutet hauptsächlich, dass wir dafür sorgen, dass die Kuppel den Leuten nicht innerhalb der nächsten Tage auf den Kopf fällt«, eröffnete seine gut gelaunte Vorarbeiterin Isabella ihm gleich am ersten Einsatztag.

In jeder Schicht versuchten sie zu retten, was noch zu retten war. Doch im Grunde wusste jeder, der hier arbeitete, dass die Kuppel nicht mehr lange durchhalten würde. Alle Hoffnung der Arbeiter ruhte auf der Forschung. Jeden Tag hörte Strudel von neuen Wundertechniken, deren Entwicklung innerhalb der nächsten paar Wochen abgeschlossen werden sollte. Den Großteil dieser meist wilden Geschichten erzählte Isabella und ihre großen, dunkeln Augen leuchteten dabei begeistert. Einen Menschen mit einer optimistischeren Weltanschauung hatte Strudel bisher nicht kennengelernt. Isabella glaubte an jeden dieser Lichtblicke und wenn sie sich einer nach dem anderen als trügerisch erwiesen, zuckte sie nur unbekümmert mit den Achseln. Vermutlich verdankte Strudel dieser Unbekümmertheit, dass Isabella ihn im Gegensatz zu den anderen Arbeitern nicht misstrauisch beäugte. Sie fürchtete nicht um ihren Arbeitsplatz: »So ein Quatsch. Wir haben hier nie genug Hände. Warum sollten sie also einen von uns wegen dir entlassen?«

Noch misstraute sie Strudels Fähigkeiten: »Ich hab schon Neulinge angeleitet, die wesentlich ungeschickter waren als du. Wenn ich nur daran denke, wie sich Kouki am Anfang angestellt hat. Hätte mich zweimal fast in die Luft gesprengt.«

Sie hatte auch kein Problem damit, dass Strudel in Eden aufgewachsen war: »Na ja, wir sind ja eh bald alle gemeinsam in Eden. Wir können also nicht früh genug damit anfangen, uns kennenzulernen. Findest du nicht? Ich meine, wir können dann ja schlecht all unseren neuen Nachbarn misstrauen.«

Strudel mochte Isabella.

Begonnen wurde jede Schicht im Kontrollraum, der in der Nähe des Kuppeleingangs lag, durch den Strudel damals nach 67 hereingekommen war. Seine Arbeit machte ihm Spaß, trotz der Feindseligkeit einiger Mechaniker. Hier konnte er eine Fähigkeit nutzen, die nicht die Lichtbringer ihm beigebracht hatten oder Viktoria ihm angezüchtet hatte. Sein Talent für das Zusammensetzen von Dingen gehörte nur ihm und nur er selbst entschied, wofür er es einsetzte. Er fühlte sich nützlich, ohne sich ausgenutzt vorzukommen.

Der Abendstern ließ Strudel eine Woche Zeit, bis sie auch den zweiten Preis von ihm forderten. In der nächsten Nachricht, die er erhielt, forderten sie ihn auf, sich nach der Arbeit im Forschungstrakt des Krankenhauses einzufinden.

Das Krankenhaus war ein großer Komplex, nicht weit von der Kommandozentrale entfernt. Als Strudel es betrat, begriff er, weshalb dieser Ort Erinnerungen bei Talion weckte. Die breiten Flure waren penibel sauber und es roch nach Desinfektionsmittel. Es wirkte wie eine Mischung aus Stockwerk 8 und der medizinischen Abteilung der Akademie. Strudel dachte dabei sofort an die Generalüberholung. Auch das waren keine schönen Erinnerungen, doch sicherlich nicht so schlimm wie die, die Talion überfielen.

Unsicher, wohin er sich wenden sollte, sah Strudel sich um. In einem offenen Nebenraum warteten etwa dreißig Personen. Strudel war sich nicht sicher worauf. Da aber die meisten von ihnen leichte Krankheitssymptome zeigten, nahm er an, dass sie neue Patienten waren. Vermutlich warteten sie auf ihre Einteilung in Schweregrade. Allerdings wirkte niemand so, als bräuchte er wirklich dringend Hilfe. Keine offenen Wunden. Keine Ohnmacht. Keine Schreie. Stattdessen zeigten auffällig viele der Wartenden die bläuliche Haut, die Talion ihm als Anzeichen für den Frost genannt hatte. Zwei missgestaltete Kleinkinder spielten zwischen den Beinen der Erwachsenen miteinander. Obwohl ihre Körper grausame Fehlbildungen auswiesen, lachten sie laut. Wie sollten sie unglücklich sein? Ihre Eltern saßen schließlich bei ihnen und überwachten ihr Spiel mit liebevollem Blick.

In der Nachricht war vom ›Forschungstrakt‹ die Rede.

Bevor er sich weiter umsehen konnte, begrüßte ihn eine freundliche Mitarbeiterin, die unter einem Schild mit der Aufschrift ›Anmeldung‹ saß.

Dankbar trat Strudel näher und erzählte, warum er hier war.

Zu seiner Erleichterung konnte sie ihm beschreiben, wohin er gehen musste und empfahl ihm, sich an den blauen Wegweisern zu orientieren.

Strudel folgte ihren Anweisungen durch lange kahle Gänge. Es war viel stiller, als Strudel vermutet hätte. Damals, als das Lazarett in der Akademie voll besetzt gewesen war, herrschte dort ein Lärm, wie auf einem Schlachtfeld. Hier traf Strudel nur vereinzelt Ärzte in weißen Kitteln, Mitarbeiter, die kleine Wägen vor sich herschoben, oder Patienten, die an einem Tropf gestützt, von einem Zimmer ins andere schlurften. Was für ein bizarrer Ort.

Endlich verkündete eine Tafel an der Wand, dass der Forschungstrakt vor ihm lag. Allerdings standen rechts und links von der Tür bewaffnete Soldaten. Inzwischen hatte Strudel gelernt, dass sie in Kuppel 67 ›Abendsterne‹ genannt wurden. Sie verlangten ungehalten die Nachricht mit seinen Anweisungen und tasteten ihn sorgfältig nach versteckten Gegenständen ab. Erst dann ließen sie ihn ein und nannten ihm den Raum, in dem er erwartet wurde.

»Wie lief das mit dem Klonen?«

»Welche Technik wurde für deine Erschaffung eingesetzt?«

»Wann haben die Lichtbringer mit den ersten Experimenten begonnen?«

Der Schwarm weiß gekleideter Ärzte sah Strudel erwartungsvoll an.

Überrascht zog Strudel die Schultern hoch: »Ich weiß nichts Genaues darüber.«

Die Ärzte schüttelten mit zusammengekniffenen Lippen den Kopf.

Was hatten sie denn erwartet? Er selbst hatte ja erst vor einem halben Jahr davon erfahren, dass er bei einem Klonexperiment entstanden war. Glaubten sie, allein die Tatsache, ein Klon zu sein, eröffnete einem das Wissen über die Forschung auf diesem Gebiet?

Sie nahmen ihm Blut ab und scannten seinen Körper in einer großen Röhre. DIMMTA schien es in 67 nicht zu geben.

Obwohl die Ärztegruppe sich offensichtlich mehr erhofft hatte, musste Strudel wieder kommen. »Einen Abend in der Woche verbringst du bei uns. Einen zweiten in der Kommandozentrale bei der Befragung. Die anderen Tage hast du nach der Arbeit frei«, erklärte ihm eine eifrige junge Ärztin, als der Rest des Teams bereits gegangen war. »Was hältst du davon?«

Nichts, wäre die ehrliche Antwort gewesen. Aber Strudel glaubte nicht, dass sie sich wirklich für seine Meinung interessieren würde. Also zuckte er nur mit den Schultern.

Die Frau kaute einen Moment auf ihrer trockenen Unterlippe. »Deine Werte sind nicht gut. Schläfst du genug?«

Fast hätte Strudel gelacht, doch er riss sich zusammen. »Nein.«

Die Ärztin runzelte die Stirn. »Wir brauchen dich in körperlich einwandfreiem Zustand.«

Strudel schwieg. Was erwartete sie von ihm? Er konnte seinen Albträumen ja kaum verbieten, ihn wachzuhalten.

Sie dachte einen Moment nach, dann ging sie zu einem der Schränke und legte ihren Finger auf einen Scanner. Die Tür schwang auf und erlaubte Strudel einen Blick auf zahlreiche Fläschchen und Döschen. Zielsicher griff die Ärztin hinein und zog einen Plastikbehälter hervor.

»Nimm davon eine am Abend, bevor du herkommst.«

Auf dem Etikett der Medizin stand ein unaussprechlicher Name. Strudel war skeptisch. »Was ist das?«

»Es hemmt Ängste und sollte dich besser schlafen lassen.«

Zögernd nahm Strudel den Behälter und betrachtete die vielen kleinen Pillen.

»Probiere es aus. Es hilft.«

»Wie lange wurdest du von den Lichtbringern ausgebildet?«

»Fast neun Jahre.«

»Seit du sechs Jahre alt warst?«

Strudel nickte. Er war sich sicher, dass der Rat des Abendsterns all das schon wusste.

»In welchem Jahr wurdest du geboren.«

Strudel zögerte. »Ich wurde nicht geboren.«

Der junge Soldat, der ihn befragte, wirkte einen Moment verdutzt. Erst Sekunden später fing er sich und schien die Frage völlig vergessen zu haben. »Ist dir bekannt, nach welchen Kriterien die Kandidaten ausgewählt wurden?«

»Es gab verschiedene Kriterien.«

»Wieso hat man dich ausgewählt?«

Strudel schwieg.

»Du hast der Befragung zugestimmt. Es ist deine Pflicht, mir zu antworten«, ermahnte ihn der Abendstern.

Pflicht … Die Lichtbringer hätten argumentiert, es wäre seine Pflicht, jede Aussage zu verweigern.

»Wieso hat man dich ausgewählt?«, wiederholte der Soldat.

Strudel zuckte mit den Schultern und sagte so gleichmütig wie möglich: »Ich habe den Mann getötet, bei dem ich aufwuchs. Ich nehme an, damit habe ich mich irgendwie qualifiziert.«

So hart, wie der Soldat tat, war er nicht. Strudel sah deutlich, wie er schluckte. »Du hast mit sechs Jahren einen Mord begangen?«

Strudel nickte.

»Deshalb hat man dich ausgesucht?«

Strudel nickte erneut. »Ja, ich denke schon.«

Der Soldat sah hilfesuchend auf den Bildschirm, von dem er die Fragen ablas. »Wie viele Kindersoldaten wurden in der ›Akademie‹ ausgebildet?«

»Am Anfang waren wir zweihundert. Jetzt sind davon vermutlich weniger als vierzig übrig.«

»Nur noch vierzig? Was ist mit dem Rest?«

Strudel sah den Mann in der Uniform des Abendsterns verwirrt an. Wusste er das wirklich nicht? »Sie sind tot.«

Am nächsten Tag erhielt er seinen Einsatzplan. Je sechs Tage sollte er im Schichtdienst arbeiten. Der siebte Tag war frei. Die Hälfte des ersten Tages jeder Woche war für die Ärzte im Forschungstrakt reserviert. Am vierten Tag sollte er abends in die Zentrale und dort sein gesamtes bisheriges Leben völlig fremden Menschen erzählen. Wegen dieser festen Termine war Strudel in der Frühschicht eingeteilt. Morgens um 5 Uhr fuhr er zusammen mit den anderen Arbeitern der Schicht die halbe Stunde im Transporter zur Kuppel. Nach Schichtwechsel um 14 Uhr ging es zurück zum Stützpunkt.

Als der nächste Termin voller medizinischer Experimente anstand, holte Strudel am Abend das erste Mal die Dose mit den Pillen hervor.

Unsicher betrachtete er die Medizin. Um was handelte es sich genau? War sie gefährlich?

Vielleicht wollte die junge Ärztin ihn genauso wenig hier haben wie viele der Kuppelbewohner. War es ein Test? Oder wollte sie ihn sogar vergiften? Doch weshalb sollte sie ihm die Wahl lassen, das Gift zu schlucken?

Nein.

Wahrscheinlich wollte sie ihm tatsächlich helfen.

Strudel schwankte zwischen Misstrauen und Hoffnung hin

und her, bis die Sonne unterging und die Dunkelheit in sein Zimmer kroch.

Mit ihrem Eintreffen schwanden seine Bedenken. Was auch immer passieren würde, wenn er die Pillen schluckte, es konnte nicht schlimmer sein als das, was im Schlaf auf ihn lauerte. Strudel schraubte den Deckel auf und nahm vorsichtig eine der schneeweißen Pillen heraus. Er beäugte sie von allen Seiten und legte sie dann auf seine Zunge. Sie schmeckte nach nichts. Dafür breitete sich auf seiner Zunge eine angenehme Kühle aus. Strudel zögerte noch einen Moment, dann schluckte er.

Er legte sich aufs Bett und wartete. Keine Minute später bemerkte er eine Veränderung. Es fühlte sich an, als würden seine Gedanken von einer sanften Schneedecke zugedeckt. Er wusste, es gab tausend Gründe, sich zu sorgen. Unter anderem, weil er gerade eine ihm unbekannte Substanz geschluckt hatte. Doch obwohl sein Verstand all das wusste, reagierte sein Körper nicht mit den üblichen Signalen der Angst. Stattdessen breitete sich eine Ruhe in ihm aus und er schwebte, wie auf einer weichen Schneeschicht, in den Schlaf.

Auch seine Träume schienen eingefroren. Denn als er am nächsten Morgen erwachte, fühlte er sich so erholt wie seit Jahren nicht mehr. Er konnte sich an keinen einzigen nächtlichen Besuch erinnern.

So gut gelaunt wie noch nie, ging er zur Arbeit und als er am Nachmittag beim Forschungszentrum eintraf, lächelte er der jungen Ärztin dankbar zu.

Beim Befragungstermin drei Tage später wartete diesmal eine ältere Soldatin auf Strudel. Sie teilte ihm mit, ihr Kollege hätte um eine andere Aufgabe gebeten. Im Gegensatz zu dem jungen Soldaten spulte sie gelangweilt ihren Fragenkatalog herunter und hörte Strudels Antworten emotionslos an. Sie beharrte auf jedes noch so kleine Detail und bohrte bedenkenlos auch in Strudels schmerzhaftesten Erinnerungen.

Schnell wurde Strudel klar, dass er gegen diesen Termin eine ausgeprägte Abneigung entwickeln würde und verfluchte den Tag, an dem er den Bedingungen zugestimmt hatte.

In dieser Nacht lag er wach. Seine Augen brannten vor Müdigkeit, doch sein Herz begann jedes Mal zu rasen, wenn er auch nur an Schlaf dachte. Er wusste, dadurch, dass er gezwungen worden war, all die Jahre in der Akademie noch mal zu durchleben, würden seine Albträume grauenhaft sein.

Das war unvermeidlich.

Ruckartig richtete er sich auf. Nein. Das war es nicht. Hastig tastete er nach dem Kästchen, das neben seinem Bett stand und zerrte die Schublade auf. Mit vor Aufregung feuchten Fingern griff er hinein und zog von ganz hinten die Schneepillen hervor.

Natürlich. Die Lösung war so einfach.

Die Wochen verstrichen.

Bald hatte Strudel es sich angewöhnt, jeden Tag vor dem Einschlafen eine der Schneepillen zu schlucken. Dadurch ging es ihm so gut wie lange nicht mehr.

Am Tag quälte ihn die Sorge um seine Freunde genau so sehr wie zuvor und die Zwiespältigkeit, die er bei den Berichten über den Kriegsverlauf in sich spürte, setzte ihm außerdem zu. Es klang nicht gut für den Abendstern. Die Taktik der Lichtbringer hatte sich rapide geändert. Gerissene Fallen und Angriffe auf strategisch klug gewählte Ziele forderten Opfer. Der Abendstern vermutete einen neuen Kopf hinter der Veränderung.

Natürlich wollte Strudel nicht, dass die Lichtbringer den Abendstern besiegten. Doch er hätte nicht ehrlich behaupten können, dass es ihm lieber wäre, wenn der Abendstern den Sieg davontrug.

In beiden Fällen würden Leute sterben. Wie sollte Strudel sich für eine Seite entscheiden? Auf beiden kämpften Menschen, die ihm wichtig waren.

Doch auch wenn all das ihm am Tag durch den Kopf ging und es sich anfühlte, als würde es ihn zerreißen, schlief er tief, fest und traumlos. Eine völlig neue Erfahrung, für die er unendlich dankbar war.

Die einzige Schwierigkeit bestand darin, dass er die Pillen viel schneller aufbrauchte, als von der jungen engagierten Ärztin gedacht. Beim ersten Mal redete er sich damit heraus, dass er den Behälter verloren hatte. Doch sie wirkte nicht ganz überzeugt. Deshalb überlegte er sich beim nächsten Mal eine andere Taktik. Er wartete einen Moment ab, in dem er mit einem der anderen Ärzte allein war. Nachdem Strudel von seinen Schlafproblemen berichtet hatte, erhielt er problemlos eine neue Ration.

Auf diese Weise würden ihm die Schneepillen nicht ausgehen. Denn die Personen, die an ihm herumexperimentieren durfte, wechselte häufig. Er lächelte selig.

Sie solle sich zufriedengeben, mit dem, was sie ihr bewilligten? Ihre Pläne wären überzogen? Die Kostenvoranschläge zu hoch? Was hatten diese Stümper erwartet? Wie dachten sie, würden sie ihre hochtrabenden Ziele erreichen, wenn nicht mit ihren Produkten?

Sollten sich diese inkompetenten Idioten nur auf ihre neue militärische Entdeckung verlassen. So gut das neue Genie auch war, sie könnte ihnen hundert von dieser Sorte geben. Die Pläne für genau dieses Modell hatte sie sogar schon vor Monaten fertiggestellt. Doch wenn sie meinten, der eine, den sie hatten, würde ihnen genügen, sollten sie sehen, was ihnen das einbrachte.

Diese Ignoranten würden schon sehen, was es bedeutete, wenn man sich die größte Wissenschaftlerin aller Zeiten zum Feind machte.

Strudel kroch durch einen schmalen, dreckigen Schacht. Das tat er häufig. Da er jung und gelenkig war, wurden ihm oft die Wartungsarbeiten im komplexen Inneren der Kuppel übertragen. Seit Isabella entdeckt hatte, wie geschickt Strudel bei mechanischen Arbeiten war, durfte er kleine Fehler selbstständig beheben. Meist zog er Schrauben nach, überprüfte Schweißnähte oder brachte zusätzliche Stützen an.

Obwohl diese Aufgabe anstrengend war, weil es meist bedeutete, stundenlang auf allen Vieren eine Steigung hinaufzuklettern, erfüllte Strudel sie gerne. Über Funk war er zwar mit den anderen Arbeitern verbunden, meist herrschte aber Stille. Niemand erwartete von ihm, lange Reden zu halten. Hier war er mit den Maschinen alleine.

Strudel hatte gerade den Punkt erreicht, an dem er heute arbeiten sollte, als plötzlich ein ohrenbetäubender Lärm die Wände erzittern ließ. Fast gleichzeitig wurde Strudel von einer Druckwelle erfasst, die ihn mehrere Meter zurückwarf. Durch die Krümmung der Kuppelwände rutsche Strudel ein gutes Stück den Schacht hinunter, bis er Halt fand.

Er richtete sich auf und stellte fest, dass er bis auf ein paar Schrammen unverletzt geblieben war. Er klopfte sich den Staub von seiner Arbeitskleidung und griff nach dem Funkgerät am Gürtel.

»Strudel an Isabella. Kommen.«

»Wie oft hab ich dir schon gesagt, dass du dich nicht an diese komische Funkdisziplin halten musst? Wir sind ja schließlich nicht bei der Armee.« Isabella klang fröhlich, wie meist bei der Arbeit. Wahrscheinlich hatte sie die Störung noch nicht bemerkt.

»Hier gibt es ein Problem.«

»Sag bloß, du brauchst Hilfe. Das wäre ja mal etwas Neues. Was für ein Problem?«

»Eine Explosion.«

»Eine Explosion?«, fragte Isabella nach, als hoffte sie, sich verhört zu haben.

»Ich schätze in Abschnitt H203 oder H204.«

Das Funkgerät blieb einige Momente stumm. Vermutlich überprüfte die Vorarbeiterin die Abschnitte, die Strudel genannt hatte, im Plan auf dem Computer. Vielleicht war sie auch nach draußen gegangen und versuchte, den Schaden mit bloßem Auge abzuschätzen.

»Sieht nicht gerade gut aus«, meldete sich Isabella schließlich zurück. »Ich glaube, wir haben ein Loch in der Kuppel.«

»Ich schau mir das an.«

»Ich weiß nicht, ob das so eine gute Idee ist.« Isabella klang unschlüssig.

»Ich bin sowieso ganz in der Nähe. Ich melde mich, wenn ich da bin.«

»Na gut. Aber sei vorsichtig. Wer weiß, was da alles beschädigt wurde.«

Die Sorge in Isabellas Stimme rührte Strudel. Es kam nicht oft vor, denn für Isabella war es ein untypischer Zug, sich um etwas Sorgen zu machen.

Umsichtig machte sich Strudel auf den Weg. Es dauerte nicht lange, bis es sichtlich heller wurde. Zu hell für einen Wartungsschacht.

Der Ort der Explosion glich einer klaffenden Wunde. Die äußere Wand des Wartungsschachtes war weggesprengt. Strudel stand vorsichtig auf und steckte den Kopf über die Kuppel. So konnte er den Schaden besser überblicken. Außerhalb der Kuppel war es wärmer als noch bei ihrer Flucht aus Eden. Obwohl er die Kuppel bereits von außen gesehen hatte, verblüffte Strudel ihr Anblick aus solcher Nähe.

Da er schon Wochen damit verbrachte, durch dreckige Gänge zu robben, hatte er irgendwann begonnen sich einzubilden, dass das Gebilde in dem er sich bewegte, massiv war. Tatsächlich waren es nur die Stützpfeiler, in deren Innenleben Strudel arbeitete. Die

Kuppel selbst bestand aus einem Material, das er noch immer nicht identifizieren konnte – dünn wie eine Haut, anpassungsfähig wie Gummi und durchsichtig wie Glas. Manchmal erschien es Strudel wie eine Art Kraftfeld. Was es auch war, es spannte sich in großen Dreiecken zwischen den Trägern. Dort wo das Trägergerüst beschädigt worden war, wies die empfindliche Haut ein beängstigend großes Loch auf. Gut acht Meter des Trägers waren von der Explosion in Mitleidenschaft gezogen worden. Etwa zwei Meter fehlten komplett. Rechts und links des Loches waren jeweils gute drei Meter der äußeren Trägerwand verschwunden.

Das war nicht das einzige Problem. Einige Trümmerteile waren bereits in das Kuppelinnere hinabgefallen. Die Ränder des Lochs drohten ebenfalls einzubrechen. Außerdem war eins der Rohre, das in den Stützen entlang lief und im Winter verhindern sollte, dass die Kuppel gefror, gebrochen. 130 Grad heißer Dampf schoss aus den Enden.

»Unser Problem ist etwa acht Meter lang.«

»Ich sehe es«, antwortete Isabella prompt.

»Eins der Heizrohre ist gebrochen.«

»Ja, sehe ich. Wenn das so weiter geht, schmilzt uns der Dampf die beiden angrenzenden Dreiecke.«

Heute hatten sie bereits mehrere Abschnitte verloren. Strudel arbeite nun lange genug bei den Kuppelmechanikern, um zu wissen, dass sie sich weitere Ausfälle nicht leisten konnten. Das gesamte Kuppelsystem drohte sonst zu kollabieren. Die Filter, die die Bewohner von 67 mit sauberer Luft versorgten, waren besonders anfällig. Sie zeigten ohnehin schon zahlreiche Altersschwächen und würden als Erstes ausfallen. Doch das war nur eins von zahlreichen katastrophalen Szenarien. Im schlimmsten Fall konnte der Ausfall des Abschnitts weitere Explosionen nach sich ziehen und die Kuppel einfach über der Bevölkerung zusammenbrechen.

»Ich schließe die Sperrventile auf beiden Seiten. Dann können wir das Rohr später abflexen und verschließen, bis wir die Stelle repariert haben.« Strudel war schon auf dem Weg zu dem Ventil auf seiner Seite des Lochs. Alle paar Meter gab es sie, um den Dampf bei einem solchen Vorfall abzustellen. Er fand das Ventil binnen Sekunden und drehte es zu. Sofort stoppte der Dampfausstoß.

»Gut gemacht. Aber um auf die andere Seite zu kommen, musst du den Abschnitt H203 komplett durchqueren.«

»Das dauert zu lange«, widersprach Strudel. »Ich springe.«

»Was? Nein. Auf keinen Fall!«

»Doch.«

»Strudel, das ist viel zu gefährlich. Du wirst dich verbrennen oder abstürzen. Ich habe schon unsere Spezialistin angefordert. Sie kümmert sich darum.«

Doch Strudel wusste, jeder andere würde mindestens eine halbe Stunde benötigen, um diesen Abschnitt zu erreichen. Bis dahin wäre es zu spät. Die Kuppelhaut sah schon jetzt durch das heiße Wasser, das auf sie spritzte, verdammt schlecht aus. Er musste das zerstörte Rohr auf der anderen Seite ebenfalls verschließen, um den Dampf davon abzuhalten, noch größeren Schaden anzurichten. Schnell.

»Mach dir keine Sorgen.« Strudel steckte das Funkgerät zurück an seinen Gürtel.

Ein Sprung von zwei Metern war nicht weiter schwierig. Wenn er aber verhindern wollte, dass er am anderen Ende, mitsamt dem instabilen Boden, achtzig Meter in die Tiefe rauschte, musste er vorsichtig sein.

Strudel ging so weit zurück, wie er stehen konnte. Es war kein langer Anlauf. Das größte Problem stellte allerdings der heiße Dampf dar. Er schoss aus der Bruchstelle in Strudels Richtung. Der Korridor, den Strudel durchqueren musste, um auf die andere Seite zu kommen, war so schmal, dass sich ein Kontakt kaum vermeiden ließ. Wenn er nicht aufpasste, würde er sich ordentlich verbrühen. Strudel versuchte, den Höhenunterschied zwischen seinem Absprungpunkt und dem Platz, an dem er landen wollte, abzuschätzen. Dann nahm er die drei Meter, die ihn vom Abgrund trennten, mit großen Schritten und sprang ab.

Er spürte die feuchte Hitze auf seiner Haut. Sie durchtränkte seinen rechten Oberkörper, obwohl er sich aus dem Weg bog. Strudel landete, verlor jedoch den Halt, als ein Stück Metall unter seinem Fuß wegbrach. Reflexartig warf Strudel sein Gewicht nach vorne. Er schlug mit Knien und Händen unsanft auf dem Metallboden auf. Sicherheitshalber kroch er ein Stück vom Abgrund weg, um zu verhindern, dass er doch noch rücklings in den Tod stürzte, bevor er aufstand.

Rasch sah er sich nach dem zweiten Sperrventil um. Er entdeckte es keinen Meter von sich entfernt und schloss es. Das Zischen des Dampfes verstummte.

»Strudel? Wir haben keinen Druckverlust mehr. Gute Arbeit«, Isabella klang erleichtert. Vermutlich freute sie sich, dass sie Strudel nicht vom Boden abkratzen musste.

»Alles unter Kontrolle«, meldete Strudel.

»Du machst ja Sachen. Bei dir noch alles dran?«

Er hatte sich die rechte Schulter verbrüht. Aber es sah nicht besonders schlimm aus. »Ja. Ich warte noch, bis die Spezialistin da ist. Vielleicht braucht sie meine Hilfe.«

»Anschließend kommst du da aber raus. Den restlichen Tag gebe ich dir frei.«

»Ist nicht nötig.«

»Du musst noch einiges über die Arbeitswelt lernen, Strudel. Wenn deine Chefin dir einen halben Tag frei gibt, dann nimmst du ihn an. Klar?«

»Ist gut.«

»Okay. Ich warte im Kontrollraum auf dich.«

Schon nach zwanzig Minuten hörte Strudel den unverwechselbaren Klang einer Person, die sich durch einen metallenen Schacht bewegte. Wenig später tauchte eine Gestalt auf seiner Seite des

Explosionsschadens auf. Eine junge Frau um die 20 schob sich aus dem Schacht. Wo nicht dunkle Schmiere ihre Haut bedeckte, war sie bleich. Als verbrächte sie zu viel Zeit drinnen. Das glatte, braune Haar war staubig, ebenso wie ihr Overall.

Als sie Strudel entdeckte, blieb sie ruckartig stehen. Ihre blauen Augen weiteten sich. »Warum bist du hier?«, fragte sie leise und mied den Blickkontakt.

Strudel verstand nicht, warum die Frau so eingeschüchtert klang. »Ich war bei Wartungsarbeiten und habe die Explosion gehört. Ich hab die Ventile geschlossen.« Er deutete unsicher auf das Rohr an der Wand.

»Warum bist du nicht weg? Alles wieder okay.«

»Ich dachte, Sie brauchen vielleicht meine Hilfe«, erklärte Strudel. Ihre scheue Art machte Strudel nervös und wie von selbst strich er über die Narbe in seiner Handfläche.

»Brauche keine Hilfe«, sagte sie abwehrend.

Strudel blieb, wo er war. Solange sie ihn nicht wegschickte, würde er nicht gehen. Isabella hatte sie Spezialistin genannt. Vielleicht konnte er beim Beobachten ihrer Arbeit etwas lernen.

Sie ging an ihm vorbei und ignorierte Strudel dabei auf eine Weise, die ihm deutlich zu verstehen gab, dass seine Anwesenheit ihr unangenehm war. Er meinte, einen Geruch nach nasser Erde an ihr wahrzunehmen. Strudel sah zu, während sie den Schaden an der Kuppelhaut untersuchte. Nach einer Weile zog sie eine kleine runde Kugel aus einer ihrer Taschen. Strudel erkannte sie sofort wieder. Genau so eine Kugel hatte Talion und ihn vor den Lichtbringern gerettet.

Die scheue Frau aktivierte die Kugel und die Minikuppel bedeckte das Loch wie ein Pflaster.

Strudel trat lächelnd näher.

Die Frau bemerkte seinen begeisterten Blick und zuckte mit den Schultern. »Ist nur Flickwerk. Wird nicht lange halten.«

»Ich finde es ziemlich beeindruckend«, widersprach Strudel.

Die Frau sah zu der kleinen Kuppel hinauf. »Wirklich?«

Strudel nickte.

»Hab sie erfunden. Versuche, sie größer hinzubekommen, aber …« Sie brach ab und schwieg. Abrupt wandte sie sich wieder ihrer Arbeit zu. Als sie die Arme hob, um die Kugel mit Isolierband zu fixieren, rutschte einer der Ärmel ihres Overalls nach unten. Hastig zog sie ihn wieder nach oben. Doch Strudel hatte bereits gesehen, was sie zu verbergen versuchte: Ihre Arme waren von unzähligen Schnitten übersät.

In ihrer Eile, die Narben und frischen Wunden wieder zu bedecken, rutsche ihr das Isolierband aus der Hand.

Sie griffen gleichzeitig danach und ihre Hände berührten sich. Die Frau zog die Hand so schnell zurück, als ob sie sich an Strudels Haut verbrannt hätte, wie er am heißen Dampf. Was Strudel in den Augen der Frau sah, war eine Angst, die er sehr gut kannte.

Er trat einen Schritt zurück und hob beschwichtigend die Hände. »Ich fasse Sie nicht mehr an«, versprach er. »Ich werde jetzt gehen.«

Die Frau nickte abwesend und Strudel zog sich langsam in den Schacht zurück.

Der Rückweg dehnte sich, wie Zeit es in unangenehmen Situationen meist tat. Seine Schulter pochte und die nasse Kleidung wurde klamm. Er versuchte, sich auf den Rückweg zu konzentrieren, doch sein Kopf formulierte immer neue Fragen. Wer war die Frau? Was hatte sie erlebt? Hätte er nicht irgendetwas sagen oder tun sollen?

Lang verdrängte Bilder schlichen sich in die Dunkelheit der Wartungsschächte. Sie waren so lebendig, dass er befürchtete, Balor könnte plötzlich hinter der nächsten Ecke auftauchen.

Als er endlich unten ankam, fühlte sich Strudel erschöpft wie lange nicht mehr. Erleichtert kletterte er aus der Öffnung und richtete sich auf.

Zu seiner Überraschung wartete Isabella tatsächlich auf ihn. Auch ein paar andere Arbeiter sahen Strudel gut gelaunt an.

»Da ist er ja unser Mitarbeiter des Tages!« Isabella kam in großen Schritten auf ihn zu und klopfte ihm mit beiden Händen auf die Schultern. Strudel zuckte zusammen. Nicht wegen der Berührung. Er trug Kleidung, deshalb war sie kein Problem. Sondern weil davon seine verbrühte Schulter schmerzte. Zum Glück bemerkte Isabella es nicht. Sie hatte sich schon halb umgedreht und verkündete den anderen: »Das hättet ihr mitbekommen sollen! Unser Lehrjunge hier hat uns heute vor dem Verlust von zwei Abschnitten bewahrt.« Isabella erzählte die Geschichte mit solcher Liebe zum Detail, als wäre sie selbst dabei gewesen. Nachdem sie den dramatischen Sprung und das glückliche Ende in allen Einzelheiten beschrieben hatte, wirkten die anderen ehrlich beeindruckt. Die meist wortkargen Mechaniker klopften Strudel anerkennend auf den Rücken und lobten seinen Mut und seine Einsatzbereitschaft.

Noch nie in seinem Leben hatte Strudel etwas Ähnliches erlebt. Die Männer und Frauen respektierten ihn. Nicht für etwas, dessen er sich schämte. Nicht für etwas, das ihm aufgezwungen wurde, sondern einfach für seine gute Arbeit. Ein warmes Gefühl breitete sich in ihm aus. Es vertrieb die Erinnerungen und die Fragen.

»Wir sind stolz auf dich, Junge«, sagte einer der Mechaniker.

Stolz. Ja, auch Strudel war stolz auf seine Leistung, denn sie hatte nichts mit Krieg und Leid zu tun.

Wie Isabella angekündigt hatte, gab sie Strudel den restlichen Tag frei. Der Transporter fuhr extra für ihn zum Stützpunkt zurück. Strudel fühlte noch immer die Zufriedenheit, als er seine Wohneinheit erreichte. Vielleicht würde er sich hinlegen. Zum ersten Mal seit Langem hatte er das Gefühl, dass ihm heute auch ohne den Schnee die Albträume erspart bleiben würden.

Als er die Tür zu seinem Zimmer öffnete, wich all das Glück von einem Moment zum nächsten. Talion stand mitten im Raum und sah aus, als käme er direkt vom Schlachtfeld. Ein Gemisch aus Dreck, Schweiß und Blut klebte an ihm. »Sie werden gewinnen«, eröffnete Talion ihm.

So durcheinander kannte Strudel Talion nicht. Besorgt trat er einen Schritt näher. »Bist du verletzt?«

Talion sah an sich hinunter. »Nein. Ich nicht, aber …« Er beendete den Satz nicht. »Sie überrennen uns.«

»Sind viele gestorben?« Strudel fragte sich, ob das der Grund für Talions Verstörtheit war. Doch er konnte sich nicht vorstellen, dass hohe Verluste ihn sonderlich mitnahmen.

»Es ist seltsam. So wie sich die Situation geändert hat, müssten es viel mehr sein. Du kannst dir nicht vorstellen, wie genial ihre Strategien sind.« Talion schüttelte ungläubig den Kopf.

Strudel bemerkte, dass die Hände seines Bruders zitterten. »Talion? Was ist mit dir?«

»Ich habe sie gesehen.« Talion sah Strudel mit dem Ausdruck eines verlorenen Kindes an.

»Wen?«

»Klone.«

Strudel schwieg verwirrt. Wo waren die plötzlich hergekommen? »Die Lichtbringer setzen Klone im Krieg ein?«, fragte er schließlich.

»Nein, nicht auf dem Schlachtfeld. Ich war in Eden.«

Das irritierte Strudel noch mehr. »Was hast du in Eden gemacht?«

»Spezialauftrag.«

»Aber …«

»Verstehst du nicht? Sie züchten sie wieder. Wie uns damals. Es fängt wieder von vorne an. Und ich kann nichts dagegen tun. Ich kann ihnen nicht helfen. Weil wir diesen Krieg verlieren werden.«

»Können Sie mir sagen, wo ich Yunes finde?«

Strudel kannte sich durch seine wöchentlichen Besuche ein wenig in der Kommandozentrale aus. Wo genau Yunes arbeite, wusste er aber nicht.

Der Mann, den Strudel auf dem Gang angesprochen hatte, sah ihn misstrauisch an. »Yunes? Der Sohn vom Vorsitzenden?«

Strudel nickte.

Ein skeptischer Blick wanderte an Strudels Arbeitskleidung hinab. »Was tust du überhaupt hier? Du kannst doch nicht einfach in der Kommandozentrale herumlaufen und …«

»Ich muss wirklich dringend mit Yunes sprechen«, unterbrach Strudel ihn.

»Jetzt hör mal zu, Junge. Die Erwachsenen hier arbeiten und du kannst nicht …«

»Strudel?«

Strudel atmete auf und drehte sich um. Yunes sah ihn verblüfft an. In der einen Hand hielt er eine dampfende Tasse Tee.

»Was machst du hier?«, mit einer lässigen Handbewegung wandte sich Yunes an den unkooperativen Mann. »Schon gut, Hermann. Ich kümmere mich darum.«

Der Mann nickte, offenbar erleichtert, den jugendlichen Eindringling los zu werden, und ging mit einem letzten Kopfschütteln davon.

»Ich habe gerade das mit dem Vorfall an der Kuppel gehört. Das war gute Arbeit. Aber weißt du, als ich gesagt habe, du kannst mich jederzeit besuchen, meinte ich Zuhause. Nach der Arbeit.«

»Talion ist zurück«, eröffnete Strudel ohne Umschweife.

Yunes zuckte zusammen und schüttete sich dabei fast den heißen Tee über die Finger. »Ist er wieder verletzt?«

»Nein das nicht, aber er …«, Strudel räusperte sich, »ich glaube, er braucht einen Freund.«

Yunes sah Strudel einen Moment in die Augen. Was er dort sah, schien ihn zu überzeugen. Er blickte sich nachdenklich um, dann gab er sich einen Ruck. »Na ja, was solls. Sollen sie mich feuern, wenn sie meinen, dass sie einen Besseren als mich finden. Bring mich zu ihm.«

»Er ist bei mir«, erklärte Strudel, während sie zum Ausgang gingen.

»Was ist mit ihm?«

Strudel erzählte knapp, was Talion gesagt hatte. »Danach hat er sich auf mein Bett gesetzt und aus dem Fenster gestarrt.«

»Was für Idioten. Wieso haben sie ausgerechnet ihn dorthin geschickt?«, schimpfte Yunes.

Strudel glaubte nicht, dass Yunes verstand, nach welchen Kriterien jemand für eine militärische Aktion ausgewählt wurde. Ortskenntnis spielte dabei eine wichtige Rolle.

»Es macht ihn heute noch fertig, dass er euch damals zurückgelassen hat.«

»Er musste. Sie hätten ihn getötet.«

»Das wissen wir, du und ich. Vermutlich weiß er es auch. Aber es hilft nicht.«

»Und jetzt musste er die neuen Klone auch im Stich lassen«, schlussfolgerte Strudel.

Yunes nickte. »Komm, wir sollten uns beeilen.«

Talion saß genau dort, wo Strudel ihn zurückgelassen hatte. Noch immer schaute er starr aus dem Fenster, als wäre, seitdem Strudel das Zimmer verlassen hatte, keine Zeit vergangen.

Strudel ließ Yunes den Vortritt und blieb selbst an der Tür stehen.

»Hey Talion, dein Brüderchen hat mir erzählt, dass du zurück bist.« Yunes ging zu Talion und schlug ihm freundschaftlich auf den Rücken.

Talion sah auf und lächelte. »Yunes.« Alleine die Anwesenheit seines Freundes schien Talion zu stabilisieren. Eigentlich hatte

Strudel erwartet, dass die beiden über die Dinge sprachen, die Talion beschäftigten. Stattdessen erzählte Yunes Talion, was während seiner Abwesenheit alles passiert war. Er garnierte die Erzählung mit ein paar witzigen Bemerkungen und schließlich lachten beide.

»Kommt mit zu uns«, schlug Yunes vor, als sich das Gelächter gelegt hatte. »Noriko ist eine richtige Quasselstrippe geworden. Sie fragt ständig nach dir und würde mir nie verzeihen, wenn ich dich nicht mitbringe.«

Talion willigte ohne Widerworte ein. Für Strudel war das der Beweis dafür, dass Talion noch nicht vergessen hatte, was passiert war. Strudel hatte den Eindruck, dass Talion dankbar jede Ablenkung von seinen düsteren Gedanken annahm.

Sie machten einen Zwischenstopp im Zentrum für kindliche Frühförderung. Strudel und Talion mussten vor der gläsernen Eingangstür warten, während Yunes an der Anmeldung einen Mitarbeiter nach seiner Tochter fragte. Strudel fiel auf, wie gut das Zentrum gesichert war. Auf den ersten Blick war es kaum zu sehen, doch das Gebäude war gepanzert und die bunten Figuren vor dem Eingang verbargen eine Schnellschussanlage. Wovor beschützten diese Sicherungen die Kinder?

Nach einigen Minuten brachte eine Frau, deren gelbe Kleidung sie als Mitarbeiterin des ZKF auswies, die kleine Noriko in den Eingangsbereich. Wachsam blickte sie sich um und ihr Blick blieb eine Sekunde an Strudel haften.

Noriko schien nicht zu bemerken, wie gut sie bewacht wurde. Freudestrahlend lief sie, mit schon recht sicheren Schritten, zu ihrem Vater. Yunes kniete sich zu ihr hinunter und schloss seine Tochter in die Arme. Dann hob er sie hoch und küsste ihre Nasenspitze. Noriko kicherte.

Strudel warf einen Seitenblick auf Talion. Das halb glückliche, halb traurige Lächeln, das er sah, schnürte ihm die Kehle zu.

Yunes trug das Mädchen nach draußen. Sobald sie Talion entdeckte, wurde Noriko unruhig und deutete mit ihrem winzigen Finger auf ihn. »Dali! Dali!«

»Ist ja gut, Mäuschen«, versuchte Yunes vergeblich, sie zu bremsen.

Noriko zappelte weiter, bis Talion auf die beiden zuging und Noriko freundschaftlich durch die Haare wuschelte.

Die Kleine strahlte glücklich. Sie strecke ihre Arme nach Talion aus und befahl: »Noi hoch!«

Talion sah unsicher zu Yunes. Der streckte seinem Freund das Kind bereits entgegen. »Nimm sie ruhig. Sonst gibt sie keine Ruhe.«

Talion zögerte trotzdem.

»Dali«, quengelte Noriko. »Noi hoch!«

Talion hob sie mit seinen großen Pranken vorsichtig zu sich hinüber und hielt sie fachmännisch in den Armen. Auf dem ganzen Weg zu Yunes Familienwohneinheit spielten die beiden miteinander. Mal ließ Talion Noriko auf seinem Rücken reiten, mal tuschelten sie verschwörerisch miteinander und brachen plötzlich aus undefinierbaren Gründen in Gelächter aus. Eine merkwürdige Mischung. Das helle Kinderlachen zusammen mit Talions tiefem Bass.

Während Strudel sie beobachtete, empfand er Neid auf ihre Vertrautheit. Wieso hatte er in seiner Kindheit nie eine solche Zeit mit seinem Bruder? Schnell schob Strudel den Gedanken zur Seite. Er war zu gefährlich.

Kaum hatten sie die Wohnung betreten, zog Noriko »Dali« mit sich. Die beiden begannen wieder mit den Bauklötzen zu spielen. Yukino war noch nicht Zuhause. Sie würde bis spät in den Abend hinein arbeiten.

Strudel blieb verloren im Raum stehen und wünschte sich, er wäre nicht mit hineingekommen. Doch noch bevor ihm ein

Einwand einfiel, Yunes Einladung auf eine Tasse Tee abzulehnen, hielt das kleine Mädchen inne. Erst jetzt schien sie Strudel das erste Mal wahrzunehmen. Fragend deutete sie auf ihn und sah Talion neugierig an.

»Das ist mein Bruder. Er heißt Strudel«, antwortete Talion ihr auf die nicht ausgesprochene Frage.

»Ludl«, wiederholte Noriko eifrig. »Ludl lieb?«

Talion nickte. »Ja«

Strudel verstand nicht, was genau der Inhalt der Frage war, auf die Talion gerade geantwortet hatte. Noriko schien mit der Antwort jedoch mehr als zufrieden, denn sie sprang eifrig auf und lief zu Strudel. »Spielen?«

»Ich wollte eigentlich …« Strudel räusperte sich unsicher und sah zu Talion.

Der wischte seine Ausrede mit einer Handbewegung zur Seite. »Na komm schon, Brüderchen. Eine Einladung von einer Frau muss ein Mann annehmen.«

Noriko ergriff zutraulich Strudels Hand und führte ihn zu ihren Spielsachen.

Strudel war nicht gut im Spielen. Er konnte sich nicht erinnern, dergleichen je zuvor getan zu haben. Er lernte nur langsam, wie es funktionierte, aber es faszinierte ihn. Zum Glück verzieh Noriko ihm seine Fehler mit einem Lächeln.

Als Noriko sich schließlich auf den Boden zusammenrollte und einschlief, war es draußen bereits dunkel.

Talion stand auf und streckte sich. Auch Strudel kam auf die Beine, wenn auch ein wenig ungeschickt. Sein Körper fühlte sich ein bisschen steif an. Ob vom langen Sitzen oder dem Unfall im Wartungsschacht, konnte er nicht sagen.

Ohne Noriko zu wecken, hob Yunes sie auf und trug sie aus dem Raum.

Nachdenklich sah Talion den beiden hinterher. »Ich hab dir noch gar nicht erzählt, dass ich dir ein Geschenk mitgebracht habe.«

Strudels Herzschlag beschleunigte sich. Ein Geschenk? Ein Geschenk aus Eden? Es gab nur eins, was er sich von dort wünschte.

»Aber ich weiß nicht, ob dir das Geschenk gefällt.«

Strudels Hoffnung schwand.

»Unser Auftrag lautete, irgend so einen Arzt zu entführen. Aber ich dachte, wenn wir schon da sind, können wir auch gleich noch etwas anderes mitnehmen.«

»Was?«

»Sie haben es in der Zentrale. Eins dieser EXOs.«

Wahrscheinlich hätte es sich ähnlich angefühlt, wenn er heute in den achtzig Meter tiefen Abgrund gefallen wäre.

»Strudel?« Talion klang besorgt. »Hör mal, ich weiß, es war nicht unbedingt schön, dass sie dich gezwungen haben, es zu benutzen. Aber damit wird es viel einfacher, wenn wir versuchen, deine Freunde zu befreien.«

Strudels Mund war zu trocken, um etwas zu sagen. Wie hätte er Talion auch dieses Gefühl erklären sollen? Wie hätte er ihm sagen sollen, dass er das, was Talion unter Einsatz seines Lebens aus Eden geholt hatte, unmöglich benutzen konnte? Dass er es nicht benutzen konnte, weil es seine schlechtesten Seiten, seine dunkelsten Wesenszüge zum Vorschein brachte?

»Strudel?«

»Ich muss gehen«, stieß er unter größter Anstrengung hervor, während seine Beine sich schon bewegten.

»Strudel, verdammt, bleib hier!«, rief Talion ihm nach.

Im Gang stieß er fast mit Yunes zusammen. Er stammelte eine Entschuldigung und rannte weiter.

»Mach auf.« Talion schlug gegen die Tür zu Strudels Wohneinheit. Sie würde nicht nachgeben. Die einzigen Möglichkeiten, die Tür gegen Strudels Willen zu öffnen, waren bei der Verwaltung die

Ersatzschlüsselkarte zu holen oder die Tür zu hacken. Strudel setze darauf, dass Talion nicht so weit gehen würde.

»Wir machen uns Sorgen um dich. Lass uns rein«, bat Yunes.

Da waren sie schon zu dritt. »Ich möchte alleine sein.«

»Ich will auch so einiges. Jetzt öffne diese verfluchte Tür!«, knurrte Talion.

»Bitte geht.«

Sie erfüllten seine Bitte nicht, doch zumindest hörte Talion auf, gegen die Tür zu hämmern.

»Strudel, du hast doch sicherlich geahnt, dass das passieren würde«, begann Yunes.

Geahnt. Gehofft. Gefürchtet.

»Es war nur eine Frage der Zeit, dass sie ein EXO hierher bringen würden. Schließlich könnte das die Technologie sein, die zwischen Sieg und Niederlage entscheidet.«

All diese Logik nutzte nur nichts. »Ich kann es nicht benutzen«, sagte Strudel zur Tür.

»Jetzt hör mir mal zu. Für dieses Scheißding haben mich die Lichtbringer Monate lang gefoltert. Ständig neue Operationen. Immer neuer Schmerz. Soll das alles umsonst gewesen sein?«

»Ist mir egal.« Strudel stand vom Bett auf, auf dem er sich zusammengekauert hatte. »Es ist mir völlig egal, was sie mit dir gemacht haben, Talion. Ich kann nicht.« Unruhig ging Strudel auf dem begrenzten Raum vor dem Bett auf und ab.

»Du musst«, knurrte Talion durch die geschlossene Tür.

»Ich muss überhaupt nicht«, sagte Strudel trotzig.

»Verdammt, du schuldest es mir. Ich habe für diese Waffe …«

»Erzähl du mir nichts von Schuld!« Er wusste, er sollte ruhig bleiben, doch er konnte nicht. Die Enttäuschung über Talions uneingelöstes Versprechen brach plötzlich über Strudel herein. »Du hast gesagt, wir holen meine Freunde.« Er hörte, dass seine Stimme lauter wurde, konnte es aber nicht verhindern. »Du hast mir dein Wort gegeben. Das ist Monate her und du hast nichts getan. Nichts!« Das letzte Wort brüllte Strudel, so laut er konnte, der Tür entgegen.

Sein Körper bebte vor Zorn und er keuchte, als wäre er stundenlang gerannt. Er lauschte. Draußen war es still geworden. Dann krachte ein heftiger Schlag gegen das unnachgiebige Metall und Strudel zuckte zusammen. Es folgten sich rasch entfernende Schritte.

Erst jetzt registrierte Strudel, was er gesagt hatte. Er fluchte und schloss einen Moment lang die Augen. Das EXO brachte schon jetzt, wo es nur in seiner Nähe war, seine schlechten Eigenschaften zum Vorschein. Wut und Angst pumpten gleichermaßen durch seinen Körper. Ohne bewussten Entschluss zog er die Schublade seines Nachtkästchens auf und nahm das Plastikdöschen heraus. Er schraubte es auf und schüttelte eine der Schneepillen hervor. Er wusste, er sollte das nicht tun. Er wollte nicht schlafen. Noch nie hatte er den Schnee für etwas anderes benutzt. Es war ihm egal. Ohne auf die warnende Stimme in seinem Kopf zu hören, warf er sich die Pille in den Mund und schluckte.

Er wartete einige Herzschläge lang, bis er die Wirkung spürte. Dann erst öffnete er die Tür.

Draußen stand nur noch Yunes.

»Das hätte ich nicht sagen sollen«, murmelte Strudel durch den Schnee abgekühlt.

»Vergiss nicht, Talion weiß genau, wie sich das anfühlt. Ich bin sicher, er tut alles, um sein Versprechen einzulösen.«

»Ich weiß. Die Sache mit dem EXO hat mich einfach …«

»Er beruhigt sich schon wieder«, sagte Yunes und zwinkerte Strudel aufmunternd zu. »Das Gute an Talion ist, so schnell wie seine Wut entflammt, so schnell erlischt sie auch wieder.«

Strudel nickte unglücklich.

Yunes zuckte unbekümmert mit den Achseln. »Dann informiere ich besser mal unseren hochgeschätzten Rat, dass das mit dem EXO nicht so funktioniert, wie sie sich das ausgedacht haben.«

Der Rat war alles andere als erfreut, als er von Strudels Weigerung erfuhr. Sie verlangten von ihm, das EXO zumindest zu begutachten, um festzustellen, ob es sich tatsächlich um das richtige Modell handelte. Widerwillig und nur unter dem beruhigenden Einfluss des Schnees kam Strudel dem Befehl nach.

Als er im Sicherheitsraum ankam, in dem das EXO aufbewahrt wurde, überlief ihn trotzdem ein kalter Schauer. Kein Zweifel. Es war nicht nur irgendein EXO. Es war sein EXO. Er erkannte es an tausend kleinen Details. An einer Delle, die er stundenlang vergeblich versucht hatte auszubeulen. An einer Schramme nahe der Aorta, die vom Angriff eines Ausmusterers stammte.

Es war sogar naheliegend. Im Gegensatz zu seinem EXO waren die anderen gewiss im Einsatz. Seins stand nur nutzlos irgendwo herum und wartete vielleicht auf einen neuen Nutzer.

Strudels Finger zitterten, als er das EXO berührte. Er spürte einen Drang, sich ins Innere hineinzustellen und das schützende Netz sich über seinen Körper ausbreiten zu lassen. Eilig zog er die Hand zurück.

Eine Frau trat zu ihm. Strudel kannte sie von der einzigen Ratssitzung, bei der er anwesend gewesen war. »Wir verstehen, wenn dich das Tragen des EXOskeletts belastet. Wir müssen aber unbedingt ein paar Tests machen. Wir könnten dich ruhigstellen und …«

»Nein.«

»Aber du würdest …«

»Nein.« Er wollte nie wieder die Kontrolle verlieren. Vor allem nicht dann, wenn er ein EXO trug. Nie wieder.

»In diesem Fall habe ich die Anweisung des Rates, dir mitzuteilen, dass deine Duldung in Kuppel 67 neu überdacht wird.« Sie musterte Strudel, als versuchte sie herauszufinden, was er bei diesen Worten fühlte. »Ändert das deine Meinung vielleicht?«

»Ich muss darüber nachdenken.« Das war eine Lüge. Sein Entschluss stand längst fest. So hatte er aber wenigstens ein wenig Zeit, um sich zu überlegen, wie es weitergehen sollte.

Sie runzelte nachdenklich die Stirn. »Na gut. In Anbetracht deiner Situation und deiner Leistungsbewertung durch die Kuppelmechaniker, gestehen wir dir eine Bedenkzeit zu.«

»Sechs Wochen«, sagte Strudel schnell.

Die Frau schnaubte verärgert. »Wie stellst du dir das vor? Wir stehen im Krieg. Jeder Tag zählt. Diese Technologie ...«

»Sie können ja weiter daran forschen«, argumentierte Strudel fieberhaft. »Sie haben schließlich alle meine Daten von den medizinischen Untersuchungen. Also alles über meinen Anschluss. Sie brauchen mich eigentlich gar nicht.«

Die Frau dachte nach. »Na schön, Junge. Ich werde sehen, was ich machen kann.«

Er bekam seine Bedenkzeit und zwei Tage später verschwand Talion wiederum ohne ein Wort des Abschieds. Diesmal fühlte Strudel sich dabei noch schlechter, denn sie hatten keine Gelegenheit, über die gefallenen Worte zu sprechen. Auch wenn Yunes Strudel versicherte, dass Talion längst nicht mehr an ihren Streit dachte, blieb das Wissen, dass das Letzte, was er Talion gesagt hatte, bevor dieser wieder in den Krieg zog, Vorwürfe gewesen waren.

Strudel versank in düstere Gedanken und es dauerte einige Tage, bis es wieder etwas schaffte, zu ihm durchzudringen. Es war eine seltsame Nachricht, die ihm einer der Abendsterne aus der Kommandozentrale überbrachte: »Wir haben einen Gefangenen, der behauptet an deiner Akademie gewesen zu sein. Wir brauchen deine Hilfe, um herauszufinden, ob er die Wahrheit sagt. Bist du dazu bereit, mit dem Gefangenen zu sprechen?«

Ein Gefangener von der Akademie? Strudels Herz schlug schneller. Doch nicht etwa einer seiner ehemaligen Kameraden? Strudel nickte und machte sich umgehend auf den Weg.

Er wurde in einen tiefgelegenen Teil des Kontrollzentrums geführt, den er bisher noch nie betreten hatte. Der Zweck war ihm jedoch sofort klar. Immerhin hatte er über ein halbes Jahr an einem solchen Ort verbracht.

Einer der Abendsterne bat ihn, in einem Verhörraum Platz zu nehmen. Auch solche Räume waren ihm nur all zu vertraut. Nervös rutschte er auf seinem Stuhl herum. Man hatte Strudel gesagt, dass er mit dem Gefangenen ungestört sprechen dürfte. Allerdings war ihm natürlich klar, dass sie beobachtet wurden. Wahrscheinlich wollte der Rat auch seine Treue zum Abendstern testen. Die Gelegenheit war einfach zu gut, als dass der Abendstern sie ungenutzt verstreichen lassen konnte. Angespannt lauschte Strudel den sich nähernden Schritten. Das eine Paar militärisch in schweren Stiefeln, das andere leichter, dafür schleppend.

Angespannt sah Strudel zur Tür. Zwei Männer traten ein. Der eine war ein Soldat des Abendsterns. Der andere Mann blieb so abrupt stehen, dass sich das Gewehr des Soldaten alarmiert hob. »Strudel?«

»Was soll das? Beweg dich!«

Das Gewehr schob sich in die Seite des Mannes. Nicht grob, aber mit Nachdruck.

Der Mann ging einen Schritt weiter, sodass die Tür geschlossen werden konnte. Nun waren sie alleine. Der Mann lächelte. »Wer hätte gedacht, dass wir uns unter diesen Umständen wieder sehen? Oder dass wir uns überhaupt wieder sehen?« Kos trug elektrische Handschellen und ein einfaches graues Gewand. Aus dem Arzt war ein Gefangener geworden.

Das war kein Traum. Strudel blinzelte. Nein, sicher nicht. Seine Träume waren düsterer. Es besuchten ihn dort keine alten Freunde. Das war der Mann, der in seinem Leben einem Vater am nächsten gekommen war. Er stand einfach hier, ohne Vorwarnung.

»Wie geht es dir, Junge?«, fragte Kos ernst.

Strudel kniff die Augen zu. Fast hätte er die Beherrschung verloren. »Ich dachte, Sie sind tot.«

»Verständlich. Immerhin sah es bei unserem letzten Treffen nicht gerade rosig für mich aus. Die Rahmenbedingungen haben sich zwar kaum gebessert, aber im Grunde bin ich froh über meine Entführung. Aber wir kommen vom Thema ab, das war keine Antwort auf meine Frage.«

»Mit mir ist alles in Ordnung.« Strudel schluckte schwer. »Wie sind Sie in Kuppel 67 gekommen?«

»Wie gesagt, ich wurde vom Abendstern entführt. Man könnte es auch befreit nennen, denn das letzte Jahr habe ich eingesperrt in einem Labor verbracht.«

Hatte Talion nicht erwähnt, dass er einen Arzt zum Abendstern gebracht hatte? Auf der gleichen Mission, bei der er das EXO gefunden hatte? War Kos etwa schon tagelang hier in 67, ohne dass Strudel etwas davon geahnt hatte?

»Aber was viel interessanter ist, wie kommst du hier her?«, fragte Kos forschend.

»Ich wurde auch befreit.« Mit den genaueren Gegebenheiten brauchte er Kos nicht zu belasten. »Aber ich bin frei. Sie hält der Abendstern gefangen.«

»Das stimmt.« Kos fuhr sich durch das dichte schwarze Haar und Strudel fielen ein paar graue Strähnen auf, die es vorher nicht gegeben hatte. »Sie haben allen Grund dazu. Statt sie zur Heilung zu nutzen, haben die Lichtbringer meine Forschung für den Krieg missbraucht. Sie sagen, ich sei zu meiner eigenen Sicherheit eingesperrt. So ganz unrecht haben sie nicht. Viele Menschen wollen mich tot sehen.« Nun klang Kos wieder so müde und alt wie bei ihrer letzten Begegnung.

Besorgt sah Strudel auf. Die Verbitterung verhärtete das Gesicht des Arztes. Sie ließ seine olivfarbene Haut blass und seine tiefblauen Augen stumpf wirken. Zu sehen, wie sehr Kos litt, machte Strudel unheimlich traurig.

Kos lächelte. Es sollte sicher beruhigend wirken, doch Strudel merkte, dass er sich dazu zwang. Der Arzt wechselte etwas hastig das Thema: »War es Simon, der dich befreit hat? Ist er mit dir hier?«

Die bekannte, dunkle Traurigkeit legte sich über Strudel. »Simon ist gestorben.«

Kos Augen weiteten sich, dann fuhr er sich erschöpft über die Stirn. »Das tut mir unendlich leid, Junge.« Die Schwere, die Strudel in sich selbst fühlte, sah er auch in Kos verzweifeltem Blick.

»Sie können nichts dafür«, beeilte sich Strudel zu sagen.

Abscheu trat in Kos ausgemergelte Züge. »Oh doch! Ich hätte diesen Wahnsinn irgendwie stoppen müssen. Ich hätte nicht so lange zuschauen dürfen. Ich bin ein schrecklicher Mensch. Schwach. Es ist gut, dass ich hier eingesperrt bin.«

»Das stimmt nicht. Du haben immer versucht, uns zu helfen.«

Kos schnaubte verächtlich und machte eine wegwerfende Geste mit der Hand.

Selbsthass. Verzehrender Zweifel. Strudel kannte all das. Er ertrug es nicht, Kos so zu sehen. »Ich werde mit dem Abendstern sprechen, damit der Rat Sie frei lässt«, versprach er mit fester Stimme und fügte etwas lauter hinzu, damit auch ihre Zuhörer ihn gut verstanden: »Sie sind ein guter Mensch.«

»Das lässt du schön bleiben. Du hast genug eigene Probleme. Wenn du mir helfen willst, erzähl mir lieber, wie es Canina und Nesrin geht. Sind sie hier bei dir, oder arbeiten sie mit Finan? Ich finde es übrigens nicht in Ordnung, dass er das tut.«

Nun begann die Schuld wieder an ihm zu reißen, als wolle sie ihn in tausend Stücke zerfetzen. »Ich weiß es nicht«, begann er stockend. »Ich habe sie in Eden zurückgelassen. Ich wollte das nicht. Jetzt sind sie noch dort und …« plötzlich registrierte Strudel, was Kos gesagt hatte. Sein Mund schien mit einem Mal so trocken, dass er Mühe hatte, das Wort hervorzuwürgen: »Finan?«

Kos sah erstaunt auf. »Ja, Finan. Ich bin ja froh, dass er aufgewacht ist. Aber deshalb hätte er sich nicht gleich zu einem der taktischen Kommandanten der Armee ernennen lassen müssen. Oder was meinst du?«

Kälte breitete sich in Strudel aus. Er stand auf. »Das kann nicht sein. Finan würde das nie tun.«

»Strudel, ich war in Eden. Ich habe es selbst gesehen. Finan lebt. Er ist das neue taktische Genie der Lichtbringer.«

Strudel schüttelte den Kopf.

»Setz dich wieder hin, Junge.«

»Ich will raus«, sagte er laut.

»Es tut mir leid, Strudel. Ich weiß, er ist dein bester Freund. Aber es ist die Wahrheit. Du kannst sie nicht ändern, indem du davonläufst.«

Strudel ging zur Tür und schlug dagegen. »Ich will raus!«

Strudel weigerte sich, ein weiteres Mal mit Kos zu sprechen. Ein Teil von ihm wollte Kos verfluchen und ihn einen Lügner nennen. Ein anderer Teil schämte sich für sein Verhalten. Denn tief in seinem Inneren wusste Strudel, dass Kos nicht gelogen hatte. Es passte einfach zu gut. Finan war nun mal DAS taktische Genie an der Akademie gewesen. Wenn er tatsächlich aufgewacht war, warum sollte er den Kampf, für den er sein Leben lang ausgebildet worden war, nun nicht fortführen? Er konnte ja nicht wissen, warum Strudel die Seiten gewechselt hatte. Wer wusste schon, was die Lichtbringer ihm erzählt hatten. Sicher war er enttäuscht von Strudel, weil er ihn zurückgelassen hatte. Vielleicht war er sogar so wütend, dass er sich eine hohe Stellung erkämpft hatte, um Strudel zur Rechenschaft zu ziehen. Strudel fühlte sich immer schlechter.

Zu allem Überfluss lief seine Bedenkzeit langsam ab. Er hatte mit Yunes gesprochen, doch er sah keine Möglichkeit, den Beschluss des Rates zu umgehen. Das EXO und mit ihm die Sorge, die Kuppel bald verlassen zu müssen, belasteten Strudel zusätzlich.

Deshalb war er dazu übergegangen, den Schnee auch tagsüber zu nutzen. Die vielen sorgenvollen Gedanken in seinem Kopf waren sonst zu laut. Doch er hatte das Gefühl, dass der Schnee ihm nicht mehr die gleiche Entspannung wie zuvor verschaffte.

Die Arbeit war sein Lichtblick. Die Anerkennung der Arbeiter war ihm seit dem Vorfall in den Wartungsschächten sicher. Strudel hatte sogar das Gefühl, dass sie die Geschichte weitererzählt hatten, denn die verbalen Angriffe gegen ihn hatten seitdem rapide abgenommen. Isabella lud ihn mehrfach nach der Arbeit zum Kartenspielen ein. Strudel lehnte stets ab. Er hielt sich im Moment nicht für angenehme Gesellschaft und fürchtete, Isabella könnte zu demselben Schluss kommen, wenn sie erst einmal außerhalb der Arbeit Zeit mit Strudel verbrachte.

Im Stützpunkt wurde es merklich leerer. Fast alle Mitglieder der Armee waren abgezogen. Nur die Rekruten und deren Ausbilder, sowie die Mitarbeiter in der Kommandozentrale blieben zurück.

Jeder verfügbare Soldat wurde im Feld benötigt. Strudel hörte nicht viel, doch das, was er vom Kriegsverlauf mitbekam, zeichnete ein deutliches Bild. Wenn sich nicht bald etwas änderte, brauchte er sich keine Gedanken mehr darüber zu machen, was passieren würde, wenn der Rat beschloss, ihn zu verstoßen. Dann würde es nämlich keinen Rat mehr geben und Kuppel 67 würde in die Hände der Lichtbringer fallen. Finan war einfach zu gut.

Seltsamerweise blieben die Verluste weiterhin relativ gering. Der Abendstern deutete das dahingehend, dass ihre Verteidigungstaktik trotz allem aufging. Strudel hegte Zweifel. Sicher plante Finan irgendeinen Geniestreich. Ihm lagen jedoch nicht genug Informationen vor, als dass er sich ein Urteil anmaßen konnte.

Seine Bedenkzeit neigte sich dem Ende zu, als geschah, was niemand für möglich gehalten hatte.

Strudel lag auf seinem Bett und ruhte sich nach Schichtende mithilfe einer Schneepille aus. Er hatte geduscht und sein Haar klebte ihm noch nass an der Stirn. Er überlegte gerade, ob er noch im Trainingsraum vorbeischauen sollte, um sich abzureagieren, als ihn eine Stimme aus seinen Gedanken riss: »Strudel? Hörst du mich? Bitte sag, dass du mich hörst!«

Es war Yunes. Doch die Stimme kam nicht von der Tür. Sondern von einem kleinen Bildschirm in der Wand. Eigentlich war er dazu konzipiert, Informationen abzurufen und die Raumeinstellung zu kontrollieren. Strudel wusste nicht, dass er auch zur Kommunikation genutzt werden konnte. Yunes klang verzweifelt, also stand Strudel rasch auf und trat näher. »Was ist los?«

»Was los ist? Die Hölle ist los! Talion hat es irgendwie geschafft, mich zu kontaktieren.« Erleichterung durchströmte Strudel. Sein Bruder lebte. »Sie haben unsere Verteidigung überwunden. Die Kommandozentrale ist das reinste Chaos. Sie lassen mich nicht raus, um Noriko zu holen. Ich erreiche Yukino nicht.«

Eine seltsame, kalte Ruhe ergriff Strudel. »Die Lichtbringer kommen?«

»Die Ersten haben es geschafft, in 67 einzudringen. Sie sind auf dem Weg hierher. Meine Tochter.« Yunes Stimme brach. »Strudel, hilf mir.«

»Wo ist sie?«

»Im ZKF.«

»Ich hol sie. Wie viel Zeit bleibt mir?«

In diesem Moment hörte Strudel die Detonation von Sprengstoff. Viel Sprengstoff. Der Boden bebte. Das war Antwort genug.

»Ich kümmere mich um sie«, versprach Strudel.

Er schob hastig seinen übrigen Schneevorrat in seine Gürteltasche und stürmte aus dem Zimmer. Auf dem Gang herrschte das reinste Durcheinander. Niemand hatte bisher von dem Angriff gehört, sodass noch keine Panik ausgebrochen war. Doch die deutliche vernehmbare Explosion verunsicherte die Leute.

»Was war das?«

»Ist bei der Kuppel wieder etwas in die Luft geflogen?«

»Was ist da los?«

Strudel blieb stehen. Er musste den Menschen sagen, was vor sich ging. Sie mussten es wissen, um sich in Sicherheit zu bringen.

Strudel wusste nichts von Notfallplänen für die Bewohner des Stützpunktes. Er dachte kurz nach.

»Seien Sie bitte einen Moment leise und hören Sie mir zu.« Strudel versuchte, die Unruhe zu übertönen. Er erntete böse Blicke.

»Was will der Grünschnabel denn?«

»Ist das nicht der Bengel, der aus Eden kommt?«

»Wieso redet der so mit uns? Hält sich wohl für besonders schlau.«

»Bitte hören Sie mir zu«, setzte Strudel erneut an. Doch die Erwachsenen ignorierten seine Bitte.

Nur eine ältere Frau schien ihm zuzuhören. »Ruhe jetzt!«, wies sie die anderen streng zurecht. »Das ist der Junge, der bei der Kuppelmechanik arbeitet und diesen Zusammenbruch verhindert hat. Vielleicht weiß er wirklich etwas.«

Er sah nur eine Möglichkeit, sich dauerhaft die Aufmerksamkeit der Leute zu sichern. »Der Stützpunkt wird angegriffen.« Er sprach laut und versuchte dennoch, ruhig zu wirken. Plötzlich war es still. Bevor Panik ausbrechen konnte, setzte Strudel hinzu. »Was jetzt passiert, liegt in eurer Verantwortung. Nur, wenn ihr ruhig und besonnen handelt, könnt ihr dem Abendstern helfen, diese Situation zu meistern.«

Die ältere Frau ergriff das Wort. »Der Junge hat recht. Los Leute, wir gehen nach Protokoll vor und leiten die Evakuierung ein.«

Zu Strudels Erleichterung sammelten sich die verängstigten Menschen um die Frau. Mehr konnte er im Moment nicht tun. Niemand bemerkte, dass er sich in die andere Richtung davonstahl.

Als er das Gebäude verließ, hörte er bereits Gewehrfeuer. Mehr als ein paar Minuten blieben ihm nicht. So schnell er konnte, rannte er in Richtung des Kinderzentrums. Die Straßen waren voll. Teils orientierungslos flohen Menschen in alle Richtungen. Gab es keinen Ort, wo sie sich verschanzen konnten? Auf offener Straße waren sie ein leichtes Ziel.

Gerade hatte Strudel den halben Weg zurückgelegt und den Platz vor der Kommandozentrale erreicht, als er den ersten Granateinschlag sah. Schreie gellten durch die Straßen. Die Evakuierung wirkte völlig unkoordiniert. So würden die Zivilisten unmöglich in Sicherheit sein, bevor sich der Stützpunkt in ein Schlachtfeld verwandelte. Wie sollte er Noriko in all dem Chaos beschützen? Wie sollte er verhindern, dass sie im Kugelhagel verletzt oder gar getötet wurde?

Nur ein Weg fiel ihm ein. Strudel änderte seinen Kurs leicht. Niemand hielt ihn auf, als er in die Kommandozentrale lief. Alle waren vollends mit der Sicherung des Gebäudes beschäftigt. Noch erwarteten sie kein feindliches Eindringen.

Strudel eilte die Gänge entlang und versuchte, sich zu erinnern.

Als er in den Raum platzte, richteten sich mehrere Waffen auf ihn. Strudel ignorierte sie und rief, während er auf das EXO zulief: »Ich habe es mir überlegt!«

Die Wächter wirkten irritiert. Noch bevor sie sich entschieden hatten, was sie tun sollten, hatte Strudel das EXO erreicht. Er zwang sich, nicht zu zögern, um sich keine Zeit zum Nachdenken zu lassen. Es war zu spät für einen Rückzug. Strudel stellte sich in das EXOgestell und aktivierte die Verbindung. Das Gefühl, wie das EXO in seinen Anschluss einrastete, fühlte sich nach so langer Zeit seltsam an. Sofort begann das feine Netz aus Metall sich wie eine zweite Haut über seinen Körper auszubreiten.

»Keine Bewegung«, befahl eine der Wachen.

»Aus dem Weg.«

»Wir können dich nicht gehen lassen.« Die Soldaten wirkten fast verzweifelt. Vielleicht fürchteten sie, Strudel könnte vorhaben, zu den Lichtbringern überzulaufen.

»Versuchen Sie doch, mich aufzuhalten.« Die Geschwindigkeit und Kraft, die das EXO ihm verlieh, überraschte Strudel für einen winzigen Moment selbst. Er musste sich erst wieder an das Gefühl gewöhnen. Er war aus dem Raum, noch bevor die Wachen sich entschlossen hatten, ob sie ihn mit Waffengewalt aufhalten sollten oder nicht.

Auch die Versuche, ihn am Verlassen des Gebäudes zu hindern, scheiterten kläglich.

»Keine Sorge, hier draußen bin ich sicher mehr von Nutzen als da drin«, versuchte Strudel die wütenden Soldaten zu beschwichtigen, die ihm nachriefen.

In den weniger als zwei Minuten, die sich Strudel im Gebäude aufgehalten hatte, war die Situation im Stützpunkt eskaliert. Schüsse jagten durch die Straßen. Granaten detonierten in unregelmäßigen Abständen und zerstörten Gebäude. Verwundete und Tote lagen auf den Wegen. Noch sah Strudel keine Lichtbringer. Zumindest hatte sich inzwischen Gegenwehr gegen die Invasion formiert. Doch bisher schienen nur die Rekruten Widerstand zu leisten. Sie versuchten, Gebäude zu sichern, Verwundete zu versorgen und die Fliehenden zu koordinieren. Kurz dachte Strudel an Mel. Sie musste irgendwo inmitten dieses Chaos sein. Er versuchte, sich mit dem Gedanken zu beruhigen, dass sie für so etwas ausgebildet war. Aber sie ist im ersten Jahr, meldete sich eine leise Stimme in seinem Kopf. Was bedeutete schon ein Jahr Ausbildung? Er brachte die kritische Stimme entschieden zum Schweigen. Erst musste er sich um Noriko kümmern. Sie war eindeutig schutzloser als Mel. Er hatte versprochen, sie zu finden. Yunes verließ sich auf ihn.

Strudel sprintete los. Er verlor keine Zeit damit, sich Deckung zu suchen. Das EXO bot ihm einen gewissen Schutz. Dieser war zwar unzureichend für eine derartige Situation, doch er konnte keine Rücksicht auf seine Sicherheit nehmen. Es musste reichen.

Das ZKF lag nur zwei Straßen entfernt. Trotz des Chaos um ihn herum erreichte Strudel es unverletzt. Es wartete eine böse Überraschung auf ihn. Lichtbringer. Viele von ihnen. Die Soldaten in den blutroten und schwarzen Uniformen versuchten in das Gebäude einzudringen. Sie kämpften gegen die Selbstschussanlage. Der Weg an ihr vorbei schien der einzig Mögliche in das Zentrum hinein zu sein. Die Lichtbringer erwiderten das Feuer, doch noch erfüllte die Anlage ihren Zweck. Zahlreiche Verwundete und Tote lagen in der Schneise, die die Kugeln in die Linien der Lichtbringer rissen. Doch noch während Strudel zusah, gelang es einem von ihnen, die

Verteidigung mit einer Granate auszuschalten. Der Weg war frei und die Lichtbringer stürmten jubelnd ins Gebäude.

Warum ausgerechnet das ZKF? Was hatten sie vor? Wäre die Kommandozentrale nicht ein lohnenderes Ziel? Strudel hatte keine Zeit, weiter darüber nachzudenken. Er musste handeln. Sicherlich hatten die Lichtbringer einen weniger gefährlichen Weg in das Gebäude gesucht. Wenn sie keinen gefunden hatten, bedeutete das, auch Strudel musste durch den Haupteingang. Es gefiel ihm nicht. Die Übermacht war zu groß. Die einzige Möglichkeit bestand in einem Bluff.

Er spürte sein Herz schneller schlagen und zwang sich zur Ruhe. Er konnte das schaffen. Die Lichtbringer hatten es ihm schließlich selbst beigebracht.

Strudel versuchte die kurze Strecke, die ihn noch von der Tür mit den nun zerstörten bunten Figuren trennte so selbstsicher wie möglich zurückzulegen. Wie selbstverständlich salutierte er, als der Leutnant der Gruppe ihn bemerkte, und seine Waffe auf ihn richtete. Erleichtert stellte Strudel fest, dass er den Mann nicht kannte. Das erhöhte seine Chancen.

»Ich gehöre zur EXO-Gruppe. Ich soll Sie hier bei der Erstürmung des Gebäudes unterstützen«, sagte Strudel sicherer, als er sich fühlte.

»Ein bisschen spät«, brummte der Leutnant. Er sah bereits wieder zum Eingang. Von drinnen ertönten Schüsse.

Strudel nahm Haltung an. »Der Kommandant hat mich erst jetzt freigegeben. Er meinte, wir müssten …«

»Schon gut. Jetzt mach dich nützlich.«

Strudel versuchte, sich seine Erleichterung nicht anmerken zu lassen. Er wusste nicht, was er geantwortet hätte, wenn der Lichtbringer ihn nach dem Grund für seine Zivilkleidung gefragt hätte. Noch schlimmer wäre es gewesen, hätte der Leutnant ihn etwas genauer angesehen und festgestellt, dass er der »Gefahr für ganz Eden« verdächtig ähnlich sah. Strudel hatte drauf gesetzt, dass der Lichtbringer einzig sein EXO beachten würde.

Bevor der Leutnant einen genaueren Blick auf ihn werfen konnte, rannte Strudel zum Eingang. Beim Vorbeilaufen griff er nach der Waffe von einem der Toten. Sie ließ sich leicht aus seinen Fingern winden. Die Leichenstarre hatte natürlich noch nicht eingesetzt. Das gewohnte Gewicht des Standardgewehrs der Lichtbringer in seinen Händen gab ihm Sicherheit. Wie war das möglich? Er hasste es, diese Waffe zu benutzen.

Im Gebäude empfing Strudel eine Geräuschkulisse, die ihm Übelkeit bereitete. Nicht das Surren herumfliegender Kugeln, nicht die gebrüllten Befehle und auch nicht das Schreien Verwundeter waren es, was ihn belastete. Es war das verzweifelte, angsterfüllte Kinderweinen. So etwas gehörte nicht auf ein Schlachtfeld. Kinder gehörten nicht in den Krieg.

Strudel folgte dem Weinen. Vorbei an Lichtbringern, die ihn nur eines kurzen Blickes würdigten. Vorbei an erschossenen Mitarbeitern in gelben Gewändern, die aus toten Augen zur Decke starrten. Vorbei an auf dem Boden liegenden Kinderzeichnungen.

Drei Lichtbringer standen mit dem Rücken zu Strudel. Sie hatten eine Gruppe Kinder eingekreist. Die Jungen und Mädchen klammerten sich hilfesuchend aneinander fest, während zwei der Soldaten an ihnen zerrten und versuchten, sie voneinander zu trennen. Noriko war nicht dabei. Der dritte Lichtbringer trug die rot-weiße Uniform der Sanitäter. Er stand einen Schritt abseits und beteiligte sich nicht.

»Jetzt haltet endlich die Klappe.« Der Lichtbringer klang genervt und zog noch ein wenig fester.

Strudel erstarrte. Er kannte diese Stimme. Zuletzt wollte sie ihm befehlen, Finan im Stich zu lassen. Wühlmaus.

»Wir wollen euch nicht wehtun. Kommt einfach mit uns mit.« Die Soldatin versuchte es mit einem freundlicheren Tonfall. Strudel war sich sicher, dass er die Frau nie zuvor getroffen hatte.

Noch hatte keiner ihn entdeckt. Strudel konnte sich einfach umdrehen und weggehen. Strategisch gesehen wäre das klug. Klug, aber unmöglich.

»Lasst sie los.« Strudel konnte nicht anders. Er musste etwas unternehmen. Er wusste, dass er es sich niemals verzeihen würde, wenn er jetzt wegsah. Die Kinder verstummten und sahen Strudel mit weit aufgerissenen, verstörten Augen an. Sie erinnerten Strudel an sich selbst. An den kleinen, ängstlichen Jungen, der er einmal gewesen war. Ein Junge, der trotz all der Jahre immer noch in einem dunklen Eck seines Selbst kauerte.

Die Lichtbringer drehten sich zu Strudel um. Die Waffen im Anschlag. Erst jetzt erkannte Strudel den Sanitäter. Es war Flicker. Ebenfalls aus Kommandant Hirts Truppe. Auch in Flickers Gesicht lag Wiedererkennen. Stumm formten seine Lippen Strudels Namen.

»Wer bist du denn?«, fragte die Frau verwundert.

»Du!«, rief Wühlmaus fast gleichzeitig.

Die Frau warf einen raschen Seitenblick auf Wühlmaus. »Du kennst ihn?«

»Natürlich! Jeder kennt ihn. Das ist dieser Strudel. Er …«

»Unsinn«, mischte sich Flicker ein. »Mach die Augen auf. Der sieht ihm höchstens ein bisschen ähnlich.« Flicker steckte seine Waffe ein und wandte sich an die Soldatin. »Wühlmaus verwechselt ihn. Ich war damals auch dabei. Das ist er nicht.«

Die Frau schien unsicher, wem sie glauben sollte. Doch der Blick, den sie Wühlmaus zuwarf, zeugte nicht von Sympathie.

Strudel vermutete einen Ausweg und wiederholte seine Lüge. »Ich bin von der EXO-Gruppe. Ich soll unsere Truppen hier verstärken.« Er ließ seinen Blick nachlässig über Wühlmaus und Flicker wandern. »Die beiden habe ich noch nie gesehen.« Tatsächlich ließ die Soldatin die Waffe ein wenig sinken.

»Er lügt. Flicker, was ist los mit dir?«

»Ruhe«, befahl die Soldatin genervt und wandte sich dann an Strudel. »Unser Befehl lautet, wir sollen die Kinder zusammentreiben. EXO hin oder her, warum mischst du dich da ein?«

»Die Befehle haben sich geändert. Wir sollen uns sammeln«, improvisierte Strudel.

Die Soldatin runzelte die Stirn. »Davon haben wir noch nichts gehört. Ich frage lieber beim Leutnant nach.« Sie zog ihr Funkgerät vom Gürtel.

Strudel hatte keine Wahl. Er hob das Gewehr, zielte und schoss.

Die Kinder schrien auf.

»Waffen fallen lassen«, befahl Strudel.

Die Soldatin sah verständnislos auf das zerstörte Funkgerät in ihrer Hand. Wühlmaus jedoch richtete seine Waffe auf Strudel. »Ich habe es doch gesagt!«

»Lass das, Wühlmaus. Du hast keine Chance. Ich bin schneller als du.« Es verwunderte Strudel selbst, wie fest seine Stimme klang. Dabei wusste er nicht mal selbst, wie ernst es ihm mit seiner Drohung war.

Wühlmaus fürchtete sich. Das war nicht zu übersehen. Besonders mutig war er nie gewesen. In seinen Augen funkelte jedoch etwas Fanatisches, das Strudel Sorgen bereitete. »Von dir lasse ich mich nicht noch mal vorführen. Elender Verräter!«

»Tut mir leid, Wühlmaus. Ich habe mich geirrt.« Flicker ging auf Wühlmaus zu. Irgendetwas verbarg er in seiner rechten Hand. Strudel zögerte.

Wühlmaus ließ sich ablenken und sah erleichtert zu Flicker. »Wie konntest du ihn nicht erkennen?«

Das war die Gelegenheit zu schießen. Doch irgendetwas plante Flicker und im Bruchteil einer Sekunde entschied Strudel, ihm zu vertrauen.

»Ich weiß auch nicht, ich …« Flickers rechte Hand schnellte vor. Mit der linken fiel er Wühlmaus in die Waffe. Wühlmaus schrie auf, sackte dann jedoch in sich zusammen. Flicker hatte ihn mit einem Betäubungsmittel außer Gefecht gesetzt.

Strudel riss sein Gewehr herum, um die Soldatin in Schach zu halten. Es wäre gar nicht nötig gewesen. Die Frau stand unter Schock und starrte weiter das zerstörte Funkgerät an.

Strudel ging kein Risiko ein. »Flicker, nimm bitte Wühlmaus den Gürtel ab und fessele sie damit.«

Flicker nickte und tat willig, was Strudel verlangte.

»Was ist mit ihm?«, fragte Strudel.

»Der schläft eine Weile. Bei der Menge an Beruhigungsmittel, könnte ich ihm ein Bein abschneiden, ohne, dass er es mitbekommt.«

Flicker hatte die Hände der Frau hinter ihrem Rücken zusammengebunden. »Sicherheitshalber sollten wir ihn trotzdem fesseln.«

Strudel nickte zustimmend. Die Soldatin rührte sich immer noch nicht, als Flicker auch ihr den Gürtel abnahm. Behutsam setzte er den Bewusstlosen auf und band auch ihm die Hände. »So, erledigt.«

»Ich werde die beiden noch knebeln«, beschloss Strudel.

Flicker schien etwas einwenden zu wollen.

»Mach dir keine Sorgen«, kam Strudel ihm zuvor. »Die Lichtbringer werden die beiden bestimmt finden, bevor sie sich zurückziehen.«

Erst jetzt, da Strudel ihr den provisorischen Knebel in den Mund schieben wollte, erwachte die Soldatin aus ihrer Starre. Sie funkelte Flicker an. »Deserteur! Einfach die Seiten zu wechseln! Du feiger …«

Eilig schob Strudel ihr den Knebel zwischen die Zähne und erstickte ihre wüsten Beschimpfungen. Er richtete sich auf. Flicker sah unglücklich auf seine beiden Kameraden hinab. Er musste sich schrecklich fühlen. Schließlich hatte er gerade das verraten, wofür er jahrelang gekämpft und gelitten hatte. Nur, um Strudel zu helfen. »Danke, Flicker«, sagte Strudel leise.

»Schon gut«, sagte Flicker. »Kommandant Hirt hat ohnehin angedeutet, dass er nicht allzu sehr enttäuscht wäre, wenn wir unsere Befehle nicht ganz so sorgfältig befolgen würden.« Flicker riss sich vom Anblick der Gefangenen los und wandte sich den Kindern zu. Auch Strudel drehte sich um. Ein kleiner Junge steckte den Daumen in den Mund. Eines der Mädchen hatte sich beschützend vor ihren kleinen Freunden aufgebaut. Was jetzt? Sie konnten die Kinder nicht ihrem Schicksal überlassen. Bevor er eine Entscheidung fällen konnte, riss jemand die Tür auf. Strudel zielte. Die Frau vor ihm hielt ein blutiges Gewehr in den Händen. Sie trug die gleiche gelbe Kleidung, wie die Mitarbeiter des ZKF, die Strudel zuvor gesehen hatte.

Die Frau stöhnte erleichtert auf, als sie die Kinder sah. Dann richtete sie die Waffe entschlossen auf Strudel und Flicker. »Ich lasse nicht zu, dass Sie die Kinder mitnehmen.«

»Wir sind auf derselben Seite.« Zum Beweis ließ Strudel die Waffe sinken und deutete auf die zwei Gefesselten. Hoffnung und Skepsis zeichneten sich gleichermaßen in dem schmalen Gesicht ab. »Warum sollte ich dir glauben?«

»Ich suche Noriko. Die Tochter von Yunes und Yukino. Ihr Vater schickt mich, um sie zu holen.« Das war kein Beweis für die Wahrheit seiner Worte, aber etwas anderes fiel Strudel auf die Schnelle nicht ein. Das dauerte alles viel zu lange.

Die Frau sah Strudel einen Moment prüfend in die Augen. Dann entspannte sie sich. »Ich kenne dich. Du hast Yunes vor ein paar Wochen begleitet.«

Strudel nickt erleichtert.

»Und was ist mit dem?«, fragte die Frau und deutete mit dem Lauf auf den Sanitäter der Lichtbringer.

»Er hat mir geholfen.«

Sie schien nicht überzeugt. »Ich sollte ihn besser erschießen.«

»Tun Sie das nicht«, sagte Strudel hastig und trat einen Schritt zu Seite, um ihr die Sicht auf Flicker zu verdecken.

»Na schön. Auf deine Verantwortung.« Ihr Argwohn war ihr deutlich anzuhören. Dennoch sie ließ die Waffe sinken, kniete sich hin und breitete die Arme aus. »Zum Glück. Kinder, ich bin es, Theresa. Kommt her.«

Das ließen sich die Kinder nicht zweimal sagen. Das mutige Mädchen klammerte sich am Hals der Frau fest. Nicht einfach nur ›Frau‹, ihr Name ist Theresa, verbesserte sich Strudel selbst.

»Ist schon gut. Ich lasse nicht zu, dass euch etwas passiert«, murmelte Theresa.

Strudel hätte ihnen gerne mehr Zeit für das Wiedersehen gegeben, aber er wusste, er konnte sich keine weiteren Verzögerungen leisten. »Wissen Sie, wo Noriko ist?«

Theresa schaute von ihren Schützlingen auf. »Noriko?«

»Ja, ich muss sie finden. Wissen Sie, wo sie ist?«

Zu Strudels Enttäuschung schüttelte Theresa den Kopf.

Jetzt meldete sich Flicker zu Wort. »Wie sieht das Mädchen aus, das du suchst?«

Strudel beschrieb Norikos schwarzes Haar, die mandelförmigen Augen, die kleine Nase.

Flicker nickte. »Dachte ich es mir doch. Ich habe sie gesehen. Sie hat sich versteckt.«

Flicker deutete Strudels erstaunten Blick richtig. »Ich konnte sie nicht verraten. Wir, ich meine die Lichtbringer, nehmen die Kinder mit. Uns wurde nicht gesagt warum. Das hat mir nicht gefallen.«

Welche perfiden Pläne verfolgte die Armee nun schon wieder? Und wie nur konnte Finan das unterstützen? Strudel rechnete es Flicker hoch an, dass er sich gegen das Vorgehen der Lichtbringer aussprach.

»Wo ist sie?«

»In einem der oberen Räume. Eine Kuppel ist an die Wand gemalt.«

Theresa nickte. »Das ist der Kreativraum. Erster Stock. Die dritte Tür links neben der Treppe.«

»Gut, ich hole sie.« Strudel wandte ich an Theresa. »Bringen Sie die Kinder hier raus. Gibt es noch einen anderen Weg als den Hauptausgang?«

Theresa nickte. »Es gibt einen Fluchttunnel im Keller, der nach draußen führt. Extra für solche Notfälle.«

»Perfekt.«

»Ich komme mit dir, Strudel«, bot Flicker an.

Strudel dachte nach. Mit Flickers Hilfe würde er Noriko schneller finden. Außerdem konnte Flicker ohnehin nicht zu den Lichtbringern zurück. Wühlmaus und die Soldatin würden ihn verraten. Die Folgen wären katastrophal. »Einverstanden.«

Strudel ging voraus. Theresa und die Kinder folgten ihm. Flicker deckte ihren Rücken. Zweimal war Strudel gezwungen, ihnen den Weg freizumachen. Beide Male achtete er drauf, die Soldaten nicht zu töten. Dieser Angriff würde auch ohne sein Zutun genug Opfer verzeichnen. Außerdem wollte er den Kindern den Anblick von noch mehr Leichen ersparen.

Schließlich deutete Theresa auf eine unscheinbare Tür. Strudel versuchte sie zu öffnen, doch sie war verriegelt. Theresa trat vor und aktivierte eine versteckte Schaltzentrale. Sie gab einen Code ein und die Tür öffnete sich geräuschlos. Eilig winkte Theresa die Kinder die Treppe hinunter. Bevor sie selbst in den Keller verschwand, drehte sie sich noch mal zu Strudel und Flicker um. »Danke und viel Glück.«

Jetzt, da sie die auffällige Gruppe los waren, folgte Strudel wieder seiner ursprünglichen Vorgehensweise. Er tat so, als gehöre er dazu. Mit Flicker an seiner Seite war seine Tarnung noch überzeugender. Ungehindert liefen sie durch das ZKF. Viele Lichtbringer schienen das Gebäude bereits verlassen zu haben. Während sie die Treppen nach oben sprinteten, warf Strudel einen schnellen Blick aus einem der großen Panzerglasfenster und erkannte den Grund. Draußen wurde gekämpft. Der Abendstern hatte es endlich geschafft, sich zu formieren. Offenbar waren große Truppenteile am Stützpunkt eingetroffen.

Sie erreichten den Treppenabsatz und Strudel rannte nach links. Er zählte die Türen und riss die Dritte unvorsichtig stürmisch auf. Der einstmals helle, liebevoll eingerichtete Raum, war verwüstet. Farben, Kuscheltiere und Papier lagen im Raum verstreut. Umgestoßene, farbverschmierte Tische wiesen Einschusslöcher auf und zwei Tote lagen im Raum.

»Noriko?«

Keine Antwort.

»Noriko?«

»Sie ist hier«, sagte Flicker und ging, ohne das Durcheinander eines Blickes zu würdigen, auf einen der Schränke zu.

Eilig folgte Strudel ihm. Flicker kniete sich hin und öffnete die Tür. Da saß sie. Noriko kauerte zwischen Pinseln, Farbbechern und Lappen. Als sie Flicker sah, wimmerte sie.

Strudel schob Flicker hastig zur Seite und warf ihn dabei fast um. Es war keine Absicht, er hatte nur nicht mehr daran gedacht, dass er das EXO trug. »Nori, ich bin es.«

Noriko sah ihn einen Moment verängstigt an, dann fragte sie unsicher. »Ludl?«

»Ja genau. Ich bin es, Strudel.«

Noriko lächelte. Es war nicht mehr das strahlende, glückliche Lächeln wie zuvor. Aber immerhin.

»Komm, ich bringe dich zu deiner Mama und zu deinem Papa.«

Vertrauensvoll streckte das kleine Mädchen Strudel die Arme entgegen. »Noi hoch.«

Strudel hob sie behutsam aus ihrem Versteck und achtete dabei darauf, ihr den Blick auf die Leichen zu versperren. Das Gewehr reichte er an Flicker weiter, denn er brauchte seine Hände, um Noriko sicher zu tragen. »Zurück zum Keller.«

Flicker nickte. Er nahm das Gewehr und streckte Strudel zum Austausch seine Pistole hin. Rasch befestigte Strudel sie an der dafür vorgesehenen Halterung an seinem EXO.

Jetzt ging Flicker voraus. Kaum hatten sie den Kreativraum verlassen, nahm Strudel ein merkwürdiges Geräusch wahr. Auch Flicker hielt inne. »Warte hier«, flüsterte er.

Flicker schlich voraus und verschwand die Treppe hinunter. Strudel lauschte. Es war geradezu unheimlich still im ZKF geworden. Kampfhandlungen hörte Strudel nur noch außerhalb des Gebäudes. Aber da war dieses Geräusch, das vom Erdgeschoss zu kommen schien. Ein Knistern und Dröhnen. Strudel konzentrierte sich darauf.

Doch bevor er entschlüsseln konnte, was der Ursprung des

Geräusches war, kam Flicker zurück. In der Hand hielt er eine dicke Decke. »Feuer«, erklärte Flicker knapp.

Alarmiert griff Strudel nach der Decke und begann Noriko einzuwickeln. »Schlimm?«

Flicker nickte.

Sie hatten die Treppe noch nicht einmal erreicht, als Strudel die Hitze spürte. Jetzt quoll auch schon dichter Rauch nach oben.

Strudel rannte gebückt durch den Qualm nach unten. Er hörte Flicker hustend folgen. Unten angekommen, wurde es ein wenig besser. Der Rauch erstickte ihn nicht so wie auf der Treppe, dafür war es hier deutlich heißer. Schaudernd dachte er dran, wie sich das EXO in seine Haut brennen würde, wäre es nicht aus diesem seltsamen hitzeresistenten Metall.

Flammen schlugen aus dem Gang zu ihrer Linken. Rasch drehte Strudel Noriko von der lodernden Hitze weg.

Sie mussten hier weg! So schnell, wie sich das Feuer ausbreitete, musste es von jemandem gelegt worden sein. Warum und zu welchem Zweck?

»Strudel, du brennst.« Flicker zerrte ihn nach rechts und schlug dabei die Flammen auf Strudels Rücken aus. Seine Kleidung musste unter dem EXO Feuer gefangen haben. Besorgt sah Strudel nach unten, doch Noriko war durch die dicke Decke gut geschützt.

Sie liefen los und Strudel versuchte verzweifelt, in der Flammenhölle nicht die Orientierung zu verlieren. Der Rauch kratzte in Strudels Hals und ließ ihn husten.

»Wir müssen uns beeilen!«, keuchte Flicker. »Sonst ersticken wir hier drin!«

Strudel nickte nur, zum Sprechen fehlte ihm bereits die Luft. Flicker hielt sich an Strudels Schulter fest, damit sie sich zwischen Feuer und Rauch nicht verloren. Als Strudel sein Tempo beschleunigte spürte er, wie er Flicker mit sich zog. Strudel ahnte mehr, wohin er rennen musste, als dass er es sah. Er hoffe inständig, dass ihn sein Gedächtnis nicht im Stich lassen würde – denn dann wären sie alle drei tot.

Hier musste die Tür doch irgendwo sein?

Wenn nicht …

Strudel blinzelte und versuchte, etwas zu erkennen.

Da!

Erleichtert packte er die Tür zum Keller, die noch einen Spalt offen stand, riss sie auf und wäre auf der Treppe beinahe gestolpert. Nur seine guten Reflexe bewahrten ihn und Noriko vor einem Sturz. Unten angekommen, setzte Strudel Noriko ab. Im flackernden Licht, das durch die Tür hereintrat, suchte er die Wände mit brennenden Augen nach dem Fluchttunnel ab. Was, wenn Theresa ihn verschlossen hatte? Nein. Da war die Öffnung. Halb verborgen hinter einem Regal. Wenn er genug Luft bekommen hätte, hätte Strudel vor Erleichterung laut gelacht.

Strudel schob Noriko sie auf die Öffnung zu, dann drehte er sich nach Flicker um. Der war am Treppenende stehen geblieben.

Im gleichen Moment wusste Strudel, was das bedeutete. Angestrengt versuchte er sich die Lage des Raums in dem sie Wühlmaus und die Soldatin zurückgelassen hatten ins Gedächtnis zu rufen und mit der Ausbreitung des Feuers abzugleichen. »Die Flammen haben die beiden wahrscheinlich noch nicht erreicht. Wenn wir uns beeilen, schaffen wir es, sie rauszuholen.«

Flicker hob den Kopf. »Du kommst nicht mit.«

Noriko wimmerte. »Noi hoch.«

»Noriko, ich kann nicht. Ich muss Flicker helfen.«

»Noi hoch.« Sie streckte wieder die Arme.

»Ich gehe allein«, entschied Flicker.

»Ich kann die beiden tragen und bin schneller. Alleine schaffst du es nicht mehr bis hierher.«

Flicker nickte und griff sich die Decke. »Ich nehme den Hauptausgang. Der ist näher.«

Strudel unterdrückte ein Husten. »Dort sind sicher noch Lichtbringer. Wenn sie herausfinden, was du getan hast, werden sie dich hinrichten.«

Flicker warf die Decke um sich herum. »Und wenn schon. Ich kann die beiden nicht verbrennen lassen. Sie sind meine Kameraden und es wäre meine Schuld.«

Das stimmte nicht. Es war Strudels Schuld, dass Wühlmaus und die Soldatin in Gefahr waren. Er hatte befohlen, sie zu fesseln. »Nein. Ich helfe dir.«

»Du bleibst bei der Kleinen«, unterbrach Flicker ihn barsch. »Du kannst sie nicht alleine lassen. Sorge dafür, dass ihr nichts passiert.« Mit diesen Worten rannte Flicker die Treppe nach oben. Als er die Tür weiter öffnete, schlugen ihm Flammen entgegen. Er zog die Decke fester um sich und sprang in das Feuer hinein.

Mühsam unterdrückte Strudel den Impuls, ihm zu folgen. Er biss die Zähne zusammen und hob Noriko wieder nach oben. Sie drückte ihr Gesicht gegen Strudels EXObewehrte Brust. Er fühlte sich ein bisschen besser und betrat den Fluchttunnel.

Der dunkle Gang erinnerte Strudel an die Kanalisation, durch die er Finan getragen hatte. Allerdings war der Tunnel hier zum Glück trocken und die Person, die er trug, war nicht sein bester Freund, sondern ein kleines Mädchen. Es wäre alles viel einfacher gewesen, wenn er damals bei dem freundlichen Sanitäter geblieben wäre. Andererseits wusste er natürlich, dass das undenkbar gewesen war. Der Abendstern war für ihn damals der Feind und er hätte seinen Trupp nicht zurücklassen können.

Heute wusste er, dass es keinen großen Unterschied zwischen Abendstern und Lichtbringern gab. Seine Truppmitglieder hatte er auch so alle, auf die eine oder andere Weise, verloren. Hätte er das alles an diesem Tag gewusst, wäre er dann umgedreht und zum Abendstern übergelaufen?

Bevor Strudel zu einem Schluss kam, erreichte er den Ausgang. Der Fluchtweg endete an einer Tür an der Rückseite eines Gebäudes. Auch diese Tür war dankenswerterweise nicht abgeschlossen. Strudel öffnete sie einen Spalt breit und spähte hinaus. Sofort war ihm klar, dass die Schlacht noch immer tobte. Allerdings schien sich das Kräfteverhältnis verschoben zu haben. Alle Lichtbringer, die er sah, befanden sich auf dem Rückzug. Von Theresa und den anderen Kindern entdeckte er keine Spur.

Strudel rief sich den Straßenplan ins Gedächtnis. Er wusste ziemlich sicher, an welcher Ecke er sich befand. Doch wohin jetzt? Er wollte Noriko so schnell wie möglich zu ihren Eltern bringen. Von Yunes wusste er, dass er sich in der Kommandozentrale aufhielt. Diese konnte inzwischen aber schon heftig umkämpft sein. Ein gefährlicher Ort für ein Kind. Blieb ihre Mutter. Strudel vermutete Yukino im Krankenhaus, das nur wenige Straßen entfernt lag. Andererseits waren ein paar Straßen inmitten einer Schlacht trotzdem ein weiter Weg.

Die Entscheidung wurde ihm abgenommen. Ein Artilleriegeschoss schlug in das Gebäude ein, in dem das Ende des Fluchttunnels versteckt war. Strudel rannte los, bevor es einstürzen und sie beide unter seinen Trümmern begraben konnte. Er blickte über die Schulter, als er das Grollen eines zusammenfallenden Hauses hörte. Jetzt war der Blick frei auf das ZKF. Es brannte lichterloh.

Im Gegensatz zu seinem Hinweg zum ZKF suchte Strudel diesmal Deckung, wo immer er welche finden konnte. Er trug nun die Verantwortung für Norikos Leben. Nicht mehr nur für sein Eigenes.

Noriko drückte ihr Gesicht noch immer gegen das EXO. Strudel war froh, so musste zumindest sie das Grauen um sie herum nicht sehen – ein Durcheinander von Steinen, Granaten, Gewehrkugeln, Waffen, Uniformen, leblosen oder vor Furcht und Schmerz zuckenden Körpern.

Es kam Strudel wie eine Ewigkeit vor, bis er das Krankenhaus endlich vor sich sah. Rekruten des Abendsterns schleppten gerade einen angeschossenen Zivilisten hinein. Sie waren älter als Mel, bestimmt im zweiten oder dritten Jahr. Er erkannte Yukino an ihren dunklen Haaren. Sie stand am Eingang, um den neuen Patienten in Empfang zu nehmen.

Glück durchströmte Strudel. Gleich war Noriko in Sicherheit.

Er konnte ein kleines Lächeln nicht unterdrücken, als er auf den Eingang zulief. »Yukino!«, rief er, ohne zu wissen, ob sie ihn aus dieser Entfernung und bei all dem Chaos hören konnte.

Doch die Ärztin sah sofort in ihre Richtung. Sie musste sogar ihre Tochter in Strudels Armen entdeckt haben. Anstatt sich nämlich um den Verwundeten zu kümmern, ging sie einen Schritt auf sie zu und schlug sich erleichtert die Hand vor den Mund.

Genau in diesem Moment hörte Strudel das Pfeifen eines Artilleriegeschosses. Es klang seltsam. Das war keine normale Granate.

Er stoppte und starrte einen Sekundenbruchteil zu Yukino. Dann drückte er Noriko fester an sich und drehte um. Weit kam er nicht. Er hört das Geschoss einschlagen, gefolgt von einer Explosion. Er warf sich zu Boden und bildete eine schützende Wand zwischen Noriko und dem Rest der Welt. Norikos angsterfüllte Schreie gingen in einem gewaltigen Knall unter. Strudel spürte wieder Hitze auf seinem Rücken, dann wurden sie von der Druckwelle erfasst. Mit einem Ruck bohrte Strudel seine stählernen Hände und Füße in den Boden, um nicht weggeschleudert zu werden. Trümmerteile krachten gegen ihn. Glas prasselte neben ihm zu Boden. Dann war es vorbei. Zurück blieben nur verzweifelte Schreie.

Strudel richtete sich auf. In seinen Ohren klingelte es. Dreck rieselte aus dem EXO und er spürte warme Feuchtigkeit an seinem Rücken hinabtropfen. Wahrscheinlich hatten ein paar der Glassplitter ihren Weg durch seine Rüstung gefunden. Den Schmerz würde er erst spüren, wenn das Adrenalin aus seinem Körper verschwand.

Noriko war unverletzt. Sie weinte.

Das Krankenhaus glich einem Trümmerfeld.

Wie dumm von ihm.

Verbrannte Erde. Natürlich. Eine altbekannte Taktik. Wieso hatte er nicht daran gedacht? Die Lichtbringer würden beim Rückzug so viel Schaden wie irgend möglich anrichten. Ein Krankenhaus war dafür ein perfektes Ziel. Verwundete konnten nicht mehr behandelt werden. Mehr Tote.

Er hätte es wissen müssen.

Die ersten Helfer begannen bereits damit, die Verschütteten auszugraben. Strudels erster Impuls war es, sich ihnen anzuschließen. Doch dann drängte sich ein ganz anderer Gedanke in seinen Kopf. Die L6. Maximaler Schaden. Eine schreckliche Gewissheit erfüllte ihn. »Weg da! Verschwindet!«, rief Strudel so laut er konnte. Gleichzeitig suchte er mit den Augen zwischen den Trümmern nach Yukino. »Sie werden noch mal feuern. Lauft!«

Keiner beachtete ihn.

Statt zu fliehen, liefen weitere Helfer herbei.

Endlich entdeckte er den weißen Kittel. Yukino lag verdreht und halb verschüttet in der Nähe des Eingangsbereichs. Doch sie war bei Bewusstsein und versuchte sich aufzurichten.

Er wollte zu ihr laufen. Vielleicht war noch genug Zeit, um sie zu befreien.

Vielleich aber auch nicht.

Strudel biss hart die Zähne zusammen. Er schmeckte Blut. Doch er hatte sich entschieden. Schützend schlang er einen Arm um Noriko und rannte davon. Weg von all den Menschen, die so dringend seine Hilfe benötigten.

Strudel konnte nicht anders, er sah über die Schulter.

Nur wenige beachteten ihn und die, die es taten, sahen ihn nur verwirrt an. Einzig Yukino schien den Ernst der Lage begriffen zu haben. Doch statt in Panik zu geraten, nickte sie Strudel energisch zu und rief: »Bring sie zu Yunes!«

Weitere Rekruten des Abendsterns strömten herbei, um Hilfe zu leisten. Unter ihnen erkannte Strudel Mel. Der Umweg war minimal. Er änderte leicht seinen Kurs auf die Gruppe zu.

»Nein. Verschwindet!«, brüllte er und winkte mit dem freien Arm, um Aufmerksamkeit auf sich zu ziehen.

Einige hielten inne. Unter ihnen Mel. Sie sah Strudel verärgert an. Er beschleunigte seinen Schritt und das EXO ließ ihn vorschnellen. Im Vorbeilaufen packte er Mel am Arm und zog sie mit sich.

»Was soll das?« Sie versuchte sich loszureißen, hatte aber keine Chance gegen das EXO. »Strudel, du wirst noch eine Panik auslösen. Was ist los mit dir?«

Da war es. Das Pfeifen. Sie hatten nur noch Sekunden.

Ein letztes Mal drehte Strudel sich um. »Lauft!«

Wenigstens ein paar der Helfer schienen die Gefahr nun zu erkennen.

Mel dagegen versuchte immer noch sich aus Strudels Griff zu winden. »Lass mich los! Verdammt noch mal!«

Grob zog er sie hinter einen Mauerrest, den er als Deckung ausgewählt hatte. Mit schmerzhaft verkrampften Muskeln, die Ohren lauernd auf das näher kommende Pfeifen gerichtet, flehte Strudel, dass er sich geirrt hatte. Dann spürte er, wie sich das Geschoss tief in die Erde hineinschraubte, sie aufwühlte und schließlich zerriss eine ohrenbetäubende Explosion die Luft. Die zweite Explosion war noch gewaltiger als die erste. Es hagelte Mauerstücke. Staub und Rauch drohten die Welt zu ersticken.

Diesmal befanden sie sich in ausreichender Entfernung, dennoch drückte Strudel Noriko sicherheitshalber an sich. Er hatte ihre Mutter im Stich gelassen, doch Noriko würde er beschützen und wenn es das Letzte war, was er tat.

Als das Grollen endete, wagte Strudel einen Blick um die Mauer herum. Das Krankenhaus war fast völlig zerstört. Wer immer sich in der Nähe befunden hatte, musst schwer verwundet sein – oder tot.

Strudel schlug mit der EXObewehrten Faust gegen die Wand. Stein rieselte herab.

Mel sah das Krankenhaus nicht an. Sie hatte auch so begriffen. »Wie konnten sie das tun?« Sie sackte zusammen und schlang die Arme um die Knie. »Diese Monster.«

»Das sind keine Monster. Das sind Menschen. Das ist Krieg.«

»Ich weiß. Ich dachte nur … Ich dachte, der Krieg wäre da draußen. Nicht hier. Nicht in meinem Zuhause.« Wie Mel würde es sicher vielen der Kuppelbewohner gehen. Sie wussten, dass Krieg herrschte. Sie spürten es auch durch viele Entbehrungen am eigenen Leib. Doch der Krieg kam ihnen weit weg vor. Er fand im Land der Verlorenen statt. Nicht in ihrer eigenen Heimat. Das hatte sich jetzt geändert. Nun boten nicht einmal mehr die maroden Mauern von Kuppel 67 Sicherheit.

Das Zittern, das Mels Körper erfasst hatte, deutete auf einen Schock hin. Auch Strudel spürte das Grauen in sich anschwellen. So unwahrscheinlich es auch war: Er musste zu den Trümmern und Yukino suchen. Vielleicht lebte sie noch.

Seine Finger fühlten sich taub an und seine Beine weich. Trotzdem stand er auf.

Er konnte Noriko unmöglich mitnehmen. »Kannst du auf sie aufpassen?«, fragte er Mel leise. Strudel selbst half es dabei, diesen Zustand der Starre und des Entsetzens zu überwinden, wenn ihm jemand eine Aufgabe gab. Bei Mel funktionierte es ebenfalls. Sie sah zum ersten Mal zu Noriko. Ihr Blick wurde weicher und ein wenig Farbe kehrte in ihr Gesicht zurück. Sie nickte.

Seit der zweiten Explosion hatte das kleine Mädchen schlagartig aufgehört zu weinen. Nun klammerte sie sich apathisch an Strudel. Sanft löste er die kleinen Hände von seinem EXO. »Ich bin gleich wieder da. Bleib bitte hier.« Er hatte nicht das Gefühl, dass Noriko verstand, was er sagte.

Er fand Yukino nach wenigen Minuten. Oder das, was von ihr übrig war. So gut es ging, legte er ihren Körper frei und kniete sich neben sie. Er hatte sie nicht gut gekannt. Trotzdem fühlte er eine schreckliche Leere in sich.

»Was tust du da?«, fragte eine matte Stimme.

Einer der Rekruten war zu ihm getreten. Ein Schnitt an seiner Wange blutete heftig.

»Die Lebenden haben Vorrang. Wir müssen die Verschütteten bergen.«

Strudel wusste das. Es war richtig. Dennoch bat er: »Kannst du dafür sorgen, dass ihre Leiche geborgen wird? Später, meine ich. Ich kann nicht bleiben.«

Der Rekrut musterte Strudel erschöpft. »Ist sie deine Mutter?«

Strudel schüttelte den Kopf und musste erneut die Zähne zusammenbeißen, um die Tränen zurückzuhalten. Nicht seine. Er hatte keine Mutter. Doch wenn, dann hätte er sich eine Mutter wie Yukino gewünscht. »Bitte.«

Der andere nickte langsam. »Ich kümmere mich darum.«

»Danke.«

Der Rekrut hob abwehrend die Hand. »Ich muss dir danken. Du hast uns gewarnt. Ohne dich wäre ich ebenso tot wie sie.« Er nickte zu Yukinos Leichnam. »Wer …«, wollte er gerade fragen, da huschte eine Erkenntnis über das dreckverschmierte Gesicht. »Du bist dieser Junge aus Eden.«

Strudel nickte.

Nachdenklich runzelte der junge Mann die Stirn. »Ich werde meinen Eltern erzählen, was du getan hast.«

Für den Rekruten schienen seine Wort eine wichtige Bedeutung zu haben, doch Strudel zuckte nur mit den Schultern.

Er musste weiter. Strudel stand auf und ging davon. Er wünschte sich die gefühllose Kälte des Schnees herbei. Nur konnte er dieses Risiko nicht eingehen. Er musste bei klarem Verstand bleiben. Trotzdem durfte die Panik, die in ihm aufzusteigen drohte, nicht gewinnen. Noch waren sie nicht in Sicherheit.

Als er, kaum fünf Minuten nachdem er Mel und Noriko zurückgelassen hatte, zurückkehrte, hörte er schon drei Schritte von ihrer Deckung entfernt etwas Seltsames. Irritiert blieb er stehen. Musik hatte noch nie zu seinem Leben gehört. Einzig die Hymne von Eden war ihm in dieser Hinsicht vertraut. Nun hörte er ein Lied. Leise, traurig und doch tröstend. Es schien ihm vollkommen fehl an diesem Platz der Gewalt und des Todes. Andererseits hatte er noch nie etwas Passenderes gehört. Vorsichtig, um das Lied nicht zu stören, ging er die letzten Meter. Mel saß an die Mauerreste gelehnt, Noriko im Arm und sang mit erstaunlich tiefer Stimme für sie. Ob Noriko etwas davon mitbekam, konnte Strudel nicht erkennen, doch Mel schien völlig in die Melodie versunken.

Er hätte ihr gerne noch etwas mehr Zeit gelassen, denn so offen hatte er Mels Gesicht noch nie gesehen. Aber das ging nicht. Gerade als er sich dazu durchgerungen hatte, das Lied zu unterbrechen, verstummte Mel. Sie strich Noriko durch das dichte, schwarze Haar. Strudel trat einen Schritt näher und stieß mit dem Fuß absichtlich gegen einen Stein, um sie auf sich aufmerksam zu machen.

Mels Kopf schoss herum und lächelte erleichtert, als sie ihn erkannte. Sie wirkte wieder völlig klar. Strudel war erstaunt, dass sie es geschafft hatte, sich so schnell zusammenzunehmen. Die Ausbildung beim Abendstern war wohl besser, als er bisher angenommen hatte.

»Was hast du gemacht?«, fragte sie mit ihrer normalen Stimme, die höher war als die, mit der sie gerade noch gesungen hatte. Sie klang dabei nicht neugierig, eher sachlich. So, als versuche sie, einen wichtigen Lehrstoff zu begreifen.

Er wollte es ihr nicht sagen. Ihr Lied klang noch in seinen Ohren nach und er fand, sie hatte für einen Tag genug grausame Lektionen gelernt. »Ich habe nachgesehen, ob ich helfen kann.«

»Anscheinend also nicht?«

»Nein.«

Mel runzelte die Stirn, als sie das Blut an seinen Händen bemerkte. »Ich sollte gehen und meinen Kameraden helfen.«

»Nein.«

»Ich schulde es ihnen!«

Er verstand das nur zu gut. Trotzdem konnte er sie nicht gehen lassen. »Ich brauche dich.«

Mel hielt einen Moment inne. Dann wurde ihr Gesicht hart. »Hast du deshalb mich gerettet und die anderen sterben lassen?«

So war das im Krieg. Man traf blitzschnell eine Entscheidung. Gewiss, er hatte versucht, so viele wie möglich zu warnen, doch

Mel hatte recht. Nur sie hatte er mit Gewalt davongezerrt. Im Nachhinein war ihm selbst nicht klar, weshalb eigentlich. Wahrscheinlich hing es mit Simon zusammen. Strudel konnte und wollte sich damit jetzt nicht näher befassen. »Weißt du, wie es bei der Kommandozentrale aussieht? Können wir Noriko dort hinbringen?«, fragte Strudel deshalb, um sie beide abzulenken.

Sein Manöver war nicht gerade geschickt und er hatte das Gefühl, dass Mel die Absicht dahinter genau durchschaute. Es dauerte ein paar Sekunden, dann nickte sie langsam. »Ich glaube schon.«

»Zeigst du mir den sichersten Weg?«

»Ich nehme an, das ist meine Pflicht. Ich bin Rekrutin und du bist Soldat. Ich muss darauf vertrauen, dass du weißt, was du tust. Doch gefallen muss es mir nicht.« Mel straffte sichtlich die Schultern, sah sich um und spurtete zur nächsten Deckung.

Behutsam hob Strudel Noriko auf. Tief über das kleine Mädchen gebeugt, folgte er Mel. Sie schlug einen Zickzackkurs ein und versuchte, versprengte Lichtbringer und hier und da aufflackernde Kampfhandlungen zu umgehen. Nicht schlecht für jemanden, der erst ein Jahr lang ausgebildet wurde.

Als sie ihr Ziel fast erreicht hatten, begann es plötzlich so heftig zu regnen, als hätte die Wetterkontrollabteilung beschlossen, die Wasservorräte für das gesamte nächste Jahr an diesem Nachmittag zu verbrauchen. Riesige Wassertropfen stürzten von der Kuppel herab und zerplatzten hart auf der Straße. Es dauerte nur Sekunden, bis sie völlig durchnässt waren. Das Wasser kühlte zwar Strudels verbrannte und zerschnittene Haut und wusch das Blut von seinem EXO, doch ihre Sicht verschlechterte sich rapide. Extrem gefährlich in ihrer Situation.

Zum Glück hatten sie den größten Teil des Weges bereits hinter sich gebracht. Als Strudel über den letzten ungeschützten Grünstreifen sprintete, rutsche er auf dem überschwemmten Boden aus und schlitterte fast vier Meter, bis er sich mit der Schulter an einer Häuserwand abfing. Sein Rücken schmerzte. Besorgt sah er zu Noriko hinab. Sie hatte keinen Schaden genommen. Aber es beunruhigte ihn, mit welcher Verstörtheit sie die Welt um sich herum betrachtete.

Mel hechtete neben ihm in Deckung. Ihr rotes Haar klebte dunkel an ihrer Kopfhaut und erinnerte Strudel vage an getrocknetes Blut.

Fast geschafft. Vorsichtig spähte Strudel um die Ecke. Die Kommandozentrale lag vor ihnen. Sicher war sie gut bewacht. Bisher hatte Strudel allerdings kein besser geschütztes Gebäude als das Zentrum kindlicher Frühförderung gesehen und das hatten die Lichtbringer auch gestürmt. Mel schien es plötzlich sehr eilig zu haben. Strudel streckte den Arm aus, um sie zu stoppen, bevor sie loslaufen konnte. »Das ist der wichtigste militärische Angriffspunkt. Warum haben die Lichtbringer nicht versucht, ihn zu zerstören?«

Mel schüttelte seine Hand ab. »Woher soll ich das wissen? Ich dachte, du bist unser allwissender Allround-Super-Soldat.«

Die Bezeichnung war wie ein Messerstich. So hatte Finan des Öfteren Simon genannt. Er schüttelte benommen den Kopf, um wieder etwas Klarheit in ihn hineinzubekommen. »Wo hat sich ihr Angriff zentriert?«

»Am ZKF. Los jetzt, wir haben keine Zeit zu verlieren.«

Das stimmte. Nur war es kein Grund, unvorsichtig zu werden. »Aber dort gibt es nur Kinder.«

»Nur Kinder?« Mel sah ihn verständnislos an. »Kinder sind die wertvollste Ressource des Abendsterns.«

Verblüfft sah Strudel auf Noriko herab.

Mel nutzte die Gelegenheit und wollte sich an Strudel vorbeischieben.

»Warte.« Es musste um die Kommandozentrale herum zahlreiche Posten geben, die auf jede Bewegung in der Umgebung zielten. Die Schlacht war noch nicht vorüber, die Sicht miserabel und die Soldaten nervös. Nervöse Soldaten neigten zu voreiligen Schlüssen. »Nimm Noriko und lass mich zuerst gehen.«

»Dir ist schon klar, dass du verletzt bist?«, fragte Mel plötzlich barsch. »Dein Rücken sieht aus, als hätte ihn jemand mit einem flammenspeienden Metzgermesser bearbeitet. Anscheinend blutest du, genau wie jeder von uns langweiligen, normalen Menschen.« Sie schnaubte. »Lass mich vorgehen.«

»Ist nicht schlimm«, versicherte er ihr. »Ich mach das schon.«

»Ach, Mister Gefahr-für-ganz-Eden braucht natürlich keine Hilfe von jemandem wie mir? Nur, weil du in dieser Akademie ausgebildet wurdest, denkst du, dass du besser bist als ich? Wie eingebildet bist du eigentlich?«

Zwei Herzschläge lang starrte Strudel sie verdattert an. Was sollte das jetzt? Sie hatten keine Zeit dafür. »Ich BIN besser ausgebildet als du. Und was noch viel wichtiger ist: Ich bin schwerer umzubringen.« Vorsichtig löste Strudel Noriko erneut von sich. Sie wimmerte leise und streckte ihre Arme nach ihm. »Jetzt pass bitte noch mal kurz auf sie auf.«

»Na klar, zum Kinderhüten bin ich gut genug. Ihr seid doch alle gleich.« Sie klang bitter, nahm ihm Noriko jedoch geschickt ab.

Ihre Worte verwirrten ihn. Er durfte sich jetzt nicht ablenken lassen. Strudel atmete einmal tief durch. »Nicht schießen!«, brüllte er dann zur Kommandozentrale hinüber und streckte einen Arm aus der Deckung heraus, um zu winken. »Wir sind keine Feinde!«

Der Regen dämpfte den Knall der Schüsse. Eilig zog Strudel seinen Arm zurück. Ob es Warnschüsse waren, oder ob die Schützen ihn schlicht verfehlt hatten, konnte er nicht sagen.

»Nicht schießen!«, wiederholte er, so laut er konnte. »Ich komme jetzt raus. Ich trage ein EXO, aber ich bin kein Feind!«

»Die werden dich durchlöchern wie die Zielscheibe auf dem Rekrutenschießplatz!«, zischte Mel von der Seite.

Vielleicht. Doch er musste Noriko in Sicherheit bringen – zu ihrer Familie. Die Lichtbringer würden sie nicht bekommen. Strudel atmete tief ein, entlud seine Waffe und trat dann ganz langsam ins Freie. Die Pistole in den erhobenen Händen ließ er demonstrativ vor sich fallen. Ein platschendes Geräusch erklang, als sie aufschlug.

Der Eingang der Kommandozentrale war nur 50 Meter von ihm entfernt. Nichts rührte sich.

Strudel zählte stumm bis drei, um ihnen Gelegenheit zu geben, ihn zu mustern. »Ich begleite Mel. Eine Rekrutin des Abendsterns. Erstes Jahr. Sie trägt ein Kind. Noriko. Tochter von Yunes und Yukino. Kann sie gefahrlos herauskommen?«

»Und wer bist du, Junge?«, rief eine Stimme von der anderen Seite. Der dazugehörige Soldat war nicht zu sehen.

»Mein Name ist Strudel.« Fast hätte er seine Nummer 365 genannt.

»Gehörst du zum Abendstern?«

Strudel zögerte einen Moment. »Ich bin kein Lichtbringer.«

»Ach ja? Dafür hast du aber verdammt lange für sie gekämpft«, erwiderte die Stimme unfreundlich.

Strudel schluckte. Er wünschte, sie könnten diese Unterhaltung drinnen fortsetzten. Er bot hier nicht nur dem Abendstern, sondern auch jedem versprengten Lichtbringer ein hervorragendes Ziel. »Ich bin kein Lichtbringer.«

»Schick das Mädchen und die Enkelin des Ratsvorsitzenden her!«

In diesem Moment wagte sich eine Gestalt links von Strudel neugierig aus ihrem Versteck zwischen zwei liegen gebliebenen Fahrzeugen hervor. Eine rot-schwarze Gestalt.

Strudel schnellte herum und warf sich in die Schussbahn.

Zwei Projektile trafen ihn in den Bauch. Mel keuchte entsetzt. Er drehte sich zu ihr um. »Lauf!«

Sie zögerte den Bruchteil einer Sekunde, dann rannte sie los.

Das EXO hatte standgehalten, doch es fühlte sich an, als hätte ihn ein Vorschlaghammer getroffen. Trotzdem rannte Strudel los. Direkt auf den Lichtbringer zu, der es gewagt hatte, auf Mel und Noriko zu schießen. Heißer Zorn pumpte durch Strudels Adern und drohte seine Vernunft zu ersticken.

Der Lichtbringer hatte noch keine Gelegenheit einen weiteren Schuss abzugeben, als Strudel schon über ihm stand. Strudel riss ihm das Gewehr aus den zitternden Händen, warf den Lichtbringer herum und fixierte ihn grob, mit dem Gesicht im Schlamm.

Mühsam würgte Strudel den Drang nieder, den jungen Mann hier und jetzt im Dreckwasser zu ertränken. Er war wütend. Wegen dieses Angriffs. Wegen Flicker. Wegen Yukino. Wegen dieses ganzen verdammten Kriegs. Trotzdem durfte er die Finsternis nicht gewinnen lassen. Er würde nicht mehr morden.

Keuchend zerrte Strudel den Lichtbringer auf die Füße. »Du hast gerade auf ein Baby geschossen!«

Der Mann riss die Augen auf und schüttelte energisch den Kopf. »Wofür halten Sie mich? Ich habe auf die Soldatin gezielt. Das Kind wollte ich lebend. Als Geisel.«

Von der Kommandozentrale aus näherten sich platschende Schritte.

»Ich hätte dem Kind kein Haar gekrümmt, sondern gut auf es aufgepasst! Ich will doch nur lebendig zurück nach Eden«, fügte er flehend hinzu und warf einen hastigen Blick hinter Strudel. Sicherlich war der Abendstern schon nah. »Die werden mich umbringen. Bitte, lass mich gehen.«

Strudel zögerte. Plötzlich schien es ihm, als hätte er keine Soldaten mehr vor sich, sondern einfach einen verzweifelten Menschen. Der Mann war verwundet. Vermutlich hatte er sich deshalb nicht dem allgemeinen Rückzug der Lichtbringer anschließen können. In Noriko hatte er seine letzte Chance erkannt, um sich zu retten. Hätte Strudel anders gehandelt? »Sie erschießen dich erst recht, wenn du fliehst.«

»Ach ja? Und was ist schlimmer?« Die Schultern des Fremden bebten und Strudel war sich nicht sicher, ob es Regen oder Tränen waren, die dem Mann übers Gesicht liefen.

Strudels Griff musste sich gelockert haben, denn der Mann nutzte die Gelegenheit, um sich loszureißen. Er sprang auf die Beine und wollte davon humpeln. Hinter sich hörte Strudel wütende Schreie. Schüsse. Sein Körper handelte, bevor er eine bewusste Entscheidung dazu getroffen hatte. Mit einer fließenden Bewegung trat er dem Lichtbringer die Beine weg. Doch es war zu spät. Noch bevor der Soldat wieder auf dem nassen Boden aufschlug, war er tot. Ein Schuss hatte ihm den Schädel zerfetzt.

»Alles in Ordnung?«

Das hatte ihn auch schon einer der Abendsterne draußen im Regen gefragt. Der Befehlshaber, der ihn vor nicht mal zehn Minuten nicht in die Kommandozentrale lassen wollte ebenfalls und nun auch noch Mel. »Ja«, antwortete Strudel deshalb nur.

»Schau nicht so genervt. Dich haben immerhin zwei Schüsse getroffen«, schnaubte sie. »Da kann man sich schon mal Sorgen machen.«

Strudel lächelte überrascht.

»Was gibt es da jetzt zu grinsen?«

»Du hast mich gerade sehr an Simon …« Strudel spürte, wie das Lächeln auf seinem Gesicht gefror.

Auch Mel war ein wenig bleich geworden. »Halt bloß die Klappe. Ich will nicht über meinen Bruder reden.«

Strudel nickte. »Ich auch nicht.«

»Dann sind wir uns ja einig. Und wenn wir gerade bei Sachen sind, die uns nicht gefallen: Wag es nicht noch mal, den Helden zu spielen, nur um mich zu beeindrucken. Das funktioniert nicht.«

»Ich wollte niemanden beeindrucken«, sagte Strudel wahrheitsgemäß.

»Was sollte das dann?« Irgendwie schien er Mel noch mehr verärgert zu haben.

Unsicher zuckte Strudel mit den Schultern. »Ich habe Noriko beschützt.«

Noriko hob nicht mal den Kopf, als er ihren Namen sagte. Nichts schien von dem fröhlichen kleinen Mädchen übrig geblieben zu sein, das Strudel kannte. Sie kauerte auf einem Stuhl neben Strudel, Ruß klebte an ihrer feuchten Kleidung, ihr Gesicht war verquollen und ihre Augen leer. Sie zitterte.

Das war genug. Entschlossen hob Strudel sie auf und wandte sich zum Gehen. Sein Körper protestierte bei der Bewegung, doch Strudel ignorierte den Schmerz. Darin hatte er lebenslange Übung.

»Moment mal!« Jetzt meldete sich der Befehlshaber zu Wort. »Was glaubst du, wo du hingehst?«

»Zu Yunes.«

»Yunes ist im Moment nicht zu sprechen. Er ist in einer Besprechung mit …«

»Ist mir egal.« Strudel ging los. Noriko brauchte ihre Familie.

»Stehen bleiben! Das ist ein Befehl!«

Strudel beschleunigte. Sollten sie doch mal versuchen, einen EXO-Träger aufzuhalten.

Der Abendstern kam rasch zur selben Erkenntnis. Vielleicht etwas zu rasch. Wahrscheinlich wollte er einfach seinen Posten nicht verlassen.

Doch jemand anderes folgte Strudel. Leichtere Schritte. Strudel drehte den Kopf und erkannte, dass es Mel war. Es überraschte Strudel, dass sie beschlossen hatte, bei ihm zu bleiben, und er verlangsamte seine Schritte, um ihr Gelegenheit zu geben, aufzuholen.

»Weißt du überhaupt, wo du hinmusst?«, fragte Mel, kaum dass sie ihn erreicht hatte. Sie war von dem Sprint leicht außer Atem.

Strudel deutete ein Kopfschütteln an. Er sagte lieber nichts, denn er wollte Mel nicht erneut wütend machen.

»Ich wette, Yunes ist im Kommandoraum. Ich kann dich hinführen.«

Mit Mel, die die Uniform der Abendsternrekruten trug, an seiner Seite, kam er unbehelligt voran. Erstaunlich, wie viel so ein Kleidungsstück ausmachen konnte. Vor allem, dass derselbe Trick auf beiden Seiten funktionierte.

Im richtigen Gang angekommen, hörten sie Yunes Stimme. »Lasst mich raus!« Ein geräuschvolles Gerangel schien in einem

Raum mit offener Tür stattzufinden. »Ihr könnt mich nicht hier festhalten! Ich bin kein Soldat!«

»Haltet ihn fest.« Die Stimme des Ratsvorsitzenden Vadim klang scharf. »Reiß dich zusammen, Yunes.«

»Mich zusammenreißen? Du hast mir verboten, die Kommandozentrale zu verlassen. Nur deshalb konnte ich nicht bei ihnen sein.« Die Bitterkeit war neu.

»Was glaubst du, hättest du ihnen genützt? Du sagst es doch selbst. Du bist kein Soldat.«

»Vater.« Yunes Stimme bebte. »Im Krankenhaus gibt es keine Überlebenden. Yukino ist tot.«

»Jetzt kannst du mich vielleicht endlich besser verstehen.«

»Meine Frau ist tot!«

»Viele Menschen sterben im Krieg.«

Yunes brüllte. Es klang kaum menschlich. Irgendjemand schien Mühe zu haben, ihn zu bändigen und fluchte laut.

Der Ratsvorsitzende blieb vom Toben seines Sohnes unbeeindruckt. »Das ist erbärmlich.«

Yunes Gebrüll verstummte abrupt. »Was soll ich machen, wenn meine Tochter …«

Eilig legte Strudel die letzten Meter zurück und erreichte die Raumöffnung. Mit dem Rücken zu ihm stand Yunes. Rechts und links hielt ihn ein Soldat am Arm gepackt. Weiter im Rauminneren entdeckte Strudel den Vorsitzenden Vadim. Seine ungleichen Augen blickten mit einer solchen Verachtung auf Yunes herab, dass Strudel schlecht wurde. »Yunes, ich habe Noriko. Sie lebt.«

Yunes schoss herum. Nun hielten ihn auch die Soldaten nicht mehr.

»Noriko!« Yunes umarmte seine Tochter. Tränen erstickten seine Stimme. »Mein kleines Mädchen.«

Noriko strahlte und wirkte plötzlich wieder lebendig. Als Yunes ihre Nasenspitze küsste, kicherte sie sogar.

Erst nach einer Weile schaffte er es, die Augen von seiner Tochter zu lösen. »Das werde ich niemals vergessen, Strudel.«

Strudel hob abwehrend die Hände. »Habe ich gerne gemacht.«

Er hätte gerne hinzugefügt, dass er ohne Yunes Hilfe hingerichtet worden wäre und Yunes deshalb nicht in seiner Schuld stehen konnte. Doch vor dem Ratsvorsitzenden wollte Strudel dieses Thema lieber nicht ansprechen.

Yunes bemerkte Strudels Blick und drehte sich zu seinem Vater um. »Lass mich meine Tochter zu einem Arzt bringen. Ich bin in ein paar Minuten zurück.«

Vadium zögerte einen Moment lang und Strudel wäre jede Wette eingegangen, dass er Yunes Bitte ausschlagen würde.

»Na schön. Die Schlacht ist geschlagen. Kümmere dich um dein Kind und beerdige deine Frau. Du bist drei Tage lang beurlaubt.«

Yunes nickte nur und trug Noriko aus dem Raum, ohne seinen Vater eines weiteren Blickes zu würdigen.

Yunes führte sie mehrere Stockwerke abwärts in einen Bereich des Gebäudes, in dem ein kleines Notlazarett eingerichtet worden war. Strudel war die chaotische Ordnung eines solchen Ortes vertraut. Er kannte die Gerüche und Geräusche. Verletzte und Sterbende sahen überall gleich aus.

In überraschender Schnelligkeit fand Yunes einen jungen Rekruten mit einer Kennzeichnung auf der Uniform, die ihn als Mediziner auswies. Erst als dieser Noriko von Kopf bis Fuß untersucht und ihre Unversehrtheit bestätigt hatte, entspannte sich Yunes ein wenig. »Aber ich weiß nicht, warum sie so wenig reagiert. Könnte das der Schock sein?« Der Rekrut hob hilflos die Hände. »Es tut mir leid. Mir fehlt noch ein Ausbildungsjahr. Eigentlich dürfte ich ohne Aufsicht durch einen Arzt überhaupt nicht behandeln. Aber bisher ist noch keiner vom Krankenhaus hergekommen.«

Yunes nickte matt und schaffte es, für seine Tochter eine Decke zu organisieren. Kaum hatte er sie darin eingewickelt, war Noriko schon eingeschlafen. Sicher war dieser Tag für so ein kleines Kind unheimlich kräftezehrend gewesen.

Strudel ertappte sich dabei, wie er Noriko beneidete. Auch er war erschöpft und nun, da das Adrenalin aus seinem Körper verschwunden war, spürte er die vielen Blessuren, die er sich im Laufe des Tages zugezogen hatte. Am liebsten hätte er sich auf eins der Feldbetten gelegt und den Schnee gerufen, damit er ihn in einen traumlosen Schlaf mitnahm.

»Du solltest dich auch untersuchen lassen. Verbrennungen, Schnitte, Prellungen. Unter dieser komischen Rüstung musst du aussehen, wie durch einen Fleischwolf gedreht«, sagte Mel ernst.

Strudel winkte ab. Hier gab es genug Menschen, die weitaus schlimmer verletzt waren als er. Außerdem konnte er kaum medizinisches Personal entdecken. Was kein Wunder war, bedachte man, was mit dem Krankenhaus passiert war.

Yunes hielt seine Tochter auf dem Schoß und sah auf Noriko herab, als wollte er sie nie mehr auch nur einen Augenblick lang aus den Augen lassen. Strudel war sich nicht mal sicher, ob Yunes überhaupt bemerkt hatte, dass Strudel und Mel ihm gefolgt waren. Doch als er nun ihre Stimmen hörte, hob er den Kopf. Dunkle Trauer lag in seinen Augen. »Hör auf sie.« Dann vertiefte er sich wieder in den Anblick seiner Tochter. »Solange du noch kannst.«

Strudel gab Mel schulterzuckend sein Einverständnis. Er verabschiedete sich von Yunes, auch wenn er nicht sicher war, ob der ihn hörte. Dann begann er sich, Mels Blick im Nacken, durch den Raum vorzuarbeiten. Weit kam er nicht.

Er musste geschwächter gewesen sein, als er angenommen hatte. Denn er bemerkte die Soldaten erst, als sie ihre Waffen auf ihn richteten. Die Menschen wichen vor ihm und den Waffen zurück und es wurde merklich ruhiger im Raum.

»Du wirst in Gewahrsam genommen«, eröffnete ihm der Befehlshaber der Einheit. »Befehl vom Ratsvorsitzenden.«

Strudel nickte. »Warum?«

»Verrat.«

Erschöpft hob er die Arme, damit niemand auf die Idee kam auf ihn zu schießen. In diesem Gedränge, voll von Verwundeten, wären sicherlich Unbeteiligte zu Schaden gekommen.

»Wie kommen Sie denn darauf?«, fragte Mel gereizt. »Er hat für den Abendstern gekämpft. FÜR uns.«

»Irrelevant. Hast du Waffen bei dir?«

»Nein«, sagte Strudel wahrheitsgemäß.

»Was ist mit diesem Kampfanzug?«

»Das EXO ist eine Rüstung. Keine Waffe«, erklärte er geduldig.

»Irrelevant. Ablegen.«

Strudel sah den Befehlshaber ernst an. »Das sollte ich wirklich besser bei der entsprechenden Halterung tun. Es könnte sonst beschädigt werden.«

Dass der Befehlshaber mit einem knappen Nicken zustimmte, zeigte Strudel zwei Dinge. Erstens, dass der Ratsvorsitzende größten Wert auf die Funktionsfähigkeit des EXOs legte. Zweitens, dass der Befehlshaber keine Ahnung davon hatte, wozu ein EXOträger fähig war. Wenn Strudel es darauf angelegt hätte, die Einheit zu überwältigen, hätte er es selbst in seinem angeschlagenen Zustand mühelos geschafft.

Stattdessen ließ er sich ohne Gegenwehr abführen.

Hinter sich hörte er, wie Mel lautstark protestierte. Vergebens.

»Um es abzulegen, muss ich in meinen Nacken fassen. Kann ich das tun, ohne dass Sie das Feuer eröffnen?« Strudel stand mit immer noch erhobenen Armen in der Halterung, aus der er das EXO bei Beginn der Schlacht entwendet hatte.

»Genehmigt.«

Langsam, um niemanden zu erschrecken, senkte Strudel die rechte Hand. Als er den Anschluss erreicht hatte, deaktivierte er das EXO mit geübtem Griff. Die Verbindung löste sich und das feine Netz zog sich rasch zurück.

Das zurückbleibende Gefühl der Schutzlosigkeit war stärker, als er es in Erinnerung hatte. Außerdem schien es ihm plötzlich zehnmal schwerer, aufrecht zu stehen. Nicht mehr durch das EXO unterstützt, protestierte sein Körper nun vehement gegen die vergangenen Strapazen. Er kannte das bereits von früher, trotzdem überraschte ihn die Heftigkeit. Er war das nicht mehr gewöhnt. Er spürte, wie er schwankte.

»Der Rat wird dich morgen verhören.«

Strudel nickte knapp, wodurch es in seinem Kopf noch schwammiger wurde.

»Bis dahin wirst du in Gewahrsam bleiben.«

»In Ordnung.« Es hatte keinen Zweck, sich zu widersetzen und ohnehin waren seine Knie zu weich.

»Haltet ihn fest, er kippt uns gleich um!«

Tatsächlich gaben seine Beine unter ihm nach und nur der Arm eines Soldaten verhinderte seinen Sturz.

»Mann, der hat sich ziemlich verbrannt und bluten tut er auch«, verkündete der Soldat, der ihn aufgefangen hatte. »Vielleicht sollten wir ihn besser zurück zu den Sanis bringen? Er ist doch noch ein Kind.«

»Kommt nicht in Frage. Wir haben Befehl von Vadim höchstpersönlich«, schnauzte der Befehlshaber.

Strudel war es inzwischen völlig egal, was sie taten. Er hoffte nur, sie würden sich bald entscheiden.

Halb benommen, aber immer noch von sechs Soldaten flankiert, wurde er in einen anderen Bereich des Kontrollzentrums gebracht. Ein kurzer Blick genügte, um ihn wiederzuerkennen. Der Gefangenentrakt. Der Befehlshaber öffnete mit einem Code eine der Sicherheitstüren und deutete dem Soldaten, der Strudel immer noch stützte, einzutreten. Alles in Strudel sträubte sich dagegen, dort hineingebracht zu werden. Wer wusste schon, ob sie ihn je wieder aus dieser Zelle heraus ließen? Er versuchte, sich nichts anmerken zu lassen, und schleppte sich zum Bett. Der Soldat setzte ihn behutsam ab.

»Danke«, murmelte Strudel. Trotz der Hilfe war er erleichtert, als der Soldat ihn losließ und der Arm an seinem Körper verschwand.

Der Soldat zwinkerte ihm aufmunternd zu.

»Wir werden einen Arzt schicken, der sich um deine Verletzungen kümmert«, erklärte der Befehlshaber. »Sobald wir einen finden können, jedenfalls.«

Die Tür schloss sich automatisch und Strudel war wieder mal in einer Zelle eingesperrt.

Er rollte sich auf dem Bett zusammen. Es war erstaunlich bequem. Trotz seiner Müdigkeit konnte er nicht schlafen. Er war es nicht mehr gewohnt, ohne den Schnee Ruhe zu finden. In ihm tobte ein Kampf. Die Bilder des Tages wüteten in seinem Kopf und er hätte nichts lieber getan, als sie abzuschalten. Dazu vermischten sich die Erinnerungen an sein Dasein in der Zelle in der Akademie. Jeden Tag den Tod vor Augen. Das schier endlose Warten auf die fast schon erlösende Hinrichtung.

Leider sagte ihm sein Instinkt, dass es ein Fehler wäre, sich in dieser Situation zu betäuben. Er musste mitbekommen, was um ihn herum geschah, sonst wäre er völlig ausgeliefert, wenn sie ihn holen kamen.

So dämmerte er immer wieder ein, um kurz darauf schweißgebadet und zitternd zu erwachen.

Er wusste nicht, wie lange er tatsächlich geschlafen hatte, als ihn das Summen der Tür aufschreckte. Mit einem Sprung stand er in dem winzigen Raum zwischen Bett und Wand. Die Arme erhoben, bereit sich zu verteidigen.

Kos musterte Strudels Kampfhaltung. »Ganz der Alte, nicht wahr Junge?«

Hinter Kos winkte der freundliche Abendstern, der Strudel in die Zelle geholfen hatte, bevor er die Verriegelung der Tür aktivierte.

»Sie haben mich geschickt, um nach dir zu sehen. Aus irgendwelchen Gründen scheinen ihre eigenen Ärzte alle unabkömmlich zu sein.« Kos kam näher und stellte ein Sammelsurium an Dingen auf dem Bett ab. »Da hat sich wohl jemand gedacht, warum nicht den einen Gefangenen nach dem anderen Gefangenen sehen lassen.« Seine tiefblauen Augen funkelten einen Moment belustigt. »Mir war es natürlich recht. Ist ewig her, dass ich tun konnte, wozu ich bestimmt bin. Aber ich glaube nicht, dass ihnen klar war, welchen Gefallen sie mir tun. Besonders, da ich dich hier treffe.«

»Es tut mir leid.« Die Worte fielen Strudel nicht leicht. Er schämte sich für sein blödes Verhalten bei ihrer letzten Begegnung. Aber nicht nur dafür, sondern auch, dass er es nicht über sich gebracht hatte, sich früher bei Kos zu entschuldigen.

»Schon gut, Junge. Wie geht es dir?«, fragte Kos ernst.

Erst jetzt bemerkte Strudel, dass seine Muskeln immer noch vor Anspannung vibrierten. Er löste seine Verteidigungshaltung. »Mir geht es gut.«

Kos zog skeptisch die Augenbrauen nach oben. »Kannst du kurz dein Hemd für mich ausziehen?«

Der Satz rührte an etwas in seiner Erinnerung, doch er bekam es nicht zu fassen.

Auch Kos blinzelte, als hätte er sich an etwas erinnert. »Das habe ich vor sehr langer Zeit schon einmal zu dir gesagt. Weißt du noch? Damals als du als kleines Kind das erste Mal zu mir kamst.«

»Ich bin schon lange kein Kind mehr.« Erschöpft setzte sich Strudel auf die einzige Möglichkeit, die sich bot: das Bett.

»Wie alt bist du jetzt? Fünfzehn? Sechzehn? Natürlich bist du ein Kind! Aber wir kommen vom Thema ab, komm schon. Los.«

Strudel wusste, Kos würde sich nicht davon abbringen lassen, ihn zu untersuchen. Brachte er es also besser hinter sich. Um sich weitere Diskussionen zu ersparen, zog Strudel das Hemd über den Kopf. Es klebte an einigen Stellen an seiner Haut, was die Sache nicht ganz leicht machte.

Erst als er das Hemd zusammenfaltete, um es auf sein Kissen zu legen, bemerkte er, wie sehr der Stoff durch die vorangegangenen Ereignisse in Mitleidenschaft gezogen worden war. Die Rückseite war teilweise in einem Gittermuster verkohlt und einige kleine Schnitte waren mit erstaunlich großen Blutflecken umgeben. Zum Glück hatte Kos neben dem vielen medizinischen Material auch frische Kleidung für ihn mitgebracht. Er wollte Kos nicht ansehen, denn er wusste, dass die vielen neuen Narben und frischen Verletzungen auf seiner Haut das Gesicht des Arztes verdüstern würden. Also fragte er, ohne aufzusehen: »Werden Sie vom Abendstern gut behandelt?«

Kos setzte sich neben Strudel. Allmählich wurde es mächtig eng auf der schmalen Matratze. »Du brauchst dir keine Sorgen um mich zu machen.« Kos desinfizierte sich rasch und sorgfältig die Hände. »Der Abendstern behandelt mich so gut, wie ich es unter diesen Umständen nur erwarten kann. Ich denke, sie wollen über kurz oder lang, dass ich für sie arbeite.«

Kos sprach erst wieder, als er seine Vorbereitungen abgeschlossen hatte. »Ich habe keinen DIMMTA und einige dieser Verletzungen sehen besorgniserregend aus«, murmelte er. »Ich weiß, es ist schwierig für dich, aber ich muss dich untersuchen, um herauszufinden, wie schwer du wirklich verletzt bist.«

Strudel nickte und versuchte, locker zu wirken. In Wirklichkeit packte er mit der rechten Hand fest sein linkes Handgelenk.

»Dreh bitte deinen Rücken zu mir. Ich will mir diese Schnitte und Verbrennungen ansehen.«

Strudel tat es und spürte, wie sich sein Körper versteifte, als Kos die Wunden behutsam abtastete und versorgte.

»Ein paar davon sind tief. Muss ziemlich geblutet haben. Wie ist das passiert?«

»Glasscherben«, antwortete Strudel gepresst. Er versuchte, gleichmäßig zu atmen und seine Angst unter Kontrolle zu halten. Wie gewohnt, wollte es ihm nicht recht gelingen. Er wünschte, er hätte sich doch für den Schnee entschieden.

Kos begann die Brandwunden zu behandeln, was Strudel unweigerlich daran erinnerte, wie Balor ihn als Kind mit einem Schürhaken verbrannt hatte. Strudel grub die Fingernägel in seine Unterarme, um Balor zu vertreiben.

»Und das an deinem Bauch waren Schüsse?« Kos deutete Strudel, sich umzudrehen und drückte konzentriert in die beiden inzwischen schwarzen Blutergüsse, wo die Projektile Strudel getroffen hatten. »Vom EXO abgewehrt, stimmts? Wenn ich es nicht besser wüsste, würde ich sagen, du bist in eine Schlacht geraten. Aber das kann nicht sein. So ähnlich sich die Lichtbringer und der Abendstern auch sind, eins muss man den Leuten hier zu Gute halten: Sie setzen keine Kindersoldaten ein.«

»Ich musste kämpfen«, erklärte Strudel noch immer kurzatmig.

»Ich glaube, du hast keine inneren Verletzungen – was erstaunlich ist. Ich habe mich schon oft gewundert, wie belastbar dein Körper ist.« Kos sah auf. »Wieso hast du gekämpft? Ist doch sonst nicht deine Art.«

Er begann, Strudel mehrere Verbände anzulegen.

Erleichtert lockerte Strudel seinen Griff. Nun musste Kos ihn nicht mehr berühren.

»Die Lichtbringer waren hier.«

Kos hielt inne. »Das erklärt einiges. Ich bekomme hier in meinem netten kleinen Appartement nicht viel mit, weißt du? Sie haben es also tatsächlich in Kuppel 67 geschafft? Das tut mir leid, Junge. Ich hatte wirklich gehofft, du könntest hier endlich in Frieden leben.«

»Ich auch.« Strudel betrachtete nachdenklich die roten Abdrücke seiner Fingernägel auf seinem Arm. Würde das jemals enden?

»Das war eine Krisensituation. Du hast eigenmächtig beschlossen, streng geheime Techniken zu entwenden, um sie für private Zwecke einzusetzen? Was hast du dir bloß dabei gedacht? Das EXO ist Eigentum des Abendsterns.«

Strudel dachte träge darüber nach, dass das, was die aufgebrachte männliche Stimme sagte, so eigentlich nicht stimmte. Immerhin hatte der Abendstern das EXO erst vor Kurzem selbst gestohlen. Eigentlich sollte er ihnen sagen … Strudel verlor für einen Moment den Faden … Ihnen sagen, dass das nicht stimmte.

»Hast du dazu überhaupt nichts zu sagen?«

In seinem Kopf war es eigentümlich ruhig. So hatte er noch nie auf Schmerzmittel reagiert. Gut, dass Kos schon abgeholt worden war, als die Wirkung einsetzte. Vermutlich vertrug es sich nicht so gut mit den Schneeresten in seinem Körper. Strudel wusste, dass er sich darüber eigentlich Sorgen machen musste. Ebenso über diese Anhörung. Das tat er aber nicht. Stattdessen zuckte er gleichmütig mit den Schultern, ohne von dem Schmutzfleck am Boden aufzuschauen, den er schon eine Weile betrachtete.

»Sie sehen doch, dass der Junge nicht für ein Verhör bereit ist«, mischte sich eine freundlichere weibliche Stimme ein. »Er ist ganz apathisch und schwankt. Er wurde verwundet und braucht Ruhe.«

So eine Kleinigkeit steckte er locker weg. Doch es war ihm zu anstrengend, das zu erwidern. Vielleicht hatte die freundliche Stimme sogar recht. Tatsächlich fühlte er sich etwas schwindelig und seine Finger waren taub.

»Das ist ja wohl nicht unser Problem. Wir müssen herausfinden, was passiert ist«, schnauzte die männliche Stimme.

»Was soll schon passiert sein, Vadim? Er hat ihre Enkelin gerettet. Statt ihm zu danken, behandeln sie ihn wie einen Verbrecher.«
Vadim. Langsam wanderte Strudels Blick den Tisch entlang. Erst

jetzt bemerkte er den Vorsitzenden auf seinem Platz in der Mitte. Natürlich. Die aufgebrachte Stimme gehörte zu ihm.

»Sie würden ihn also einfach damit davonkommen lassen?«

»Nun, er hat sich offenbar für das Tragen des EXOs entschieden. Das wollte dieser Rat und Sie im speziellen doch unbedingt.«

Jetzt machte Strudel sich die Mühe, auch nach der freundlichen Stimme zu suchen. Zu seiner Überraschung gehörte sie zu der glatzköpfigen Soldatin. Sie war Talion beim letzten Mal so angegangen. Wieso war sie plötzlich auf Strudels Seite?

»Aber unter unseren Bedingungen. Unter unserem Befehl und nicht nach dem Gutdünken eines zügellosen Jugendlichen.«

»Dieser zügellose Jugendliche hat mehrere Kinder im ZFK gerettet und zahllose Rekruten am Krankenhaus vor der zweiten, tödlichen Explosion bewahrt.«

»Unter anderem ihren Sohn, nicht wahr? Ist es das, um was es hier geht?«

»Mein Sohn bedeutet mir eben etwas.« Sie betonte das ›mein‹ seltsam. Irgendwie vorwurfsvoll. Aggressiv.

»Und Ihr Vorschlag wäre?«

»Ich beantrage, die Vorwürfe gegen den Jungen fallen zu lassen. Er hatte die Gelegenheit, uns zu verraten und zu den Lichtbringern zurückzukehren, und hat es nicht getan. Stattdessen hat er alles in seiner Macht Stehende versucht, um den Abendstern zu unterstützen. Eine Verurteilung wegen Verrates ist unter diesen Bedingungen völlig irrsinnig. Sie würde unser Verständnis von Gerechtigkeit ad absurdum führen.«

Strudel sah nicht mal auf, als sie über sein Schicksal abstimmten. Es musste gut für ihn ausgegangen sein, denn er wurde nicht wieder in seine Zelle geführt. Stattdessen landete er in dem überfüllten improvisierten Krankentrakt.

Er bekam ein leise quietschendes Feldbett und schlief mehrere Stunden lang.

Als er aufwachte, fühlte er sich besser. Strudel nahm sich fest vor, das restliche Schmerzmittel, das Kos ihm gegeben hatte, nicht zu nehmen. Wechselwirkungen von Medikamenten konnten verdammt gefährlich werden.

»Hunger?«

Zu seiner Verwunderung war es Mel, die ihm eine Schüssel dampfender Suppe hinhielt. Plötzlich merkte er, wie hungrig er war, und nahm ihr das Essen eilig aus der Hand.

Obwohl Mel sicherlich einiges zu tun hatte, blieb sie und wartete, bis er aufgegessen hatte. Erst dann fragte sie: »Wie hast du es geschafft, dass sie dich freigesprochen haben?«

Er zuckte mit den Schultern und spürte, wie die Wunden an seinem Rücken spannten. »Überhaupt nicht. Eins der Ratsmitglieder hat sich für mich eingesetzt.« Er stellte die leere Schale neben sich aufs Feldbett.

»Da war Vadim sicher ziemlich sauer.«

Strudel nickte.

»Ich fand es erstaunlich, dass er seinen Sohn gehen ließ. Er hätte allerdings nicht gut dagestanden, wenn er es nicht erlaubt hätte. Als Vorsitzender muss er ein feines Gespür für die Stimmung seiner Untergebenen haben.«

Noch bevor Strudel etwas antworten konnte, bemerkte er eine Bewegung am Rand seines Sichtfeldes. Er war herumgewirbelt und hatte die Hand abgefangen, bevor ihm klar wurde, dass von ihr keine Gefahr ausging.

»Das gibts ja nicht! Du bist es wirklich! Hat es dich also auch hierher verschlagen.«

Rasch ließ Strudel Isabellas Hand los. Seine Vorarbeiterin nahm ihm sein Verhalten offenbar nicht übel, obwohl Strudel ihr Handgelenk ziemlich grob gepackt hatte. »Sag mal, habe ich dich erschreckt? Sorry! Ich bin manchmal so ein Tollpatsch.«

»Was tust du hier?«, frage Strudel. Das war eine ziemlich dumme Frage, denn Isabella trug einen frischen Verband am Kopf. Wie Finan damals.

»Mann, da hattest du echt Glück, dass du gestern schon weg warst, Strudel. Ich bin länger geblieben. Hätte mich fast erwischt, als diese verdammten Soldaten kamen. Ein paar von denen sind in unsere Zentrale und haben spioniert.« Alarmiert riss sich Strudel vom Anblick des Verbandes los. »Lichtbringer?«

Isabella nickte. »Konnte grade noch abhauen.«

Die tiefe Erleichterung, die Strudel durchströmte, überraschte ihn ein wenig. Er hatte überhaupt nicht gemerkt, dass Isabella und er Freunde geworden waren.

Einen Moment musterte er kritisch Isabellas Gesicht und atmete auf. Anders als Finans, nach seiner Verwundung, hatte ihres eine gesunde Farbe. Strudel brauchte sich keine Sorgen zu machen. Diese Freundin würde er nicht an ein Bett und Maschinen gefesselt zurücklassen. Strudel lächelte. »Gut, dass du in Sicherheit bist.«

»Sie sind in die Kuppeltechnik eingedrungen?«, mischte sich Mel ein. Sie klang angespannt.

Verwundert drehte sich Isabella zu ihr. »Ja klar. Hätte ich an ihrer Stelle auch gemacht. Immerhin haben wir mega geniale …«

»Wo ist Lya?«, unterbrach Mel ihn.

»Lya?« Isabella musterte Mel. »Ach, bist du etwa ihre kleine Schwester?«

Strudel runzelte verwundet die Stirn. Mels Schwester arbeitete auch an der Kuppel?

»Tut mir leid. Keine Ahnung wo sie ist. Eigentlich war ich die Letzte. Aber Lya ist ja immer irgendwo in der Kuppel.«

»Ja«, sagte Mel abwesend. »Dort oder in ihrem Garten.« Sie lief los.

Isabella sah Strudel verwundert an. »Was hat sie vor?«

Strudel zuckte erneut mit den Schultern. Es war keine Geste der Ahnungslosigkeit, sondern der Selbstverständlichkeit. Ihm war klar, dass Mel ihre Schwester finden musste. Strudel hätte das auch getan, wenn es um eins seiner Truppmitglieder gegangen wäre. Trupp und Familie schien Strudel ungefähr das Gleiche zu sein.

»Wie stellt sie sich das vor? Sie ist nicht fertig ausgebildet. Sie kann nicht allein durch ein Kriegsgebiet laufen.« Echte Besorgnis klang in Isabellas Stimme mit. Sehr untypisch für sie.

»Ich gehe mit ihr.« Strudel stand auf und hob die Hand zum Abschied.

»So habe ich das nicht gemeint. Bleib hier! Du bist ja noch nicht mal Rekrut!«

Mel war schon fast an der Tür angekommen. Er musste sich beeilen. Isabella konnte es nicht wissen. Kein Wunder, dass sie sich Sorgen machte. Einen Moment rang Strudel mit sich. »Ich weiß, was ich tue. Ich bin ein sehr gründlich ausgebildeter Elitesoldat.«

Er wollte die Reaktion auf diese Worte nicht sehen. Deshalb eilte er Mel nach, ohne sich noch mal umzublicken.

Strudel war nicht sicher, ob sie ihn nicht bemerkt hatte, oder bewusst ignorierte. Ihm war auch nicht klar, was sie den Soldaten sagte. Jedenfalls ließen sie auch ihn ohne ein Wort passieren, als er den Wachposten am Eingang des Kontrollzentrums erreichte. Er hielt sich immer noch einige Meter hinter ihr, als ihm klar wurde, dass sie nicht die in der Nähe geparkten Fahrzeuge ansteuerte, sondern sich direkt der Straße zuwandte. Sie wollte laufen. »Warte.«

Sie wirkte nicht überrascht, als sie ihn sah. »Ich habe keine Zeit.«

»Eben.« Strudel deutete zu den Militärwagen.

»Wir haben keinen Schlüssel«, widersprach sie gereizt.

Er zuckte mit den Schultern und ging auf das Fahrzeug zu, das ihm als am besten geeignet erschien. Als Mels Schritte bei ihm ankamen, hatte er die Tür bereits geöffnet. Er deutete ins Wageninnere und Mel kletterte geschickt hinein und rutschte über den Fahrersitz auf die doppelsitzige Beifahrerseite.

Nun stieg auch Strudel ein, schlug die Tür zu und machte sich daran, den Motor zur Arbeit zu bewegen.

Mel sagte nichts. Auch nicht, als der Motor schließlich ansprang. Erst als Strudel den Sitz und die Spiegel eingestellt hatte und vorsichtig ausparkte, stellte sie fest: »Du hast gar keine Fahrerlaubnis.«

Strudel zog fragend die Augenbrauen nach oben. Doch er hob den Blick nicht von der Straße. Er war schon immer ein vorsichtiger Fahrer gewesen und in einer Stadt, in der vor nicht mal 24 Stunden eine Schlacht getobt hatte, war es keine gute Idee, sich ablenken zu lassen. Zumal dann, wenn die Fahrbahn von Regen und Löschwasser noch nass und somit rutschig war.

»Wir dürfen erst im dritten Ausbildungsjahr unseren F1-Test machen. Ohne den haben wir keine Fahrberechtigung innerhalb von 67.«

»Ich kann fahren.« Wie zum Beweis wich er zwei eng beieinanderliegenden Schlaglöchern aus.

»Gibt es eigentlich auch irgendetwas, dass du nicht kannst?«

Die Liste war lang, doch Mels genervter Tonfall klang nicht so, als wollte sie es wirklich wissen. Also schwieg er.

Die folgende Stille war ihm gerade recht. Er war angeschlagen und sein Rücken schmerzte, wenn er den Sitz damit berührte. Er benötigte seine ganze Konzentration, um das Fahrzeug sicher durch den Stützpunkt zu lenken. Als sie endlich auf der breiten Straße angekommen waren, die ihn seit Monaten zu seinem Arbeitsplatz führte, entspannte sich Strudel ein wenig.

Mel dagegen begann unruhig auf ihrem Platz hin und her zu rutschen. Je näher sie ihrem Ziel kamen, desto angespannter wirkte sie.

»Ich habe mich mit meiner Schwester gestritten«, eröffnete sie ihm plötzlich. »Wegen der Sache mit Simon. Es ist schon ewig her. Gleich nachdem du ankamst. Seitdem sind wir wütend aufeinander. Deshalb konnte ich sie nicht fragen.«

Noch bevor er wusste, was er darauf erwidern sollte, sprach sie weiter. »Ich weiß, ich habe gesagt, dass ich nicht über ihn sprechen will. Ich habe es mir überlegt. Es ist ja nicht deine Schuld, dass meine Schwester mich belogen hat.«

Ihm war klar, dass sie sich nur von ihrer Angst ablenken wollte. Mit Angst kannte sich Strudel aus. Trotzdem freute er sich über ihre versöhnlichen Worte.

»Du bist der Einzige, den ich fragen kann. Also: Wie war Simon so?«

Strudels Hände krampften sich um das Lenkrad herum und es kostete ihn einige Mühe, sie wieder zu entspannen.

Er wusste nicht, ob er darüber sprechen konnte. Simon war sein Freund. Doch das traf es nicht wirklich. Er war wie ein großer Bruder für ihn gewesen. Es tat weh, an ihn zu denken. Aber Mel war tatsächlich seine Schwester. Blutsverwandt. Familie. Wie konnte er ihr den Wunsch ausschlagen, mehr über ihren so lange verschollenen Bruder zu erfahren?

Das Schweigen lag schwer über ihnen, wie der giftige Nebel über einem Schlachtfeld. Strudel war sich nur zu bewusst, dass Mel ihn immer noch ansah. Sie hatte eine Antwort verdient.

»Er …« Strudels Stimme zitterte so sehr, dass er sich räuspern musste. Den Blick starr auf die Straße gerichtet, versuchte er es erneut. »Sanft.«

Mel klang ein wenig enttäuscht. »Sanft? Er war also zu schwach für den Krieg?«

Strudel schüttelte den Kopf. »Es hat ihn nicht schwach gemacht. Im Gegenteil. Er war dadurch unheimlich stark.«

»Wie kann ein Soldat sanft sein?« Mel schnaubte irritiert.

Traurigkeit schmerzte in Strudels Hals. Er lächelte. »Keine Ahnung. Aber Simon konnte es.«

Mel zögerte lange, bevor sie ihre nächste Frage aussprach: »Warum? Du meintest, er wurde ermordet. Ist neben dir verblutet. Aber warum wurde er ermordet?«

Diesmal konnte Strudel nicht anders. Er hob den Blick von der Straße und sah zu Mel. Sah in ihre braunen Augen, die denen seines toten Freundes so sehr ähnelten. Der Anblick weckte schmerzhafte Erinnerungen und Strudel konzentrierte sich rasch wieder auf seine Aufgabe das Fahrzeug zu lenken.

Er musste es ihr sagen. Die Schuld lastete so schwer auf ihm. Er konnte es ihr unmöglich verschweigen. »Er starb, weil er getan hat, was er immer tat. Er hat auf mich aufgepasst. Mich beschützt.«

Wieder füllte bleierne Stille die Fahrerkabine.

»Ein ehrenhafter Tod. Sich für einen Kameraden zu opfern«, murmelte Mel schließlich abwesend.

Strudel wollte schon widersprechen. Nichts daran war ehrenhaft. Simon war auf der Flucht aus Viktorias Büro in den Rücken geschossen worden. Aber wenn sie noch nicht wusste, dass es einen ehrenhaften Tod nicht gab, wollte er es ihr sagen? Wollte er seine brutale Realität auch zu ihrer machen? Nein. Im Moment brachte er es nicht über sich. Er schwieg.

Sie waren nun fast da. Die Zentrale der Kuppelmechaniker lag vor ihnen. Ein gutes Stück nördlich erkannte Strudel die Stelle, durch die die Lichtbringer eingedrungen waren. Sie hatten einen der Eingänge gesprengt, sodass dort nun in der feinen Haut der Kuppel eine hässliche Wunde klaffte. Das genaue Ausmaß des Schadens konnte er auf diese Entfernung unmöglich abschätzen. Die Tatsache, dass sie den Eingang gewählt hatten, hatte den Schaden begrenzt. Aber jemand musste sich darum kümmern. Bald, sonst war nicht abzuschätzen, was passieren würde. Am besten, er fuhr gleich hinüber, nachdem sie Mels Schwester gefunden hatten.

Eine Bewegung am Rande seines Sichtfeldes lenkte ihn ab. Mel hatte eine Hand gehoben und rieb abwesend eine ihrer Haarsträhnen zwischen den Fingern. »Ich bin dem Abendstern beigetreten, weil ich meinen Bruder rächen wollte. Wusstest du das?«

Strudel schüttelte wahrheitsgemäß den Kopf. Woher auch? »Das hätte er nicht gewollt.«

»Ja, ja, ich weiß. Er hätte gewollt, dass ich in Sicherheit bin. Dass es mir gut geht. Dass ich etwas Richtiges aus mir mache. Und so weiter und so weiter. Wie oft, meinst du, habe ich das gehört?«

Strudel sah sie ernst an. »Das habe ich nicht gemeint.«

»Sondern?«

»Simon hat Gewalt gehasst. Seinetwegen zu töten, ist völlig unsinnig. Wie wenn man, um einem Erfrierenden zu helfen, jemand anderen in Eiswasser ertränkt.«

Mel lehnte sich im Sitz zurück, sodass er ihr Gesicht nicht sehen konnte.

Er setzte den Blinker und parkte auf der dafür vorgesehenen Fläche. Erst als er den Motor absterben ließ, sah er wieder zu ihr hinüber. Mel jedoch hatte sich bereits abgeschnallt und riss die Wagentür auf.

Eilig tat Strudel es ihr nach. Obwohl er nicht lange gesessen hatte, fühlte sein Körper sich steif an und besonders die Stellen, an denen er angeschossen worden war, protestierten gegen die Bewegung.

Hier hatte es keine Gegenwehr gegeben. Keine Barrikaden. Keine Einschusslöcher. Das Einzige, was auf ein gewaltsames Eindringen hinwies, war der offen stehende Eingang.

Mel war schon auf diesen zugelaufen. Allerdings rannte sie nicht einfach blind ins Innere des Wartungsgebäudes, sondern blieb links neben der Tür stehen. Den Rücken an das Gebäude gepresst.

Er nahm die andere Seite und presste sich ebenfalls gegen die Außenwand. Höchst wahrscheinlich waren keine Lichtbringer mehr hier. Vermutlich hatten sie nichts zu befürchten. Doch es wäre mehr als dumm, sich darauf zu verlassen.

Erst jetzt bemerkte Strudel, dass weder er noch Mel bewaffnet waren. Verärgert über diesen Anfängerfehler biss sich Strudel auf die Unterlippe. Alles, was ihm nun im Falle eines Feindkontaktes blieb, waren seine guten Reflexe und das jahrelange Nahkampftraining. Das war nicht wenig. Trotzdem fragte er sich, wie er so unvorsichtig hatte sein können. Allerdings hatte es wenig Sinn, sich darüber aufzuregen. Jetzt mussten sie ebenso klarkommen.

Da er mehr Erfahrung hatte, würde er vorangehen. Strudel gab Mel die ihm bekannten Fingerzeichen beim Erstürmen eines Gebäudes. Er konnte nur hoffen, dass der Abendstern gleiche verwendete, und dass Mel wegen seiner Anweisungen, sich hinter ihm zu halten, nicht wieder wütend wurde.

Zu seiner Erleichterung nickte sie. Ihr Gesicht war ziemlich bleich.

Er konnte sie gut verstehen, denn auch er hasste es, sich in ein ungesichertes Gebäude zu begeben. An ein solches Szenario hatte er ziemlich schlechte Erinnerungen.

Sein Körper reagierte in bekannter Weise. Sein Herz schlug schneller und kräftiger. Seine Hände kribbelten und seine Muskeln spannten sich an. Er hatte das Gefühl, dass sich alle seine Sinne schärften. Das war der Moment, in dem er loslief.

Der Eingangsbereich war sauber, ebenso der nächste Raum und der Raum danach. Sie durchkämmten die Zentrale. Nirgendwo fanden sie Hinweise auf verbliebene Lichtbringer. Es war jedoch eindeutig, dass sich hier Unbefugte Zutritt verschafft hatten. Noch hatte sich niemand die Mühe gemacht, aufzuräumen. Hier und da waren Schlösser aufgebrochen und Räume durchsucht. Durchwühlte Schreibtische, aufgebrochene Schränke, verteilte Papiere, zerstörte Computer. Es würde einige Zeit dauern, bis hier der normale Betrieb wieder aufgenommen werden konnte. Obwohl Strudel froh war, dass offenbar keiner der Arbeiter getötet wurde – zumindest fanden sie keine Leichen – spürte er Zorn. Die Kuppel war die Lebensversicherung für unzählige Menschen, ihre Funktionstüchtigkeit unbedingt notwendig. Unzählige Arbeitsstunden hatten sich fähige Mechaniker damit beschäftigt, sie zu erhalten. Die Lichtbringer hatten all diese Mühe mit Füßen getreten.

In Mel dagegen schien die Unruhe anzusteigen, je mehr Räume sie ergebnislos durchsuchten.

Als sie auch im Pausenraum keine Spur von ihrer Schwester fanden, verlor sie die Beherrschung. »Verdammter Mist!« Frustriert warf sie einen der Stühle um. »Wo kann sie nur sein?«

»Du hast einen Garten erwähnt.«

»Nein. Da war sie nicht. Als der Angriff angefangen hat, bin ich dort hin und heute Morgen noch mal. Sie war nicht da. Ich war erleichtert. Ich dachte, hier wäre sie in Sicherheit. Ich muss sie finden.« Mel schluckte. »Sie ist die einzige Schwester, die ich habe.«

Strudel merkte, wie Mel um Haltung rang. Rasch dachte er nach. Was hätte er getan? »Arbeitet deine Schwester denn auch im Innenleben der Kuppel?«, fragte er.

»Ich denke schon.« Ihr Gesicht hellte sich auf. »Klar! Das würde zu ihr passen! Sie versteckt sich an vertrauten Orten, wenn ihr etwas Angst macht. War schon immer so.«

Als Strudel die Tür zum Wartungsschacht öffnete, verriet ihm ein leises Geräusch sofort, dass sie richtig waren. Hier drinnen war jemand. Niemand der sie angreifen, sondern jemand, der nicht gefunden werden wollte.

»Lass mich vorgehen. Du würdest sie nur verunsichern.«

Strudel nickte und ließ Mel an sich vorbei.

»Am besten, du setzt dich hin und verhältst dich still«, wies sie ihn an.

Bereitwillig tat Strudel, was von ihm verlangt wurde. Nun, da die Anspannung verflogen war, fühlte er sich ohnehin, als könnte er sich nicht mehr lange auf den Beinen halten. Behutsam, einerseits um keinen Lärm zu machen, andererseits um seinen schmerzenden Körper zu schonen, lehnte er sich gegen die Wand.

»Lya, ich bins«, sagte Mel ruhig in die Dunkelheit hinein. »Es ist alles in Ordnung. Ich bin hier, um dich zu holen.«

Eine ganze Weile dachte Strudel, dass wer auch immer sich hier versteckt hatte, nicht hervorkommen würde. Doch dann hörte er sachte, zögernde Schritte.

»Mel?«, fragte eine Stimme.

Er kannte sie. Nur war er sich nicht sicher woher.

»Wer, glaubst du, würde sonst kommen, um dich zu suchen?«

»Nicht mehr sauer?«

»Doch. Aber deshalb mache ich mir trotzdem Sorgen um dich. Du bist schließlich meine Familie.«

Der weiche Ton, den Mel angeschlagen hatte, erinnerte Strudel so sehr an Simon, dass er mehrmals blinzeln musste.

Inzwischen war eine größere Gestalt kurz vor Mel stehen geblieben. »Familie belügt sich nicht.«

»Du weißt, dass das nicht stimmt. In Familien wird ständig gelogen. Meist zum Schutz der Jüngsten.«

»Hätte es dir sagen sollen. Das mit Simon.«

»Ja. Aber das kannst du ja immer noch machen.«

»Wollte nicht daran denken.« Die Stimme wurde schneller und höher. »Sie waren hier, Mel. Lichtbringer!«

»Ich weiß. Ich habe sie gesehen.«

»Das sind böse Männer. Alle Männer sind gefährlich. Die sind die schlimmsten.«

Mel seufzte, als hätte sie das schon hundert Mal gehört. »Nur, weil unsere Tante das immer gesagt hat, heißt das nicht, dass es stimmt.«

»Ich muss es dir erzählen.«

»Lass uns doch erst mal hier raus gehen. Da vorne wartet ein Freund von mir.«

Strudel sah, wie die Gestalt einige Schritte zurückwich. »Wieso ist er hier?«

»Er hat mir geholfen. Er ist in Ordnung. Wirklich.«

Mel trat einen Schritt zur Seite, sodass ihre Schwester freie Sicht auf Strudel hatte. Das bedeutete gleichzeitig, dass das Licht vom Eingang nun auf Mels Schwester fiel und Strudel ermöglichte, sie das erste Mal richtig zu erkennen. Vor ihm stand die scheue Spezialistin, die ihm geholfen hatte, die Kuppel zu reparieren.

Einen Moment lang dachte er, sie würde wieder in die Wartungstunnel verschwinden. Dann zog sie die Augenbrauen nach oben und entspannte sich. »Stimmt. Er ist in Ordnung.«

Strudel fragte sich, was er bei ihrer letzten Begegnung getan hatte, um sich dieses Vertrauen zu verdienen. Soweit er sich erinnern konnte, lief es nicht besonders gut zwischen ihnen.

Vorsichtig, um Lya nicht zu erschrecken, stand er auf und ging hinaus. Die Schwestern folgten ihm. Als sie am Gebäudeausgang angekommen waren, sah sich Strudel prüfend um. Es drohte keine Gefahr.

Am Wagen öffnete er die Tür und wartete, bis die beiden zu ihm aufgeholt hatten. Hier draußen schien Lya sich noch unsicherer zu fühlen. »Ich kann euch den Motor kurzschließen. Dann könnt ihr zurück in die Stadt fahren.« Er deutete hinüber zur beschädigten Kuppel. »Ich bleib noch ein bisschen und schau mir das an.«

Lya warf nur einen flüchtigen Blick auf den Schaden, dann schüttelte sie den Kopf. »Bringt nichts.«

»Aber«, setzte Strudel an.

Doch Lya unterbrach ihn mit einer Bestimmtheit, die er nicht von ihr erwartet hätte. »Kein aber. Bringt nichts. Hab es mir innen angeschaut. Ich kümmere mich später.«

Sie war die Spezialistin, also beugte Strudel sich ihrer Einschätzung.

Lya bestand darauf zu fahren, nachdem Mel wieder auf Strudels fehlende F1 hingewiesen hatte. Es ärgerte ihn ein wenig, dass sie ihn mit einem Blick ansah, als hätte er das Leben ihrer kleinen Schwester riskiert. Es hatte aber auch seinen Vorteil, immerhin konnte er so in Ruhe auf dem zweiten Beifahrersitz Platz nehmen und musste sich nicht konzentrieren. Kaum waren sie losgefahren, war Strudel auch schon eingeschlafen.

Er wachte auf, als Lya den Wagen anhielt. Sie standen an einem Gebäude, das Strudel unbekannt war. Es lag am Rand des Stützpunkts, hinter einer ungepflegten, halb verdorrten Hecke. Verfallene Läden verdeckten die Fenster nur noch unzureichend und das Dach sah aus, als wäre es schon vor einer ganzen Weile eingebrochen.

»Komm mit«, forderte Lya, die bereits ausgestiegen war und sich nervös umblickte.

»Tut mir leid. Ich sollte …«

»Hör mal, meine Schwester lädt nicht jeden in ihren Garten ein. Um genau zu sein, Niemanden. Also nimm gefälligst an«, unterbracht Mel ihn.

Widerwillig nickte Strudel. Ihm blieb wohl keine Wahl. Als er draußen stand, fragte er sich, was genau Mel hier als ›Garten‹ bezeichnen wollte. Soweit er es beurteilen konnte, bestand die Außenfläche nur aus Sand, in dem hier und da ein bisschen klägliches Grünzeug wucherte. Nichts davon sah aus, als wäre es absichtlich gepflanzt worden, sondern vielmehr wie widerspenstiges Unkraut, das es geschafft hatte, auch ohne jegliche Pflege zu überleben.

Tatsächlich lief Lya mit Mel zusammen zur Tür, ohne den kümmerlichen Pflanzen auch nur einen Blick zu widmen. Mel winkte Strudel zu ihnen hinüber. Als er bei den Schwestern ankam, war Lya damit beschäftigt ein komplexes dreifaches Schloss zu öffnen.

Solche Sicherheitsmaßnahmen hatte er bei dieser heruntergekommenen Scheune nicht erwartet. Es machte ihn neugierig, gleichzeitig spürte er ein warnendes Kribbeln. War das, was immer sich im Inneren befand, möglicherweise gefährlich?

Doch Lya stieß die Tür auf und trat ungewohnt entspannt ein. Sie musste sich hier absolut sicher fühlen.

Auf den ersten Blick wirkte das Innere des Gebäudes chaotisch. Es gab, abgesehen von einem kleinen abgetrennten Eck, nur einen Raum. Neben einem schmalen Nischenschlafplatz gab es eine unordentliche Küche, einen zerknautschten Sessel bei einem Regal voller abgegriffener Bücher und mehrere große Werk- und Schreibtische, die kreuz und quer verteilt standen. Das Seltsamste an dem Raum war jedoch der Boden. Saftiges Gras wuchs über die gesamte Fläche verteilt. Nur hier und da waren kleine Beete mit lockerer, dunkler Erde angelegt. In ihnen wuchsen die schönsten Blumen, die Strudel je gesehen hatte. Von wenigen Zentimetern bis mannshoch und in so vielen Farben, dass Strudel sich wunderte, dass es überhaupt so viele verschiedene gab.

Er musste ein ziemlich blödes Gesicht gemacht haben, denn Mel begann zu lachen.

»Das hättest du nicht erwartet, was?«

Verblüfft schüttelte Strudel den Kopf. Niemand würde so etwas erwarten. »Wohnst du hier mit deiner großen Schwester?«

»Früher schon. Jetzt bin ich zu den anderen Rekruten ins Wohnheim gezogen. Vielleicht fragst du dich, wo das ganze Licht herkommt. Schau mal nach oben.«

Der Anblick war fast noch erstaunlicher als der bewachsene Raum selbst. Was Strudel von außen für ein eingestürztes Dach gehalten hatte, entpuppe sich von hier als geniale Konstruktion. Drei Minikuppeln spannten sich über die gesamte Decke.

»Sie schützen die Möbel vor Regen, lassen aber das Sonnenlicht für den Garten hinein. Ziemlich genial, oder? Hat meine Schwester alles selbst entwickelt und eingebaut.«

Das erklärte zumindest die vielen Tische und die seltsamen Gerätschaften auf ihnen. Das hier war eine Mischung aus Wohnraum, Garten und Werkstatt.

»Du sollst nicht so angeben. Mach dich lieber nützlich und gieß die Gloxinien! Die brauchen dringend Wasser!«

Verwundert drehte sich Strudel um. Seine Ohren hatten ihn nicht getäuscht. Es war Lya, die plötzlich in solchem Befehlston sprach. Sie hatte die Tür abgeschlossen und schien damit in eine völlig neue Rolle geschlüpft zu sein. Statt wie ein scheuer Schatten wirkte sie nun wie eine ältere Schwester, die es gewohnt war, dass Mel ihr gehorchte.

»Strudel, du kannst dich setzen. Siehst ziemlich mitgenommen aus.« Lya deutete auf einen der ramponierten Schreibtischstühle.

Er tat es bereitwillig und sah sich verstohlen um. Das hier war das reinste Paradies für jeden Mechaniker. Alle Werkzeuge, die er kannte, und noch einige mehr, hingen an extra für sie vorgesehenen Halterungen an den Wänden. Im Gegensatz zum restlichen Raum wirkten sie penibel sauber und perfekt sortiert.

»Du weißt, wer ich bin?«, fragte Strudel, nicht ganz sicher, ob er Lya damit beleidigen würde.

»Natürlich. Wir haben uns schon getroffen und Mel hat von dir erzählt. Du bist der Junge, der unseren Bruder kannte.«

Strudel nickte. Er wollte das Thema aber lieber nicht vertiefen, denn als sie Simon erwähnte, trat wieder dieser gehetzte Ausdruck in Lyas Augen. Deshalb und weil es ihn wirklich interessierte, deutete er nach oben. »Du hast also eine Möglichkeit gesucht, das hier umzusetzen, und bist so auf die Kuppelforschung gekommen?«

»Ja, so war es. Hat tatsächlich eine Weile gedauert, bis ich kapiert habe, dass meine Erfindung nicht nur zum Gewächshaus taugt.«

»Wie funktionieren sie?«

»Meinst du wirklich, der Abendstern erlaubt mir, das einfach überall herumzuerzählen?«, fragte sie gereizt.

Sie hatte recht. Natürlich war diese Information geheim. Vermutlich sogar eins der am besten gehüteten Geheimnisse des Abendsterns. Für den Rat wäre es wahrscheinlich eine ziemliche Katastrophe gewesen, wenn Lya den Lichtbringern in die Hände gefallen wäre.

»Gut, dass die Lichtbringer dich nicht gefunden haben«, sagte er ehrlich erleichtert.

Lya versteifte sich.

Er schien einen wunden Punkt getroffen zu haben. »Oh. Tut mir leid.«

Lya winkte ab. Sie drehte sich jedoch von ihm weg, und schien leicht zu torkeln. Beim Bett angekommen setzte sie sich und sackte kraftlos in sich zusammen. Mit abwesendem Blick betrachtete sie das Gras zwischen ihren Füßen.

»Jetzt hatte sie sich gerade beruhigt. Das hast du ja großartig hinbekommen«, schnauzte ihn Mel an, die plötzlich mit einer Gießkanne in der Hand neben ihm stand.

»Was ist los mit ihr?«, fragte er leise.

»Man darf die Lichtbringer in ihrer Nähe nicht erwähnen. Sie wird dann ganz komisch.« Mit etwas viel Schwung stellte Mel das Gartengerät neben ihm ab. Wasser schwappte heraus und benässte Strudels Schienbein.

»Das wusste ich nicht.« Lyas Reaktion erinnerte ihn an sich selbst. Ihn beschlich das komische Gefühl, dass die Lichtbringer für sie dasselbe waren, was sein Onkel für ihn war. »Was ist passiert?«, fragte er, nicht sicher, ob er es wirklich wissen wollte.

Mel zuckte mit den Schultern. »Sie haben unseren Bruder gestohlen. Reicht das nicht?«

Nein. Tatsächlich glaubte Strudel nicht, dass das der Grund für Lyas Verhalten war. Etwas an diesem Gedanken rührte an einer verschütteten Erinnerung in seinem Gedächtnis. Simon, blutend neben ihm am Boden. Er hatte von seinen Schwestern gesprochen. Damals hatte Strudel kaum wahrgenommen, was sein Freund gesagt hatte. Zu sehr war er mit dem vergeblichen Versuch beschäftigt gewesen, Simons Leben zu retten.

»Hör mal, meine Schwester ist nicht ganz … nicht ganz … na ja stabil. Sie ist leicht aus der Fassung zu bringen. Draußen, unter Menschen ist es noch schlimmer. Hier drinnen ist es besser. Trotzdem musst du vorsichtig sein.«

»Lass das, Mel«, mischte sich nun wieder Lya ein. »Ich bin doch keine zarte Mimose, die abstirbt, wenn jemand sie ein paar Mal zu laut anspricht.«

Strudel wusste nicht, was genau eine Mimose war. Aber eigentlich fand er, dass die Beschreibung ziemlich genau mit dem Eindruck übereinstimmte, den Lya bisher auf ihn gemacht hatte.

»Es wird Zeit. Ich hätte es dir schon viel früher erzählen müssen. Du musst wissen, was wirklich passiert ist. Du musst wissen, warum ich dich angelogen habe. Ich kann dich nicht mehr länger vor diesem Wissen schützen.«

Aufgeregt riss Mel die Augen auf, gleichzeitig kaute sie nervös auf ihrer Unterlippe. Sie dachte einem Moment nach, dann gab sie sich einen sichtlichen Ruck. »Ist schon gut. Du musst es mir nicht sagen. Du hattest sicher deiner Gründe, mir das mit Simon zu verheimlichen.«

Mel nickte ernst. »Die hatte ich. Aber jetzt ist es genug. Komm her.«

Das hier war eindeutig eine Familienangelegenheit. Strudel gehörte nicht zur Familie. »Kannst du mir die Tür öffnen? Ich bringe den Wagen zurück.«

»Du bleibst hier«, sagte Lya bestimmt. »Ich brauche dich. Setz dich zu uns.«

Das gefiel ihm nicht. Irgendetwas warnte ihn, dass er diese Geschichte nicht hören wollte. Die einzigen anderen Möglichkeiten – mit Gewalt die Tür zu öffnen, oder durch eins der Fenster zu fliehen – erschienen ihm allerdings zu radikal. Ihm blieb also nichts anderes übrig, als Lyas Aufforderung zu folgen. Er setzte sich, immer noch gegen den inneren Widerstand ankämpfend, vor das Bett auf den weichbewachsenen Boden.

»Als es geschah, war ich zehn Jahre alt«, begann Lya im Ton einer guten Geschichtenerzählerin. »Ich war furchtbar naiv und wusste nichts von der Welt. Ich verstand nicht, dass unsere Eltern von den Lichtbringern getötet worden waren und wir deshalb bei unserer Tante lebten.« Mel wollte ihre Schwester unterbrechen, aber Lya hob gebieterisch die Hand.

»Ich verstand nicht, dass die Lichtbringer immer wieder kamen, um unsere Tante über genau diesen Umstand zu befragen. Und ich verstand nicht, warum sie uns immer einbläute, dann in unserem Schlafzimmer zu bleiben.«

Lya stand nun auf und begann während des Erzählens ein neues Beet gleich neben ihrem Schlafplatz anzulegen.

»Ich kam mir ungeheuer mutig vor, als ich gegen diese Regel verstieß.«

Sie schien immer tiefer in die Geschichte zu versinken und Strudel lauschte ihr gebannt. Sie war eine dermaßen gute Erzählerin, dass es ihm vorkam, als spiele sich das Geschehen direkt vor ihm ab.

»Bleib hier«, flüsterte Simon. Die braunen Augen ihres kleinen Bruders waren weit aufgerissen und seine schwarzen Locken klebten vom Angstschweiß feucht an seiner Stirn. Die Lichtbringer hatten ihm schon immer eine Heidenangst eingejagt.

»Mir passiert nichts.« Leise lachend verstrubbelte Talya ihm die Haare noch mehr. Sie liebte es, das zu tun. Auch wenn sie es ihm gegenüber nie zugegeben hätte, konnte sie einfach nicht genug von diesem kleinen Angsthasen bekommen. Er war so unkompliziert. Stets freundlich, tat, was sie ihm sagte und das Wichtigste: Er vergötterte seine beiden Schwestern. Der perfekte kleine Bruder. Ganz anders als ihre kleine Schwester Mel. Gerade vier Jahre alt, weinte sie ständig und zog fast ununterbrochen eine Trauermiene. Wie konnte sie nur dauernd so schlechte Laune haben? Mel war ja bei Weitem nicht das einzige Kind in Eden, das ohne Eltern aufwachsen musste! Im Gegensatz zu Talya und Simon konnte sie sich nicht mal daran erinnern, wie es damals vor zwei Jahre gewesen war, als ihre Eltern von einem Tag auf den nächsten nicht mehr nach Hause gekommen waren. Mel war noch zu klein, um Angst zu haben. Sie, Talya, hatte alles Essen zusammengesucht, das sie finden konnte und es abwechselnd dem schreienden Kleinkind und ihrem zitternden vierjährigen Bruder eingeflößt. Sie war es, die die beiden so lange am Leben gehalten hatte, bis ihre Tante fünf Tage später die Wohnungstür aufsperrte, um ihre Nichten und ihren Neffen zu sich zu holen.

»Aber wir sollen hierbleiben«, beharrte Simon und holte Talya damit in die Gegenwart zurück.

»Ich will doch nur rausfinden, worüber sie sprechen.« Talya grinste ihm beruhigend zu und schob sich durch den Schlitz, den sie mutig zwischen Tür und Türrahmen geöffnet hatte. »Pass auf Mel auf.« Gerne gab sie diese unliebsame Aufgabe für eine Weile an ihn ab. Er konnte ohnehin viel besser mit der verdrossenen Mel umgehen als sie.

Seinen erneuten Protest ignorierend, zog sie die Tür hinter sich wieder zu. Sie stand im Wohnraum. Sie wusste, dass ihre Tante mit den beiden Lichtbringern in die winzige Küche gegangen war. Also schlich sie durch das Zimmer, achtete darauf, nicht gegen den kleinen Tisch zu stoßen, auf dem sich noch das Gedeck vom Abendessen befand und erreichte die Küchentür.

Ein ausgebildeter Soldat hätte es nicht besser machen können. Nun drückte sie sich an das Metall. Im letzten Winter hatte der Rost endgültig gesiegt und bröselnd einige Löcher freigegeben. Ihre Tante hatte furchtbar auf den Betrüger geschimpft, der ihr die Tür verkauft hatte. Talya dagegen freute sich, denn so konnte sie das Geschehen sogar beobachten. Als sie durch das größte der Gucklöcher hindurchspähte, wurde sie bitter enttäuscht. Ihre Tante stand so dicht an der Tür, dass Talya nichts als ihren blaugrauen Rock sehen konnte.

»Ich kann Ihnen gerne noch Fragen beantworten. Wenn Sie das glücklich macht, komme ich sogar mit zu Ihrer Station. Aber die Kinder lassen Sie gefälligst in Ruhe. Sie wissen nichts über die Machenschaften ihrer Eltern.«

Was wussten diese Männer über ihre Eltern? Wussten sie etwa, warum sie verschwunden waren?

»Wir werden uns selbst ein Bild von den Bälgern dieser Verräter machen.«

»Nein, das verbiete ich.«

Fast hätte Talya aufgeschrien, denn ein lautes Klatschen ertönte und ihre Tante prallte gegen die andere Seite der Tür.

»Sie haben uns überhaupt nichts zu befehlen. Wir sind Lichtbringer. Sie als Zivilistin gehorchen uns gefälligst.«

Hinter der Tür entstand ein Tumult.

Einen Moment lang fürchtete Talya, sich überhaupt nicht rühren zu können. Doch als die Tür aufgestoßen wurde und einer der Lichtbringer ihre Tante mit auf den Rücken gedrehtem Arm hinausführte, hatte sie es fast zurück zur Schlafzimmertür geschafft.

Aber nur fast.

»Na, was haben wir denn da?« Der zweite Lichtbringer, der nicht mit ihrer Tante beschäftigt war, kam auf Talya zu. Er war ziemlich hager und für einen Soldaten schon recht alt. Vielleicht war er deshalb nicht an der Front, sondern hier in der sicheren Stadt eingesetzt. Als er sie mit seinen bösen Augen ansah, konnte sie sich tatsächlich nicht mehr rühren. Alle Tollkühnheit war verflogen.

»Talya, was machst du hier? Geh wieder ins Zimmer!« Es klang fast wie sonst, wenn ihre Tante sie schimpfte. Doch diesmal war etwas in ihrer Stimme anders. Ein leichtes Zittern. Als würde es direkt auf Talya übergehen, spürte sie das Zittern nun in ihrem eigenen Körper aufsteigen.

»Nichts da. Die kleine Göre bleibt hier. Und sie gehen mit dem Obergefreiten zum Verhör.« Der Lichtbringer grinste Talya auf eine Weise an, die das Zittern verschlimmerte.

»Meinst du, das ist eine gute Idee? Wir sollen doch immer zu zweit sein bei einem Verhör. Das ist Vorschrift.« Talya hatte das Gefühl, dass es den jüngeren Soldaten einigen Mut kostete, zu widersprechen.

»Das sind nur ein paar schmutzige Verräterbälger«, blaffte ihn der Lichtbringer mit den bösen Augen an.

Der zweite Soldat zuckte zusammen, doch dann wanderte sein Blick zu Talya und er straffte die Schultern. »Ich werde Verstärkung anfordern. Sicher ist sicher.«

Der Ältere schnaubte verächtlich. »Verschwinde endlich! Das ist ein Befehl!«

Talya stiegen Tränen in die Augen, als der jüngere Lichtbringer ihre Tante bestimmt, aber nicht grob zur Wohnungstür führte. Nein! Sie durfte nicht gehen. »Lass mich nicht allein!«, flehte Talya verzweifelt.

Ihre Tante blieb stehen und drehte sich um. »Talya, ist schon gut meine Große.« Der jüngere Lichtbringer wollte sie weiterführen, doch nun kämpfte ihre Tante gegen den Griff an. »Sag ihm, was er wissen will! Hörst du?« Die Panik in ihrer Stimme war nun nicht mehr zu überhören und das machte Talya noch mehr Angst. »Sag ihm einfach, was er wissen will!«

Der andere Lichtbringer schob ihre Tante aus der Wohnung. Talya hörte sie im Treppenhaus weiter rufen, doch sie konnte den Sinn der Worte nicht mehr verstehen.

»Wo sind deine Geschwister?«, fragte der Lichtbringer, wobei er sie nicht aus seinen gierigen Augen ließ.

Talya schüttelte den Kopf. »Die wissen nichts. Die sind noch zu klein.« Das Zittern war nun auch in ihrer Stimme angekommen.

Der Mann schlug zu, ohne auch nur eine Sekunde lang zu zögern. Talya stolperte zur Seite. Ihre linke Gesichtshälfte brannte. Noch nie hatte jemand sie geschlagen.

»Das hab ich nicht gefragt!«, brüllte er.

Da begann das Weinen. Sie kannte es nur zu gut und hätte es überall herausgehört. Mels nerviges Heulen.

Das Gesicht des Mannes verzerrte sich zu einem bizarren Lächeln. Er packte Talya am Arm und zerrte sie zum Schlafzimmer. Seine Hände waren behaarte Pranken. Vielleicht war er gar kein Mensch? Sondern ein Monster?

Der Mann riss die Tür auf und schleuderte Talya hinein. Sie landete hart, schlug sich die Knie auf. Als sie den Kopf hob, sah sie, wie sich Simon vor Mel stellte. »Was tun Sie? Lassen Sie meine Schwestern in Ruhe.« Er klang verwundert, als könnte er nicht begreifen, wie jemand derart grausam sein konnte. Das war nur allzu verständlich. Simon war das friedlichste Kind, das Talya je gesehen hatte.

Der böse Mann holte aus, hielt dann jedoch inne. Er musterte Simon und leckte sich mit seiner großen fleischigen Zunge über die Lippen. »Vielleicht fange ich besser mit dir an, Bürschchen.«

Alarmiert sprang Talya auf. »Er weiß nichts. Lassen Sie die beiden in Ruhe!«

Nun richtete der böse Mann seine Augen wieder auf sie. Er schien einen Moment nachzudenken und fletschte dann die Zähne zum Grinsen eines Raubtiers. »Hebe ich mir das Beste eben zum Schluss auf.« Er drehte sich zu Simon und Mel. »Raus mit euch! Los, wartet im Wohnraum!« Befehle sprach er mit schneidendem Ton aus, offenbar gewohnt, dass man sie befolgte. Doch Simon blieb, wo er war. »Was ist mit meiner Schwester?«

Mit brutaler Gewalt packte der Mann Simon mit der Rechten an den Haaren. Mel griff er mit Links am Arm. Es war ein Wunder, dass er ihr nicht die Knochen dabei brach. Er zerrte die beiden aus dem Raum. Mels Weinen war in ein hohes Kreischen übergegangen.

»Bring das Balg zur Ruhe, Bursche, oder ich tu es! Ich habe auch so eine Missgeburt zuhause. Glaub mir, ich weiß, wie man denen Manieren beibringt.«

Er warf die Tür zu und kam langsam auf Talya zu.

Wie eine Gestalt aus einem Albtraum.

Ein großer, bösartiger Schatten.

Sie schrie.

Er warf sie aufs Bett.

Sie schrie.

Er zerfetzte ihre Kleider.

Sie schrie.

Er tat ihr weh.

Sie konnte nicht mehr schreien.

In ihrem Kopf wurde es ganz still.

Sie bemerkte Simon erst gar nicht. Sie sah nicht, wie er die Tür öffnete. Sie sah nicht, wie er sich anschlich. Sie bemerkte ihn erst, als er sich auf den Rücken des bösen Monsters warf. Er umklammerte den Hals des Monsters mit seinem dünnen, viel zu schwachen Arm. Mit der freien Hand stach er zu. Ihr kleiner Bruder, der es nicht mal ertrug, Ratten zu vergiften, sondern sie einfing und nach draußen trug, sie sogar noch streichelte, wenn sie ihn bissen, stach mit aller Kraft auf das Monster ein. Sein hübsches, sanftes Gesicht verzerrte sich dabei in einem Schmerz, wie sie es noch nie gesehen hatte.

Das Monster brüllte. Bäumte sich auf. Blut lief seinen Hals hinab. »Du Missgeburt! MISSGEBURT!«

Simon wurde hin und her geschleudert. Er krallte sich fest. Stach erneut zu.

Da blieb das Messer stecken. Direkt im Auge des Monsters. Es torkelte. Es schwankte. Simon noch immer auf dem Rücken. Es fiel und begrub ihren Bruder.

Stille. Nichts rührte sich.

Sie kroch vom Bett herunter, auf das Monster zu. Sie schob seinen behaarten Arm zur Seite und befreite ihren kleinen Bruder.

Der war bleich und seine Hände voller Blut.

Trotzdem war er es, der sie stütze, als sie in den Wohnraum wankten. Mel war verstummt und beobachtete sie beide mit großen braunen Augen.

Simon brachte seine große Schwester zum Sofa und sie brach darauf zusammen. Er legte ihr eine Decke um die Schultern. Sie fühlte sich leer. Leer und kalt. Das Zittern kehrte zurück.

»Talya? Bitte sag etwas. Talya«

Sie wusste nicht, wie lang er auf sie einsprach. Es mussten Stunden gewesen sein. Eine Mauer schien sich plötzlich zwischen ihr und der Welt zu befinden. Sie konnte ihm nicht antworten. Wusste nicht einmal, ob sie es je wieder konnte. Ob sie es wollte. Es war, als wäre ein Teil aus ihr herausgerissen worden. Sie fühlte sich nur noch wie ein halber Mensch. Nicht mehr wie Talya.

Sie blinzelte und sah in das tränennasse Gesicht ihres Bruders. »Talya gibt es nicht mehr. Ich bin Lya.«

»Aber Talya was …«

»Lya«, wiederholte sie leise.

Er nickte und in seine warmen braunen Augen trat ein Verständnis, für das er eigentlich viel zu jung war. »Lya.« Er sprach ihren neuen Namen mit einer solchen Sanftheit aus, dass das Zittern ein kleines Bisschen nachließ.

An das, was anschließend passierte, erinnerte sie sich kaum noch. Simon musste sie ins Badezimmer geführt haben, denn irgendwann lief warmes Wasser über ihren zerschundenen Körper. Er musste sie auch angezogen haben, denn als die Lichtbringer kamen, saß sie wieder vollständig bekleidet im Wohnzimmer.

Die beiden Soldaten wirkten nett. Trotzdem begann sie wieder zu zittern, kaum dass sie die Wohnung betreten hatten, denn einer von ihnen war ein Mann. Sie saß bebend da und spürte, wie ihr Atem immer schneller und schneller wurde. Doch die Mauer war wieder dicker geworden und es war, als betrachte sie das Geschehen von außen.

Sie hörte, wie die Soldatin nach dem anderen Lichtbringer fragte. Sie sah, wie der Mann ins Schlafzimmer ging und Sekunden später zurückkam. Sie verstand seine erstaunlich ruhige Frage: »Wer war das?« Und sie spürte, wie Simon neben ihr vom Sofa aufstand. »Ich. Ich habe ihn getötet.«

Sie beobachtete, wie der Lichtbringer ihren Bruder bei den Schultern packte und nach draußen zog. Sie sah seinen Blick. Verstört. Ängstlich. Allein.

Und sie tat nichts. Sagte nichts. Spürte nichts.

Ihr kleiner Bruder wurde verhaftet. Weggebracht. Und sie ließ es zu.

Erst als Sanitäter in den Schlafraum liefen, erwachte sie aus ihrer Starre. Stimmengewirr. Dann brachten die Sanitäter das Monster auf einer Trage heraus. Es atmete.

»Keine Sorge, Mädchen. Leutnant Balor wird zwar nicht mehr in den aktiven Dienst zurückkehren können. Er wird es aber überleben.« Die Soldatin lächelte. »Das ist gut für deinen Bruder. Wir kümmern uns jetzt um ihn und machen ihn zu einem guten Lichtbringer.«

Nun waren sie allein. Nur noch Mel und Lya.

Das Zittern hatte Lya wieder erfasst. Das Beet war fertig umgegraben. Doch nun, da sie ihre Geschichte beendet hatte, zitterten ihre Hände so sehr, dass ihr die kleine Schaufel aus der Hand fiel.

Auch Strudel spürte dieses Zittern in sich aufsteigen.

Lya und Balor.

Balor und Simon.

Hatte Simon es gewusst? War ihm klar gewesen, dass Strudels brutaler Onkel und das Monster, das über seine Schwester hergefallen war, ein und dieselbe Person waren? War ihm klar gewesen, dass er Strudels angeblichen Onkel zu der einäugigen Schreckensgestalt gemacht hatte, die er für Strudel gewesen war?

War ihm klar, dass er und Strudel ein und denselben Mann ermordet hatten? Fast aus den gleichen Gründen?

Nein. Woher hätte er es wissen sollen? Strudel hatte Simon den Mann, den er für seinen Onkel hielt, nie beschrieben und Simon wiederum hatte nie den Namen des Soldaten gekannt, den er angegriffen hatte. Außerdem war Simon davon überzeugt gewesen, ihn ermordet zu haben. Er hatte bis zu seinem Tod nicht daran gezweifelt.

Wäre es Simon damals gelungen, Balor zu töten, hätte Strudel es drei Jahre später nicht selbst machen müssen. Wie hätte seine Kindheit, ja sein ganzes Leben, dann ausgesehen?

Das Zittern in Strudel wurde stärker.

Natürlich hatte Balor ihn belogen. Das hatte er schließlich immer. Er hatte sein Auge nicht an der Front bei einem feindlichen Angriff verloren, sondern im Innendienst, durch einen kleinen, verzweifelten Jungen.

Inzwischen zitterte Strudel so heftig, dass er Angst hatte, versehentlich etwas zu zerstören. Er hatte das kindliche Bedürfnis, seine Arme um sich zu schlingen, um sich selbst festzuhalten. Zu verhindern, dass er zerbrach. So viele Gedanken rasten durch seinen Kopf, dass er fürchtete, er würde zerspringen.

Plötzlich war da wieder diese tröstende Melodie. Strudel hob den Kopf und sah die beiden Schwestern. Mel hatte sich zu Lya gesetzt und den Arm um sie gelegt. Lya legte ihren Kopf auf den ihrer Schwester. So saßen sie da, während Mel sang.

Strudel spürte, wie sich sein Herz allmählich dem ruhigen Rhythmus des Liedes anpasste und das Zittern nachließ.

Es dauerte lange, bis Mel verstummte. Strudel hätte ihr noch stundenlang zuhören können.

»Tut mir leid, dass ich dich als Kind für so eine Nervensäge gehalten habe. Allerdings hast du damals auch nicht so schön für mich gesungen«, sagte Lya und hob den Kopf.

»Schon gut.« Sie schwiegen. Lange. »Wusste unsere Tante, was passiert ist?«

»Ich denke, sie hat es geahnt. Sie ist ja nicht blöd.«

»Hat sie deshalb alles daran gesetzt, dass wir hier her kommen können?«

Lya nickte. »Sie wollte wohl, dass ich hier meinen Frieden finde. Fernab von den Lichtbringern.«

»Aber für Simon hat sie keinen Finger gerührt«, sagte Mel bitter.

»Das stimmt nicht«, widersprach Lya streng. »Sie hat versucht, ihn zu finden. Aber sie hat es nicht geschafft.«

»Ihr wusstet beide, dass er am Leben war. Nur ich nicht.«

Lya zuckte mit den Schultern. »Hoffnung ist grausam. Du warst noch jung genug, um dich damit abzufinden. Wir dachten, so ist es leichter für dich.«

»Leicht?« Mel rückte ein Stück von ihrer Schwester ab. »So lange ich zurückdenken kann, dachte ich, mein großer Bruder ist tot. Das war er aber nicht. Ich hätte ihn suchen können. Ihn zurückholen.«

Lya zog die Augenbrauen nach oben. »Das hättest du vermutlich versucht. So bist du nun mal. Und du wärst dabei gestorben. Oder Schlimmeres.« Sie schüttelte den Kopf. »Meinst du, das hätte ich zugelassen? Denkst du, Simon hätte das gewollt?«

»Ich werde nie wissen, was er gewollt hätte und was nicht. Die Lichtbringer haben ihn mir weggenommen. Das ist einfach nicht fair!« Mel bebte und Strudel fürchtete, sie würde jeden Moment in Tränen ausbrechen. Der Gedanke erschreckte ihn.

»Das Leben ist nicht fair.« Mel zuckte zusammen, als hätte Lya sie mit der Schärfe ihrer Stimme tatsächlich verletzt wie mit einem Messer.

Strudel zählte elf Herzschläge, bis Mel antwortete: »Ich wünschte, das Schwein wäre elendig verreckt.«

Der Hass und die Verzweiflung dieser Worte zwangen Strudel dazu, sich einzumischen. »Er ist tot.«

Beide Schwestern drehten sich zu Strudel, als hätten sie seine Anwesenheit völlig vergessen. Mel fasste sich als Erstes: »Woher willst du das wissen?«

Strudel zögerte, doch sie hatten ein Recht, es zu erfahren. »Ich habe ihn getötet.«

»Du? Du weißt doch nicht mal, wer der Mann war! Rede nicht so einen Schwachsinn!«

»Lass ihn.« Lya musterte Strudel durchdringend. »Ich glaube ihm.«

»Wie kannst du das so einfach glauben? Er muss das erklären. Das …«

»Nein, muss er nicht«, unterbrach Lya sie streng. »Lass ihn. Er wird es dir erzählen, wenn er dazu bereit ist.«

Strudel nickte erschöpft.

»Danke.« Lya lächelte.

»Ich habe einen Menschen getötet. Dafür sollte man niemandem danken.«

Mel bestand darauf, ihn zurückzubegleiten. Allerdings erlaubte ihnen Lya nicht, das Fahrzeug zu benutzen. Ihnen blieb nichts anderes, als zu laufen. Während sie sich einen Weg Richtung Mitte des Stützpunktes bahnten, fiel Strudel auf, dass die Abendsterne bereits mit den Aufräumarbeiten begonnen hatten. Trümmer wurden beiseitegeschafft, Wände ausgebessert und Tote begraben.

»Ich wollte mich bei dir entschuldigen«, sagte Mel, als sie etwa die Hälfte der Strecke hinter sich hatten. »Ich hab dich für einen selbstverliebten Angeber gehalten.«

»Selbstverliebter Angeber?«

»Ja. Du weißt schon, weil du immer so auf cool tust. Du funktionierst perfekt im Krieg. Lässt nichts davon an dich ran. Ein echter Kriegsheld eben.«

»Ich bin kein Held.«

»Na ja, aber ich dachte eben, du machst das, um mich zu beeindrucken. So was mag ich nicht. Jungs, die denken, Mädchen stehen darauf, wenn sie den harten Kerl markieren, meine ich.«

Strudel bemerkte, dass er nervös über die Narbe in seiner Hand strich. Er hörte damit auf und beschleunigte stattdessen seine Schritte, in der Hoffnung, Mel so von ihrer Unterhaltung abzulenken.

Auch sie ging schneller. »Ich musste mir schon hundert Mal anhören, dass Frauen schlechtere Soldaten sind.«

Strudel war verwirrt. Warum sollte eine Frau ein schlechter Soldat sein? Bei den Lichtbringern waren sie exakt gleich ausgebildet worden. Warum sollte jemand da einen Unterschied machen?

»Weißt du, viele denken, es wäre der falsche Weg für ein Mädchen, Soldatin zu werden.«

»Das ist für jeden der falsche Weg.«

»Klar, das verstehe ich. Wenn ich es richtig verstanden habe, dann haben dich die Lichtbringer dazu gezwungen, oder nicht? Das muss ziemlich schrecklich gewesen sein.«

Strudel schwieg.

»Hier beim Abendstern ist das anders. Wir treffen die Entscheidung selbst und kämpfen für eine gerechte Sache.«

Mels Atem ging von dem Sprint schwer. Strudel verlangsamte seine Schritte, damit sie sich etwas erholen konnte.

Sie grinste ihn an. »Außerdem es war schon ziemlich heldenhaft, wie du die kleine Noriko gerettet hast. Jetzt kämpfst du zum Glück auf der richtigen Seite.«

»Manchmal habe ich das Gefühl, der Unterschied ist nicht allzu groß.«

Mels Lächeln erstarb. »Tatsächlich?«

Er nickte.

Nachdenklich wischte sie sich über die schweißnasse Stirn. »Ich kenne die Lichtbringer zu wenig. Ich weiß nur, was der Abendstern mich wissen lässt.« Sie dachte einen Moment nach. »Tust du mir einen Gefallen?«

Strudel zuckte bereitwillig mit den Schultern.

»Kannst du mir von eurer Ausbildung erzählen? Ich will das selbst beurteilen können und wissen, wie mein Bruder gelebt hat.«

Erst weigerte sich Strudel. Er wollte nicht schon wieder über seine Zeit in der Akademie nachdenken. Mel ließ aber nicht locker und so begann er, zu erzählen. Es tat erstaunlich gut, Mel von seinem Leben zu berichten. Es lenkte ihn von der Geschichte aus dem Garten ab, die er noch nicht verarbeitet hatte. Er war fast enttäuscht, als sie den innersten Kreis des Stützpunktes erreichten. Eigentlich wollte er Mel bei den Wohneinheiten der Rekruten absetzen, doch das ließ sie nicht zu. Sie wollte zumindest noch zum Kontrollzentrum mitkommen, um die Sache mit dem geliehenen Fahrzeug zu beichten. »Ich muss schließlich sicher gehen, dass sie dich dafür nicht exekutieren. Du bist ihnen ja gestern gerade erst von der Schippe gesprungen.«

Mel gab sich Mühe, es wie einen Scherz klingen zu lassen. Er war sich aber nicht sicher, ob es wirklich einer war.

Mel betrachtete die Zerstörung um sie herum traurig. »Weißt du, ich bin froh, dass die Lichtbringer wenigstens einen hohen Preis für das hier zahlen mussten.«

Erstaunt sah Strudel zu Mel. Natürlich hatte der Sturm auf Kuppel 67 viele Leben gekostet. Doch war der Abendstern dabei nicht schlechter weggekommen?

»Lya hat es mir erzählt, als du im Auto geschlafen hast. Sie hat die Lichtbringer belauscht. ›Es hat mir zwar nie gepasst, mich von so einem Bengel herumkommandieren zu lassen, aber ich muss ihm zugutehalten, dass er ein ziemliches taktisches Genie war. Fast schon schade, dass es ihn kurz vor diesem Triumph erwischt hat.‹«

Ein Beben schien die Straße zu erfassen. »Einen Namen. Haben sie einen Namen gesagt?«, würgte Strudel hervor.

Mel nickte. »Lya meinte, es klang wie Finan.«

Die Luft wurde zu dick zum Atmen. Das Licht verwandelte sich in ein grelles Flackern.

Finan war tot.

Strudel hatte sich tief in sich selbst zurückgezogen. Er bekam nicht mit, wie er es in seine Wohneinheit geschafft, geschweige denn Mel abgeschüttelt hatte.

Es war einfach zu viel. Er konnte es nicht mehr ertragen. Irgendwann musste er eine Pille geschluckt haben. Denn als er aufwachte, spürte er deutlich die dämpfende Wirkung des Schnees. Er wollte nicht, dass sich die schützende Decke hob und all die Gedanken in seinen Kopf zurückkehrten. Also warf er eine weitere Pille ein und dann noch eine. So viel hatte er noch nie an einem Tag genommen.

Eine seltsame Schwäche erfasste ihn und er schlief bis zum nächsten Morgen.

Der darauffolgende Tag flog unter einer dichten Schneedecke dahin. Strudel stand nicht auf. Aß nichts. Trank nichts. Lag einfach nur da und starrte an die Decke.

Doch auch das reichte nicht mehr, um den Schmerz zu betäuben. Es war, als hätte sich ein schwarzes Loch aufgetan und ihn einfach verschlungen. Alles war so sinnlos. Schließlich fand er das bereits vergessene Schmerzmittel in seiner Tasche. Er brauchte Ruhe. Er wollte nicht mehr.

Talion fand ihn in seinem eigenen Erbrochenen. »Du kleiner Dreckskerl, was zum Teufel machst du hier?«

Sein Klonbruder packte ihn und zog ihn grob am seit Tagen nicht gewechseltem Hemd auf die Beine.

»Yukino ist tot. Noriko taub. Yunes stirbt fast vor Trauer und du ballerst dir die Birne weg? Egoistisches Arschloch!« Der Schlag traf ihn mit solcher Wucht, dass er glaubte, sein Schädel müsste augenblicklich zerspringen.

Talion durchwühlte sein Bett, fand die leeren Schmerzmittel und den Schnee, zerrte Strudel zur Toilette und warf die letzten Pillen hinein. Jede Einzelne. Er schleppt ihn höchst persönlich zum improvisierten Krankenhaus im Forschungstrakt des Kontrollzentrums und das, obwohl er solche Orte auf den Tod nicht ausstehen konnte. Dort wütete Talion und brüllte so lange irgendwelche Sanitätsrekruten an, bis Strudel ein Einzelzimmer bekam.

Und dann blieb er bei ihm.

Zittern.

Schwitzen.

Übelkeit.

Krämpfe.

Nichts davon konnte Talion von seinem Bett vertreiben – 19 Stunden lang, obwohl sein Bruder geradewegs vom Schlachtfeld kam.

Doch als auch das letzte bisschen Schnee Strudel verlassen hatte, kam die Dunkelheit zurück. Da er sie nicht mehr betäuben, sie nicht mehr irgendwo in den Tiefen seines Kopfes festketten konnte, überfiel sie ihn mit neuer, bisher ungekannter Kraft. All das, was er in den hintersten Winkel seiner Gedanken verbannt hatte, um weiterhin klar denken zu können, brach nun über ihm zusammen. Es verschlang ihn, wie die Feuersbrunst Flicker verschlungen hatte. Es stürzte auf ihn ein wie die Gebäudeteile, die Yukino zerquetscht hatten. Es zerriss ihn, wie die Kugel den Schädel des Soldaten zerfetzt hatte.

Die Flammenhölle im ZKF.

Flicker.

Der erschossene Lichtbringer.

Yukinos Tod.

Noriko taub.

Balor und Simon.

Finan.

Schuld.

Die Dunkelheit fraß ihn auf.

Da ging Talion.

Und Strudel war allein. Völlig allein in der Dunkelheit.

Natürlich waren sie zu ihr zurückgekrochen. Hatten einsehen müssen, dass sie ohne ihren überragenden Intellekt verloren waren. Nach dem Debakel in Kuppel 67 blieb dem obersten Heeresführer Pan – diesem inkompetenten Schwachkopf – nichts anderes übrig, als zurückzutreten.

Oberst Gowan würde seine Position einnehmen. Endlich jemand, der ihre Arbeit zu würdigen wusste. Er hatte selbst gesehen, zu welchen einzigartigen Ergebnissen ihre Arbeit führt und ihr immer seine vollste Unterstützung zukommen lassen. Er würde die Freigabe unterzeichnen und damit das Tor zu der von ihr geschaffenen Zukunft öffnen!

Nun, nach all den Jahren, war ihre Zeit gekommen. Sie würde in die Geschichte eingehen als größte Schöpferin aller Zeiten. Endlich würde ihr die Anerkennung zuteilwerden, die sie verdiente.

Ihre Produkte waren bereit für den Einsatz. Die erste Produktionsreihe würde bald ihren großen Auftritt haben und ihren Nutzen im Feldtest unter Realbedingungen demonstrieren. Danach konnten die Produktionsstätten für die Massenanfertigung in Betrieb genommen werden.

Nicht nur das. Nach all den Jahren waren auch ihre Experimente mit Nummer 468 endgültig zum Abschluss gekommen. Ihre Untergebenen hatten diesem Projekt den sentimentalen Namen ›Edens Glück‹ gegeben. Wenn es diesen Schwächlingen half, sollte es ihr recht sein.

Was zählte, war: Der Prototyp hatte sich in der Langzeitstudie schon als äußerst kompatibel erwiesen. Mit diesem Upgrade würde ihre Schöpfung endlich ihrer würdig sein. Fehlerfrei. Perfekt.

HEIMAT

Strudel?«

Strudel starrte die Wand an. Er wollte mit niemandem sprechen. Am wenigsten mit Yunes. Es erinnerte ihn nur daran, wie sehr er versagt hatte.

»Strudel, rede mit mir.« Er hörte, wie sich Yunes auf den Stuhl neben seinem Bett setzte. »Du darfst jetzt nicht aufgeben.«

Der Stuhl knarzte leicht, als Yunes sich vorbeugte.

»Du hast schon unheimlich viel durchgemacht. Aber du kannst das ertragen. Ich weiß es genau.«

Strudel ballte die Fäuste.

»Ach ja?« Strudel hatte gedacht, dass er zu nichts anderem mehr als Trauer und Schmerz fähig war. Doch es war Wut, die er nun spürte. »Wenn du das Leben geführt hast, das ich gelebt habe, können wir weiter reden.«

Yunes schwieg und Strudel war das gerade Recht. »Ich bin so machtlos. Menschen sterben und ich kann nichts tun. Ich kann nie etwas tun.«

»So ist der Krieg. Wir können nur das Beste hoffen.«

»Ich hasse das. Das Alles. Ich hasse diesen verdammten Krieg. Ich hasse das Kämpfen. Ich hasse es, das EXO zu tragen. Das alles bringt nur Tod.«

»Ich verstehe, dass du das EXO nicht mehr tragen willst. Aber dein EXO kann nicht nur töten, sondern auch schützen. So wie es meine Tochter beschützt hat.«

Yunes hatte leicht reden. Er hatte nie auf einem Schlachtfeld gestanden. Hatte nie getötet. Nie zugelassen, dass jemand anderes starb. Er kannte dieses Gefühl nicht. »Das EXO bringt immer nur das Schlechte in mir zum Vorschein!«

»Das stimmt nicht. Nicht nur das Schlechte, sondern auch das Beste. Du kannst dich für das eine, oder das andere entscheiden.«

Das stimmte. Als es darauf ankam, hatte er sich für das EXO entschieden. Er hatte es getan, weil er wusste, dass Norikos Überlebenschancen so höher waren. Er hatte es getan, weil er mit dem EXO mehr erreichen konnte als ohne. Er hatte es getan, weil er trotz allem dem EXO vertraute. Es war nicht die Technik, die versagt hatte. Das hatte er sich nur einreden wollen. Er war es gewesen. Er hatte Flicker gehen lassen. Er hatte sich entschieden, Yukino im Stich zu lassen. Er hatte nicht daran gedacht, Norikos Ohren zu schützen. »Du hast recht, es ist alles meine Schuld.«

»Das habe ich nicht gesagt. Du kannst im Moment nur das hören, was du hören willst. Glaub mir, keiner versteht so gut wie ich, was du gerade durchmachst.«

»Du verstehst überhaupt nichts!« Jetzt warf er sich im Bett herum und sah Yunes endlich an.

»Ich habe meine Frau verloren.«

»Mein bester Freund ist gestorben. Schon wieder!«, brüllte Strudel. Yunes Ruhe machte Strudel verrückt. Er sollte ihm Vorwürfe machen. Ihn hassen. Stattdessen saß er einfach nur da. »Und am Tod deiner Frau bin ich schuld! Ich habe es versaut. Schon wieder! Nicht mal Noriko konnte ich beschützen!«

»Das ist doch nicht deine Schuld«, sagte Yunes, »sondern meine. Ich war nicht da. Ich habe nicht auf sie aufgepasst. Stattdessen habe ich ein Kind geschickt, um sie zu schützen. Wenn du auf jemanden wütend sein willst, dann sei es auf mich.«

Strudel sah, dass Yunes es ernst meinte. Er gab ihm nicht die Schuld. Die Wut erstarb. »Du hast dich auf mich verlassen. Ich hätte die beiden retten müssen. Es war meine Pflicht.« Strudels Hals brannte – nicht vom Schreien, sondern vor Traurigkeit.

»Ich hätte dir diese Pflicht nicht aufbürden dürfen. Es war meine. Es tut mir leid.« Kraftlos schüttelte Yunes den Kopf. Strudel bemerkte die tiefen Augenringe. Sicher hatte Yunes genauso miese Tage hinter sich wie er.

»Ich hätte dich nicht anschreien dürfen«, entschuldigte sich Strudel.

»Schrei so viel du willst. Das ist die Trauer. Sie macht uns wütend.«

»Ja, ich bin so wütend. Auf die ganze Welt.« Strudel spürte das Brennen nun auch in seinen Augen. »Ich bin immer nur umgeben von Tod und Leid.« Jetzt konnte Strudel die Tränen nicht mehr zurückhalten. Sie liefen ihm stumm über die Wangen. Er fühlte sich schwach. Wie ein kleines Kind.

Yunes legte ihm einen Arm um die Schultern. Erst wollte Strudel zurückzucken, doch dann ließ er es zu.

»Das stimmt nicht. Du hast auch viele Menschen, denen du wichtig bist. Das weißt du, oder? Ich bin dir wirklich unendlich dankbar, dass du Noriko gerettet hast.«

Strudel biss sich auf die Lippe. »Aber ich habe nicht gut genug auf sie aufgepasst. Sie ist taub.«

»Strudel, du hast sie mitten aus einem Kriegsgebiet geholt. Dein eigenes Leben für meine Tochter riskiert. Mehr hätte keiner tun können.«

Er hörte, dass Yunes es ernst meinte. Aber er wusste, es stimmte nicht. »Ich hätte besser aufpassen müssen. Sie ist doch noch so klein.«

Auch Yunes liefen jetzt Tränen übers Gesicht. »Ich verdanke dir ihr Leben. Du hast sie beschützt.«

»Aber nicht deine Frau und auch nicht …« Strudel schluckte schwer. »Finan.«

»Du kannst nicht alle retten. Das ist kein Grund, dein Leben wegzuwerfen. Wir müssen jetzt beide irgendwie weitermachen.«

»Du hast Noriko. Sie braucht dich.« Strudel wischte sich übers Gesicht. Tränen nützten überhaupt nichts.

»Hast du etwa keine Verantwortung, für die es sich zu Leben lohnt?«

Strudel sah Yunes an. Fast alle seine Freunde waren tot. Die Menschen, die einer Familie am nächsten kamen. Da waren nur noch Nesrin und Canina. Und Talion.

»Wie geht es meinem Bruder?«

»Schlecht. Er hat es nicht ertragen, dich so zu sehen. Sein bester Freund war ihm zur Abwechslung auch keine große Hilfe.« Es war das erste Mal, dass sich so etwas wie ein Lächeln auf Yunes Gesicht schlich. »Aber irgendwann hat er es durch sein Gejammer geschafft, mich zu dir zu schleppen.«

»Er hat dich hergebracht?«

»Allerdings. Dachte wohl, es würde uns beiden guttun, miteinander zu sprechen. Manchmal ist er erstaunlich feinfühlig, unser Talion. Er steht übrigens direkt vor der Tür, wenn du es genau wissen willst. Wir haben etwas mit dir zu besprechen.« Yunes musterte ihn. »Bist du dazu bereit?«

»Yunes hat eine merkwürdige Nachricht erhalten. Über denselben Kanal, über den wir auch die Informationen zu deiner Hinrichtung bekommen haben. Gleiche Vorgehensweise.« Strudel hatte jedes Zeitgefühl verloren. Wenn Yunes wieder arbeitete, musste inzwischen offenbar die Trauerzeit, die Vadim seinem Sohn eingeräumt hatte, verstrichen sein. Die Schlacht in 67 war also mindestens drei Tage her.

»Es ist ein Notruf. Mit Koordinaten. Irgendwo im Niemandsland zwischen den Kuppeln. Keine weiteren Informationen«, fuhr Talion fort.

Strudel lauschte mit gesenktem Kopf. Noch hatte er es nicht gewagt, seinem Bruder in die Augen zu sehen. Außerdem wusste er nicht, was er von der Sache halten sollte.

»Könnte eine Falle sein«, gab Yunes müde zu bedenken.

»Oder wer auch immer Strudel damals geholfen hat, steckt jetzt in Schwierigkeiten.«

Strudel spürte Talions Blick auf sich ruhen, doch noch immer schaffte er es nicht, ihn anzusehen. »Der Abendstern wird kein Rettungsteam schicken, oder?«

»Nein.« Talion klang wütend. »Es würde sie einen Scheiß interessieren.«

»Deshalb haben wir es ihnen nicht gesagt«, ergänzte Yunes.

Erschrocken riss Strudel den Kopf hoch. »Wenn sie das rausfinden, verlierst du deine Arbeit!«

»Vermutlich nicht nur das. Vadim wird Yunes nicht noch einmal so leicht davonkommen lassen.«

»Das kannst du nicht tun! Noriko …«

»Das ist meine Entscheidung, Strudel«, unterbrach Yunes ihn. »Und ich habe sie bereits getroffen. Glaub mir, ich habe mir das gut überlegt. Ich habe die Nachricht aus dem System gelöscht. Es ist zu spät, jetzt einen Rückzieher zu machen.«

»Sie war ohnehin nicht für den Abendstern gedacht. Zumindest nicht wirklich. Sie war für uns. Für dich. Damit wir kommen. Damit du kommst.« Talion packte Strudel grob am Kinn und zwang ihn zu ihm hinüber zu sehen. »Bist du bereit dazu, Brüderchen?«

»Es ist deine Entscheidung. Wir würden es auch verstehen, wenn du es nicht versuchen willst«, wandte Yunes rasch ein. »Es hängt auch für dich viel davon ab. Wenn wir auffliegen, werden sie dich vermutlich verurteilen. Vielleicht sogar an die Lichtbringer ausliefern. Ich bin mir sicher, mein Vater würde nicht mit der Wimper zucken.« Das Wort ›Vater‹ sprach Yunes mit einer tiefen Bitterkeit aus. »Denk genau darüber nach.«

Wollte Talion wirklich, dass er mitkam, obwohl er gesehen hatte, in welcher Verfassung Strudel gewesen war? Trotzdem wollte sein Bruder ihm sein Leben auf einer so gefährlichen Mission anvertrauen? Strudel sah fest in die wilden, türkisen Augen seines Bruders.

»Da gibt es nichts nachzudenken. Natürlich komme ich mit«, sagte Strudel bestimmt.

Ein breites Lächeln breitete sich über Talions Gesicht aus und er drehte Strudels Kopf zu Yunes. »Siehst du? Habe ich es nicht gesagt? Das ist mein kleiner Bruder!« Er zog Strudels Kinn wieder in seine Richtung. »Jetzt steh endlich aus diesem Bett auf und lass uns Lichtbringer umbringen.«

Strudel blinzelte entsetzt. War das Talions Ernst? Nun war Strudel Talions Griff unangenehm. Er versuchte, seinen Kopf zu befreien. »Talion ich … Ich glaube nicht, dass ich das tun kann.«

Talion ließ ihn los. »Natürlich kannst du das! Jetzt reiß dich endlich mal zusammen! Oder willst du wirklich die Person sterben lassen, die dich vor den Lichtbringern gerettet hat?«

»Du hast mich vor den Lichtbringern gerettet.«

»Nein. Ich habe nur die Drecksarbeit erledigt. So wie immer.« Talion wurde lauter. »Aber der, der diese Nachricht geschrieben hat, hat dort drin, in Eden, seinen Arsch für dich riskiert. Du liegst mir seit Monaten in den Ohren, dass du diese kleinen Bälger retten willst, die du Freunde nennst. Wie hast du dir das vorgestellt, wenn du nicht kämpfen willst? Bist du so feige?«

»Ich habe doch gesagt, dass ich mitkomme. Aber ich will nicht töten. Du willst aus mir einen Schrecken für die Lichtbringer machen. Ich will das nicht.« Auch Strudel wurde laut, obwohl er wusste, was für ein Fehler es war, mit Talion zu streiten. »Ich bin nicht wie du.«

Die Explosion folgte prompt. »Meinst du etwa, ICH will das? Glaubst du, irgendjemand hat mich je nach meiner Meinung gefragt? Weißt du, was sie alles mit mir gemacht haben? Oder mit unseren Brüdern? Und du willst diesen Dreckskerlen nicht das Handwerk legen?« Talion versuchte, Strudel wieder zu fassen zu bekommen, doch nun stand Yunes zwischen ihnen.

»Beruhige dich.«

»Ich soll mich beruhigen? Ich gebe ihm die Chance, aus diesem Loch rauszukommen. Etwas Sinnvolles zu tun. Den Tod seines Freundes zu rächen. Und er sagt einfach, dass er keine Lust hat?«

»Das hat Strudel nicht gesagt.« Yunes klang völlig ruhig. Man nannte ihn nicht umsonst den Löwenbändiger. »Er will mitkommen, nur nicht töten. Er muss seine eigenen Entscheidungen treffen. Wir haben das besprochen. Du hast zugestimmt. Weißt du noch?«

»Ja, aber das war ein verfluchter Fehler.«

Strudel war sicher, dass Talion Yunes jeden Moment angreifen würde. Doch, anstatt sich zu verteidigen, drehte Yunes seinem unberechenbaren Freund den Rücken zu und sprach Strudel an. Yunes lächelte sogar ein klein wenig. »Ich verstehe deine Entscheidung. Jetzt lasst uns überlegen, wie wir das angehen. Wir wissen nicht, wer es ist. Trotzdem hat er unsere Hilfe verdient. Dafür sollten wir uns einen verdammt guten Plan überlegen.«

Plötzlich wich die Anspannung aus Talion und er begann zu lachen. »Gut gesprochen, Yunes!«

Wie von Yunes versprochen, wurde Strudel am Abend entlassen und zu seiner Wohneinheit gebracht. Ein paar Stunden später verließ er diese heimlich. Er hatte viel Erfahrung damit, unerlaubt in dunklen Gängen herumzuschleichen, und schaffte es nach draußen, ohne von einem seiner Nachbarn entdeckt zu werden. Auch durch den Stützpunkt kam er mühelos und bis zum vereinbarten Treffpunkt am Rande des bewohnten Gebiets. Dort wartete ein unauffälliger Militärwagen auf ihn. Strudel wusste, dass sein EXO sicher bei der restlichen Ausrüstung im Laderaum verstaut auf ihn wartete. Weder Talion noch Yunes hatten ihm verraten wollen, wie sie es geschafft hatten, das EXO aus der Kommandozentrale zu schmuggeln. Ganz zu schweigen davon, wie sie es schaffen wollten, bis zu ihrer Rückkehr zu vertuschen, dass es weg war. Alles, was er wusste, war, dass dies ebenso zu Yunes Part bei diesem Plan gehörte, wie zu verschleiern, dass Talion und Strudel Kuppel 67 für geraume Zeit verlassen würden.

Es gefiel Strudel nicht, dass sie Yunes so kurz nach dem Verlust seiner Frau diese Last aufbürdeten. Talion dagegen schien sich keinerlei Gedanken darüber zu machen.

Er saß am Steuer und als er Strudel bemerkte, winkte er ihm fröhlich zu. Soweit lief alles nach Plan. Doch als Strudel die Wagentür öffnete, entdeckte er auf der Rückbank jemanden, von dem bei der Besprechung absolut nicht die Rede gewesen war: Mel.

»Was tut sie hier?«, zischte Strudel seinem Bruder zu.

»Sie hat mich gefragt, ob sie mitkommen kann.« Talion zuckte unbekümmert mit den Schultern. »Ich hab's erlaubt.«

»Und warum? Sie ist Rekrutin!«

»Ist doch ihre Sache, wenn sie ihren hübschen Hintern dafür riskieren will.«

»Das …«

»Ich kann euch übrigens ausgezeichnet hören«, mischte sich Mel ein. »Wie wäre es, wenn du jetzt einsteigst? Wir sind nicht grade unauffällig.«

»Die Kleine gefällt mir«, brummte Talion belustigt. »Außerdem hat sie recht. Los! Steig schon ein, Brüderchen.«

Es stimmte, dass sie mit jeder Sekunde, die sie verschwendeten, ihre Entdeckung riskierten. Frustriert schwang sich Strudel auf den Beifahrersitz, schloss leise die Tür und schnallte sich an.

»Wir müssen Mel irgendwo rauslassen«, sagte er, sobald sie sich in Bewegung gesetzt hatten. »Das ist zu gefährlich für sie.«

»Hey, ich bin älter als du.«

»Das ist doch keine Frage des Alters!«

»Ach, dann passt es dir jetzt doch nicht mehr, dass ich ein Mädchen bin?«

Verärgert schnaubte Strudel. »Das spielt überhaupt keine Rolle!« Wie konnte Talion das nur zulassen? Klar, Risikoeinschätzung gehörte nicht zu den größten Stärken seines Bruders. Aber es war unverantwortlich, eine Zivilistin auf so eine Mission mitzunehmen. Das musste selbst Talion einleuchten. Böse sah Strudel seinen Bruder an. Der ignorierte ihn beflissen und pfiff leise vor sich hin. Also versuchte Strudel sein Glück noch mal bei Mel. »Warum willst du überhaupt mit? Das alles geht dich doch überhaupt nichts an.«

»Wirklich? Genauso wenig wie die Tatsache, dass ich dich fast umgebracht hätte? Du hättest mir ruhig sagen können, dass ich dich in den Selbstmord getrieben habe, findest du nicht?«

Strudel starrte sie an. Woher wusste sie das?

»Ich muss das wieder gut machen.«

»Du … Du hattest damit überhaupt nichts zu tun!«

»Natürlich hat sie das. Immerhin hat sie dir die Sache mit deinem Freund verraten, oder? Und dich anschießend alleine gelassen.« Talions Stimme klang plötzlich gefährlich dunkel.

Strudel riss den Kopf so schnell herum, dass seine Wirbel knacksten. »Dann war das deine Idee? Hast du ihr das eingeredet?«

»Hey, sie hätte fast meinen kleinen Bruder umgebracht. Da muss sie schon einiges leisten, um das wieder gut zu machen.«

»Deshalb soll sie sterben?«

»Ich will nicht, dass sie stirbt«, entrüstete sich Talion. »Was denkst du denn von mir?«

»Du schickst eine Zivilistin in ein Kriegsgebiet!«

»Sie ist Rekrutin.«

»Im ersten Jahr!«

»Außerdem sind wir doch da und passen auf sie auf.« Talion warf Strudel einen seltsamen Blick zu, den er nicht deuten konnte.

»Das ist Wahnsinn.«

»So bin ich nun mal.« Talion grinste, als wäre ihm ein absoluter Geniestreich gelungen.

Strudel war so wütend auf die beiden, dass er die ganze Fahrt kein einziges Wort mehr sprach. Wie konnte sie nur glauben, dass ihm das half? Wenn Mel auf dieser ungenehmigten Rettungsmission irgendetwas geschah, wäre es seine Schuld. Es würde sich schwer auf sein Schuldenkonto legen und er könnte es sich niemals verzeihen. Wie war es möglich, dass sie das nicht begriffen?

Talion machte keine Anstalten anzuhalten, und wenn Strudel

versucht hätte, das Fahrzeug mit Gewalt zu stoppen, riskierte er, dass sie alle aufflogen. Er saß in der Falle.

Als sie durch den extra für sie für ein kurzes Zeitfenster unbewachten Ausgang Kuppel 67 verließen, war ihm immer noch keine Lösung eingefallen. Nun war es zu spät. Mel würde ohne ihre Hilfe niemals unbemerkt zurück in die Kuppel gelangen.

Hilflos ballte Strudel die Hände zu Fäusten.

Obwohl sie im Wagen saßen, spürte Strudel, wie das Atmen leichter wurde. Die Luft des Ödlands hatte sie erreicht. Sie war frischer als die in Kuppel 67. Allerdings war es auch noch kalt. Er wusste, wenn die Temperaturen kletterten und der alles beherrschende Staub seinen Weg ins Wageninnere gefunden hatte, würde er sich die abgestandene Luft aus der Kuppel zurückwünschen.

Talion folgte den Angaben eines GPS-Geräts, das dem D.O.O.G., das Strudel aus Eden kannte, ähnelte. Die Straße war kaum zu erkennen, trotzdem bretterte Talion mit einer beachtlichen Geschwindigkeit über sie hinweg. Sobald es hell wurde, mussten sie vorsichtig sein, das Fahrzeug vielleicht sogar zurücklassen. Deshalb versuchte Talion offenbar, so viel Strecke wie möglich zurückzulegen.

Erst einige Stunden später brach Mel das eisige Schweigen. »Hör mal, Strudel, es tut mir leid. Ich verstehe, dass du sauer bist. Aber ich bin nicht mitgekommen, um dir eins auszuwischen.«

»Nein. Das habe ich schon verstanden. Du bist hier, weil mein Bruder dir Schuldgefühle eingeredet hat. Was totaler Unsinn ist.«

Mel dachte offenbar einen Moment nach, bevor sie antwortete: »Stimmt. Das war ein Grund. Viel wichtiger war aber etwas anderes. Wir sind Freunde, oder? Freunde passen aufeinander auf.«

Tatsächlich? Mel hielt sie für Freunde? Ein kleines, glückliches Lächeln stahl sich auf Strudels Lippen. Neue Freunde konnte er wirklich gut gebrauchen.

Talion gluckste amüsiert. »Gib zu, Kleiner, wenn es andersrum gewesen wäre, hättest du sie auch nicht alleine gehen lassen.«

Das stimmte natürlich. Er hätte einen Freund nie alleine zu so einer Mission aufbrechen lassen.

Ernst fügte Mel hinzu: »Wir sind hier draußen jeden Moment in Lebensgefahr. Wir müssen einander vertrauen. Streit können wir nicht brauchen. Wenn wir zurück in Eden sind, kannst du gerne weiter wütend auf mich sein.«

Strudel seufzte. »Aber ich bleibe dabei – es war eine saudumme Idee.«

Talion lachte sein leicht verrücktes Lachen und begann dann wieder vor sich hinzupfeifen.

Als es zu dämmern begann, drosselte Talion die Geschwindigkeit. Sie waren ein gutes Stück von dem Ort entfernt, an dem zuletzt Lichtbringeraktivitäten gemeldet worden waren. Doch ihnen machten nicht nur die Lichtbringer Sorgen. Auch vom Abendstern wollten sie sich lieber fernhalten. Sie hatten Glück und kamen den ganzen Vormittag gut in westliche Richtung voran. Es wurde heißer und heißer.

Plötzlich leuchtete in der Mittagssonne etwas vor ihnen im Himmel. Strudel blinzelte. Nein, er hatte sich nicht geirrt. Wie konnte das sein? Eden lag viel weiter im Norden. »Talion …«

»Das ist die ehemalige Kuppel 65. Verlassen. Unser Ziel befindet sich ganz in ihrer Nähe.«

»Sie ist so klein«, sagte Strudel verwundert.

Talion brummte zustimmend. »Eden ist die Größte, die gebaut wurde. Nur sie und 67 sind noch übrig. Schon komisch, dass es keine der anderen Kuppeln geschafft hat.«

Mel beugte sich zwischen den Vordersitzen vor, um einen Blick aus der Windschutzscheibe zu erhaschen. »Wahnsinn. Ich wusste gar nicht, dass sie noch steht. Ich dachte, sie wäre aufgegeben worden, weil sie eingebrochen ist.«

»Das stimmt auch. Große Teile der Konstruktion sind runtergekracht. Aber nicht die ganze Kuppel. Die meisten der verlassenen Kuppeln stehen noch. So mehr oder weniger zumindest.«

»Könnte man sie nicht reparieren?«, fragte Strudel neugierig.

»Anscheinend nicht. Zu schwer beschädigt und die Technik dazu fehlt, heißt es.«

»Lya würde das sicher hinbekommen«, widersprach Strudel überzeugt.

»Nur würdest du sie nie hier nach draußen bringen.« Mel schüttelte traurig den Kopf und eine ihrer roten Strähnen fiel ihr ins Gesicht. »Es hätte sie fast umgebracht, als wir von Eden nach 67 geflohen sind. Du kannst dir nicht vorstellen, welche Angst sie hatte.«

Aber es musste möglich sein, sie dazu zu überreden. Oder vielleicht konnte sie Strudel beibringen, was er wissen musste. Die Idee faszinierte ihn. Eine neue Kuppel. Eine Kuppel ganz nach seinen Vorstellungen. Eine Zuflucht. Ohne Lichtbringer und Abendstern. Ohne Krieg.

Die nächsten zwei Stunden gab er sich diesen Träumereien hin. Je größer 65 durch ihr Näherkommen wurde, umso größer wurden seine Pläne. Talion holte ihn allerdings in die harte Realität zurück.

»Dort vorne führt die Straße von unserem Ziel weg. Wir werden den Wagen also hier verstecken und den Rest der Strecke zu Fuß weiter gehen. Es ist nicht weit. Aber wir müssen vorsichtig sein. Ein einziger falscher Schritt kann genug sein, um uns umzubringen.«

Talion fand hinter einem Schutthaufen ein gutes Versteck für den Wagen. »Damit das klar ist: Ich habe das Kommando und ihr zwei Hosenscheißer tut, was ich sage. Verstanden?«

Sie nickten beide.

»Strudel, du legst als erstes das EXO an. Mel und ich verdecken den Wagen notdürftig. Danach schnappen wir uns die Ausrüstung und es geht los.«

Also schwärmten sie aus. Während die anderen beiden ein paar dürre Dornensträucher herbei zerrten, öffnete Strudel die

Ladefläche. Sofort sah er die auffällige Transportbox. Er kletterte in den Laderaum und öffnete sie.

Er atmete tief durch und stellte sich in das Grundgerüst. Es war an der Zeit zu beweisen, dass das EXO auch einem guten Zweck dienen konnte.

Entschlossen aktivierte er die Verbindung. Der Schutz legte sich über ihn und automatisch beschleunigte sich sein Herzschlag. Um sich wieder zu beruhigen, begann er die nötigste Ausrüstung zusammenzusuchen. Er war fast fertig, als Mel und Talion zu ihm stießen. Sein Bruder kontrollierte die Rucksäcke und nickte zufrieden. »Jetzt nimmt sich jeder noch eins der Gewehre und ein bisschen Kleinzeug mit«, entschied er und deutete auf ein Sammelsurium aus Waffen, bei dem von Granate bis zum Messer alles dabei war.

Strudel verschränkte die Arme. »Ich habe gesagt, dass ich niemanden töten werde.«

»Benimm dich nicht wie ein Trottel«, herrschte Talion ihn an. »Am wahrscheinlichsten ist, dass wir ein paar Mutanten begegnen. Willst du die etwa auch verschonen? Wenn uns zufällig ein Lichtbringer über den Weg läuft, reicht es ja, wenn du ihm ins Bein schießt.« Talion lachte sein wildes Lachen. »Ich erledige dann den Rest für dich.«

Unzufrieden aber gehorsam bewaffnete sich Strudel. Mel, die der kurzen Diskussion stirnrunzelnd gelauscht hatte, tat es ihm nach. Talion verwandelte sich unterdessen mit einigen geübten Griffen in ein wandelndes Waffenlager.

Strudel spürte das Gewicht des Rucksacks kaum, als er ihn schulterte und Talion schien auch ohne EXO keinerlei Probleme zu haben. Mel dagegen spannte sichtlich die Muskeln. Wahrscheinlich waren sie im Training noch mit leichterem Marschgepäck unterwegs. Er hätte ihr gerne geholfen, oder ihr einen Teil des Gewichts abgenommen – beides wäre kein Problem für ihn gewesen – aber er wagte es nicht. Sicher hätte sie es wieder missverstanden und sich über ihn beschwert.

Er hätte ihr ohnehin Unrecht getan, denn beim anschließenden Marsch hielt sie gut mit. Sie achtete auf die Umgebung, passte auf, wohin sie ihre Füße setzte und Strudel fing an, seine anfängliche Sorge um sie zu relativieren.

Tatsächlich waren die Koordinaten, die sie suchten, nicht weit entfernt. Schon nach einer knappen Stunde ließ Talion sie in Deckung gehen. Inzwischen hatten sie die marode Kuppelkonstruktion fast erreicht. Sie kauerten sich in einer der natürlichen Mulden zusammen und Talion ließ sie einen Blick auf das Ortungsgerät werfen, das er am Handgelenk trug.

»Hier sind wir.« Mit ein paar Klicks zoomte er näher heran, um die Umgebung um den leuchtenden Punkt ihres Aufenthaltsortes herum besser anzuzeigen. »Die gesendeten Koordinaten sind noch ein Stück näher an der Kuppel. Wir suchen jetzt die Zielperson. Bleibt auf der Hut. Könnte trotz allem sein, dass sie uns abknallen will.« Talion sah auf. »Wir bilden zwei Suchtrupps. Ihr zwei geht zusammen.«

»Ich brauche keinen Aufpasser«, beschwerte sich Mel mit sturmumwölkter Mine.

»Wer sagt, dass Strudel auf dich aufpassen soll und nicht umgekehrt?«

Wieder sah Talion Strudel mit einem dieser seltsamen Blicke an, die er nicht einordnen konnte. Unbehaglich zuckte Strudel mit den Schultern. »Dann los.«

Vorsichtig ging er voraus und suchte die Umgebung sorgfältig ab, immer darauf bedacht, Talion nicht aus den Augen zu verlieren.

»Schau mal dort vorne! Das könnte es sein«, sagte Mel plötzlich aufgeregt hinter ihm.

Strudel folgte ihrem Blick. Er musste die Augen zusammenkneifen, um den Verschlag zwischen dem zerfurchten Land auszumachen.

»Okay, das schauen wir uns genauer an.« Aus der Macht der Gewohnheit heraus fügte er hinzu: »Waffen bereit.«

Mel straffte die Schultern und nahm das Gewehr in Anschlag.

Sie schlichen sich näher. Irgendetwas stimmte nicht. »Warte!« Alarmiert hob er den Arm, um Mel ein Zeichen zu geben. Der Verschlag war verwüstet, Einschusslöcher und Blut. »Verdammt. Wir sind zu spät.«

Die Spuren waren alt. »Gib Talion Bescheid«, bat er Mel abwesend, während er näher trat.

Hier hatten eindeutig Menschen gelagert. Sogar eine größere Gruppe. Mehrere Tage lang. Irgendwer oder irgendetwas hatte sie offenbar aufgestöbert. Die verschossenen Projektile stammten einerseits aus dem Standardgewehr der Lichtbringer, andererseits aus etwas viel Größerem. Sie waren so lang wie Strudels Hand und hatten die kläglichen Mauern problemlos durchschlagen. Hier und da schienen auch kleinere Explosionen den Boden aufgewühlt zu haben.

»Sieht aus, als wären wir hier richtig«, brummte Talion, der sich hinter ihm ebenfalls hingekniet hatte, um besser zu sehen. »Wohin sind sie geflohen?«

Strudel deutet auf einige Blutflecken. »Was hättest du gemacht?«

»Du hast recht. Nur dort können sie auf bessere Deckung hoffen.«

»Ihr meint, sie sind in die alte Kuppel geflohen?«, fragte Mel nervös.

Strudel nickte. »Aber was hat sie gejagt? Das waren sicher keine normalen Lichtbringer.«

»Ich habe da eine Ahnung.« Talion stand wieder auf. »Hoffen wir, dass ich mich irre.«

Sie folgten den Spuren, was auf dem felsigen Untergrund allerdings schwierig war. Als sie bei der Kuppel ankamen, konnten sie nur noch raten, in welche Richtung die unbekannte Personengruppe geflohen war. Unschlüssig blieben sie stehen.

Strudel nutzte die Gelegenheit, um die Kuppel mit fachkundigem Blick zu mustern. Sie war wirklich schwer in Mitleidenschaft gezogen worden. Ein Stück weiter im Süden meinte er sogar, einen Riss in der Konstruktion zu erkennen. »Vielleicht kommen wir dort hinein«, mutmaßte er.

Talion nickte und sie schlugen diese Richtung ein. Als sie ankamen, stellte Strudel fest, dass der Spalt breiter war, als er aus der Entfernung geschätzt hatte. Er verzog schmerzlich das Gesicht, als er den Schaden genauer betrachtete. Die feine Haut der Kuppel war über etwa acht Meter zerfetzt und bis weit nach oben eingerissen.

»Schaut mal«, sagte Mel und deutete auf ein paar getrocknete Blutstropfen.

»Was immer sie verfolgt, ist hier auch durchgekommen«, fügte Talion hinzu. »Muss ein ganz schöner Brummer sein. Der hat hier eine gewaltige Spur hinterlassen.«

Talion hatte recht. An einer etwas erdigeren Stelle hatte sich ein gut ein Meter langer Fuß tief in den Boden gegraben. »Bei Eden! Was ist das?«, fragte Strudel leise.

Mel schaute ebenso entsetzt zu der Spur wie er selbst. »Etwa ein Mutant?«

Talion schüttelte den Kopf. »Das muss einer der alten Kampfroboter sein. Die meisten davon sind längst Schrott, aber ich habe gehört, dass hin und wieder noch welche in Betrieb sind. Dem sollten wir besser nicht in die Quere kommen.«

Allerdings. Strudel wollte sich das Ungetüm, zu dem dieser Fuß gehörte, lieber nicht vorstellen. Die Zerstörungskraft musste gewaltig sein. »Hast du schon mal einen gesehen?«

»Nur einmal. Dem war allerdings schon der Saft ausgegangen. Lag einfach mitten im Niemandsland. War aber heilfroh, dass das Teil hinüber war. Kannst du mir glauben.«

Mel strich sich nachdenklich durchs Haar. »Angeblich werden sie nicht mehr eingesetzt, weil es zu viele Fehlfunktionen gab. Haben auch ihre eigenen Leute umgebracht. Aber sie haben es nicht geschafft, alle abzuschalten.«

»Gut aufgepasst, Kleine. Das hier ist aber keine blöde Schulstunde. Die Dinger sind saugefährlich.« Talion lächelte dunkel. »Angeblich ist es, als kämpfe man gegen einen Panzer.«

Im Inneren von Kuppel 65 konnten sie den Spuren besser folgen. Eine Weile liefen sie über ehemalige landwirtschaftliche

Flächen. Nicht mehr durch die Kuppel geschützt, waren diese inzwischen ebenso unfruchtbar wie was Land der Verlorenen. Auch die Luft schmeckte hier stickig und staubig wie im Ödland.

Sie näherten sich einer sehr kleinen Stadt.

»Das Dorf da vorne wäre perfekt, um Deckung zu suchen«, brummte Talion.

Und perfekt für eine Falle fügte Strudel in Gedanken hinzu. Talion dachte offenbar das Gleiche, denn er gab ihnen Anweisungen, sich zu formieren. Während Talion ihren Rücken sicherte, lief Strudel voraus.

Seine Nackenhaare stellten sich warnend auf, als er zwischen die halb verfallenen Häuser lief. Rasch warf er einen Blick die Straße hinauf. Die Häuser waren kleiner als alle, die er aus Eden kannte und sie standen zu weit auseinander. Sehr schlecht zu verteidigen. Teilweise trennten noch Reste von Zäunen die Fläche zwischen den Häusern. Noch war alles ruhig. Trotzdem sagte ihm sein Gefühl, dass hier Gefahr lauerte. Strudel sprintete los, achtete jedoch darauf, den anderen beiden nicht davonzulaufen. Vor ihm kreuzte eine andere Straße den Weg. Er spähte nach links. Weitere Häuser und ein etwas größeres Gebäude mit der Beschriftung ›Bürgerhaus‹. Strudel wandte den Blick nach rechts. Die Straße öffnete sich schon nach wenigen Metern zu einem großen Platz, an dessen Rand wichtig aussehende Gebäude aufgereiht waren. Auf der Mitte des Platzes stand eine verwitterte steinerne Statue. Nur wenige Meter daneben stand er. Der Kampfroboter erinnerte Strudel vage an die Ausmusterer in der Akademie. Nur war dieser Berg aus metallenen Muskeln etwa viermal so groß. Am rechten Arm befand sich eine gut ein Meter lange schartige und rostige Klinge. Am linken war ein großes Maschinengewehr befestigt. Jetzt wusste Strudel, woher die überdimensionalen Projektile stammten, die er gefunden hatte. Zunächst dachte Strudel, er wäre deaktiviert, doch in der nächsten Sekunde hob das Ungetüm träge den Kopf.

»Deckung!«, brüllte Strudel.

Das Ungetüm hob den Arm mit der Waffe.

Strudel hörte, wie Talion fluchte und nahm im Augenwinkel wahr, wie die beiden hinter das letzte Gebäude hechteten.

Strudel selbst hatte keine Chance, rechtzeitig dorthin zu gelangen. Er warf sich zu Boden. Eine Salve fegte über seinen Kopf hinweg. Er wusste, wenn er blieb, wo er war, würde er sterben. Er rollte herum und sprang auf. Das Ding war tödlich, aber langsam. Also dürfte es ihn nicht treffen.

Er rannte los. In diesem Moment beschleunige das Ungetüm sein Tempo. Verdammt! Die Mauer war noch mindestens fünf Meter entfernt. Zu weit! Er spürte, wie ihn etwas am linken Bein streifte.

Er würde es nicht rechtzeitig schaffen.

Da hörte er, wie hinter ihm das Feuer eröffnet wurde. »Hier her, du hässlicher Schrotthaufen!«, rief Talion über den Platz.

Das Feuer auf ihn geriet ins Stocken.

Strudel warf sich hinter die Mauer. Er riskierte einen raschen Blick. Das Ungetüm hatte sich ein neues Ziel gesucht. Nicht sehr gut programmiert, schoss es ihm durch den Kopf. Er hätte ihn zuerst erledigen sollen. Die Schüsse von Talion und Mel konnten ihm nichts anhaben. Sie prallten von seiner Panzerung ab. Ohne EXO hatten die beiden nicht die geringste Chance gegen das Stahlmonster.

Er musste irgendetwas tun.

Das Ungetüm hatte sich in Bewegung gesetzt. Es musste eine Schwachstelle haben. Analytisch huschten Strudels Augen über die Metallverbindungen. Irgendwo. Es musste einen Angriffspunkt geben. Irgend- da!

Strudel rannte los. Er spürte, dass sein linkes Bein ein wenig nachgab. Darauf konnte er keine Rücksicht nehmen. Innerhalb von Sekunden hatte er das hässliche Metallmonstrum erreicht und warf sich mit einem gewaltigen Sprung auf es. Gleichzeitig zog er ein Messer. Metall krachte auf Metall, als Strudel landete. Er krallte sich fest und hieb mit aller Kraft auf die heraushängenden Kabel ein. Er durchtrennte vier, bevor das Ungetüm seinen Arm drehte und die schartige Klinge auf ihn hinab sauste. Strudel hatte keine

Wahl. Er fing sie mit beiden Unterarmen ab. Natürlich verlor er dabei den Halt. Er wurde durch die Luft geschleudert und schlug hart auf den Boden auf. Reflexartig rollte er zur Seite und entkam so um wenige Zentimeter einer weiteren Salve. Die Schüsse waren gefährlicher als die Klinge.

»Talion!«, brüllte er, als er aufsprang. Er sah ihn nicht, zwischen ihnen stand der Metallberg »Du musst …«

»Ich weiß!«

Gewehrfeuer begann gegen das Monstrum zu trommeln. Doch es war nicht Talion. Den konnte Strudel jetzt zwischen den Beinen des Ungetüms hindurch sehen.

Der alte Kampfroboter riss den Arm mit der Schusswaffe in Strudels Richtung. Strudel duckte sich. Handlange, EXO-durchdringende Projektile jagten über ihn hinweg.

Dann explodierte etwas. Talion hatte eine Granate direkt zwischen die metallenen Muskeln des Ungetüms geklemmt. Die Druckwelle schleuderte Talion zurück. Dank des EXO blieb Strudel auf den Beinen.

Das Ungetüm wankte und drehte sich zu Talion um.

Strudel sprang.

Talion hob das Gewehr. Er konnte nichts damit ausrichten und Talion wusste das.

Strudel landete zu weit unten. Er erreichte die Kabel nicht. Das Ungetüm richtete seinen linken Arm auf Talion, bereit zu feuern.

Strudel warf sich ein Stück höher und packte eine Metallverstrebung. Er zog sich hoch.

Niemals würde er es rechtzeitig schaffen!

»Talion! Nicht bewegen!«, rief plötzlich Mel.

Talion erstarrte.

Noch ein kleines Stück! Dann konnte Strudel die Kabel erreichen!

Das Ungetüm schwenkte suchend den Arm hin und her.

Da sprintete Mel hinter ihrer Deckung hervor. »Hier her, du dämlicher Riesentrampel!«

Das Ungetüm drehte sich in Mels Richtung.

Strudel verlor den Halt. Er warf den Oberkörper nach vorne und streckte den Arm, soweit er konnte.

Der Roboter zielte auf Mel.

Das Messer verfing sich in den Kabeln und Strudel zog, so fest er konnte. Er fiel.

Und das Monster erstarrte mitten in der Bewegung.

Strudel schlug auf dem Boden auf und riss den Kopf nach oben. Gerade rechtzeitig, um zu sehen, dass mehrere Tonnen Stahl nach hinten kippten und auf ihn hinabstürzten.

Strudel rollte sich zusammen und schützte mit den Armen seinen Kopf. Mit gewaltigem Getöse krachten die Überreste des Kampfroboters auf den Boden.

Strudel öffnete die Augen. Nur wenige Zentimeter neben seinem Kopf hatte sich das rostige Schwert gute dreißig Zentimeter in die Erde gebohrt. Der Arm, zu dem es gehörte, lag quer über Strudels rechter Seite. Das EXO hatte den Stoß größtenteils abgefangen. Seine Rippen waren unverletzt. Mit der Kraft des EXOs schob Strudel den Arm zur Seite und kroch darunter hervor. Seine Rüstung war eingedellt und drückte unangenehm gegen seinen Brustkorb.

Schon war Talion neben ihm und zog ihn das letzte Stück aus den Trümmern. »Verdammter Dreck! Bist du okay?« Hektisch tastete Talion ihn ab, als könne er so durch das EXO hindurch Verletzungen feststellen.

Strudel packte die Hände seines Bruders und hielt ihn auf. »Lass das.« Er warf einen Blick auf sein linkes Bein. Das feine Metallnetz war an der Stelle knapp unter dem Knie zerfetzt, an der ihn das Projektil gestreift hatte. Auch die Haut darunter war aufgerissen und das EXO bis zum Fuß hinunter blutig. Es war aber nur ein Kratzer. »Alles in Ordnung. Und bei dir?«

Talion winkte ab. »Einen Moment dachte ich, ich hätte mir bei dem Sturz alle Knochen gebrochen. Scheint aber alles noch heil zu sein.«

»Mel?«, fragte Strudel und sah sich suchend um. Mel stand einige Meter entfernt, dort wo das Ungetüm sie fast erschossen hätte.

Nun kam sie zögernd näher. »Mir geht's gut. Talion hätte mir nur fast den Arm ausgerenkt, als er mich in Deckung gezogen hat.«

»Du warst eben zu langsam. Ich habe dir den Arsch gerettet.«

Mel nickte. »Danke.«

Talion lachte. »Gleichfalls. Ohne dich wäre ich nur noch ein zuckender, löchriger Fleischberg. Woher wusstest du das?«

Mel lächelte schelmisch. »Aus meiner blöden Schulstunde.«

Talion lachte lauter.

Sie wurde wieder ernst. »Viele dieser alten Maschinen haben nur Bewegungssensoren. Ist mir grade noch rechtzeitig eingefallen.«

»Allerdings. So knapp war es lange nicht mehr. Ich wusste doch, es ist eine gute Idee, dich mitzunehmen.« Talion klopfte Mel anerkennend auf die Schulter. »Jetzt werde ich mal schauen, ob wir aus diesem Schrotthaufen noch Kapital schlagen können.«

Während Talion sich daran machte, das schwere Maschinengewehr des Roboters zu demontieren, sah sich Strudel die Schäden an seinem EXO genauer an.

»Bist du wirklich unverletzt?«, fragte Mel und trat näher. »Sah übel aus.«

Er schüttelte den Kopf. »Das EXO hat das meiste abgehalten. Ich habe fast nichts abbekommen.«

Nur die Dellen an seiner Seite waren wirklich ein Problem. Er hatte so etwas schon einmal ignoriert und es war nicht gut ausgegangen. Probehalber ging er ein paar Schritte und versuchte, dabei die Arme zu schwingen. Er kam am Sockel in der Mitte des Platzes vorbei. Auf ihm standen nur noch die Unterschenkel der Statue. Der Rest hatte den Kampf nicht überstanden und lag zerbrochen auf dem Boden. Auf einer Steinplatte nahe der Füße konnte Strudel einen Schriftzug erkennen. Neugierig ging er näher heran. Die Schrift war so verwittert, dass er nur die großgeschriebenen Buchstaben V E N U S erkennen konnte. Strudel drehte um und kehrte zum zerstörten Kampfroboter zurück.

Talion jubelte. Er hatte das Maschinengewehr demontiert und streckte es triumphierend in die Luft. Er brauchte beide Hände dafür und Strudel fragte sich, was er mit einer dermaßen unhandlichen Waffe vor hatte.

»Vorsicht!«, rief Mel plötzlich. »Lichtbringer!«

Talion packte sofort seine neue Errungenschaft und zielte mit grimmigem Blick.

Strudel wirbelte herum.

Aus einem der Gebäude trat eine rot-schwarze Gestalt. Sie hielt ihre Waffe in die Luft.

»Ihr elenden Mistkerle!«, brüllte Talion mit aller Kraft.

Er würde feuern. Strudel wusste es. Er sah es an Talions Blick.

Doch das durfte er nicht. Er durfte es einfach nicht. Strudel kannte die junge Frau.

Mit einem großen Ausfallschritt nutzte Strudel seinen Körper als Schild.

Talion feuerte.

Die Munition würde sein EXO durchschlagen.

Sie würde sich durch ihn hindurchbohren.

Ihn zerfetzten.

Strudel würde sterben.

Trotzdem konnte er nicht anders. Finan hätte es ihm niemals verziehen.

Der Schuss ging daneben.

Hatte Talion im letzten Moment die Waffe zu Seite gerissen? Oder einfach noch nicht die Kontrolle über das schwere Gerät?

Obwohl Strudel ganz schwummrig bei dem Gedanken war, wie knapp er dem Tod entkommen war, versuchte er jedes Zittern aus seiner Stimme herauszuhalten. »Talion hör auf!«, sagte Strudel laut. »Das ist Caroline, eine Freundin von mir.«

»Gehört sie zu deinem Trupp?«, knurrte Talion.

»Nein.«

»Dann geh verflucht noch mal zur Seite, oder ich schwöre, ich schieße diesmal einfach durch dich hindurch.«

»Ich vertraue ihr.«

»Sie ist ein Lichtbringer!« Wut und Wahnsinn verzerrten die Züge seines Bruders. Plötzlich ließ Talion die Waffe fallen und stürmte stattdessen auf Strudel zu. »Sie ist ein verfluchter Lichtbringer. Und du beschützt sie!«

Strudel blieb, wo er war. »Das war ich auch! Ich war einer von ihnen. Talion, bitte …«

Der Schlag, den sein Bruder ihm versetzte, hätte ihn normalerweise umgehauen. Mit dem EXO spürte er nur einen dumpfen Aufschlag. Ein Übelkeit erregendes Knacken ertönte. Das Brechen von Knochen. Talion schien den Schmerz überhaupt nicht wahrzunehmen. »Ich werde sie töten! Ob du willst, oder nicht! Ich werde jeden einzelnen Lichtbringer töten! Sie tun es wieder! Verstehst du es nicht? Sie tun es wieder!«

Talion holte erneut mit der bereits verletzten Hand aus. Behutsam, um ihm mit der Kraft des EXOs nicht noch mehr Knochen zu brechen, fing Strudel den Arm ab und hielt Talion fest. »Sie ist die, die wir suchen! Sie hat mich gerettet.« Das war nur geraten, aber es machte durchaus Sinn. Caroline wäre eine der wenigen Personen, denen er die Fähigkeit zutraute, Kuppel 67 zu kontaktieren. »Wir sind hier, um sie zu retten! Nicht, um sie zu töten!«

So schnell wie sie gekommen war, verschwand die Aggression wieder aus Talions Haltung. Strudel ließ ihn los. Sein Bruder fiel auf die Knie und umklammerte schützend seine verletzte Hand.

»Schön, dass ihr euch geeinigt habt«, sagte Caroline sarkastisch. »Wird die anderen freuen, zu hören, dass ihr uns nicht auch noch umbringen wollt.«

Strudel drehte sich zu ihr um. »Welche anderen?«

Caroline grinste und drehte sich zu dem Gebäude mit der Aufschrift ›Rathaus‹ um, aus dem sie gekommen war. Sie rief: »Die Lage ist gesichert. Kommt raus. Ihr werdet nicht glauben, wer unseren großen metallischen Freund erledigt hat.«

Eine kleine Gruppe aus drei Personen trat aus dem Gebäude heraus. Zwei davon gehörten zu Carolines Trupp 7. Strudel erkannte die wilde Roberta, die ebenfalls ihr EXO trug und den Sanitäter Liu. Er stützte die dritte Person. Ein Kopf mit rotbraunen Locken hob sich. »Schön dich zu sehen, Strudel.«

»Canina!«

»Allerdings.« Canina lächelte, aber es fehlte ihr etwas an ihrem üblichen Elan. Sie hielt sich die Seite und ihre helle Haut wirkte noch blasser als sonst. »Aber bevor du jetzt sentimental wirst, schau erst mal, wen wir dir mitgebracht haben. Rob bist du so gut?«

Roberta drehte sich um. Sie trug ein seltsames Gestell auf dem Rücken. Und darin saß ein Toter.

Nur, dass Finan gar nicht tot war. Sondern Strudel schief anlächelte. »Ich hoffe, du hast dir keine Sorgen um mich gemacht?« Seine Stimme klang schleppend, aber es war eindeutig Finan.

Strudels Knie gaben nach. Langsam schüttelte er den Kopf. »Du bist tot!«

Finan runzelte die Stirn. »Es tut mir leid«, sagte er langsam und setzte dann ebenso bedächtig hinzu: »Wir wussten, dass die Möglichkeit besteht, dass die Nachricht zu dir durchdringt. Caroline meinte aber, es wäre die einzige Möglichkeit, den Lichtbringern dauerhaft zu entkommen.«

»Wie du siehst, war deine Befürchtung unbegründet«, sagte Caroline mit verdrehten Augen. »Strudel wusste es und lebt immer noch.«

»Ich störe euer Wiedersehen nur ungern«, sagte Liu mit seiner angenehmen Stimme. »Aber vielleicht sollten wir für diese Diskussion lieber wieder rein gehen. Wir haben mehrere Verletzte.«

Caroline nickte. »Hier draußen sind wir leichte Beute. Wir reden drinnen weiter«, befahl sie.

Die Gruppe um Caroline tat willig, was sie verlangte. Liu half Canina nach drinnen. Finan warf Strudel einen besorgten Blick zu. Roberta stampfte jedoch davon, sodass er keine Gelegenheit hatte, noch etwas zu sagen.

Strudel blieb im Staub sitzen. Er zitterte.

Als er Schritte neben sich hörte, drehte er langsam den Kopf.

Mel streckte ihm hilfsbereit eine Hand entgegen. »Wer sind diese Leute?«

»Die Anführerin, der Junge mit den Rastas und die mit dem EXO sind Mitglieder aus Trupp 7. Ich kenne sie aus der Akademie. Das Mädchen mit den Locken ist meine Freundin Canina«, erklärte er und fühlte sich dabei seltsam unwirklich. »Und der dunkelhäutige Junge mit der Brille ist mein bester Freund. Finan.« Als er es aussprach, begannen seinen Schultern zu beben und er spürte, wie warme Tränen über sein Gesicht liefen.

Als Mel den Namen wieder erkannte, weiteten sich ihre Augen. »Oh!«

»Ich …« Strudel fuhr sich fahrig übers Gesicht. Warum weinte er? Er war noch nie so froh und erleichtert wie in diesem Moment. »Ich habe tausend Fragen.«

Mel senkte ihre Hand noch ein Stück. »Das denke ich mir. Wenn du hier sitzen bleibst, wirst du sie nicht stellen können.«

Strudel lächelte. »Stimmt.« Er packte entschlossen ihre Hand und stand auf. Dabei achtete er darauf, sie mit dem Gewicht des EXOs nicht umzureißen. Erst jetzt bemerkte er, dass Talion ebenfalls noch auf dem Boden kauerte. Strudel wischte sich noch mal übers Gesicht, um diese albernen Tränen verschwinden zu lassen, bevor er sich an seinen Bruder wandte. »Talion?«

Sein Bruder hatte den Kopf tief gesenkt. »Freut mich, dass du deine Freunde gefunden hast«, sagte er, ohne aufzusehen. Etwas Schweres schwang in seiner Stimme mit. Auch die unverletzte Hand zitterte.

»Sicher hast du Schmerzen. Canina wird dir gleich helfen.«

Talion schüttelte den Kopf. »Nicht der Rede wert. Aber Strudel …« Nun sah Talion ihn an. Auch sein Gesicht war tränennass. Und völlig verzweifelt. »Es tut mir leid. Ich kann das nicht kontrollieren. Da ist so viel Dunkelheit in mir.«

»Schon gut.«

»Es ist nicht gut! Ich hätte dich fast umgebracht!«

»Na ja, *meine* Hand ist jetzt nicht gebrochen«, versuchte Strudel zu scherzen.

»Du weißt genau, dass ich nicht die verdammte Hand meine!«

Hilflos zuckte Strudel mit den Schultern. »Mir ist doch nichts passiert.«

»Aber ich hätte dich …«

»Stopp jetzt!«, befahl Mel. »Das Ganze ›hätte‹ bringt doch nichts.« In diesem Moment erinnerte sie Strudel wieder furchtbar an ihren Bruder Simon. »Vergangenheit ist vergangen. Wir gehen jetzt da rein, damit Strudel mit seinen Freunden reden kann. Dann bringen wir alle sicher zu 67. Das ist, was jetzt zählt!«

Erstaunlicherweise funktionierte es. Talion straffte sich und stand auf. Er zuckte nicht mit der Wimper und das, obwohl Strudel wusste, dass bei einem gebrochenen Knochen jede Bewegung Schmerzen verursachte.

Strudel hätte ihn gerne gestützt, weil er furchtbar weiß im Gesicht war, aber ihm war klar, dass Talion das nie zulassen würde.

Als sie hinein gingen, spürte Strudel seinen schnellen Herzschlag deutlich an der eingedrückten Seite des EXOs. Hektisch sah er sich im Innerem um, denn einen Augenblick lang fürchte er, sich Canina und Finan nur eingebildet zu haben.

Aber da waren sie.

Canina saß an einen kleinen Aktenschrank gelehnt und versuchte Liu zu vertreiben, der offenbar ihren Puls fühlen wollte.

Finan wurde gerade von Roberta mitsamt dem seltsamen Gestell auf dem Boden abgesetzt.

Wieder stiegen Strudel Tränen in die Augen. Er blinzelte sie ärgerlich weg.

Als Mel, Talion und er näher kamen, hielten alle inne und sahen zu ihnen. Strudels Schritte wurden zögerlicher. Was sollte er nur sagen? Es war so seltsam, sie plötzlich hier zu sehen. So unwirklich. Gleichzeitig wirbelten hunderte Fragen durch seinen Kopf und am liebsten hätte er alle gleichzeitig gestellt. Er hatte die Gruppe erreicht, atmete tief durch und begann mit der Wichtigsten: »Wo ist Nesrin?«

»Die Lichtbringer haben sie von uns getrennt.« Finans Hand zuckte und Strudel war sich sicher, dass er gleich seine Brille zurechtrücken würde, so wie immer. Aber er tat es nicht.

»Wir haben sie seit Monaten nicht mehr gesehen«, fügte Canina bitter hinzu. »Wir vermuten, dass sie immer noch in der Akademie ist.« Canina schlang die Arme um die Knie und wirkte plötzlich sehr verletzlich.

Der Anblick machte Strudel Angst. Normalerweise hasste Canina es, Schwäche zu zeigen. Was war los mit ihr?

Er selbst war einerseits erleichtert, weil er schon befürchtet hatte, Nesrins Fehlen hätte einen viel schrecklicheren Grund. Andererseits schauderte es ihn bei der Vorstellung, dass sie ganz alleine von den Lichtbringern festgehalten wurde.

Die nächste Frage war noch schwieriger. Doch wenn er sie jetzt nicht aussprach, würde er sich wohl nie wieder trauen.

»Sind wir noch Freunde, obwohl ich euch im Stich gelassen habe?« Die Worte kamen schnell, fast hätte er sich verhaspelt.

Einen Moment hingen die Worte schwer in der Luft. Dann lies Canina ihre Knie los, sah Strudel einen Moment verwundert an und begann laut zu lachen. Es wirkte, als wären ihre Nerven seit Monaten zum Zerreißen gespannt und sie würde sich nun zum ersten Mal erlauben, wieder zu lachen. Und das tat sie. So heftig, dass sie mit der Hand auf den Boden schlug. »Ich glaub es nicht«, schnaubte sie.

»Ich habe es dir doch gesagt«, sagte Finan und sprach dabei jedes Wort aus, als hätte es eine wichtige Bedeutung. Dann fügte er ernst hinzu: »Strudel, wir sind froh, dass du gegangen bist. Du wärst sonst tot und unsere ganze Mühe umsonst. Natürlich sind wir noch Freunde.«

Der schleppende Tonfall irritierte Strudel. Er passte nicht zu Finan.

»Habe ich es dir nicht gesagt?«, murmelte Talion neben Strudel.

Noch wollte sich keine Erleichterung bei Strudel einstellen. Er hatte das Gefühl, mehr sagen zu müssen. »Ich wollte euch nicht zurücklassen. Ich habe es nicht absichtlich getan. Ich wollte zurück, aber …«

»Dann habe ich ihn mit einem Betäubungsmittel beschossen«, vervollständigte Talion hilfsbereit. »Und ihn später noch ordentlich verprügelt, wenn ihr es genau wissen wollt. Anders war der kleine Bastard nicht in den Griff zu bekommen.«

Finan zog träge die Augenbrauen hoch. »Wer ist dieser sympathische junge Mann eigentlich?«, fragte er Strudel. Doch seiner Stimme fehlte ein wenig die spöttische Schärfe von früher.

»Das ist Talion.« Strudel gab sich einen Ruck. »Mein Bruder.«

Verblüfftes Schweigen breitete sich aus.

»Wie kann das sein?«, fragte schließlich Canina.

Also erklärte Strudel es ihnen. Er erzählte von Projekt Neshamah. Von Talions Flucht. Der Vernichtung der Klone. Vom Bau der Akademie und Projekt 8. Es fiel ihm nicht leicht, aber sie sollten es wissen. Schließlich war es in gewisser Weise der Grund für ihr aller Schicksal.

»Das Strudel ein Klon ist, haben wir schon herausgefunden. Also seid ihr beide aus demselben Genmaterial und nennt euch deshalb Brüder«, fasste Caroline knapp zusammen. Die Eröffnung, dass ihr jahrelanges Leiden Grundlage eines Klonprojekts war, überraschte sie entweder ebenfalls nicht, oder schien sie nicht sonderlich zu berühren. »Wisst ihr auch, wessen Material verwendet wurde?«

Strudel schüttelte den Kopf und sah zu Talion.

»Nein. Ich habe auch keine Ahnung. In diesem verdammten Labor waren sie nicht gerade freigiebig mit ihren Informationen.«

Caroline schaltete ihren Com an der Schläfe ein. Ein bläulicher Bildschirm baute sich vor ihrem Gesicht auf. »Ich werde da etwas überprüfen.« Sie begann zu arbeiten.

Finan schaute sehnsüchtig zu ihr hinüber, doch dann riss er sich los und lenkte seine Aufmerksamkeit mühsam wieder auf Strudel. »Das erklärt wirklich einiges. Viele Puzzleteile passen jetzt zusammen. Das hätte ich früher wissen müssen.«

»Oh entschuldige, dass wir dich kleinen Klugscheißer nicht sofort informiert haben. Wir hatten zufällig anderes zu tun.« Talions Stimmung schwankte wieder in die gefährliche Richtung. »Die Angriffe auf Kuppel 67 abwehren, die DU organisiert hast, zum Beispiel. Oder meinen Bruder davon abhalten, sich wegen DEINEM angeblichen Tod …«

»Talion!«, unterbrach Strudel ihn wütend. »Finan und die anderen sind meine Freunde. Hör auf damit!«

Talion winkte mit der Linken ab. »Ja, schon gut. Ist aber nun mal wahr, oder?«

Strudel atmete tief durch, um einen klaren Kopf zu bekommen. »Canina, kannst du dir mal Talions Hand ansehen?«, bat er dann.

Canina hob interessiert den Kopf. »Was ist mit seiner Hand?«

»Er hat sie sich gebrochen. Mittelhandknochen vermute ich.«

»Klar gerne!« Tatendrang funkelte in ihren Augen.

»Halt. Nicht so schnell. Du rührst keinen Finger«, sagte Liu bestimmt. »Du bist selbst verwundet. Ich übernehme das.«

Rasch kam Liu zu Talion. »Besser du setzt dich.«

»Unsinn! Das ist doch keine große Sache«, protestierte Talion.

»Bitte, tu es einfach«, bat Strudel ihn erschöpft. »Canina, was ist denn mit dir?«

Sie wirkte plötzlich genauso uneinsichtig wie Talion. »Ich habe echt kaum was abbekommen. Tierisch nervig, was ihr alle für ein Theater darum macht.«

Strudel dachte an das Blut, das sie hierher geführt hatte, und glaubte ihr kein Wort. Sie war schon immer eine furchtbar schlechte Patientin gewesen.

Auch Finan seufzte genervt, ließ es aber darauf beruhen. »Ich bin wirklich unheimlich froh, dich zu sehen, Strudel.« Er blinzelte ein paarmal angestrengt, bevor er weiter sprach. »Wir waren uns nicht sicher, ob dich unsere Nachricht erreicht.«

Strudel nickte langsam. »Also warst du es auch, der Kuppel 67 wegen meiner Hinrichtung informiert hat?«

Finan lächelte schwach. »Nein. Dazu wäre ich damals überhaupt nicht in der Lage gewesen. Dafür kannst du dich bei Caro bedanken.«

Caroline sah sie an, als sie ihren Namen hörte. Durch das blaue Licht wirkte ihr Gesicht seltsam verzerrt. Sie tippte sich an die Schläfe und der Bildschirm verschwand. »War eigentlich keine große Sache. Ich habe ein paar Sicherheitslücken genutzt und denselben Empfänger eingestellt, den Yaro damals angefunkt hat. Finan hat mir davon erzählt. Ich dachte, so besteht zumindest die Chance, dass dich jemand da rausholt.«

Strudel lächelte. »Danke.«

Sie zuckte mit den Schultern und schaltete den Com wieder ein. »Ich konnte dich schlecht sterben lassen. Das hätte Finan den Rest gegeben.«

Finan verzog das Gesicht zu einer sarkastischen Grimasse. »Na vielen Dank.«

Strudel bemerkte jedoch den warmen Blick, den Finan Caroline zuwarf.

Die Langsamkeit, mit der Finan seinen Bericht fortsetzte, verwirrte Strudel zunehmend. Sonst war Finan auch immer davon ausgegangen, dass Strudel seinen schnellen Worten folgen konnte. »Jedenfalls hat Caroline das Ganze in die Hand genommen. Als ich fit genug war, hat sie mir geholfen, die Position zu erreichen, die ich für unseren Fluchtplan brauchte. Schließlich haben wir den Plan durchgezogen.«

»Allerdings hat Marco uns verraten. Ist abgehauen, der elende Jammerlappen. Deshalb ist Ranja draufgegangen.« Es war das erste Mal, dass Roberta sich zu Wort meldete. »Dafür werde ich ihn umbringen.«

Strudel zweifelte keine Sekunde an ihren Worten. Roberta war wie ein wildes Tier – ein wildes Tier mit einem EXO. Eine gefährliche Mischung. Jetzt, da er daran dachte, wunderte sich Strudel: Als EXO – Trägerin hätte Roberta es eigentlich mit dem Kampfroboter aufnehmen müssen. Aber Moment. Das ging natürlich nicht, weil Finan auf ihrem Rücken saß. »Warum hast du Finan getragen?«

»Was für eine blöde Frage. Der Krüppel kann nicht selbst laufen. Deshalb«, schnauzte Roberta ihn an.

Strudel starrte sie einen Moment an. »Was?«

»Na, er kann sich nicht mal selbst den Arsch abwischen. Was meinst du, wie er den ganzen Weg bis hierher hätte kommen sollen?«, fragte sie gereizt zurück.

»Rob!« Finan wollte sich aufrichten, doch er sackte gleich wieder in dem Gestell zusammen.

»Was?«, knurrte Roberta. »Ist doch wahr!«

Talions Lachen beendete die Diskussion. »Du kennst ja lauter Mädchen, die echt auf zack sind! Warum hast du mir das bisher nicht verraten, Brüderchen?«

Strudel ignorierte ihn, Panik drohte ihn zu überwältigen. »Wieso?« Mehr brachte er nicht heraus.

Finan verstand ihn auch so. »Ich hatte eine schwere Schädelverletzung und lag sechs Monate lang im Koma.« Das Lächeln sollte unbekümmert wirkten, aber Strudel kannte ihn zu gut. Er sah die Verbitterung und die Angst. Jetzt verstand er auch endlich, dass Finan nicht mit Absicht in dieser für ihn so untypischen Langsamkeit sprach. »Es wird wohl noch einige Zeit dauern, bis ich wieder völlig hergestellt bin.«

Strudels Kehle zog sich zu. Finan, der schneller dachte, als jeder andere Mensch, den Strudel je getroffen hatte, war an diesen unendlich langsamen und kaum beweglichen Körper gefesselt. Es musste sich anfühlen, als würde er blitzschnelle, hochkomplexe Befehle in einen Computer eingeben, aber dieser würde sie dann erst in Zeitlupe ausführen.

»Bevor ihr jetzt in Depressionen versinkt, solltet ihr euch das hier ansehen. Ich wusste, dass er mir bekannt vorkam.« Caroline zwinkerte in einem bestimmten Rhythmus und das Bild, das sie aufgerufen hatte, vergrößerte sich.

Es war das Porträt eines weißhaarigen Mannes, der stolz in die

Kamera blickte, den Kopf auf seltsam edle Weise zur Seite geneigt. Die Haltung war eine völlig andere und das Alter stimmte natürlich auch nicht. Ansonsten war dieser Mann das Ebenbild von Talion. Strudels Mund fühlte sich trocken an. »Wer ist das?«

»Das ist der Mann, der den Krieg voraussah und die Kuppeln bauen ließ. Das ist der vergessene Retter der Menschheit. Wenn ihr mich fragt, ist er euer genetischer Vater.«

Strudel zuckte bei diesen Worten heftig zusammen. Er sah zu Talion hinüber und stellte fest, dass es ihm ebenso erging. Talion riss seine halb bandagierte Hand von Liu los und kam rasch näher. »Das ist ausgemachter Schwachsinn!«, knurrte Talion.

»Ach ja? Und worauf begründest du diese hoch qualifizierte Aussage?«, fragte Caroline gereizt.

»Ich habe noch nie von diesem Kerl gehört!«

»Kein Wunder. Ich sagte ja auch, dass er vergessen wurde. Oder besser gesagt, haben sie die Erinnerung an seine Existenz fast vollständig ausgelöscht. Keine Ahnung warum.«

»Woher weißt du dann, wer er ist?«, schnauzte Talion.

»Ich habe meine Nase in Dinge gesteckt, die mich nichts angingen und bin auf ihn gestoßen. Es hat mich neugierig gemacht, dass die Armee ihn so vehement verleugnet. Eigentlich sollte der Mann doch verehrt werden, oder? Also habe ich weiter geforscht.«

»Die Ähnlichkeit ist verblüffend«, sagte Finan mit seiner neuen, schleppenden Stimme. Doch etwas von der Faszination, die er spüren musste, konnte Strudel vage heraushören. »Es ist, als wäre Strudel in drei Altersstufen hier.«

Erst jetzt wurde Strudel klar, dass der Mann natürlich nicht nur Talion, sondern auch ihm ziemlich ähnlich sehen musste.

»Nur die Augen stimmen nicht«, fügte Finan hinzu.

»Das liegt daran, dass unsere Augenfarbe ein Erkennungsmerkmal ist«, sagte Talion, bebend vor Zorn. »Alle meine Brüder hatten diese Augen und auch die neuen Klone haben sie. Sie zeigen jedem auf den ersten Blick, dass wir anders sind. Unmenschlich.«

Talions Worte waren für Strudel wie ein Schlag in die Magengrube. Es war das eine, selbst zu wissen, dass man ein Klon war. Etwas völlig anderes aber, wenn jeder Fremde es sofort erkennen konnte. Strudel hatte seine Augen gemocht. Jetzt kamen sie ihm wie ein Makel vor – eine Besitzkennzeichnung der Lichtbringer. Ähnlich seinem Brandmal mit der Nummer 365. Nur, dass es ihm diesmal Viktoria verpasst hatte.

Strudel spürte, wie die anderen ihn beobachteten und dachte hastig nach, was er sagen konnte. »Talion, Mel, habt ihr beim Abendstern schon mal etwas über diesen Mann gehört?«

»Meinst du nicht, er wäre mir aufgefallen, wenn es so wäre?« Talion bemühte sich sichtlich, seine Wut unter Kontrolle zu bekommen. »Aber ich war auch nie ein Bücherwurm. Vielleicht weiß unsere kleine Streberin mehr?«

Doch auch Mel schüttelte den Kopf. »Über – vor dem ›Großen Krieg‹ gebaut und seit er ausbrach Zufluchtsstätten für die Menschheit – sind wir nie hinausgekommen.«

Caroline wirkte unzufrieden. Offenbar hatte sie gehofft, außerhalb von Eden mehr Informationen zu finden. »Ich werde weiter Nachforschungen anstellen. Jetzt sollten wir uns erst mal überlegen, wie es weitergehen soll.«

»Wir werden so schnell wie möglich verschwinden«, bestimmte Talion.

»Ich bin anderer Meinung«, sagte Caroline selbstsicher. »Wir sollten bis morgen hierbleiben. Wir haben Verletzte, die Ruhe brauchen. Wer hat dir eigentlich den Befehl übertragen? Ich bin die Truppenführung.« Caroline richtete sich zu ihrer vollen Größe auf.

»Und Finan ist unser bester Taktiker«, fügte Canina entschlossen hinzu.

»Der eiskalte Cyborg und der Krüppel?« Talion lachte und schien ernsthaft amüsiert. »Vergesst es. Ich kämpfe hier draußen schon seit meinem zwölften Lebensjahr. Hier zu überleben, ist mein Spezialgebiet. Oder weiß einer von euch, weshalb wir hier so alleine sind?«

»Wie meinst du das?«, fragte Strudel.

»Wenn du die Wahl zwischen dem Ödland und dem hier hättest, wo würdest du hingehen?«

Natürlich. »Keine Verlorenen«, schlussfolgerte Strudel.

»Genau. Sie meiden diese Gegend. In anderen zerstörten Kuppeln leben angeblich ganze Kolonien von ihnen. Aber hier nicht. Sie sagen, es wäre zu gefährlich. Warum ist das wohl so?«

Strudel wartete.

»Vielleicht lag es an dem Kampfroboter. Sicher treibt er sich hier schon eine Weile herum«, mutmaßte Mel.

»Gut möglich, aber wahrscheinlich nicht der einzige Grund. Wir verschwinden und halten uns an den ursprünglichen Plan. Den haben wir schließlich extra ausgearbeitet, um euch den Arsch zu retten.« Talion sah herausfordernd in die Runde. »Jemand etwas einzuwenden?«

»Es stimmt«, sagte Finan langsam. »Mit ihm sind unsere Überlebenschancen am höchsten.«

Sichtlich unwillig stimmte Caroline zu und sie begannen, sich auf den Aufbruch vorzubereiten. Liu schaffte es, Talion dazu zu überreden, seine Hand schienen zu dürfen. Er brachte es sogar fertig, dass Talion sich einen Moment neben Canina setzte und ließ es zu, dass diese ihm beim Versorgen der gebrochenen Knochen half. Das war clever, fand Strudel. Canina hätte ohnehin keine Ruhe gegeben und so bewegte sie sich wenigstens nicht zu viel.

Mel sprach unterdessen leise mit Roberta. Mutig.

Weil er sich etwas verloren vorkam, ging Strudel zu Finan, um zu sehen, ob er ihm helfen konnte.

»Das gefällt mir nicht.« Caroline sprach so leise, dass Strudel sie fast nicht verstehen konnte. »Wollen wir unser Leben wirklich in die Hände dieses Cholerikers legen?«

Strudel trat noch einen Schritt näher, sodass die beiden auf ihn aufmerksam wurden.

»Wir können Talion vertrauen. Er weiß, was er tut.«

»Ist das dein Ernst?« Sie schüttelte ungläubig den Kopf. »Er hat dich angegriffen.«

Strudel zuckte mit den Schultern. »Er kann nichts dafür.«

»Wir haben diese Nachricht doch geschickt, damit jemand vom Abendstern uns findet und hilft. Das war deine Idee«, sagte Finan ruhig. Er wirkte müde.

»Ich wusste ja nicht, dass sie ausgerechnet einen Verrückten schicken.«

»Uns hat niemand geschickt. Es war Talion, der unbedingt kommen wollte.«

Verblüfft hob Caroline die Augenbrauen. »Ihr seid nicht auf Befehl des Abendsterns hier?«

»Der Abendstern würde euch hier draußen sterben lassen. Talion riskiert sein Leben, indem er hier ist.«

Caroline dachte einen Moment nach, dann nickte sie Finan zu und ging ohne ein weiteres Wort.

Finan wollte gerade etwas zu Strudel sagen, als Roberta sie unterbrach. »Zieh das EXO aus, du Trottel.«

Strudel drehte sich zu ihr um. »Wieso?«

Roberta klopfte, ohne zu zögern, hart gegen die Delle an Strudels linker Seite. Strudel zuckte zusammen. Hatte Mel etwa deshalb mit ihr gesprochen?

»Wie sollen wir es dann zurücktransportieren? Ich kann es nicht hier lassen.«

»Na wie wohl? Ich trage es.«

Das gefiel Strudel nicht. »Du musst doch Finan …«

»Ich habe auch noch Arme.«

Unwillig griff Strudel in seinen Nacken. Als sich das EXO von seinen Rippen löste, wusste Strudel, dass Roberta recht hatte. Diesmal war es nicht so schlimm wie damals, als ein Trümmerteil seinen Arm zerquetscht hatte. Trotzdem kribbelte die Stelle schmerzhaft. Mit einem eingedrückten EXO war nicht zu spaßen. Kaum hatte er das EXO abgelegt, spürte er die Spuren des vergangenen Kampfes viel deutlicher.

Roberta schien zufrieden, auch wenn er das bei ihr nie eindeutig sagen konnte. Sie hob erst Finan auf ihren Rücken, wobei dieser unsanft hin und her geschleudert wurde. Dann packte sie das EXO und hob es mühelos hoch.

»Du kannst sie nicht mitnehmen. Nicht mit einer Hand.«

Strudel beobachtet, wie Talion erneut versuchte, die schwere Waffe des Kampfroboters anzuheben. Nur Roberta hätte dieses totspuckende Monstrum mühelos benutzen können. Mit Finan und Strudels EXO war sie jedoch bereits voll beladen.

»Du hast keine Ahnung, wozu ich fähig bin, Brüderchen.«

»Wir sind ausreichend bewaffnet«, wandte Strudel ein.

»Hier draußen ist man nie ausreichend bewaffnet«, brummte Talion, ließ jedoch frustriert von seinem Versuch ab.

Sie brachen auf. Talion übernahm die Führung. Direkt hinter ihm lief Caroline und ließ ihn nicht aus den Augen. Dahinter folgten Canina, die sich nur höchst unwillig von Liu stützen ließ und Roberta mit Finan. Strudel und Mel sicherten die Gruppe von hinten ab.

Wachsam durchquerten sie die Siedlung. Erst als sie die Häuser hinter sich gelassen hatten, entspannte sich Strudel ein wenig. Hier konnten sie Gefahren schon von Weitem kommen sehen. Er hätte vielleicht sogar genug Zeit, sein EXO anzuziehen.

Es dauerte nicht lange, bis Finan ihn ansprach: »Strudel?«

Strudel ging ein wenig schneller, um zu seinem Freund aufzuschließen.

»Weißt du, Talion hatte recht. Ich habe Krieg für die Lichtbringer geführt. Aber ich habe immer versucht, die Verluste beim Abendstern so gering wie möglich zu halten. Ich wollte, dass du das weißt.« Nach diesen vielen Worten wirkte Finan tief erschöpft.

Strudel fühlte sich seltsam. Einerseits war er unendlich glücklich, dass Finan lebte und hier bei ihm war. Andererseits war er wütend. Gab es eine Entschuldigung dafür, dass Finan den Lichtbringern geholfen hatte? Krieg geführt hatte für sie? Aber hätte er selbst etwas anderes getan? Strudel wusste es nicht. »Den Sturm auf die Kuppel hast du aber nicht mehr organisiert.« Der Angriff war einfach zu plump, um Finans Stil zu sein.

Finan zog alarmiert die Augenbrauen nach oben. Trotzdem brauchte er ein paar Sekunden, bis er seine Fragen formuliert hatte. »Das haben sie nicht wirklich getan? Haben sie es etwa in die Kuppel geschafft?«

Strudel nickte.

»Bei Eden! So ein verdammter Mist. Waren die Verluste hoch?«

Strudel war nicht sicher, wessen Verluste Finan meinte, doch es war eigentlich auch egal. »Ja. Die Lichtbringer haben Kinder gestohlen.«

Finan fluchte. Es war merkwürdig, jemanden langsam fluchen zu hören.

»Es macht Sinn. Es gibt zu wenig gesunde Kinder.« Was Strudel nicht aussprach, war: So eine berechnende Logik war genau Finans Denkweise. Er erschrak über diesen Gedanken.

»Ich habe 26 Mal versucht, sie von dieser Idee abzubringen.«

Finan blinzelte unsicher. »Du weißt doch, dass ich das nie zugelassen hätte?«

Wieder nickte Strudel. Natürlich würde Finan so etwas nicht tun. Er wollte ihm glauben. Dennoch konnte er nicht verhindern, dass ein leiser Zweifel blieb. Was, wenn doch? Was, wenn es Finans Idee gewesen war? Wenn sein Freund für all das Leid im ZKF verantwortlich war?

Etwa einen Kilometer lang schwiegen sie. In der Ferne konnte Strudel bereits den Riss in der Kuppel erkennen, durch den sie hereingekommen waren.

»Sag mal …« Diesmal hatte Strudel das Gefühl, dass die Pause im Satz absichtlich entstand, denn Finan konnte Strudel nicht in die Augen sehen. »Talion hat angedeutet, dass du versucht hast … Na ja. Du weißt schon.«

Auch Strudel wandte den Blick zu Boden.

»Es tut mir wirklich leid«, sagte Finan leise.

Strudel merkte, dass Finan noch mehr sagen wollte. Strudel ließ ihm keine Zeit, seine Worte zu sammeln. »War nicht deine Schuld.«

Finan nickt langsam, dann sah er an seinem nutzlosen Körper hinab. »Und das hier ist nicht deine. Canina hat erzählt, dass du dich für meine Verwundung verantwortlich gefühlt hast.«

»Jetzt reichts! Maul halten!«, beschwerte sich Roberta grob. Peinlich berührt, weil ihm klar wurde, dass Roberta natürlich jedes Wort gehört hatte, sah Strudel zur Seite.

Da bemerkte er sie.

Gelbe Augenpaare.

Viele.

»Talion«, sagte er, so ruhig er konnte, um die Biester nicht aufzuschrecken. »Mutanten. Nordwesten.«

Sofort war Anspannung in ihrer Gruppe zu merken. Trotzdem gingen alle gleichmäßig weiter.

»Wie viele?«, fragte Talion angespannt.

Strudel zählte rasch durch. Die Mutanten drückten sich mit ihren deformierten Körpern dicht auf die Erde. Ihre ledrige Haut bot ihnen auf diesem staubigen Untergrund die perfekte Tarnung. Nahezu unsichtbar. Doch jetzt da er wusste, dass sie da waren, entdeckte er immer mehr auffällige Umrisse. »Ich sehe neunzehn.«

»Neunzehn? Bist du sicher? Ich habe noch nie von einem so großen Rudel gehört.« Talion drehte sich nun vorsichtig, um sich selbst von Strudels Aussage zu überzeugen. »Verdammt. Jetzt hätte ich die Riesenknarre gut gebrauchen können.«

Strudel war sich sicher, dass diese intelligenten Tiere längst wussten, dass sie entdeckt worden waren. Trotzdem rührten sie sich nicht und hatten sie auch noch nicht angegriffen. Es war, als würden sie auf etwas warten. »Talion … Ich glaube, da sind Kinder dabei.«

»Kinder?«, fragte Talion verwirrt.

»Ja, schau doch, manche davon sind ganz klein.«

»Du meinst, sie ziehen hier ihre Jungtiere auf?« Talion klang angewidert.

»Na irgendwo müssen sie das ja machen«, sagte Finan. Strudel hörte deutlich die Anstrengung, als Finan so rasch wie möglich hinzufügte: »Wahrscheinlich ist die Gegend deshalb so unbeliebt bei den Verlorenen. Ich schätze, eine Horde wütender Mutantenmütter ist ziemlich tödlich.«

»Nicht so tödlich wie wir«, knurrte Talion.

»Wir können sie nicht töten«, widersprach Strudel.

»Was? Wieso nicht? Erinnerst du dich nicht daran, dass eine einzelne von diesen Bestien mich fast in zwei Hälften geschnitten hätte?«

»Sie schützen nur ihre Kinder.«

»Es ist doch völlig egal, aus welchem Grund sie uns töten werden!«, donnerte Talion.

»Aber sie haben uns nicht angegriffen.«

»Das werden sie!«

»Vielleicht auch nicht.«

»Was soll diese bescheuerte Diskussion?«, brauste nun Roberta auf. »Ich werde diese Viecher in Fetzen reißen!«

»Das wirst du nicht tun. Du trägst Finan hier raus«, sagte Strudel bestimmt. »Talion, bitte lass es uns versuchen.«

»Du meinst also ernsthaft, wir sollen eine friedliche Lösung mit einem Rudel Mutanten finden?«

Strudel nickte.

»Mann, Brüderchen, manchmal könnte ich dich erwürgen.«

Strudel lächelte, aber er blieb angespannt.

»Na schön. Gegen neunzehn von ihnen würden wir wahrscheinlich ohnehin verdammt dumm dastehen. Mel, der Cyborg und du sichern uns. Sobald diese Ungeheuer zum Angriff übergehen, feuert ihr was das Zeug hält. Macht dabei so viel Lärm wie nur irgend möglich. Verstanden?«

Sie nickten, drehten sich um und zielten warnend auf die Mutanten.

»Wir ziehen das Tempo an und versuchen, so schnell wie möglich von hier zu verschwinden. Los!«, befahl Talion.

Es war schwierig, Schritt zu halten und gleichzeitig die Mutanten im Auge zu behalten. Die Art, wie die Tiere sie verfolgten, erinnerte Strudel an Spinnen. Immer, wenn die Gruppe sich ein Stück entfernt hatte, folgte das Rudel in einem schnellen Sprint. Dann erstarrten sie wieder, verschmolzen fast vollständig mit der Umgebung und beobachteten sie mit ihren gelben Augen.

»Das ist eine bescheuerte Idee«, keuchte Mel neben ihm.

»Ich glaube, sie wollen nur, dass wir verschwinden«, erklärte Strudel noch mal.

»Ach ja? Was ist, wenn du dich irrst?«, zischte Caroline.

Strudel zuckte mit den Schultern.

»Es ist, wie Talion gesagt hat. Wir hätten ohnehin kaum eine Chance, lebend hier herauszukommen«, sagte Finan träge von Robertas Rücken aus.

Die Mutanten würden aber auch sterben. Viele von ihnen. Ein paar schlecht bewaffnete und halb verhungerte Verlorene wären sicher ein willkommenes Mahl für die Meute. Bei ihrer Gruppe war das Risiko allerdings viel höher. Strudel hatte das seltsame Gefühl, dass diese mutierten Tiere das genau wussten.

Ohne sein EXO spürte Strudel, dass er in letzter Zeit durch den Schnee sein Training vernachlässigt hatte und noch immer nicht wieder die Form erreicht hatte, wie früher in der Akademie. Er atmete bereits schwer und Schweiß lief ihm übers Gesicht. Sein verletztes Bein zitterte. Doch das würde ihn nicht aufhalten.

Rasch warf er einen Blick nach vorne. Finan beobachtete das Rudel mit seinen intelligenten schwarzen Augen. In diesem Moment kam er Strudel das erste Mal ganz wie früher vor.

Canina hatte das hohe Tempo nicht gutgetan. Sie hielt sich nun deutlich an Liu fest und war, selbst für ihre helle Haut, beunruhigend weiß im Gesicht.

Strudel hatte einen Teil seines Trupps zurück und den würde er verteidigen. Mit aller Kraft. Mit seinem Leben.

Aber wie Strudel vorausgesehen hatte, kam es zu keiner Schlacht und sie mussten keinen einzigen Schuss abgeben. Kaum hatten sie die Kuppel erreicht, gab das Rudel die Verfolgung auf.

»Ich glaub es einfach nicht«, murmelte Caroline. »Diese Pazifistennummer hat echt geklappt.«

Natürlich blieben sie wachsam, doch kein einziger Mutant folgte ihnen aus der Kuppel heraus. Obwohl sie ihr Tempo nun drosselten und sogar eine kurze Pause einlegten, damit Canina sich etwas erholen konnte, kamen sie gut voran. Schließlich erreichten sie noch vor Einbruch der Dunkelheit erleichtert das Versteck ihres Wagens.

Gutgelaunt, wegen des erfolgreichen und verlustlosen Verlaufs ihrer Rettungsmission, stellte Strudel das Gewehr ab, um die Hände frei zu haben, und öffnete den Laderaum.

Er stand einer zerlumpten, aber durch eine ihrer eigenen zurückgelassenen Pistolen nun gut bewaffneten Gestalt gegenüber.

»Ich habe mich schon gefragt, wann ihr zurückkommt.« Die Waffe in der Hand der Frau zitterte. Ihre Hände wiesen die bläuliche Farbe des Frosts auf.

Durch die leicht erhöhte Position hatte die Frau einen klaren Nahkampfvorteil. Trotzdem wusste Strudel, er konnte es schaffen. Er musste nur zuerst angreifen. Dann dachte er an das Mutantenrudel. Im Bruchteil einer Sekunde entschied er sich gegen einen Kampf. Er hob die Hände. »Wir sind keine Feinde.«

»Du bist Nummer 365. Du bist zu den verdammten Abendsternen übergelaufen! Spielen sich als Helden auf. Aber sie sind noch viel schlimmer als die Lichtbringer.«

»Ich …« Strudel hatte keine Ahnung, was er eigentlich sagen wollte, doch es war ohnehin zu spät.

»Strudel? Was …?« Liu verstummte erschrocken.

Die Frau riss die Pistole herum und drückte ab.

Strudel warf sich zur Seite, um Liu zu schützen, doch ein fliegendes Projektil holte niemand ein. Zumindest nicht ohne EXO. Strudel hörte, wie hinter ihm ein Körper zu Boden fiel.

»Nein!« Er musste sie aufhalten! Sie hatte noch immer die Waffe und richtete diese wieder auf ihn. Es war ihm egal. Strudel riss seinen Körper herum und sprang auf die Ladefläche; direkt auf die Angreiferin zu. Er packte die Waffe und riss sie ihr aus der Hand. Doch in diesem Moment gab sein verletztes Bein unter ihm nach. Er stolperte rückwärts, die Waffe entglitt ihm und er stürzte von der Ladefläche wieder hinab. Er lag auf dem Boden. Völlig wehrlos.

Hinter ihrem Rücken zog die Verlorene eine zweite Pistole hervor. Eindeutig ein Lichtbringer-Modell, aber keins, das er kannte.

Mel rief etwas. Zwei Schüsse knallten praktisch gleichzeitig über die Ebene. Strudel spürte, wie sich etwas in seinen Körper bohrte und sah, wie die Verlorene auf die Knie fiel. »Töte alle Abendsterne«, keuchte sie, dann brach sie über ihm zusammen. Strudel lag unter dem warmen Körper der Verlorenen. Er spürte heißes Blut über sich laufen und wusste nicht, ob es ihres war, oder seines.

Sofort war Mel neben ihm. »Strudel?«

»Strudel!« Talion hatte sie erreicht. »Bist du verletzt?«

Strudel schüttelte abwesend den Kopf.

»Mann, was für eine Sauerei. Die hat dich ordentlich vollgeblutet.« Talion klang erleichtert.

»Ich habe sie erschossen«, sagte Mel leise.

Es tat ihm so unendlich leid. Er hatte nicht gewollt, dass Mel seinetwegen zur Mörderin werden musste. Wieso hatte er nicht vorher gehandelt? Er hätte es verhindern können! Hätte er die Verlorene ausgeschaltet, wäre niemand anderes zu Schaden gekommen. Hinter sich hörte er Caroline und Roberta. Sie versuchten Liu wiederzubeleben. Strudels Augen brannten. Er schloss sie und wünschte sich, er hätte noch den Schnee, um sich zu betäuben.

Er versuchte aufzustehen. Er wollte sehen, ob er für Liu irgendetwas tun konnte. Doch sein linker Arm knickte ein und er fiel zurück.

Talion kam ihm zu Hilfe und zog die Verlorene grob von ihm weg.

Sie hustete.

Sie lebte!

»Canina!« Strudel sah sich hektisch um. Ihm wurde schwindlig davon.

Canina kniete bei Liu. Sie hatte den DIMMTA gezogen, das medizinische Wundergerät, das einst Kos gehört hatte. An ihrer Untätigkeit erkannte Strudel, dass das Gerät Lius Tod bestätigt hatte. Caroline griff nach Finans Hand und Robertas Schultern bebten. Wut und Trauer schnürten Strudel die Kehle zu. Ihm war kalt.

»Canina!«

Das Projektil hatte die Verlorene in die Brust getroffen. Nahe beim Herzen. Strudel presste die rechte Hand, so fest er konnte auf die Wunde.

»Was tust du?« Talion versuchte, Strudel wegzuziehen. Ein heftiger Schmerz jagte durch Strudels Brust und einen Moment lang verschwamm sein Blickfeld. Trotzdem schüttelte er seinen Bruder ab. »Sie lebt noch.« Wieder wollte er nach Canina rufen, doch da war sie schon bei ihm.

»Drück weiter!« Hochkonzentriert aktivierte Canina den DIMMTA erneut und begann die Verwundete zu scannen.

»Das ist sinnlos«, sagte Talion kalt.

Ein Teil von ihm wusste, dass Talion recht hatte. Strudel hatte schon genug Sterbende gesehen, um das einschätzen zu können.

Plötzlich riss die Frau die Augen auf. »Ihr …« Sie bäumte sich auf.

»Sie darf sich nicht bewegen«, sagte Canina ruhig und wischte sich das schweißnasse Haar aus den Augen.

Mel packte die Schultern der Verwundeten und hielt sie fest.

»Ihr habt sie nicht reingelassen! Ich habe jahrelang für euch geblutet, aber ihr habt sie trotzdem nicht reingelassen«, keuchte die Frau. »Lügen, nichts als Lügen. Sie ist nur euretwegen gestorben!«

Der Scan war abgeschlossen. »Verdammter Mist!«, fluchte Canina.

Talion warf einen Blick auf die Datenanzeige des DIMMTAS. »Ihr zögert ihr Sterben nur heraus.«

»Unsinn! Ich sorge dafür, dass sie lebend bei eurer Kuppel ankommt und dann …«

»Meinst du wirklich, der Abendstern würde sich um sie kümmern? Strudel. Mel. Hört auf!«

Strudel zögerte. Vielleicht hatte Talion recht. Er wusste auch nicht, wie lange er es noch schaffte, Druck auf die Wunde auszuüben. Sein ganzer Körper war schweißnass und es fiel im schwer, sich zu konzentrieren. Doch Canina würde es ihnen nie verzeihen, wenn sie nicht alles versuchten, um ihre Patientin zu retten. »Vielleicht können wir sie reinschmuggeln«, schlug er matt vor. Kos würde sich sicher um sie kümmern.

»Sie wird sterben. Entweder schnell, oder langsam. Hört auf«, wiederholte Talion mit dunkler Stimme.

Die Frau warf ihren Kopf herum und ihr glasiger Blick suchte Strudel. Als sie ihn gefunden hatte, legte sich ein seltsam zufriedenes Lächeln auf ihre Lippen. »Ihr werdet alle büßen.« Ihre Augen wanderten weiter zu Talion. »Töte mich.«

»Nein!«, brüllte Canina.

Talion zuckte nur mit den Schultern. Er zog mit der Linken geschickt seine Waffe und bevor irgendjemand ihn aufhalten konnte, drückte er ihr den Lauf genau an die richtige Stelle des Schädels und drückte ab.

Ihr Kopf zerplatzte.

»Monster!« Canina warf sich auf Talion. Sie war so wütend, dass Strudel fürchtete, sie würde seinem Bruder die Augen auskratzen. Ihre eigenen Verletzungen schien sie völlig vergessen zu haben.

»Krieg dich ein, du kleine Furie!« Talion versuchte, Canina mit dem linken Arm abzuwehren. »Ich habe ihr einen verdammten Gefallen getan!«

Strudel zwang sich aufzustehen, obwohl sich seine Beine unheimlich weich anfühlten. Er musste versuchen, die beiden voneinander zu trennen. Wenn sie so weiter machten, würde sich Caninas Wunde mit Sicherheit wieder öffnen.

Etwas stimmte nicht. Ein seltsamer Druck legte sich auf seine Ohren. Der Rand seines Sichtfeldes wurde silbern.

»Lasst das!« Er versuchte, die beiden auseinander zu drängen. Dabei schubste Talion ihn rüde zur Seite. *Strudel würde ihn töten.* Erschrocken schüttelte Strudel den Kopf. Er spürte, wie er das Gleichgewicht verlor. Das war lächerlich. Wieso brachte ihn so etwas zu Fall? Dann landete er schon hart auf den Knien. Ein heißer Schmerz flammte erneut nahe des linken Schlüsselbeins auf. Erst jetzt wurde ihm klar, was das bedeutete. Ruhig zog er das blutige Hemd zur Seite und stellte fest, dass das Blut, das es durchnässte, nicht nur von der Verlorenen stammte. Das Projektil hatte sich knapp unterhalb des Schlüsselbeins in sein Fleisch gegraben. Genau dort, wo Kos vor so vielen Jahren seine Nummer – 365 – eingebrannt hatte. Die Wunde sah seltsam aus. Silberne Narben schienen sich von ihr ausgehend in seine Haut zu fressen. Nun war ihm klar, was die Kälte und das Zittern zu bedeuten hatten. Sein Körper war im Schockzustand. Mit klammen Fingern tastete er sein Schulterblatt ab. Keine Austrittswunde. Erschöpft ließ er den Arm sinken.

»Canina. Talion.« Die beiden ignorierten ihn. *Töten.* Strudel drängte den Gedanken mit aller Macht zurück.

»Strudel? Was ist mit dir?«, fragte Mel besorgt.

»Schon gut.« Er wollte noch mehr sagen, zum Beispiel, dass sie aufhören mussten zu streiten und sich stattdessen um die Toten kümmern. Er kam nicht weiter. Der Schmerz schien plötzlich zuzunehmen und er spürte, dass er schwankte. Gleich würde er zu Seite kippen.

Dann packten ihn zwei kleine, aber starke Hände und hielten ihn aufrecht. »Hey! Nein! Wach bleiben!«

In diesem Moment überwältigte ihn ein Gedanke: Mel war ein Abendstern. *Er musste sie töten.*

Er spürte, wie Mel ihn vorsichtig auf den Boden gleiten ließ. »Oh verflucht!« Mel sah zu den sich immer noch prügelnden Kontrahenten hinüber. »Schluss damit! Canina! Ich brauche dich hier! Sofort!« Eine Bestimmtheit lag in ihrer Stimme, die keinen Widerspruch duldete.

Sie machte sich Sorgen um ihn. Er mochte Mel. *Und trotzdem musste er sie töten. Wollte er sie töten.*

Erschrocken drehte Strudel den Kopf von ihr weg und schon diese kleine Bewegung löste einen Tumult an seiner Wunde aus. Wenigstens sah er so, dass Talion und Canina tatsächlich aufhörten, aufeinander einzuschlagen.

»Was zum …« Talion starrte wie versteinert zu Strudel.

Canina dagegen zog sofort den DIMMTA und warf sich, ohne Rücksicht auf ihre eigenen Verletzungen, neben Strudel.

»Vorsicht. Du kannst mir nicht mehr helfen, wenn du selbst umkippst«, sagte Strudel. Erst jetzt bemerkte er, dass er keuchte.

»Ruhe!« Canina hielt mit einer Hand den DIMMTA und begann ihn mit der anderen nach Wunden abzutasten.

Strudel biss die Zähne zusammen.

»Die Kugel steckt noch. Sieht aus, als hätte sie ihm das Schlüsselbein zertrümmert«, antwortete Canina ruhig. »Mist. Was ist das für ein silbernes Zeug? Eine Art Gift?«

»Dreck verdammter! Hilf ihm gefälligst!«, knurrte Talion Canina an.

Talion war ein Abendstern. *Er musste ihn töten.* Entsetzt von seinen eigenen Gedanken versuchte Strudel aufzustehen. Er musste hier weg.

»Was glaubst du eigentlich, was ich hier mache?«, knurrte Canina zurück und sprach dann in viel ruhigerem Tonfall zu Strudel. »Du darfst dich nicht bewegen. Ich mache mir Sorgen um die Blutgefäße unter dem Schlüsselbein.« Dabei versuchte sie ihn vorsichtig wieder zurück auf den Boden zu drücken.

Strudel packte ihre Hände und schob sie grober als gewollt von ihm weg. »Bleib weg von mir. Irgendetwas stimmt nicht!«

»Ist schon gut. Ich kümmere mich um dich«, versuchte Canina ihn zu beruhigen.

»Nein! Du verstehst nicht!«

»Was ist mit ihm?«, fragte Mel mit hoher Stimme.

Sie war zu nahe. Viel zu nahe. »Verschwinde!« Strudel schubste Mel, so hart er konnte, weg. Sie musste gehen! Schnell!

Jetzt hörte Strudel auch von der anderen Seite Schritte. Nur zwei Paar. Finan wurde schließlich getragen.

»Canina, was hast du gesagt?«, fragte Finan von Robertas Rücken aus und klang angespannt. »Über das silberne Zeug?«

»In seiner Wunde. Eine silberne Substanz.«

Es war keine Zeit mehr für Erklärungen. Mel und Talion. *Ich muss sie beide töten. Sie sind Abendsterne.*

Strudel schüttelte die Hände ab und sprang auf. Er wollte wegrennen. Stattdessen machte sich sein Körper kampfbereit. »Roberta. Halt mich auf! Ich werde euch töten!«, brüllte Strudel.

Alle starrten ihn an. Nur in Finans Blick, neben Robertas Schulter, schien so etwas wie eine Erkenntnis zu liegen. Strudel sah, wie er sich abmühte, sie zu formulieren.

Die Abendsterne. Er musste die beiden Abendsterne töten. Er konnte es nicht. Er konnte es nicht mehr kontrollieren. Strudel wandte sich zu Mel und Talion. *Töten. Der Befehl lautete töten.*

»Rob! Tu was er sagt. Sofort!«, stieß Finan mühevoll hervor.

Töte die Abendsterne.

Roberta nickte grimmig und packte Strudel. So hätte es sich angefühlt, wenn er ohne EXO vom Kampfroboter zerquetscht worden wäre. Ein Teil von Strudel war froh über Robertas festen Griff. Doch ein anderer, ein viel stärkerer Teil versuchte, sich zu befreien. Strudel spürte, dass sein Körper kämpfte. Verbissen. Ohne auf seine Verletzung Rücksicht zu nehmen. Er konnte es nicht aufhalten. *Töte die Abendsterne.*

»Was zum Teufel ist mit ihm?«, knurrte Talion.

In Robertas Umklammerung war er Finan ganz nahe und so hörte er seine Worte deutlich: »Edens Glück.«

»Was?«, fragte Mel.

Finan schien all seine Konzentration zu sammeln, um Herr der Lage zu bleiben »Strudel. Ganz ruhig. Es ist eine Droge. Die Wirkung hält nur ein paar Stunden an.«

Strudel hätte Finan gerne gefragt, woher er das wusste, doch der Teil von ihm, der immer noch versuchte, irgendwie an Talion und Mel heranzukommen, ließ das nicht zu. Sein Körper versuchte, sich aus Robertas Umklammerung zu winden. Er spürte, wie die zertrümmerten Teile seines Schlüsselbeins ineinandergeschoben wurden. Er war sich sicher, dass er durch den Schmerz eigentlich das Bewusstsein hätte verlieren müssen. Doch das Silber in seinen Adern ließ ihn nicht. So spürte er deutlich, wie seine linke Seite vom aus der Wunde quellenden Blut getränkt wurde.

»Stell ihn ruhig«, befahl Caroline kalt.

Canina schüttelte den Kopf. »Und was, wenn sich das Zeug nicht mit Beruhigungsmitteln verträgt?«

»Auf keinen Fall! Wir riskieren nicht das Leben meines Bruders!«

»Er will uns töten!«, hielt Caroline dagegen.

»Wenn ihr euch nicht bald entscheidet, breche ich ihm einfach die Knochen. Dann hat es sich ausgezappelt.«

Strudel spürte, wie Roberta mit diesen Worten die Umklammerung verstärkte. Tatsächlich hatte er das Gefühl, jeden Moment zerdrückt zu werden. Doch würde sie ihn nur etwas locker lassen, er würde, ohne zu zögern, seinen Befehl ausführen. *Töte die Abendsterne.*

»Canina. Tu es. Er wird sich nur noch mehr verletzen«, bat Finan und wirkte völlig erschöpft.

Unglücklich nickte Canina. Sie zückte den DIMMTA. Das Gerät berührte Strudel angenehm warm und er spürte das Piksen vieler kleiner Nadeln. Fast sofort merkte er, wie sich eine bleierne Müdigkeit über ihn senkte. Er dachte an die Operation, die für den EXO-Anschluss nötig war. An Viktoria. Bei der Erinnerung begann sein Herz panisch zu hämmern.

Strudel versuchte, sich zu beruhigen. Er war in Sicherheit. Bei seinen Freunden. Doch wenn er könnte, würde er sie töten. *Töten.*

Talion sagte etwas, doch Strudel konnte es nicht richtig verstehen. Ihm fielen die Augen zu.

Dafür hörte er Mels geflüsterte Frage umso deutlicher »Was haben sie nur mit ihm gemacht?«

»Das Zeug ist noch experimentell. Sie nennen es Edens Glück«, erklärte Caroline. »Ziemlich effektiv. Jeder der es abbekommt, erfüllt den Befehl des Nutzers. Ich habe gehört, noch ist die Reaktion verzögert. Aber sie arbeiten schon an einer konzentrierteren Form. Trotzdem ist es erstaunlich, dass er so lange dagegen ankämpfen konnte.«

»Mein Bruder ist ein zäher Bastard. Wie alle Klone. Wir sind so gezüchtet«, murmelte Talion.

Irgendeinen Vorteil musste das ja haben, waberte es träge durch Strudels Kopf.

»Genau wie dafür Befehle auszuführen«, sagte Caroline knapp.

Das hätte sie besser nicht gesagt. Strudel hörte Talions wütenden Schrei. Dann verschluckte ihn die Dunkelheit.

Eine ganze Weile lang dachte Strudel, er wäre allein.

Er lag in einem bequemen Bett und durch seine geschlossenen Lider drang Sonnenlicht. Die Gerüche um ihn herum verrieten ihm, dass er sich im Lazarett befand. Es dauerte einige Herzschläge lang, bis er sich erinnerte. Nein, wenn alles gelaufen war, wie geplant, stand dieses Bett in Kuppel 67. Hier sagten sie nicht Lazarett. Es hieß Krankenhaus. Und im Krankenhaus konnte er natürlich nicht sein. Das lag sicher noch in Trümmern. Es musste eins der improvisierten Zimmer in der Kommandozentrale sein. Die Kommandozentrale des Abendsterns. Töte alle Abendsterne. Besorgt suchte er in sich das Verlangen, den Befehl der Verlorenen zu erfüllen. Doch sowohl der silberne Schleier in seinen Gedanken, wie auch die unnachgiebig fesselnde Stimme in seinem Kopf, waren verschwunden. Das Gift, oder was immer es auch gewesen war, schien seine Macht über ihn verloren zu haben.

Sein Geist war frei. Dafür fühlte sich sein Körper völlig zerschlagen an. Strudel spürte deutlich, dass es ihn diesmal ziemlich übel erwischt hatte. Vermutlich hatte er eine Menge Blut verloren. Er ging rasch seine anatomischen Kenntnisse durch und kam zu dem Schluss, dass eins der unter dem Schlüsselbein liegenden großen Blutgefäße durch den Schuss, oder den Kampf danach, in Mitleidenschaft gezogen worden sein musste. Wenn er richtig lag, dann war es ein Wunder, dass er noch lebte. Canina hatte ganze Arbeit geleistet. Er hoffte nur, dass es ihr und den anderen gut ging.

Da hörte er das leise Knarzen eines Stuhls.

Er überlegte, ob es die Anstrengung wert war, die Augen zu öffnen. Schließlich siegte seine Neugier. Mehrmals musste er blinzeln, bis er die Gestalt auf dem Stuhl erkannte.

Yunes. Strudel war überrascht. Er hatte mit Talion, Finan oder Canina gerechnet. Obwohl er erleichtert war, noch immer nicht den Drang zu verspüren Yunes mit bloßen Händen ermorden zu wollen, wuchs die Sorge um seine Freunde.

Yunes starrte versunken an die gegenüberliegende Wand. Er schien die Ruhe und Abgeschiedenheit im Zimmer zu nutzen, um seine Gedanken zu ordnen, und hatte noch nicht gemerkt, dass Strudel wach war.

»Wo …« Wo sind die anderen? Hatte Strudel fragen wollen. Doch sein Hals war rau und trocken.

Yunes fuhr erschrocken zusammen, lächelte dann jedoch als er Strudel als Ursache der Störung ausgemacht hatte. »Da bist du ja wieder! Mann, das war ein ganz schönes auf und ab. Ich habe mir Sorgen gemacht.«

Bevor Strudel seine Frage wiederholen konnte, hörte er vom Gang eine bekannte Stimme.

»Ist mein Sohn dort drin?«, fragte Ratsvorsitzender Vadim schroff.

Yunes sprang auf und warf einen wachsamen Blick zur Tür. »Mist. Er hat mich gefunden. Am besten du bist noch bewusstlos. Mach die Augen wieder zu!«

Strudel hatte gerade noch genug Zeit der Aufforderung zu folgen. Schon hörte er, wie die Tür aufgerissen wurde und energische Schritte in den Raum traten.

Offenbar hatte Vadim den Raum betreten und schloss die Tür hinter sich. Einen Moment herrschte eine angespannte Stille und Strudel meinte den gefährlichen Blick des Ratsvorsitzenden auf sich zu spüren. »Du kannst dich nicht vor mir verstecken.«

»Wer sagt, dass ich mich verstecke?«, erwiderte Yunes kühl. »Ich mache einen Krankenbesuch bei einem Freund.«

Vadim schnaubte abschätzig. »Wir müssen sprechen.«

»Worüber?«, frage Yunes und klang überrascht.

»Ich weiß, du hältst mich für einen Idioten. Aber ich kann eins und eins zusammenzählen.« In gezischtem Tonfall begann Vadim aufzulisten: »Zuerst verschwinden Talion und der Klonbengel einen ganzen Tag lang. Sie sind unauffindbar. Dann tauchen sie wieder auf. Beide verletzt. Und keine vierundzwanzig Stunden später kommen rein zufällig vier Lichtbringerdeserteure zu unserer Kuppel, die – natürlich ebenfalls rein zufällig – Freunde von dem Bengel sind. Halt mich nicht zum Narren.«

Finan und die anderen hatten es also nach 67 geschafft. Ihr Plan war aufgegangen. Zumindest fast. Ganz offensichtlich hatte Vadim Verdacht geschöpft. Immerhin hatte er nicht bemerkt, dass Mel ebenfalls in die Sache verstrickt war.

»Hast du irgendwelche Beweise für deine Unterstellung?«

»Natürlich nicht! Und ich werde auch keine finden. Weil du alle Beweise fein säuberlich manipuliert oder vernichtet hast.« Nun schwang in der Stimme des Ratsvorsitzenden so etwas wie widerwilliger Stolz mit. »Etwas anderes würde ich von dir auch nicht erwarten. Du bist eben doch mein Sohn.«

»Dann schlage ich vor, dass du nun gehst, Vater.« Das letzte Wort sprach Yunes mit einer tiefen Verachtung, die soweit sich

Strudel erinnern konnte, zuvor nicht da gewesen war. »Strudel braucht Ruhe.«

Tatsächlich fühlte sich Strudel schon vom Verfolgen dieses kurzen Gesprächs erschöpft. Es musste ihn wirklich übel erwischt haben.

»Pass bloß auf, Yunes. Ich hab es dir schon tausendmal gesagt, irgendwann wird der Löwe seinen Bändiger zerfleischen. So ist das immer. Wenn es so weit ist, erwarte bloß keine Hilfe mehr von mir. Ich werde euren gefährlichen Spielchen Einhalt gebieten. Egal was es kostet.« Die Tür wurde zugeschlagen und Strudel hörte, wie Yunes sich wieder in den Stuhl fallen ließ.

Sofort riss Strudel die Augen auf. Diesmal schluckte er erst ein paarmal, bevor er es mit dem Sprechen versuchte. »Wo sind die Anderen?«

»Die vier Neuankömmlinge sind in Schutzgewahrsam. Aber keine Sorge, ihnen wird nichts passieren. Dafür sind sie zu wertvoll. Vor allem natürlich dein Freund Finan und diese Caroline. Sie haben eine unglaubliche Fülle an taktischen Informationen.«

Probehalber begann Strudel verschiedene Muskeln anzuspannen und sie vorsichtig zu bewegen. Er wollte den Schaden, den er genommen hatte, besser beurteilen.

»Aber auch die beiden anderen Mädchen sind wahre Schätze. Du weißt, wie dringend wir medizinisches Personal benötigen. Und diese Sanitäterin von euch ist wirklich gut.« Als er die fehlenden Ärzte ansprach, zitterte Yunes Stimme leicht.

Strudel nickte. Die Wunde am Bein spürte er kaum. Seine linke Schulter dagegen tat weh. Die Verletzung musste einigen Schaden angerichtet haben. Sein Arm war mit einer Schlinge an seinen Bauch fixiert. Sodass sein Schlüsselbein entlastet war. »Ohne Canina wäre ich tot.« Ein weiteres Mal verdankte er ihr sein Leben.

Yunes nickte zustimmend. »Und dieses große, wilde Mädchen ist als EXO-Trägerin selbstverständlich auch ein Glücksgriff. Zumal sie offenbar schon verkündet hat, dass sie für den Abendstern in die Schlacht ziehen will. Du hast da ein paar wirklich gefährliche Freunde.«

Und ohne Robertas festen Griff wären Mel und Talion wahrscheinlich tot. Von ihm umgebracht.

»Und Talion?«

»Was meinst du wohl?« Yunes grinste, aber nicht mehr so breit wie vor dem Tod seiner Frau. »Er ist natürlich bei uns und passt auf Noriko auf.«

»Mel?«

Yunes Blick nahm einen seltsamen Ausdruck an. »Keine Sorge, ihr geht es gut.«

Strudel entspannte sich ein wenig. »Haben sie dir erzählt, was passiert ist?«, fragte er erschöpft.

»Das mit der Verlorenen und diesem Teufelszeug aus Eden?« Yunes nickte. »Ja. Ich glaube nicht, dass ich Talion schon mal panischer gesehen habe, als bei eurer Rückkehr. Natürlich hatte er schreckliche Angst um dich. Aber noch schlimmer war seine Furcht vor dieser Droge.« Yunes sah Strudel ernst an. »Ich denke, für ihn gibt es kaum eine grauenvollere Vorstellung, nach all den Jahren der Freiheit wieder von den Lichtbringern beherrscht zu werden. Gezwungen, ihren Willen zu erfüllen.«

Strudel schluckte. Auch für ihn kam das Erlebte seiner schlimmsten Angst gefährlich nahe. Der Angst vor der Dunkelheit in ihm. Die alles andere verdrängte. Und ihn in etwas verwandelte, das er nie sein wollte. Ein Soldat. Ein Mörder. »Woher hatte die Verlorene dieses Zeug?«

»Talion vermutet, dass sie ein Mitglied des Verlorenenregiments war. Extrem dunkles Kapitel des Abendsterns.« Yunes sah Strudel entschuldigend an, als wäre es seine persönliche Schuld. »Gegen eine bestimmte Anzahl von Dienstjahren konnten die Mitglieder selbst, oder eine Person ihrer Wahl, sich die Aufnahme in Kuppel 67 erkaufen. Aber wie sie an eine Erfindung der Lichtbringer herangekommen ist?« Yunes zuckte mit den Schultern. »Vielleicht können dir deine Freunde mehr dazu sagen?«

»Gibt es dieses Verlorenenregiment noch?« Die Vorstellung erfüllte Strudel mit Entsetzen.

Yunes schüttelte den Kopf. »Der Ratsvorsitzende, der das Vorgehen genehmigt hat, war der Vorgänger meines Vaters. War ein ziemlicher Skandal, als die Geschichte aufgedeckt wurde. Hat meinem Vater den Weg nach oben leicht gemacht. Ich würde nicht ausschließen, dass er die Informationen selbst in Umlauf gebracht hat, um seinen Konkurrenten zu stürzen. Soviel ich weiß, hat er die Verlorenen allerdings nie entschädigt. Inzwischen würde ich sogar darauf wetten, dass er das Ganze eigentlich für eine hervorragende Idee hielt.«

Strudel war sich nicht sicher, ob die Übelkeit von seinem körperlichen Zustand oder von Yunes Bericht verursacht wurde.

»Mein Vater …« Yunes brach ab und sah zur Tür. »Er wird seine Drohung wahr machen.«

»Was glaubst du, was er mit uns tun wird?«, fragte Strudel, weiterhin mit einem schlechten Gefühl im Bauch.

»Ich weiß es nicht genau. Doch was er mit uns vor hat, macht mir nicht mal am meisten Sorgen. Seit dem Angriff auf 67 steht er unter enormem politischen Druck.«

Strudels Nackenhaare stellten sich auf. Ein sicheres Zeichen für Gefahr.

»Ich fürchte, er hat seine letzten moralischen Bedenken beerdigt. Er wird irgendetwas Schreckliches tun. Und ich glaube nicht, dass es jemanden im Rat gibt, der ihn aufhalten wird.«

Es begann mit einem Einberufungsbefehl. Für den ›letzten Schlag‹ gegen die tyrannischen Lichtbringer hatte der Rat folgenden Entschluss gefasst: Jeder wehrtaugliche Bewohner der Kuppel im Alter zwischen 16 und 50 Jahren war verpflichtet, sich freiwillig für die Aufnahme bei den Streitkräften zu melden. Es überraschte Strudel kaum, dass er selbst, obwohl er erst 15 Jahre alt war, ebenfalls einen Marschbefehl zugestellt bekam. Auf seine Nachfrage bei dem Soldaten des Abendsterns, der ihm den Brief überreichte, lief dieser rot an und stammelte etwas von einem ›Sonderparagrafen für nicht in Kuppel 67 geborene Personen und beziehungsweise oder nicht gänzlich humanoiden Personen.‹

Strudel fragte sich, ob der erste Unglückliche, der diese Formulierung Talion gegenüber erwähnte, wohl mit einem gebrochenen Kiefer davonkommen würde.

Strudel nickte dem Soldaten nur zu und las nach, was genau von ihm erwartet wurde.

Die Kuppelmechanik war Vergangenheit. Diese Erkenntnis versetzte Strudel einen schmerzhaften Stich. Er würde die Arbeit vermissen. Und die Zusammenarbeit mit Isabella und den anderen.

Er sollte sich, sobald er die Schlinge losgeworden war, bei der Rekrutenausbildungsstelle Orion melden. Seit die Verlorene ihn getroffen hatte, waren neun Tage vergangen. Die Wunde war gut geheilt, was er natürlich ebenfalls Canina zu verdanken hatte. Sie hatte ihn auf der Rückfahrt operiert, damit er nicht verblutete. Wie sie in einem schmutzigen und holprigen Laderaum derart präzise hatte arbeiten können, war ihm ein Rätsel. Auch wenn er noch etwas wacklig auf den Beinen war, fühlte sich Strudel wieder einigermaßen hergestellt. Es würde allerdings noch eine ganze Weile dauern, bis er seinen linken Arm wie gewohnt benutzen konnte. Sein Schlüsselbein musste mit einer Metallplatte fixiert werden und sollte noch etwa zwei Wochen durch eine Schlinge ruhig gestellt werden.

Während seiner Zeit im Krankenbett hatte er lange nachgedacht. Dabei war ihm eine Idee in den Kopf gekommen, die ihn seitdem nicht mehr losgelassen hatte. Vermutlich war es ein unmögliches Vorhaben. Aber er musste herausfinden, ob es vielleicht doch möglich war. Angesichts der wenigen Tage, die ihm blieben, wurde es Zeit, das Krankenzimmer zu verlassen. Die gestresste junge Ärztin, die für ihn zuständig war, schien dankbar, einen ihrer Patienten entlassen zu können.

Nach einem Anruf über das Kommunikationssystem führte ihn sein erster Weg zu seinen Freunden in die Sicherheitsverwahrung.

Das großzügige Vierbettzimmer wirkte fast wie eine normale Wohneinheit. Nur der fehlende Türgriff und die mit einem feinen Metallgitter durchgezogene Fensterscheibe verrieten, dass er soeben ein Gefängnis betreten hatte.

Canina empfing ihn mit Fragen zu seiner Verfassung und dem Fortschritt der Wundheilung. Seine Frage, wie es ihr ging, verscheuchte sie mit einer gereizten Handbewegung. Erst nachdem er geduldig und ausführlich geantwortet hatte, schien sie einigermaßen zufrieden. »Und dieses silberne Gewebe, das sich gebildet hat?«

Strudel zuckte mit der linken Schulter. »Ist verschwunden.« Darüber war er ausgesprochen froh. Der Bereich um die Schusswunde sah nun aus, wie großflächig vernarbt. Das war alles, was von den unheimlichen silbernen Spuren auf seiner Haut zurückgeblieben war. Der unbestreitbare Vorteil bestand darin, dass die Nummer 365, die vor so vielen Jahren auf seine Brust gebrannt worden war, kaum noch zu erkennen war.

Nun erlaubte Canina ihm endlich das Thema zu wechseln.

Er fragte sie nicht noch mal nach ihrer Verletzung. Es war zwecklos. Er würde Canina damit nur auf die Nerven gehen. Und das war keine gute Idee. Sie sah gesund und einigermaßen erholt aus. Offenbar war die Wunde problemlos verheilt. Das reichte ihm.

Also versuchte er herauszufinden, was passiert war, während er im Krankenzimmer festgesessen hatte.

Die Abendsterne hatten sie medizinisch versorgt und neu eingekleidet. Dann waren sie tagelang befragt worden und durften ansonsten das gut bewachte Zimmer nicht verlassen. Obwohl Canina mehrfach verlangt hatte zu ›ihrem Patienten‹ gelassen zu werden, durften sie Strudel nicht besuchen. Man war ihnen misstrauisch, aber nicht unfreundlich begegnet.

Strudel erfuhr, dass Finan und Caroline in der Kommandozentrale als ›taktische Berater‹ eingesetzt werden sollten.

»Im Endeffekt läuft es darauf hinaus, dass wir beide ihre Gefangenen sind«, sagte Finan ruhig. Es war über eine Woche her, seit Strudel Finans Stimme gehört hatte. Insgeheim hatte er gehofft, die Zähigkeit aus seiner Erinnerung wäre übertrieben oder sie wäre nun vielleicht einfach verschwunden. Doch so war es nicht. Im Gegenteil. Sie fiel Strudel nach der langen Zeit sogar noch stärker auf.

»Aber damit hatten wir ja gerechnet«, fügte Caroline hinzu. »Wir beide sind ihre Rückversicherung. Sie behalten uns nahe bei sich – direkt am Kommando, wo wir eh am nützlichsten sind – und sorgen damit gleichzeitig dafür, dass ihr anderen, denen sie mehr Spielraum geben, spurt.«

»Ich fürchte, dass sie mich als Druckmittel gegen dich einsetzten werden.« Finan seufzte und sah Strudel entschuldigend an. »Vielleicht hätten wir doch nicht herkommen sollen.«

»Ich bin froh, dass ihr da seid.« Und das meinte Strudel so.

»Wir werden uns wahrscheinlich nicht öfter sehen als im letzten Jahr. Also gar nicht«, warnte Finan leise.

»Aber ich weiß, dass ihr in Sicherheit seid.« Zumindest sicherer als zuvor. »Und das war es wert.«

Caroline machte ein kleines spöttisches Geräusch. Strudel fiel mit einer schrecklichen Plötzlichkeit wieder ein, dass Trupp 7 zwei Mitglieder auf dieser Flucht verloren hatte. Seine Worte mussten sich wie Säure in Carolines Ohren anfühlen. Strudel biss sich auf die Unterlippe.

»Du bist fast gestorben«, wandte Finan erschöpft ein.

»Ich lebe«, erwiderte Strudel noch bevor er merkte, dass Finan noch nicht fertig gesprochen hatte.

»Außerhalb von 67 ist es wahnsinnig gefährlich für dich. Es war dumm, rauszugehen. Sicher war diese Verlorene nur eine von vielen.«

Verwirrt runzelte Strudel die Stirn und sah Finan an. Doch es war Caroline, die seine stumme Frage beantwortete: »Wir vermuten, die Lichtbringer werben gezielt Verlorene an und statten sie mit dem Prototypen von ›Edens Glück‹ aus. Natürlich ist es nicht ihr oberstes Ziel, dich zu finden, sondern Chaos unter dem Abendstern zu stiften. Aber sicher kennen sie alle dein Bild und können mit einer sagenhaften Belohnung rechnen, wenn es ihnen gelingt, dich auszuschalten.«

Strudel dachte an die vom Hass zerfressenen Augen der Verlorenen zurück. Sie hatte viel gelitten. Weder Abendstern noch Lichtbringer hatten ihr geholfen. Beide hatten sie nur für ihre Zwecke missbraucht. Trotz allem, was sie getan hatte, tat sie ihm leid.

Strudel suchte Robertas wilden Blick. »Danke, dass du mich aufgehalten hast.«

Roberta schenkte ihm ein raubtierhaftes Grinsen. »Ich wollte dich schon lange in die Mangel nehmen.«

Wie Yunes vermutet hatte, sollte Canina im improvisierten Krankenhaus arbeiten. Mit diesem Schicksal war sie mehr als zufrieden.

Blieb noch Roberta. Obwohl sie sogar ein halbes Jahr jünger war als Strudel, hatte sie ebenfalls einen Marschbefehl erhalten.

»Verpflichtung zur freiwilligen Meldung. Ist niemandem die Ironie in dieser Formulierung aufgefallen?« Finan klang spöttisch, doch Strudel war das bittere Muskelzucken im Gesicht seines Freundes aufgefallen.

»Ist mir völlig egal, wie die das nennen! Ich reiße diesen scheinheiligen Mördern drüben in Eden ihre verdammten …«

In diesem Moment unterbrach das Eintreffen von Strudels Gast Robertas Schimpftirade.

»Ich komme doch nicht ungelegen? Wisst ihr, ich muss jede Möglichkeit nutzen, wenn sie mich mal aus meinem Labor herauslassen. Da kam Strudels Anfrage gerade recht.«

Roberta hörte lediglich mit ihren Beschimpfungen auf und schaute grimmig zu dem Neuankömmling. Caroline zeigte nur ein distanziertes Interesse. Doch die Reaktion der beiden Mitglieder aus seinem Trupp beobachtete Strudel lächelnd. Finans sorgenvolles Gesicht verwandelte sich langsam in ein breites Lächeln. Und Canina starrte Kos einige Sekunden an, wie eine Erscheinung aus einem Traum. Sie stand auf. Blinzelte. Und umarmte ihren Mentor dann so stürmisch, dass sie ihn fast umgerissen hätte.

Kos schloss die Arme um Caninas bebende Schultern. Er wollte zu ihr hinunter sehen und stieß dabei mit dem Kinn gegen ihre Locken. »Meine Güte. Zwei Jahre sind eine lange Zeit«, murmelte er. Er lachte befreit.

Es dauerte eine ganze Weile, bis Canina sich beruhigt hatte. Schließlich drehte sie sich mit vorwurfsvoller Miene zu Strudel: »Wie konntest du mir das verschweigen?«

Strudel zog die Augenbrauen nach oben. »Ich hab es dir nicht verschwiegen. Ich bin nur nicht dazu gekommen, es zu erzählen.«

Canina schnaubte und wandte sich wieder Kos zu. »Und? Der Frost. Hast du ihn endlich besiegt?«

»Ich«, Kos räusperte sich und die Schwere, die sein Wiedersehen mit Canina vertrieben hatte, kehrte in seine Augen zurück. »Nein. Ich habe jetzt wieder ein eigenes Labor und alles. Aber ich komme in den letzten Zügen nicht weiter. Und ich fürchte, der Abendstern verliert allmählich die Geduld mit mir.«

Strudel beschlich das seltsame Gefühl, dass Kos ihnen etwas Wichtiges verheimlichte. Die Besorgnis in seinen Augen passte nicht zum lockeren Gesprächston. Bevor Strudel seinem Misstrauen auf den Grund gehen konnte, ging das Gespräch schon weiter.

»Das ist also ihr Forschungsgebiet? Der Frost?«, fragte Finan langsam, aber hörbar interessiert. »Kein Wunder, dass beide Seiten sich um Sie raufen. Der Frost tötet mehr Soldaten, als die eigentlichen Kriegshandlungen. Von den zahlreichen Zivilisten ganz zu schweigen.«

»Stimmt es, dass sie die Krankheit zur biologischen Waffe umgebaut haben?«, fragte Caroline kühl.

Kos zuckte zusammen. »Natürlich nicht!«

Canina ging einen drohenden Schritt auf Caroline zu. »Spinnst du? So etwas würde Kos niemals tun!« Kos legte ihr eine Hand auf die Schulter.

»Schon gut.« Er sah Caroline ernst an. »Es ist etwas anders, als du denkst. Der Frost war immer schon eine biologische Waffe. Ich weiß nicht, wie ich so lang so blind sein konnte. Die Zusammenhänge sind mir erst hier klar geworden.« Kos fuhr sich fahrig über die Stirn. »Und das ist nicht mal das Schlimmste. Die Lichtbringer missbrauchen meine Forschungen, um ihn erneut waffentauglich zu machen. Mein Lebenswerk, das einzige Gute, das ich je zustande gebracht habe, zerfällt vor meinen Augen.«

Caroline musterte Kos abschätzig. Strudel hatte nicht das Gefühl, dass sie ihm glaubte.

Kos seufzte. »Wenigstens ist meine Arbeit hier vor einem derartigen Missbrauch sicher.«

Strudel fiel auf, dass Finan gerne etwas dazu gesagt hätte, doch dann sah er sich im Raum um und blieb stumm.

»Wo wir gerade schon bei schwierigen Themen sind.« Kos schloss kurz die Augen, öffnete sie wieder und sah Canina traurig an. »Wo ist Nesrin?«

Die Frage schien eine mühsam aufrechterhaltene Normalität von Canina ins Wanken zu bringen. »Ich weiß es nicht.« Ihre grauen Augen wirkten plötzlich wie von einer schwarzen Dunkelheit erfüllt und Strudel begriff, wie sehr Canina tatsächlich unter Nesrins Abwesenheit litt.

Caroline dagegen hatte kein Gespür dafür. »Es ging eben nicht anders. Wir mussten abwägen.« Sie schnalzte ungeduldig mit der Zunge. »Wie wäre es, wenn Strudel uns jetzt mal erklärt, warum er diesen Lichtbringer hierher geholt hat?«

Alle Augen richteten sich auf Strudel. Er räusperte sich. »Können sie sich bitte Finan ansehen?«

»Natürlich. Aber ich muss ehrlich sein«, Kos ging ein paar Schritte auf Finan zu. »Es ist ein Wunder, dass du überhaupt wieder wach geworden bist. Damit hatte ich bei der Schwere deiner Verletzungen kaum gerechnet. Ich fürchte, dass ich nicht mehr ausrichten kann als meine Kollegen.«

Finan nickte nachdenklich.

Canina reichte Kos seinen alten DIMMTA und alle bis auf die Ärzte zogen sich ein Stück zurück.

»Was glaubst du, was dieser Heuchler ausrichten kann?«, zischte Caroline Strudel zu, kaum dass sie sich sicher sein konnte, dass sie weit genug entfernt waren. »Finan war schon bei zahlreichen Experten in Eden. Es ist ein Glücksfall, dass seine kognitiven Fähigkeiten nicht in Mitleidenschaft gezogen wurden. Dafür sollten wir dankbar sein.«

Strudel war dankbar. Dankbarer als er ausdrücken konnte. »Aber Finan ist unglücklich.«

»Unglücklich?«, brummte Roberta. »Ich hätte mir schon die Kehle durchgeschnitten.«

Caroline verdrehte die Augen, sagte jedoch nichts dazu, sondern wandte sich wieder Strudel zu. »Hast du eine Ahnung, wie hart wir trainiert haben, dass er zumindest wieder Sprechen und den Kopf bewegen kann? Die Experten sagen, viel mehr ist nicht mehr zu erwarten.«

»Das reicht aber nicht.«

»Das muss reichen«, Carolines Stimme klang fest. Doch Strudel sah, wie viel Kraft es sie kostete, diese Fassade aufrecht zu erhalten. Trotzdem fuhr sie fort: »Wir konzentrieren uns darauf, dem Abendstern zum Sieg zu verhelfen. Das hat oberste Priorität.«

Beim Hinausgehen sprach er Kos an und erklärte ihm seine Idee.

»Was du vor hast, ist verrückt. Das weißt du oder Junge?«

»Ist es möglich?«

»Nun, grundsätzlich möglich ist das eine. Aber sie werden dir das nie erlauben. Das ist dir doch klar, oder?«

»Aber medizinisch spricht nichts dagegen?«, hakte er nach.

»Manchmal könnte man fast glauben, du legst es darauf an, dich in Schwierigkeiten zu bringen.«

Strudel schwieg.

»Du bist davon ganz schön überzeugt, oder?«

Strudel zuckte mit den Schultern.

»Na schön. An sich befürworte ich deine Idee. Das könnte durchaus klappen. Und da du dich ja doch nicht davon abhalten lassen wirst«, Kos überlegte kurz. »Lass dir von Canina die DIMMTA-Daten schicken. Sie werden dir helfen, die richtigen Punkte zu finden. Wenn du Fragen hast, komm jederzeit zu mir.«

Eine Frage brannte Strudel auf der Seele. Wenn er sie jemandem stellen konnte, dann Kos. »Aber, er ist immer noch Finan, oder?«

Kos musterte Strudel einen Moment lang. »Kommt er dir denn anders vor?«

Strudel zögerte. »Die meiste Zeit habe ich das Gefühl, dass er unter einer dicken Schneedecke begraben ist.« Strudel hatte das Gefühl, dass er seine Worte näher erklären musste. »Er wirkt irgendwie gedämpft. Und dann streckt er manchmal den Kopf hervor und ist wie früher.«

»Schneedecke. Interessanter Vergleich«

Strudel wartete angespannt, dass Kos weiter sprach.

»Seine Konzentrationsfähigkeit hat gelitten. Es ist für ihn sehr anstrengend. Nicht nur das Sprechen, sondern auch seinen brillanten Verstand einzusetzen. Und dann muss er natürlich auch noch enorme Kraft aufwenden, um seinen Körper zu bewegen. Vielleicht hast du recht. Vielleicht ist es, wie wenn man unter Schneemassen begraben ist. Man denkt. Man fühlt. Aber wenn man zu den anderen Menschen will, zu uns, muss man sich erst durch Zentner von Schnee wühlen.«

Strudel schauderte.

»Ja, keine schöne Vorstellung. Vor allem für jemanden wie dich, der den Schnee fürchtet.«

Im ersten Moment dachte Strudel, Kos spiele auf das Medikament an. Doch das konnte nicht sein. Er hatte niemandem gesagt, dass er es Schnee nannte. Kos sprach vom Eissee. Daran, dass Schnee ihn immer an Tians Tod erinnerte. »Ich weiß, für dich gibt es nichts

Wichtigeres, als deinen Freunden zu helfen. Das ist eine deiner schönsten Eigenschaften. Du würdest alles tun, alles ertragen, um ihnen Schmerz zu ersparen. Was du nicht erträgst, ist, sie leiden zu sehen. Aber denk daran, manchmal können wir das Leid nicht verhindern. Manchmal bleibt uns nichts anderes übrig, als zuzusehen und für sie da zu sein.« In Kos dunklen, blauen Augen schimmerte ein alter Schmerz. »Nichts verlangt uns mehr Kraft ab.«

Obwohl er bereits ziemlich erschöpft war, ging Strudel den Weg zu Lyas Garten zügig. Wenn er schon in wenigen Wochen bei den Rekruten mitmachen sollte, wurde es Zeit, dass er zu trainieren begann.

An dem verwilderten Schuppen angekommen, musste er seinem schmerzenden Arm aber erst mal eine Pause gönnen. Gerade strich er über sein wieder zusammengeschraubtes Schlüsselbein, als Mel nach draußen trat. »Schaust du dem Gras beim Wachsen zu? Los komm schon rein«, sagte sie schroff und war gleich wieder verschwunden.

Trotz des silbrigen Nebels, der die Minuten in denen ›Edens Glück‹ seine Gedanken gefesselt hatte, umwaberte, erinnerte er sich genau daran, was passiert war. Daran, wie er Mel angeschrien hatte. Sie wegstieß. Er fühlte sich elend.

Strudel raffte sich auf und folgte Mel ins Innere der faszinierenden Wohnung. Er war sich nicht sicher, aber es kam ihm so vor, als hätten sich einige der kleinen Beete seit seinem letzten Besuch verändert. Zum Beispiel konnte er sich nicht an das tropfenförmige Beet aus blauen und weißen Blumen oder den kleinen Strauch mit den großen blutroten Blüten erinnern. »Ist Lya da?«

Etwas an Mels Haltung verspannte sich. Ohne ihr Gesicht zu sehen, fand er es unmöglich, herauszufinden, warum. Wahrscheinlich hatte sie sein grobes Verhalten noch ebenso gut in Erinnerung wie er selbst. Vielleicht traute sie ihm nicht mehr genug um ihn zu ihrer verletzlichen Schwester zu lassen. »Du willst zu Lya?«

Strudel nickte unsicher Mels Rücken zu. »Ich muss etwas mit ihr besprechen.«

»Sie ist nicht da.« Mel klang seltsam. »Da du ja entlassen wurdest, seht ihr euch in ein paar Tagen bei der Kuppelmechanik. Kann das nicht so lange warten?«

»Nein. Ich wurde abgezogen. Ich werde zur Rekrutenausbildung Orion versetzt.«

Nun endlich drehte sich Mel um. Und Strudel sah nun deutlich, dass etwas nicht stimmte. »Dann werden wir uns jetzt wohl öfter sehen.« Ihre Augen waren wund und dunkle Halbmonde gruben sich unter ihnen in Mels Gesicht, als hätte sie seit Wochen kaum geschlafen.

Natürlich. Sie wusste es. Hätte Roberta ihn nicht aufgehalten, hätte Strudel Mel angegriffen. Versucht, sie zu töten. Er war zu schwach gewesen, um den Befehl zu verweigern. Eine Gefahr. Wie hatte er nur erwarten können, dass sie ihn noch in ihrer Nähe duldete. »Ich werde dir nichts tun. Versprochen.«

»Was? Natürlich wirst du das nicht«, sagte Mel ehrlich verwirrt. »Darum geht es doch gar nicht.«

Was war es dann? Was hatte er getan? »Mel, was ist los?«, fragte er leise.

Sie schnaubte erschöpft und schüttelte den Kopf.

Strudel spürte deutlich, dass sie kurz davor, war die Flucht zu ergreifen. Vorsichtig trat er einen Schritt näher. »Sag es mir. Bitte.«

Aus Flucht wurde Angriff. »Du willst es wissen? Na schön: Ich habe für dich einen Menschen getötet. Ich meine, klar, rein technisch gesehen hat Talion ihr den Rest gegeben. Aber ich habe sie erschossen. Um dich zu retten.« Wütende Tränen liefen ihr übers Gesicht.

Wie hatte er das nur vergessen können? Es war seine Schuld. Er hatte sie dazu gezwungen zu töten.

Zögerlich schloss er mit einem zweiten Schritt die Lücke zwischen ihnen. Sein Herz pochte in einer wilden Mischung aus Angst und Spannung. Behutsam legte er den rechten Arm um Mel. So etwas hatte er noch nie getan. Panik drohte ihn zu packen und er spürte, dass Balor ihn aus der Dunkelheit seines Herzens heraus belauerte. Er drückte Mel an sich und versucht so, Balor von ihnen fernzuhalten. »Es tut mir leid.«

Es vergingen quälende Sekunden in denen Strudel sich fragte, ob er einen schrecklichen Fehler gemacht hatte. Er war nicht gut in solchen Dingen.

Dann endlich sprach Mel: »Es war ja nicht deine Schuld. Aber ich hatte gehofft …« Sie schluckte. »Dass du vorbeikommst, um darüber zu sprechen.«

Und stattdessen hatte er nur nach Lya gefragt. Am liebsten hätte Strudel sich selbst ein paar gut platzierte Schläge versetzt.

»Natürlich ist das für dich keine große Sache. Ich verstehe das schon. Du bist das ja gewohnt.«

Strudel spürte, wie Mel zitterte. Die Bewegung tat ihm in der verletzten Schulter weh. Doch er ließ sie nicht los.

»Aber ich weiß nicht, mit wem ich sonst darüber sprechen soll. Ich wollte schon zu dir in die Kommandozentrale gehen. Aber ich dachte, das könnte uns alle in noch größere Schwierigkeiten bringen.«

»Du irrst dich.«

»Wobei irre ich mich?«, fragte Mel verwundert.

»Man gewöhnt sich nicht daran.«

»Aber wenn man schon so viele Menschen …«

Strudel ertrug die ungewohnte Nähe nicht mehr. Nicht bei dem, was er gleich sagen musste. Vorsichtig ließ er sie los und trat einen kleinen Schritt zurück. Er schüttelte den Kopf. »Ich habe bisher nur einen Menschen getötet. Er hatte es verdient. Wirklich verdient. Das weißt du.«

Mel schwieg.

»Trotzdem bereue ich es. Nicht weil er auch nur eine Sekunde länger hätte leben sollen.« Vor allem nicht, nachdem, was Strudel von Lya erfahren hatte. »Sondern wegen dem, was das mit mir gemacht hat.«

Schweigen.

»Ich auch«, sagte Mel leise. »Es fühlt sich an, als wäre ich nicht mehr ich selbst. Ich wünschte, ich hätte nicht geschossen.« Sie runzelte die Stirn. »Es klingt bescheuert, das zu dir zu sagen«, fügte sie ein wenig schneller hinzu. »Ich meine damit nicht, dass ich es bereue, dich … Also … Ich …«

»Ich verstehe schon.«

»Wirklich?« Ihr Blick war skeptisch.

Strudel nickte. »Ich war mal in einer sehr ähnlichen Situation. Ich habe gezögert. Simon wäre deshalb fast gestorben.«

Bei der Erwähnung ihres Bruders zuckte Mel leicht zusammen. »Und Simon?«

»Er hat es verstanden.«

Mel kaute gedankenverloren auf ihrer Unterlippe. »Ich glaube, mit ihm hätte ich gut darüber sprechen können.«

Strudel nickte.

»Es ist so unfair, dass er nicht hier ist.«

Strudel spürte, wie sich seine Hände zu Fäusten ballten. »Es tut mir leid«, wiederholte er.

»Nein«, sagte Mel hastig. »Das habe ich nicht gemeint.«

Sie sah ihn offen an. Trotzdem konnte er ihr nicht völlig glauben. Wer auch immer die Wahl zwischen der Gesellschaft von Simon und seiner eigenen Gesellschaft hatte, wäre ein Idiot, wenn er ihn, Strudel, wählen würde. Natürlich musste Mel als Simons Schwester sich wünschen, dass nicht Strudel, sondern ihr Bruder leben würde.

»Wirklich.« In Mels Stimme lag eine tiefe Bestimmtheit. »Klar, ich hätte meinen Bruder gerne hier. Aber ich bin auch froh, dass du hier bist.« Etwas Seltsames trat in Mels Blick und Strudel hatte das Gefühl, dass sie etwas von ihm erwartete.

In diesem Moment hörte er Schritte vor der Tür. Gleich darauf ein leises Fluchen von Lya.

Plötzlich fiel Strudel auf, dass sie immer noch viel zu nah beieinander standen. Hastig trat er einen großen Schritt weg von Mel.

Lya öffnete die Tür einen winzigen Spalt breit und spähte ängstlich hindurch.

»Bin nur ich«, beruhige Mel sie rasch. »Strudel ist auch hier. Er will mit dir reden.«

Lya kam herein, schloss sorgfältig die verschiedenen Riegel an der Tür und drehte sich dann mit sturmumwölktem Gesicht zu ihrer Schwester um. »Mel, du weißt doch, dass du absperren sollst.«

»Aber ich bin doch hier«, protestierte Mel.

»Gerade, wenn du da bist! Darum geht es doch!«

Mel verdrehte genervt die Augen.

»Hör auf damit!«, schimpfte ihre Schwester sie streng.

»Ist ja schon gut!« Mel warf Strudel einen kurzen Blick zu und es schien ihm, als wäre sie ein wenig rot im Gesicht. »Wir haben Besuch.«

»Das sehe ich.« Lya sah Mel nun einen Moment länger an. Ihr Gesicht wurde weicher. »Wenn du schon mal hier bist, dann mach dich nützlich. Du weißt, wo der Dünger steht.«

Mel nickte knapp und verschwand in eine dunkle Ecke auf der anderen Seite des Gartens.

Lya ging auf eine der Werkbänke zu und nahm einen kleinen Rucksack ab, der Strudel erst jetzt auffiel. Strudel folgte ihr, achtete aber darauf, sie weder zu erschrecken, noch zu bedrängen. Eins nach dem anderen zog Lya verschiedene Bauteile hervor und legte sie auf die Tischplatte. Einige der kleinen Metallteile kannte Strudel von der Kuppelmechanik.

»Ich habe gesehen, dass ihr das Loch repariert habt.«

»Geflickt ist wohl das bessere Wort. Notdürftig. Wenn das so weiter geht, hat die Kuppel keine fünf Jahre mehr.«

Die düstere Prognose erschreckte Strudel, zumal er sie keine Sekunde bezweifelte. Lya war die beste Kuppelmechanikerin, die er kannte. Ihrem Urteil vertraute er.

»Ginge es in diesem Krieg ums Durchhalten, würden wir ihn verlieren. Natürlich ist Eden auch nicht mehr besonders gut in Schuss. Ich habe gehört, ihre Wetterkontrollabteilung ist schon seit Jahren völlig im Eimer. Aber damit sind sie immer noch besser dran als wir.«

Aber war Eden groß genug? Wenn alle zusammenrückten, hätte die Bevölkerung von Kuppel 67 vielleicht noch in Eden Platz gefunden. Vorausgesetzt, dass Abendstern und Lichtbringer nicht versuchten, sich gegenseitig die Kehlen durchzuschneiden. Aber was war dann mit der riesigen Anzahl Menschen, die jetzt im Ödland lebten? Strudel hatte nur eine vage Vorstellung, wie viele Verlorene es gab. Aber nach dem, was er aus Talions Erzählungen aufgeschnappt hatte, musste ihre Zahl riesig sein. Selbst wenn der Abendstern Eden eroberte und alle Bewohner tötete, konnte höchstens ein Bruchteil der Verlorenen aufgenommen werden. Und dann würde der Krieg weitergehen. Sicher würden die Verlorenen den letzten Rest Hoffnung, den sie auf den Abendstern setzten, verlieren und beginnen, ihn zu bekämpfen, um nun ihrerseits den einzigen noch zu Verfügung stehenden Lebensraum zu erobern. Und wofür? Wenn 67 nur noch fünf Jahre blieben, wie lange hatte Eden noch? Zehn? Zwanzig?

Lya sah Strudels düsteres Gesicht und deutete es falsch. »Keine Sorge. Wir werden nicht verlieren. Der Ratsvorsitzende wird sich etwas einfallen lassen.«

Da Lya andere Menschen in aller Regel mied, hatte sie wohl noch nichts von Vadims neuestem Einfall gehört. Bestimmt bekam sie auch keinen Einberufungsbefehl. Dafür war sie für die Kuppel viel zu wichtig. Und Mel hütete sich sicher davor, es ihr zu erzählen. Um sich zu vergewissern, warf Strudel Mel einen raschen Blick zu. Mel, die gerade einen Sack herbeischleppte, aber der Unterhaltung offenbar gefolgt war, schüttelte warnend den Kopf.

Also sprach er stattdessen etwas an, das ihm schon seit einer Weile im Kopf herumging: »Warum reparieren wir nicht die alten Kuppeln? Oder bauen vielleicht sogar neue, statt uns wegen der kaputten alten Behausungen gegenseitig umzubringen?«

Lya machte ein Geräusch, das Strudel nicht recht deuten konnte. Nachdenklich begann sie eins der feineren Bauteile mit raschen, gründlichen Bewegungen zu reinigen. Erst als sie damit fertig war, sprach sie wieder: »Ich hätte bei der Kuppel deine Hilfe brauchen können. Wo warst du?«

Einerseits freute es Strudel, dass sie gerne mit ihm zusammengearbeitet hätte, andererseits hätte er ihre Antwort auf seine Fragen wirklich gerne gehört. »Ich war verletzt«, antwortete er knapp.

Lya sah ihn einen Moment unverwandt an. Ihre Augen huschten zu Strudels Schlinge und dann hinüber zu Mel. Sie öffnete den Mund, sagte dann aber nichts dazu, sondern fragte: »Warum bist du hergekommen?«

Es klang gar nicht unfreundlich. Aber auf einmal kam ihm seine Bitte ziemlich vermessen vor. Doch es half nichts. Nun war er hier und er würde nicht ohne eine Antwort gehen.

Er holte tief Luft. »Kann ich deine Werkstatt benutzen?«

Lya erstarrte. »Was?«

Strudel wagte es nicht, weiter zu atmen, und wartete.

Es dauerte lange.

»Wofür?«

Erleichtert ließ er den viel zu lange angehaltenen Atem frei. Er erklärte es ihr. Während er sprach, merkte er, dass Mel beim Eingraben des Düngers in das Tropfenbeet innegehalten hatte und interessiert lauschte.

Lya schien über das, was er vorhatte, nicht erschrocken. Sie versuchte nicht, es ihm auszureden, und wies ihn auch nicht auf die zahlreichen Gefahren hin. Stattdessen begann sie Regeln für die Benutzung ihres Gartens und ihrer Gerätschaften aufzuzählen.

Die meisten leuchteten ihm ein. Wie das penible Reinigen aller Werkzeuge und Oberflächen, die er benutzt hatte und das Einhalten der genauen Ordnung. Andere, wie das Verbot, irgendeine der Pflanzen zu berühren oder jeweils dreimal zu überprüfen, ob die Schlösser geschlossen waren, nicht.

Trotzdem stimmte er allen Forderungen widerspruchslos zu. Es war Lyas Reich. Ihr Rückzugsort. Und ganz nebenbei vermutlich der einzige Ort in ganz 67, in dem er tun konnte, was er vorhatte.

Kaum hatte er das Versprechen abgelegt, alle Anweisungen einzuhalten, scheuchte Lya ihn schon hinaus.

Den nächsten Schritt musste er auf den nächsten Tag verschieben. Denn als er den Weg zum Zentrum des Stützpunktes zurückgelegt hatte, war er völlig erledigt.

Also kehrte er das erste Mal seit vielen Tagen in seine Wohneinheit zurück. Er öffnete ein Fenster, um die abgestandene Luft hinauszulassen, und legte sich dann, so bequem es mit einer Schusswunde und gebrochenem Schlüsselbein ging, ins Bett. Sein Körper fühlte sich völlig erschöpft an. Doch wie üblich brauchte sein Kopf noch eine Weile, um Ruhe zu finden. Was er in den nächsten Wochen vorhatte, war praktisch unmöglich. Kos hatte es gesagt und natürlich wusste Strudel, dass er recht hatte. Aber er wollte es unbedingt wieder gut machen.

Er schlief fast bis zum Mittag des nächsten Tages. Das war ungewöhnlich für ihn und zeigte ihm deutlich, dass sein Körper noch viel Energie auf die Heilung verwendete.

Trotzdem begann er mit einigen Übungen, um sich langsam wieder an die Anstrengungen eines Soldatenlebens zu gewöhnen. Wenn er nicht rechtzeitig bereit war, würde er auf dem Schlachtfeld sterben.

Schließlich ging er hinüber zur Kommandozentrale.

Als er in den EXO-Raum kam, hoben die Wachen alarmiert ihre Waffen. Seit dem Angriff auf 67 hatten sie dazugelernt.

Strudel sah sich um und versuchte so harmlos wie möglich zu wirken. Neben seinem EXO befand sich nun ein Zweites. Sicherlich war Roberta alles andere als begeistert, als man ihr das EXO abgenommen hatte.

Einer der Mitarbeiter eilte geschäftig herbei. »Wir haben nicht nach dir geschickt. Du hast hier keine Zutrittsberechtigung mehr.«

»Ich habe einen Einberufungsbefehl erhalten.«

»Ja und?« Der Mitarbeiter der Forschungsabteilung schien den Zusammenhang tatsächlich nicht zu verstehen.

»Ich sollte mit dem EXO trainieren.«

»Tatsächlich?«

»Als EXO-Soldat bin ich effizienter. Aber ich muss vorher trainieren. Das kann ich nur mit EXO.«

»Davon weiß ich nichts. Ich kann dir diese Waffe nicht ohne klare Anweisung aushändigen.« Doch Strudel schöpfte Hoffnung, denn eine deutliche Unsicherheit lag in der Stimme des Mannes.

Plötzlich drehte eine der Wachen den Kopf. Nur ein klein wenig. Aber Strudel kannte diese Bewegung. Der Abendstern hatte gerade einen Befehl per Funk erhalten. Ohne zu zögern, kam er auf Strudel zu. »Ratsvorsitzender Vadim bittet dich zu einer Unterredung in sein Büro.«

Strudel rührte sich nicht. Wenn er jetzt ging, würde er das EXO sicher nicht mehr unbeaufsichtigt aus diesem Raum herausbekommen. Außerdem war ihm gerade klar geworden, was für ein Fehler es gewesen war, sich mitten ins Machtzentrum des Mannes zu begeben, dem er erst vor Kurzem einige Scherereien gemacht hatte.

»Jetzt«, sagte der Abendstern nachdrücklich.

Einen Moment lang dachte Strudel daran, sich zu weigern. Sich die Arme auf dem Rücken fixieren zu lassen, war gerade allerdings keine besonders angenehme Vorstellung. Und einen offenen Kampf konnte er in seinem Zustand nicht riskieren.

Also nickte er ergeben und versuchte der Wache freundlich und, wie er hoffte beruhigend, zuzulächeln.

Die Wache verzog keine Miene, sondern brachte ihn in die Nähe des Raums, in dem er Yunes nach der Schlacht um Kuppel 67 gefunden hatte. Allerdings gingen sie noch zwei Türen weiter, bevor der Abendstern klopfte.

Die Tür glitt von selbst auf und Strudel befand sich in einem sparsam eingerichteten Büro. An einem schlichten Schreibtisch wartete Vadim auf ihn. Mit der für ihn typischen beiläufig-bestimmten Geste schickte er den Abendstern fort. Strudel war noch nie mit dem Ratsvorsitzenden alleine gewesen. Bereits zuvor war ihm die gefährliche Aura von Vadim aufgefallen. Doch jetzt, wo weder eines seiner Ratsmitglieder noch sein Sohn anwesend waren, zeigte er Strudel zum ersten Mal völlig unmaskiert sein Gesicht. Die seltsam ungleichmäßigen Züge waren zu einer Grimasse des Hasses verzerrt.

»Du wirst mir jetzt genau zuhören, Bürschchen.«

Strudel wagte es kaum, zu blinzeln. Er hatte das Gefühl, einem Raubtier gegenüberzustehen. Intelligent wie die Mutanten, aber skrupellos wie der Kampfroboter. Er wusste, es war albern, dennoch fürchtete er, der Ratsvorsitzende könnte sich wegen der kleinsten falschen Bewegung auf ihn stürzen.

»Das hört jetzt auf. Du wirst diese Waffe nicht mehr für deine persönlichen Pläne einsetzen. Du wirst tun, was wir von dir verlangen. Was ich von dir verlange. Ist das klar?«

Strudel schwieg.

»Du wirst für uns kämpfen. Wo und wann wir es verlangen. Du wirst mit uns zusammen die Lichtbringer vernichten. Bis auf den letzten Mann. Die letzte Frau. Das letzte Kind. Du wirst Eden mit uns zusammen erobern. Und du wirst unsere neue Heimat anschließend mit deinem Leben verteidigen. Wir werden leben. In Sicherheit. Und du wirst dafür sorgen. Du wirst tun, wozu du erschaffen wurdest: Gehorchen. Hast du verstanden?«

Strudel rührte sich immer noch nicht.

Und Vadim fuhr fort. »Wenn du es nicht tust, werde ich diese kleinen Würmer, die du unvorsichtigerweise zu mir gebracht hast, zerquetschen. Wenn du und dein missratener Klonbruder je wieder aus der Reihe tanzen, wenn ihr meinen Sohn weiter gegen mich aufstachelt, wenn du auch nur daran denkst, mich zu hintergehen, dann werde ich sie töten. Langsam. Qualvoll. So wie meine

Kinder gestorben sind. Wie meine Frau gestorben ist. Hast du mich verstanden?«

Strudel nickte langsam.

»Du bist wie dein verdorbener Klonbruder, nicht wahr? Man muss nur wissen, wo euer Druckpunkt ist. Talion wird an die Front zurückkehren. Dort ist dieser tollwütige Hund am besten aufgehoben. Wenn er es irgendwie schaffen sollte, so lange zu überleben, wirst du ihm folgen, sobald du einsatzfähig bist.«

Nun stand Vadim auf und schritt um den Schreibtisch herum auf Strudel zu. Noch immer wagte es Strudel nicht, sich zu rühren, oder auch nur den Blick von Vadim zu nehmen. »Ich werde es sein, der die Lichtbringer vernichtet. Ich werde es sein, der Eden erobert. Ich werde den Abendstern in eine glänzende Zukunft führen.«

Vadim packte Strudel brutal an der verletzten Schulter.

»Eine widernatürliche Bestie wie du wird sich mir nicht in den Weg stellen. Oder?«

Strudels Blickfeld verengte sich vor Schmerz, als Vadim seine Finger tief in seine Schulter grub. Am liebsten hätte Strudel die Hand abgeschüttelt, doch wenn das ein Test seiner Treue war, musste er Vadim gewähren lassen. Er durfte es nicht riskieren, dass seinem Trupp etwas zustieß. Nicht schon wieder.

»So ist es gut.« Vadim lächelte und im Nebel des Schmerzes verwandelte sich sein Gesicht für einen Augenblick in Balors Fratze.

»Du bist nichts. Kein Mensch. Kein Kind. Nur ein Soldat. Mein Soldat.«

Endlich ließ Vadim ihn los. »Und jetzt verschwinde!«

Ohne auch nur ein Wort gesprochen zu haben, floh Strudel aus dem Büro.

Was Strudel erschütterte, war nicht, dass man ihn erniedrigt hatte. Nicht, dass ein Erwachsener ihm absichtlich wehgetan hatte. Auch nicht, dass man seinen Freunden mit dem Tod drohte. All das war schlimm. Aber es war nicht das erste Mal, dass so etwas passierte.

Was ihn erschütterte, war, dass er so blind gewesen war in seiner Hoffnung, der Abendstern wäre besser als die Lichtbringer.

Natürlich hatte er schon lange gemerkt, dass auch hier nicht alles gut war. Aber trotzdem hatte er irgendwie geglaubt, jetzt auf der richtigen Seite zu stehen. Aber so war es nicht. Es gab keine richtige Seite in diesem Krieg.

Sie mussten Nesrin finden und dann von hier verschwinden. Irgendwo neu anfangen. Fernab von alldem. In Frieden.

Das machte seinen Plan nur noch wichtiger. Nur hatte er keine Ahnung, wie er jetzt weitermachen sollte.

Frustriert kehrte er in seine Wohneinheit zurück, um zu grübeln. Aber ihm blieb kaum Zeit dazu. Schon nach wenigen Minuten wurde er durch ein energisches Pochen gegen die Tür gestört. Er kannte nur eine Person mit der Angewohnheit sich auf diese Weise bei ihm anzukündigen.

»Hallo Talion.«

»Yunes sagt, ich soll nicht immer einfach verschwinden.« Talion wirkte nervös. »Anscheinend verabschiedet man sich von seinem Bruder, bevor man in den Krieg zieht.«

Strudel nickte.

»Ich bin da nur nicht besonders gut drin.« Er schabte mit seinen Fingernägeln über die hellen Bartstoppeln in seinem Gesicht.

»Schon okay.«

»Können wir ein Stück gehen?«

Strudel nickte und trat nach draußen.

Es dauerte eine Weile, bis Talion sprach. Erst unter freiem Himmel: »Hör mal, das wird jetzt langsam richtig ernst da draußen. Ich glaube, Vadim will alles auf eine Karte setzen. Man murmelt etwas von einer Aktion, die sie ›Die Dämmerung‹ nennen. Eine Art letztes Aufgebot. Wenn das stimmt, werden sie früher oder später auch die Rekruten einsetzten. Yunes sagt, du wurdest eingezogen.«

»Ich bin verpflichtet, mich freiwillig zu melden«, berichtigte Strudel mit einem schiefen Grinsen.

Talion brummte verächtlich. »Nun, auf jeden Fall wirst du früher oder später auch dort draußen landen.«

Strudel nickte zustimmend.

»Es war richtig, deinen Trupp zu suchen. Und genauso richtig ist es, die neuen Klone zu retten und diesen verdammten Lichtbringern das Handwerk zu legen. Manchmal muss man schreckliche Dinge tun, um ein gutes Ziel zu erreichen.«

»Talion …« doch sein Bruder ließ ihn nicht aussprechen.

»Was ich meine – Du wärst fast draufgegangen. Du hättest diese Verlorene locker erledigen können. Aber du hast gezögert. Das darf nicht mehr passieren. An der Front bist du tot, wenn du zögerst.«

»Ich weiß das«, versuchte Strudel ihn erneut zu unterbrechen.

»Warte, gleich. Also, was ich sagen will, ist, ich verstehe, wenn du nicht töten willst. Aber ich verstehe es nicht, wenn du dich töten lässt. Du bist der einzige Bruder, den ich noch habe. Und ich wäre lieber tot, als zuzulassen, dass dir etwas passiert. Aber ich kann nicht die ganze Zeit bei dir sein. Also tu mir den Gefallen und sei vorsichtig. Okay?«

Strudel bemerkte, dass Talions Hände zitterten. Es musste ihn all seine geringe Selbstbeherrschung kosten, um diese Dinge ruhig zu sagen. Strudel lächelte. »Du auch.«

Die Anspannung verflog und Talion lachte sein wildes Lachen. »Ich komm schon zurecht, Brüderchen.« Er fuhr Strudel mit der Linken grob durchs Haar und grinste. »Aber bei dir halber Portion muss man sich ja ständig Sorgen machen. Ganz schön anstrengend so ein kleiner Bruder.«

Das Abschiedsgespräch mit Talion spornte Strudel an. Wenn der erste Weg nicht klappte, würde er einen neuen finden. Er musste nur aufpassen, dass Vadim keinerlei Verdacht schöpfte. Also verhielt er sich so angepasst wie möglich. Und begann andererseits im Garten mit dem Versuch, ein EXO nachzubauen. Natürlich fehlte ihm das mysteriöse Metall, aus dem die Rüstung bestand, doch für sein Vorhaben war das Material nicht entscheidend. Zumindest versuchte er, sich das einzureden.

Die Schwierigkeit war, dass die Lichtbringer ihm nur genug über das EXO beigebracht hatten, um es zu warten und zu reparieren. Es mit diesen Informationen nachzubauen, stellte ihn vor eine gewaltige Aufgabe.

Nach fast zwei Wochen konnte Strudel nur einen Haufen Altmetall vorweisen, dessen Form gewisse Ähnlichkeit mit einem EXO hatte.

»Ich wusste gar nicht, dass es ein Kunstprojekt werden soll«, scherzte Mel.

Sie besuchte ihre Schwester fast jeden Tag nach ihren Pflichten in der Rekrutenausbildung. Und das obwohl Lya oft gar nicht da war, denn sie vergaß im Innern der Kuppel die Zeit und kam manchmal tagelang nicht nach Hause. Oftmals hatte Strudel sogar den Verdacht, dass Mel das Essen, das sie aus der Mensa schmuggelte, nicht für Lya, sondern für ihn vorbeibrachte.

Strudel legte das Handschweißgerät zur Seite, schob die Schutzbrille nach oben und drehte sich zur Tür. Nicht nur Mel, sondern auch Lya waren hereingekommen.

»Ich schaffe es nicht«, gestand er widerwillig. Er hatte nicht gewollt, dass seine Stimme so verzweifelt klang. Er wollte nicht aufgeben. Doch etwas ihn ihm wusste, dass es keinen Sinn machte.

Lya ignorierte ihn und begann, sich um ihre Pflanzen zu kümmern. Mel dagegen hörte auf zu lächeln und kam näher. Die Stirn in Falten gelegt, ging sie um sein Werk herum. »Du kommst nicht an das Original. Das verstehe ich. Wenn überhaupt, werden sie es dir nur noch in der Ausbildung geben. Unter Aufsicht.«

Strudel nickte frustriert.

»Aber ich frage mich schon die ganze Zeit, ob es nicht auch noch eine andere Möglichkeit gibt.«

»Ich bin für jeden Vorschlag offen«, sagte er und meinte es so.

»Ich meine, musst du das Original wirklich haben, um es anzupassen?«

»Natürlich nicht«, murmelte Lya hinter einem großen Busch mit kleinen harten Blättern.

»Sondern?«, frage Mel in Richtung des Busches.

»Es gehört nicht zur Abmachung, dass ich ihm helfe. Wie soll er etwas lernen?«

»Lya!« Mel klang schärfer, als sie es sonst wagte, mit ihrer Schwester zu sprechen. »Du weißt doch, worum es hier geht. Wenn du eine Idee hast, dann raus damit!«

Lya kam mit genervt verdrehten Augen hinter dem Busch hervor. »Natürlich habe ich eine Idee. Diese EXOs haben doch sogar schon eine Verbindung. Und wir haben ein perfektes Negativ.« Sie deutete auf Strudel.

Erstaunt hob er die Hand zu seinem Nacken. »Du meinst meinen Anschluss?«

»Natürlich!«

»Und wir verbinden etwas anderes über einen künstlich hergestellten Anschluss mit dem EXO? Wir schalten also etwas dazwischen?«, fragte Mel nachdenklich.

»Genau.« Lya schien erfreut, dass Mel so schnell begriffen hatte.

»Und statt ein ganzes EXO, baue ich nur das dazwischen. Etwas das zwischen Körper und EXO vermittelt.« Strudel spürte, wie sich ein Lächeln in seinem Gesicht ausbreitete. Auf einmal kam ihm sein Vorhaben nicht mehr so aussichtslos vor.

»Also eine Art Inlay«, sagte Mel begeistert.

»Im Endeffekt bauen wir nur ein paar Sensoren. An den richtigen Stellen befestigt und mit dem künstlichen Anschluss verbunden, sollte das EXO dann getragen und eingesetzt werden können.«

»Ihr seid einfach unglaublich!« Strudel konnte sich nicht erinnern, wann er sich das letzte Mal so erleichtert gefühlt hatte.

Lya zuckte mit den Schultern. »Was hattest du erwartet? Ich bin die beste Erfinderin in der Kuppel und wenn Mel sich nicht dummerweise entschieden hätte, ihr Potenzial zu vergeuden, um Soldatin zu werden, könnte sie das auch.«

Da die Schwestern ihm nun halfen, kamen sie viel schneller voran, als er für möglich gehalten hatte. Lya ignorierte ihn nicht mehr, sondern sprach bei der Arbeit mit ihm. Wie sich herausstellte, fand sie seine Idee, die alten Kuppeln zu reparieren, faszinierend. Und sie fachsimpelten darüber, während sie Kabel verdrahteten und Sensoren einstellten.

Eigentlich hätte Strudel sich keine Sorgen machen müssen, ob er rechtzeitig fertig werden würde, bis er das Inlay brauchte. Nur leider waren die Tage, an denen er sich voll und ganz seinem Projekt widmen konnte, viel zu schnell gezählt. Die Rekrutenausbildung Orion erwartete ihn.

Knapp vier Wochen nach ihrer geheimen Rettungsmission konnte er die Schlinge abnehmen. Der grauhaarige Arzt, der ihn untersuchte, saß in einem improvisierten Rollstuhl, da eins seiner Beine vom Angriff auf das Krankenhaus noch eingegipst war und schien verblüfft über Strudels schnellen Heilungsprozess. Beim Hinausgehen hörte Strudel ihn etwas von »beneidenswerter jugendlicher Kraft« murmeln.

Er hätte die Schlinge lieber noch ein paar Tage länger getragen. Er hatte sogar daran gedacht, den Arzt anzulügen und zu behaupten, dass der Arm bei Bewegung noch zu stark schmerzte. Aber er fürchtete, Vadim könnte ihm das als Gehorsamsverweigerung auslegen. Er wollte nicht mehr riskieren als unbedingt nötig. Deshalb musste er seine Arbeit im Garten nun auf den Abend beschränken. Das hatte zumindest den Vorteil, dass er mit Mel zusammen von der Ausbildungsstätte zur Scheune laufen konnte.

Trotzdem war er an seinem ersten Morgen bei Orion schlecht gelaunt, weil er darüber nachdachte, wie wenig Zeit ihm noch blieb bis zu seinem Einsatz an der Front. Es gab noch so viel zu tun und zu besprechen.

Er hatte sich mit Mel am Eingang des Oriongebäudes getroffen. Zusammen mit etwa hundert anderen Rekruten hatten sie sich auf einer Wiese neben dem Ausbildungszentrum, den Mel ›Appellplatz‹ nannte, aufgestellt. An der am nächsten zum Gebäude gelegenen Seite, stand ein Mast. An diesem hing eine weiße Fahne mit dem blauen Stern der Kuppel 67.

Nach und nach trafen die letzten Rekruten ein. Strudel nutzte die Zeit, um darüber nachzugrübeln, ob er Yunes zuhause besuchen sollte, oder ob das zu sehr auffallen würde. Strudel war so tief in Gedanken versunken, dass er Mels Fuß erst beim zweiten Stupser bemerkte. Gerade noch rechtzeitig, um das Ende der Worte zu registrieren, schreckte Strudel auf.

»… unsere zwei Nachzügler nach vorne.«

Er warf einen prüfenden Blick zu Mel. Sie zog die Augenbrauen nach oben und nickte kaum merklich.

Erst als er sich seinen Weg nach vorne suchte, fiel ihm auf, dass ein Mann neben dem Fahnenmast stand. Er musste etwa in Vadims Alter sein und beim Näherkommen bemerkte Strudel die deutlichen Spuren des Frosts auf seiner Haut.

Eine zweite Person stand schon neben ihm und musterte die restlichen Rekruten mit typisch wildem Blick. Roberta.

Strudel nickte ihr knapp zu, stellte sich auf die andere Seite des Ausbilders und nahm automatisch Haltung an. Wahrscheinlich hatte Strudel zu lange gebraucht, denn der Mann klang leicht verärgert, als er wieder sprach.

»Das hier ist Roberta.« Er deutete mit dem Daumen nach links und dann nach rechts. »Und diesen jungen Mann nennt man Strudel.« Vereinzelt erklang verhaltenes Gelächter.

Kurz wandte er sich Roberta und dann Strudel zu. »Mein Name ist Orion. Ich bin der Ausbilder dieser Rekrutengruppe.«

Bisher hatte Strudel angenommen ›Orion‹ wäre der Name des Ausbildungstrupps, so wie sie bei den Lichtbringern ihre

Truppnummern hatten. Dass es sich dabei um den Namen des Ausbilders handelte, verwirrte ihn. Es schaffte eine Nähe zwischen Ausbilder und Soldaten, die Strudel nicht einordnen konnte.

»Die beiden wurden uns zugeteilt, weil sie für die Anfängergruppe angeblich zu fortgeschritten sind. Das bezweifle ich stark. Seid also vorsichtig mit ihnen.«

Roberta knurrte. »Die sollten lieber vorsichtig sein, dass wir sie nicht umlegen. Schickt uns gefälligst los, um Lichtbringer zu töten, anstatt hier unsere Zeit zu verschwenden.«

Einen Moment lang herrschte Stille auf dem Platz. Dann wurde das Gelächter lauter.

Sofort hob Orion gebieterisch die Hand und die Rekruten verstummten.

»Du denkst also, du kannst mit Rekruten im zweiten Jahr mithalten?«

Strudel runzelte die Stirn. Mel hatte überhaupt nicht erwähnt, dass inzwischen ihr zweites Ausbildungsjahr begonnen hatte.

Nun war es an Roberta zu lachen.

Die leichte Verärgerung, die Strudel von Anfang an bei Orion wahrgenommen hatte, trat nun deutlich hervor.

»Das sind meine Rekruten. Ich bilde sie äußerst sorgfältig aus. Selbstüberschätzung ist ein fataler Charakterzug für einen Soldaten.«

»Für einen Ausbilder erst recht«, sagte Roberta laut genug, dass alle auf der Wiese sie hören konnten.

Sofort löste sich einer der Jungen aus der Reihe. »Du wirst dich nicht über Orion lustig machen!«

Strudel blinzelte erstaunt. So etwas kannte er von der Akademie nicht. Der Junge behandelte seinen Ausbilder ja fast wie ein Truppmitglied. Auch Mel hatte Strudel noch nie schlecht über ihre Ausbilder sprechen hören. Konnte es sein, dass die Rekruten ihn respektierten?

»Schon gut, Aaron. Danke«, sagte Orion mit einem kleinen freundlichen Lächeln in Richtung des Jungen.

»Meinst du, du bist besser als dieser Rekrut?«

Roberta grinste böse.

Unruhig sah Strudel zwischen den beiden Kontrahenten hin und her. Er fürchtete, dass Roberta Aaron einfach die Knochen brechen würde. »Entschuldigen Sie. Roberta ist eine Nahkampfspezialistin. Sie wird ihn besiegen.« Das ›spielend‹ verkniff Strudel sich.

Wieder hob Orion gebieterisch die Hand »Nahkampf? Tatsächlich?« Er schien interessiert. Was auch immer der Abendstern über sie gesagt hatte, war entweder fehlerhaft, oder Orion hatte es bisher nicht geglaubt. Er drehte sich zu Roberta. »Also? Könntest du diesen Soldaten besiegen?«

Roberta ließ die Knöchel knacken. »Ich sehe keinen Soldaten. Nur ein vorlautes Arschloch.«

Damit war es entschieden. Aaron stürzte sich auf Roberta und versuchte, mit einem durchaus geschickten Schlag, seine Faust in ihrem Magen zu versenken. An der Wahl seines Ziels erkannte Strudel sofort, dass er Roberta keinen ernsthaften Schaden zufügen wollte. Vermutlich ging es ihm darum, dass sie den Mund hielt.

Natürlich war Roberta schneller. Mit einem kleinen Schritt wich sie ihm aus und packte ihn derart schnell, wie man es ihr mit ihrem wuchtigen Körper kaum zutraute. Zumindest, wenn man sie nicht kannte. Roberta hielt Aaron nun in einem Hebel gepackt, der nicht nur äußerst schmerzhaft für die Schultergelenke, sondern noch dazu ziemlich demütigend war. Es sah aus, als müsste sich jeder Zivilist daraus befreien können, doch Strudel wusste aus leidvoller Erfahrung, dass Robertas Griff sich wie ein zudrückendes EXO anfühlte.

»Lass ihn los«, bat Strudel.

Roberta schnaubte. »Warum sollte ich?«

Strudel, der keinen Meter von den beiden entfernt stand, trat noch etwas näher und legte seine Hand auf Robertas Arm. Es sah aus, wie eine beruhigende Geste. In Wahrheit hätte er mit einem plötzlichen festen Druck an dieser Stelle ihren ganzen Arm lahmlegen können.

Roberta verdrehte die Augen und ließ Aaron los. Der stolperte und rieb sich verdattert die Schulter.

»Tut mir leid.« Strudel wusste selbst nicht genau, mit wem er eigentlich sprach. Mit Aaron, der sich mit einer Mischung aus Wut und Faszination seine Schulter massierte. Mit den hundert anderen Rekruten die Strudel und Roberta anstarrten. Oder mit Orion, dessen Unterricht sie nach nur wenigen Minuten völlig durcheinandergebracht hatten.

Letzterer fing sich als Erstes: »Beginnt mit den Aufwärmübungen. Lockerer Lauf um den Platz.«

Leiser fügte er hinzu. »Ihr beide wartet bitte noch einen Augenblick.«

Aaron, der merkte, dass er nicht gemeint war, sah noch einen Moment zu ihnen, bevor er sich seinen Kameraden anschloss. Überrascht stellte Strudel fest, dass Aaron eher neugierig als verärgert wirkte.

Strudel wandte seine Aufmerksamkeit Orion zu. Jetzt erkannte Strudel an der Art und Weise wie Orion Roberta ansah, dass er nie wirklich vor gehabt hatte, Roberta und Aaron gegeneinander antreten zu lassen. Vermutlich hatte er Roberta schützen wollen. Denn ein Sieg von Aaron war für ihn wohl außer Frage gestanden. »Ist er genauso gut wie du?«, fragte Orion und deutet auf Strudel.

Widerwillig nickte Roberta. »Ich habe ihn lange nicht mehr richtig kämpfen sehen. Früher war er sogar besser als ich.«

Strudel fühlte sich unbehaglich und wünschte, Roberta hätte von Anfang an den Mund gehalten. Warum musste er eigentlich immer mit den angriffslustigen Menschen aus Eden und 67 zu tun haben?

»Also stimmt es, was sie sagen?«, fuhr Orion nachdenklich fort. »Ich dachte, ihr Plan bestände nur darin, mir ein paar Jugendliche unterzujubeln, die sie loswerden wollen. Aber ihr wurdet wirklich von den Lichtbringern ausgebildet.«

Roberta verdrehte die Augen und Strudel nickte.

»Ihr wurdet schon von Kindesbeinen an trainiert und wart bereits im Kriegseinsatz?«

Wieder nickte Strudel.

»Ist die Sache mit diesen EXOs etwa auch wahr? Und dass ihr Klone seid?«

»Nur ich bin ein Klon. Roberta nicht«, gab Strudel unwillig zu.

Plötzlich wirkte Orions Gesicht viel freundlicher. »Es tut mir leid, wie das alles gelaufen ist. Und noch mehr tut mir leid, was noch passieren wird. Aber sie werden diese jungen Menschen dorthin schicken, wo ihr bereits wart. Und wenn ich irgendetwas tun kann, um ihr Überleben wahrscheinlicher zu machen, werde ich es tun. Also herzlichen Glückwunsch! Ihr wurdet gerade zu meinen persönlichen Ausbildungsassistenten befördert.«

»Das ist eine großartige Idee.«

»Das ist eine bescheuerte Idee«, widersprach Strudel Mel und merkte, dass er etwas zu laut sprach.

Andere Rekruten drehten beim Laufen die Köpfe zu ihnen um.

Er konnte nicht glauben, dass sie hierbei anderer Meinung war als er. Er hatte zu ihr aufgeschlossen und seine Schritte auf ihre abgestimmt, damit sie gemeinsam über Orions lächerlichen Plan schimpfen konnten. Nicht damit sie ihrem Ausbilder zustimmte, und versuchte, Strudel umzustimmen.

Doch Mel ließ sich nicht beirren. »Warum? Ich glaube, du wärst ein guter Ausbilder.«

Skeptisch zog Strudel die Augenbrauen nach oben. »Wirklich? Ich hasse den Krieg und das Kämpfen. Ich stehe nicht gerne im Vordergrund oder gebe Befehle. Und ganz nebenbei halte ich den Abendstern für gefährlich.«

»Genau deshalb bist du der Richtige. Außerdem bist du gut darin, auf andere aufzupassen.«

Strudel dachte an Noriko. An Dan. An Simon. An Finan. An Lauris. An Adrian. An Jana. An Yaro. An Tian und an Elias. Er schüttelte entschieden den Kopf. »Ich war nie gut darin.«

Mel schien zumindest einen Teil seiner Gedanken zu erahnen, denn sie sagte: »Also echt, nur weil die Umstände mies waren, bist du trotzdem ein Beschützer. Dass du nicht allen helfen konntest, ist nicht deine Schuld.«

Strudel lief schweigend weiter.

»Und überleg mal, du könntest dafür sorgen, dass wir besser werden.«

»Besser darin andere umzubringen?« Nun war Strudel wirklich wütend und dachte daran, sich zurückfallen zu lassen, um Mel aus dem Weg zu gehen.

Mel drehte den Kopf zu ihm. »Besser darin, zu überleben.« Ruhig ruhten ihre Augen auf Strudels Gesicht. »Dir ist doch klar, was passieren wird, oder?« Sie machte eine drehende Bewegung mit dem Kopf, die alle ihre Kameraden einschloss. »Sie werden uns in den Krieg schicken. Bald. Und keiner von uns ist bereit.«

»Das werde ich nicht ändern können.« Wut wandelte sich in Verzweiflung.

»Ich glaube, dir ist das nicht wirklich klar: Die Schlacht um 67 war für die meisten hier der erste richtige Kontakt zum Krieg. Niemand sonst ist, wie ich, bei der Übung draußen im Ödland, in Kämpfe hineingezogen worden. Das war ja überhaupt nicht vorgesehen. Aber du kannst uns auf das vorbereiten, was kommt.«

So sehr er die Lichtbringer auch verabscheute, bevor er und sein Trupp in den Krieg geschickt worden waren, hatten sie die grausamen Seiten des Lebens gekannt. Er sah sich um. Weiter vorne riss einer der Jungen einen albernen Witz. Ein Stück daneben hatten zwei Rekruten beim Laufen die Köpfe zusammengesteckt und tuschelten, während sie vielsagende Blicke zu anderen warfen. Natürlich gab es auch jene, die Schrammen vom Kampf gegen die Lichtbringer trugen, oder mit den stumpfen Augen eines schweren Verlustes zu Boden starrten. Doch insgesamt kamen ihm diese sechzehn- oder siebzehnjährigen Rekruten jünger vor, als seine Freunde mit dreizehn Jahren. Mels Einschätzung stimmte. Sie waren unvorbereitet. Der Einsatz, der auf sie wartete, würde sie völlig überfordern. Sie würden fallen. Reihenweise. »Euch einzusetzen ist Wahnsinn.«

Mel seufzte. »Versteh mich nicht falsch. Orion ist ein großartiger Ausbilder. Aber hundert Rekruten sind einfach zu viel. Früher waren sie zu viert. Aber durch diese Einberufung fehlen erfahrene Leute.«

Kein Wunder also, dass er Roberta und ihn einsetzen wollte. Es war nur logisch.

Hinter ihm brüllte Roberta die langsamsten Rekruten herausfordernd an. Sie hatte sich offenbar schon in ihre neue Rolle eingefunden.

Strudel verdrehte die Augen. Er musste sich schon alleine ihretwegen darauf einlassen. Er konnte sie zumindest ein bisschen im Auge behalten und das wilde Bild, das sie den Rekruten von Edenbewohnern vermitteln musste, gerade rücken.

Mel beobachtete ihn aus den Augenwinkeln heraus und lächelte. »Ich wusste es.«

Also fügte sich Strudel in die Rolle des Ausbildungsassistenten. Es hätte ihm vielleicht sogar Spaß gemacht, hätte über allem nicht der drohende Kriegseinsatz geschwebt.

Er gab sein Wissen gerne weiter und die Rekruten akzeptieren ihn – erstaunlicherweise – viel schneller als sie es bei Roberta taten. Strudel hatte Mel im Verdacht, positiv auf ihre Kameraden einzuwirken.

Er hielt es für wenig sinnvoll, Nahkampf zu unterrichten. Ohne EXO würde ihnen das auf dem Schlachtfeld nur in Ausnahmefällen von Nutzen sein. Stattdessen wollte er sich auf Überlebenstechniken konzentrieren und den Rekruten außerdem so viel es ging über die Lichtbringer beibringen. Beides hielt er in der Kürze der Zeit für sinnvoller, um die zu erwartende Todesrate unter den Rekruten zu minimieren.

Er besprach seine Überlegungen mit Orion, der ihm zustimmte und ihm relativ freie Hand ließ.

Trotzdem widerstrebte es Strudel, aktiv an der Ausbildung teilzuhaben. Er wusste, egal wie sehr er sich auch bemühte, viele seiner Schüler würden sterben.

Umso intensiver arbeitete er an den Abenden im Garten. Denn hier war er sich völlig sicher, etwas Richtiges zu tun.

Drei Wochen lag der Beginn seiner Ausbilderkarriere nun schon zurück. Nach dem Training mit den Rekruten schraubte er jeden Tag bis spät in die Nacht an seinem Projekt. Mel hatte sich schon vor Stunden in ihrer Schlafecke eingerollt. Im Schlaf kratzte sie immer wieder über ihren linken Oberarm. Strudels Augen brannten vor Müdigkeit. Doch er wollte unbedingt noch das Letzte der Teile einbauen, die Lya ihm für heute hingelegt hatte. Er gähnte und zog eine der winzigen Schrauben fest.

Da hörte er es. Ein Fahrzeug näherte sich. Seltsam. So spät in der Nacht war sonst niemand mehr unterwegs. Zutiefst beunruhigt legte Strudel das Werkzeug ab. Lya hatte angekündigt, dass sie nicht nach Hause kommen würde. Bei der Kuppel gab es mal wieder einen Notfall. War es möglich, dass sich ihre Pläne geändert hatten? Mel hatte allerdings erwähnt, dass ihre Schwester bei Dunkelheit nicht gerne Auto fuhr. Vielleicht irrte sich Strudel auch und das Fahrzeug würde einfach vorbeifahren?

Nein. Es kam immer näher. Und ein Blick zu den Fenstern verriet Strudel noch etwas. Obwohl, wie immer wenn Strudel sich hier mit seinem Projekt beschäftige, dicke Vorhänge die ohnehin schon verrammelten Fenster blickdicht verschlossen, hätte Licht einfallen müssen. Aber so war es nicht, was nur einen Schluss zuließ. Der Fahrer hatte die Scheinwerfer nicht aktiviert.

»Mel! Steh auf! Etwas stimmt hier nicht!« Er sprach ruhig, aber bestimmt. Im Schlaf überrascht zu werden, war nie gut, also musste Mel wach werden, bevor ihr ungebetener Gast eintraf.

Strudel versicherte sich mit einem Blick, dass Mel ihn gehört und verstanden hatte. Ein Teil von ihm war stolz, als er sah, dass seine Schülerin, trotz der plötzlichen Störung mitten im Schlaf, geordnet und besonnen reagierte.

»Geh in Deckung!« Strudel warf eine grobe Decke über sein verräterisches Projekt, griff sich den großen Rollgabelschlüssel und sprintete zur Tür. Als er ankam, hörte er, wie der Wagen direkt an der Scheune anhielt.

War es Lichtbringern gelungen, erneut nach 67 einzudringen? Doch warum sollten sie an dieser unscheinbaren Bruchbude halt machen? War dem Abendstern endlich aufgefallen, was Lya hier drin aufgebaut hatte? Hatte Vadim vielleicht sogar irgendwie Wind von Strudels Projekt bekommen? Wenn ja, dann musste er versuchen, die Schwestern irgendwie aus der Sache herauszuhalten.

Rasch sah er sich nach Mel um. Sie spähte hinter einer niedrigen, aber ausgesprochen dichten Hecke zu ihm. Er schüttelte den Kopf und machte das Handzeichen für ›Deckung‹.

In diesem Moment klopfte es. Es war kein energisches Hämmern, sondern ein heimliches Pochen. »Strudel? Ich hoffe doch sehr, dass du da drin bist. Lass uns rein«, bat Yunes gedämpft.

Erleichterung durchströmte Strudel und er löste die verschiedenen Sicherheitssperren an der Tür. Zu seiner Überraschung wurde Yunes von Caroline begleitet.

Strudel hatte sie nicht mehr gesehen, seit sie zusammen mit Finan zur strategischen Planung versetzt worden war. Als Roberta und ihm mitgeteilt worden war, dass sie die beiden nicht besuchen durften, hatte Strudel sie das erste Mal nervös erlebt. Im künstlichen Licht schien Caroline bleicher als sonst.

»Ein Glück. Wenn wir uns umsonst hierher geschlichen hätten, wäre das eine ziemliche Katastrophe gewesen«, sagte Yunes und trat rasch ein.

Hinter Caroline verriegelte Strudel den Eingang.

Akribisch sah sich Caroline im Garten um und versteifte sich. »Sie sollte gehen«, sagte Caroline.

Strudel folgte ihrem Blick. Mel war aus ihrem Versteck aufgestanden.

»Entschuldigung? Das hier ist das Haus meiner Schwester. Wer hier geht oder bleibt, entscheide ich«, sagte Mel gereizt.

Caroline sah zu Yunes. »Wir wissen immer noch nicht mit Sicherheit, wie der Ratsvorsitzende von eurer Rettungsmission Wind bekommen hat. Sie ist dabei nicht aufgeflogen. Damit ist sie ein Sicherheitsrisiko«, beharrte Caroline streng.

»Schon gut. Ich vertraue Mel«, versuchte Strudel zu schlichten.

»Irrelevant. Du bist nicht objektiv.«

»Was?«, fragte Strudel verdattert. »Wieso nicht?«

Caroline zog eine Augenbraue nach oben und erinnerte Strudel dabei an Finans typisch skeptisch belustigte Miene.

Doch bevor sie weiter darüber diskutieren konnten, räusperte sich Yunes. »Du weißt doch, was Strudel hier treibt. Meinst du nicht, Mel hätte ihn schon längst verraten, wenn sie für den Abendstern spionieren würde?«

Caroline wirkte wenig überzeugt. »Dass sie ihn nicht verrät, bedeutet noch lange nicht, dass sie uns nicht verraten würde.«

»Wollen wir diesen mühsam erkämpften Moment der ungestörten Kommunikation wirklich verwenden, um darüber zu streiten? Wir werden Risiken eingehen müssen. Noch viel größere Risiken. Das weißt du.« Darüber schien Yunes alles andere als froh, doch er wirkte sehr entschlossen. Einen Moment lang schien es Strudel so, als wollte Caroline etwas erwidern. Dann ließ sie den Blick erneut durch den Raum schweifen und nickte nur.

»Was meinst du mit ›ungestörter Kommunikation‹?«, fragte Strudel. Er bemerkte, dass er angefangen hatte, über die Narbe in seiner Handinnenfläche zu streichen. Abrupt hörte er damit auf. Er wollte nicht, dass die anderen erkannten, wie nervös ihn dieser nächtliche Überfall machte.

»Dein Freund Finan hat vermutet, dass der Abendstern die Räume, in denen er und die anderen festgehalten wurden, verwanzt hat. Ich habe das überprüft. Es stimmt. Und nicht nur das. Als ich schon mal dabei war, habe ich weiter gesucht. Mein Büro und meine Wohneinheit werden ebenfalls überwacht. Deine wahrscheinlich auch. Sie benutzen unsere Smart Home Interfaces dafür.« Yunes kratzte sich am Kinn. »Ziemlich peinlich eigentlich, dass ich nicht selbst darauf gekommen bin. Das fällt ja in mein Spezialgebiet. Außerdem passt es zu meinem Vater.«

»Mach dir nichts draus. Finan ist den meisten Menschen ein paar Schritte voraus«, warf Caroline ein und Strudel meinte den Anflug eines stolzen Lächelns auf ihren Lippen zu sehen.

»Nun jedenfalls müssen wir uns dringend mit dir absprechen. Und dafür eine Gelegenheit zu finden, war gar nicht so einfach. Draußen sind wir ständig unter Beobachtung. Es wäre nicht gut, wenn uns jemand zusammen sieht. Und unsere privaten Räume sind nicht mehr privat.«

Strudel nickte. Das klang nicht gut. Er spürte seit seinem letzten Gespräch mit dem Ratsvorsitzenden Vadim eine ständig zunehmende Bedrohung. Aber dass es schon so weit gekommen war, beunruhigte ihn. Ganz offensichtlich sah der Abendstern, oder zumindest Vadim – es war schwer, da einen Unterschied zu machen – eine Bedrohung in ihm und seinen Freunden. Das erinnerte ihn unangenehm an die Lichtbringer, die ihn ›Gefahr für ganz Eden‹ nannten.

»Deshalb also die Ehre unseres nächtlichen Besuchs.« Yunes zwinkerte. Doch Strudel merkte an seiner Körperspannung, wie verunsichert er in Wahrheit war. Yunes hatte in den letzten Wochen einiges mitgemacht. Erst den Tod seiner Frau. Dann Norikos Verwundung. Nun misstraute ihm der eigene Vater, trachtete ihm vielleicht sogar nach dem Leben. Seine Familie war fast völlig zerfallen. Es gab nur noch ihn und seine Tochter. Das ständig nagende Schuldgefühl in Strudel verstärkte sich. Er hatte dieser Familie nur Leid gebracht. Um sich von den düsteren Gedanken abzulenken, fragte Strudel: »Wo ist Noriko?«

Yunes mühsam aufrecht erhaltene Gelassenheit geriet ins Wanken. »Ich habe behauptet, sie wäre krank. So konnte ich sie heute Nacht in Caninas Obhut lassen.« Offenbar fühlte er sich alles andere als wohl dabei, Noriko alleine gelassen zu haben.

Auch Mel bemerkte es und sah Yunes halb ernst, halb traurig an. »Was auch immer ihr vorhabt. Du solltest nicht mitmachen. Das ist viel zu gefährlich für deine Tochter.«

Strudel gab Mel recht. Er wollte nicht, dass der klägliche Rest der einst so glücklichen Familie noch weiter litt. Yunes allerdings zog gereizt die Augenbrauen zusammen. »Ach? Und was soll ich stattdessen tun? Zulassen, dass sie hier aufwächst? Zwischen Krieg und Angst? Ständig bedroht vom eigenen Großvater? Und wenn ich sterbe, sie nicht mehr beschützen kann, was glaubst du, würde er aus ihr machen?«

Strudel wollte Yunes nicht weiter verärgern und versuchte hastig das Thema zu wechseln. »Also glaubt ihr, dass wir hier offen sprechen können?« Kritisch sah sich Strudel um. Es gab tausend Möglichkeiten hier ein Abhörgerät zu verstecken.

»Natürlich. Meine Schwester ist enorm vorsichtig.«

»Man könnte sagen paranoid«, warf Caroline ein.

Mel ignorierte sie. »Alleine hier hereinzukommen, dürfte für die meisten Menschen eine ziemliche Herausforderung sein.«

»Das schon. Aber …« Caroline schien ebenso wenig überzeugt wie Strudel.

»Keine Sorge.« Mel grinste und sah nach oben. »Das ist noch lange nicht alles. Wir haben auch noch das da oben.«

Nun betrachtete Caroline interessiert die Mini-Kuppel über ihren Köpfen. »Also stimmt es? Es taugt zusätzlich als ziemlich effektiver Störsender. Richtig?«

»Genau. Ich habe ihr immer gesagt, sie spinnt. Wer hätte auch ahnen können, dass das mal nützlich wird.«

Strudel war gebührend beeindruckt. Lya hatte also nicht nur eine kugelabweisende, lichtdurchlässige aber wetterundurchlässige Kuppelimitation geschaffen, sondern diese auch noch mit weiteren nützlichen Kleinigkeiten aufgepeppt.

»Genau. Ich habe festgestellt, dass Strudel jeden Abend aus der

Überwachung verschwindet. Natürlich ist es den Experten auch aufgefallen. Aber Lyas …« Yunes warf Mel einen raschen Blick zu. »-Besonderheiten, sind bekannt und werden geduldet, solange sie so ausgezeichnete Arbeit leistet. Und dafür, dass Strudel so häufig hier ist, scheint es für sie ja einen ganz harmlosen Grund zu geben …«

Verwundert sah Strudel zu Yunes. Was meinte er mit diesem seltsamen Unterton?

»Strudel, wirklich?« Caroline verdreht die Augen. »Sie gehen natürlich davon aus, dass du wegen Mel hier bist.«

»Wieso sollte ich wegen …«

»Sie gehen davon aus, das ihr ein Paar seid«, warf Yunes hastig ein. »Wie auch immer. Das ist auf jeden Fall besser, als wenn sie annehmen würden, dass du hier an der illegalen Modifikation einer Superwaffe arbeitest.«

Strudel hörte Yunes kaum zu, sondern sah rasch zu Mel hinüber. Doch sie schien seinen fragenden Blick nicht zu bemerken, sondern plötzlich von einem Jucken an ihrem Arm abgelenkt zu sein.

»Können wir jetzt endlich zum Punkt kommen? Wie du selbst gesagt hast, haben wir keine Zeit zu verlieren.« Caroline tippte sich an die Schläfe und aktivierte damit den Bildschirm vor ihrem Gesicht.

Doch eine Frage beschäftigte Strudel noch. »Warum sind die anderen nicht hier?«

»Ist das nicht offensichtlich? Finan ist nicht mobil genug, um mitten in der Nacht zu einem geheimen Treffen zu kommen. Canina hat Nachtschicht und übt sich als Babysitter. Und Rob habe ich als Wache bei Finan gelassen.«

»Versucht der Abendstern, Finan etwas zu tun?«

Caroline schüttelte entschieden den Kopf. »Nein. Natürlich nicht. Vadim hat längst erkannt, von welchem großen Nutzen wir sind. Er hält uns für ausgesprochen nützlich. Ohne seinen Schutz wäre Finan wohl nicht mehr am Leben.«

»Was? Wieso?« Strudel war halb losgelaufen in dem unsinnigen Impuls, sofort zu Finan zu eilen, um ihn zu beschützen.

Yunes zog ihn zurück. »Die Leute wissen, wer Finan ist. Oder besser, wer er war«, erklärte er. »Sie denken, er hat nicht nur lange die militärischen Entscheidungen bei den Schlachten außerhalb getroffen, sondern auch den Angriff auf 67 befehligt.«

»Das stimmt nicht! Und die Verluste waren die ganze Zeit ungewöhnlich niedrig.« Strudel wusste noch, wie seltsam er das gefunden hatte. Allerdings erinnerte er sich auch noch daran, dass er selbst Finan für einen Moment wegen des Angriffs auf 67 misstraut hatte.

»Das war auch eine Heidenarbeit, kann ich dir sagen. Und extrem schwierig das Ganze vor den Lichtbringern zu rechtfertigen. Aber die einfachen Dummköpfe hier würdigen das nicht. Ganz anders als Vadim. Sie sehen in Finan einen Mörder und würden ihn töten, wenn sie ihn in die Finger bekommen«, ergänzte Caroline. »Und Finan selbst findet, er hätte es nicht anders verdient. Er nimmt sich das alles zu sehr zu Herzen. Fühlt sich verantwortlich. So wie damals, als er in dieser Schlacht das Kommunikationschaos ausgelöst hat.«

»Ich muss mit ihm reden.«

»Und was glaubst du, könntest du sagen, was ich noch nicht gesagt habe? Das ist Zeitverschwendung. Lasst uns endlich weiter machen.«

»Gut. Also sind nur wir übrig für unser kleines Verschwörungstreffen.« Yunes klang angespannt.

Mel hatte nachdenklich mit einer ihrer dunkelroten Haarsträhnen gespielt. Jetzt hielt sie inne. »Gegen wen verschwören wir uns denn genau? Auf welche Weise? Und warum?«

»Dafür sollten wir uns vielleicht besser setzen«, schlug Yunes vor.

Mel schien einen Moment nachzudenken, ob sie diesem Verschwörungstreffen wirklich Obdach gewähren wollte, dann zuckte sie mit den Schultern und deutete einladend auf das weiche Gras.

Strudel setzte sich zwischen Mel und Yunes. Dabei spürte er, wie sehr sich seine Muskeln verspannt hatten. Es war fast, als rechnete sein Körper immer noch mit einem Angriff. Besorgt sah er zwischen Yunes und Caroline hin und her. Welchen Plan verfolgten sie?

»Am besten, ich bringe euch erst mal auf den neuesten Stand.« Yunes schien nicht glücklich über diese Aufgabe und sah Strudel entschuldigend an. »Was wir von der Front hören, klingt nicht gut. Offiziell wird es natürlich totgeschwiegen. Aber es häuften sich die Berichte von Soldaten mit Rüstungen. Die Rüstungen verwandeln sie angeblich in Kampfmaschinen. Offenbar haben die Lichtbringer es geschafft, die EXOs serienreif zu bekommen. Mein Vater fürchtet, es wird nun nicht mehr lange dauern, bis sie auch ihre Klone gegen den Abendstern einsetzen.«

Ein Eisklumpen schien sich plötzlich in Strudels Magen materialisiert zu haben. Kälte breitete sich von ihm aus. »Talion?« Die Frage brachte er nur mit Mühe zwischen seinen harten Lippen hervor.

»Ich habe nichts von ihm gehört. Das muss nichts heißen. Du weißt, meine Position ist nicht mehr so günstig, wie sie einmal war. Also gehe ich von der alten Kriegsweisheit aus: Keine Nachrichten sind gute Nachrichten. Aber du hast natürlich recht. Es wird schrecklich für ihn sein.«

»Wir vermuten«, fuhr nun Caroline fort, »dass es nicht mehr lange dauert, bis der Abendstern zum letzten Mittel greift. Der sogenannten ›Dämmerung‹. Sie werden alles, was sie haben, in einem großen Angriff auf Eden zentrieren.« Sie machte eine kurze Pause und sah sie alle der Reihe nach an.

»Und wir müssen unbedingt dafür sorgen, dass dieser Angriff ein voller Erfolg wird.«

»Was? Du willst meinen Vater unterstützen? Das ist Wahnsinn! So war das nicht abgesprochen!« Yunes machte Anstalten aufzustehen.

In diesem Moment pochte es zum zweiten Mal an der Tür. Viel lauter als beim ersten Mal.

Sofort jagte wieder Adrenalin durch Strudels Adern und Schreckensbilder von Abendsternen, die ihre Verschwörung zerschlugen, bevor sie richtig begonnen hatte, stiegen vor seinem geistigen Auge auf.

Dann knurrte Robertas Stimme von draußen: »Lasst uns gefälligst rein!«

Erleichtert stand Strudel auf und öffnete erneut die Schlösser. Roberta stampfte an ihm vorbei, ohne in groß zu beachten. Noch im Gehen wuchtete sie Finans Tragegestell von ihrem Rücken und stellte ihn wie ein unbequemes Gepäckstück neben Mel ab. Der Weg war zwar nicht allzu weit, doch sicher hätte es nicht jeder geschafft, Finan hierher zu tragen.

Caroline war aufgesprungen. »Rob, was soll das?«

»Du kannst den Krüppel nicht einfach einsperren. Das ist doch Scheiße, Caro.«

»Ich hatte meine Gründe.«

»Die hast du nicht gesagt«, antwortete Roberta grimmig.

»Und deshalb bringst du ihn einfach her?«

»Ja.«

Strudel versuchte, sich seine Überraschung nicht anmerken zu lassen. Bisher hatte er Roberta immer als Wachhund von Caroline gesehen. Nicht wirklich als Mensch, der eigene Entscheidungen traf.

»Dieses ganze Treffen bringt doch jetzt eh nichts mehr«, sagte Yunes frustriert. »Am besten gehe ich und kümmere mich um meine Tochter.«

In all dem Trubel wären Finans leise Worte fast untergegangen. »Caro, was hast du ihnen erzählt?«

Doch Caro hörte ihn. Und die anderen auch. Denn sofort wurden alle still.

Caroline schien Finans Blick unangenehm. »Es ist der einzige Weg. Dein Plan wird uns alle umbringen. Das kann ich doch nicht zulassen!«

Finan schien nicht überrascht. »Wir haben so oft darüber gesprochen.« Langsam fuhr er fort. »Was ist mit deiner Suche nach dem vergessenen Retter der Menschheit? Deiner Entdeckung?«

»Das ist doch alles schon ewig her. Nicht mehr von Bedeutung!«

»Du irrst dich.«

»Ich irre mich nicht! Dein verrückter Plan beruht zum größten Teil auf albernen Hoffnungen und deinem irrationalen Glauben an das Gute in den Menschen. Aber der Mensch ist nicht gut. Er ist grausam. Besonders die Lichtbringer. Sie müssen ausgelöscht werden und das kann nur der Abendstern! Ich habe nur versucht, uns alle zu retten.« Caroline stand auf und rannte zu Tür.

Strudel, der eigentlich vorgehabt hatte, die Schlösser wieder zu schließen, von dem Streit jedoch abgelenkt worden war, trat zur Seite, als sie an ihm vorbeistürmte.

»Caro! Bitte!«, Finans Ruf klang schwach und schien ihn doch wahnsinnig viel Kraft zu kosten.

»Verdammter Dreck. Ich hol sie zurück!« Roberta rannte Caroline hinterher in die Nacht.

Strudel stand unschlüssig an der Tür.

»Mach sie zu«, bat Mel. »Lya bringt mich um, wenn sie rausbekommt, dass sie länger als zehn Sekunden offen stand.«

»Und dann komm wieder her. Ich glaube, wie haben doch noch eine Menge zu besprechen«, fügte Yunes hinzu.

Strudel fühlte sich unwohl dabei, Caroline und Roberta ins Dunkel auszusperren, aber sie konnten beide gut auf sich aufpassen. Also ging er zurück und setzte sich wieder in den Kreis.

»Ihr seid unterschiedlicher Meinung?«, fragte Yunes Finan.

Er nickte. »Sie wird sich uns noch anschließen.« Strudel sah, dass Finan sich nichts mehr wünschte, als selbst an seine Worte glauben zu können. »Sie meint, dass der Abendstern die Lichtbringer vernichten kann. Aber ich bin es wieder und wieder durchgegangen.«

Strudel sah, wie Finans Hand zuckte und vermutete, dass er gerne seine Brille zurückgeschoben hätte.

»Es wird kein Matt gegeben, alles läuft auf ein Remis hinaus. Weder Lichtbringer noch Abendstern werden einen endgültigen Sieg erringen. Die einzige Möglichkeit, so ein Unentschieden zu verhindern, wäre die Kuppel des jeweils andern zu zerstören. Doch das ist Wahnsinn. Schließlich setzt jede Partei darauf, ihren beengten Lebensraum durch die Kuppel des Besiegten zu erweitern.«

Die Auseinandersetzung hatte einen großen Teil von Finans Kraftreserven aufgezehrt und er schien kaum noch in der Lage, die Worte auszusprechen. »Also wird es nur noch mehr Krieg, noch mehr Tod und noch mehr Leid geben.« Finan wirkte nach dieser Erklärung tief erschöpft.

»Damit hätten wir wohl geklärt, gegen wen wir uns verschwören. Nämlich gegen die Lichtbringer und den Abendstern in gleicher Weise.« Strudel bemerkte, wie sich auf Yunes Armen bei diesen Worten eine Gänsehaut bildete. »Wenn ihr damit nichts zu tun haben wollt, sagt es jetzt. Ich würde das verstehen.«

Das darauf einsetzende Schweigen dauerte mehrere Herzschläge lang.

Dann schüttelte Mel den Kopf. »Ich dachte immer, ich müsste kämpfen. Ich müsste es für Simon tun. Aber …« Sie warf einen schnellen Blick zu Strudel. »Ich will nicht töten. Für niemanden. Und am wenigsten für Simon. Ich bin dabei.«

»Und du Strudel?«, fragte Yunes. »Du hast schon so viel gelitten. Es wäre okay.«

Es stimmte. Strudel wusste nicht, ob noch genug von ihm übrig war, um sich gegen zwei so mächtige Gegner zu stellen. War er bereit, Viktoria und Vadim gleichermaßen die Stirn zu bieten? War er bereit, die Leben seiner Freunde sowohl in Eden, wie auch in Kuppel 67 zu riskieren? Aber wäre nicht alles umsonst, wenn der Krieg immer weiter gehen würde? Wären all das Leid, die vielen Toten nicht völlig wertlos? Alles, was Strudel wollte, war ein friedliches Leben führen zu dürfen. Ein glückliches, langes Leben mit seinen Freunden an seiner Seite. Aber dafür musste er selbst etwas tun. Er konnte nicht ewig weiter zusehen und hoffen, die Probleme würden sich irgendwann von selbst lösen. Wenn er wollte, dass all diese schrecklichen Dinge aufhörten, dann musste er sie selbst verändern.

Strudel nickte. »Ich auch.«

Yunes seufzte traurig, als hätte er gehofft, Strudel würde sich anders entscheiden. »Also haben wir das ›Warum‹ geklärt.«

»Das war noch nicht alles.« Strudel sah, wie Finan darum kämpfte, seine Konzentration aufrecht zu erhalten. »Caro hat noch mehr herausgefunden.«

»Diese Entdeckung, über deren Bedeutung ihr euch gestritten habt? Was ist es?«, wollte Mel wissen.

Schleppend begann Finan zu erzählen. »Caroline hat tausende alte Dokumente durchsucht. Ich hätte ihr gerne geholfen. Aber lesen …« Finan räusperte sich. »Jedenfalls hat sie mehreren alten Quellen entnommen, dass Lichtbringer und Abendstern einst ein und dieselbe Organisation waren. Sie sind zwei Teile eines Ganzen.«

Im Kreis herrschte Stille.

»Das hast du mir noch gar nicht gesagt!«, empörte sich schließlich Yunes.

»Es geht noch weiter: Unser angeblicher Retter hat die Menschheit nicht nur gerettet, sondern auch zerstört. Dieses ganze Märchen vom Supercomputer, der durchgedreht ist und die Menschen zum Krieg hin beeinflusst hat, ist eine einzige große Lüge.«

»Wie bitte?« Yunes Stimme zitterte.

»Es kam mir schon immer komisch vor, dass rein zufällig die Kuppeln genau zu diesem Zeitpunkt fertig wurden. Denkt mal darüber nach: Was ist leichter zu kontrollieren? Eine ganze Welt? Oder eine bestimmte Anzahl in sich abgeschlossener Kuppeln?« Finan legte eine Pause ein, wie ein Lehrer, der seinen Schülern wirklich die Möglichkeit geben wollte, selbst nachzudenken. Tatsächlich schien er die Pause bitter nötig zu haben, das lange Sprechen schien ihn so erschöpft zu haben wie ein Gewaltmarsch. »Das ist es, was den Abendstern und die Lichtbringer verbindet. Sie stammen beide von der Organisation VENUS, die die Kuppeln bauen ließ. Sie waren es, die den ›Großen Krieg‹ ausgelöst und die Menschheit in die Kuppeln getrieben haben. Natürlich müssen sie das beide geheim halten. Und deshalb feiern wir ihren alten Anführer, den Kuppelkonstrukteur auch nicht.«

Der Mann, von dem Strudels Gene stammten, war also kein Held. Er war ein Massenmörder. Jetzt verstand Strudel, warum

Viktoria ausgerechnet diesen Mann als Grundlage ausgewählt hatte. In Projekt Neshamah hatte sie versucht, den ehemals großen Anführer wiederauferstehen zu lassen.

»In ihrer Gier nach Macht haben sie die Erde zerstört und nun vernichten sie sich im Kampf um die Herrschaft über die letzten Menschen langsam gegenseitig«, beendete Finan seinen Vortrag.

Mel schien am wenigsten beeindruckt. »Das ist doch alles schon ewig her.«

Finan blickte sie müde an. »Das sagt Caroline auch. Aber es ist wichtig. Ich vermute, dass wir dieses Wissen nutzen können. Wenn wir es bekannt machen, werden auf beiden Seiten einige Leute anfangen nachzudenken.«

»Nun gut.« Yunes versuchte offenbar, zum Thema zurückzufinden, doch Strudel spürte, dass ihn diese Neuigkeit tief getroffen hatte. »Kommen wir jetzt also zu: Auf welche Weise. Es sollte klar sein, dass wir die letzte Reißleine ziehen müssen. Wir müssen weg von hier. Wir alle. Wenn wir in Frieden leben wollen – und das schulde ich Noriko – dann müssen wir aus 67 verschwinden.«

»Verschwinden? Wohin?«, fragte Strudel, der in Gedanken immer noch bei seinen missratenen Genen war.

»Wohin? Genau darüber sprichst du doch seit Wochen mit meiner Schwester!« Mel sah in die Runde. »Wir suchen uns eine der alten Kuppeln und bauen sie wieder auf.«

Finan nickte zustimmend. »Genau.«

Frustriert schüttelte Strudel den Kopf. »Aber Lya und ich hängen immer am gleichen Punkt. Es wird dauern, bis wir eine kaputte Kuppel wieder bewohnbar gemacht haben. Was ist mit dem Frost?« Strudel sah, wie Mel bei seinen Worten zusammenzuckte.

»Hier kommt Kos ins Spiel«, erklärte Finan mit geschlossenen Augen. »Canina meint, er hätte weitere Fortschritte gemacht. Seit er weiß, dass der Frost von Menschen erschaffen wurde, kommt er besser voran. Er kann uns wahrscheinlich eine Zeit lang vor den Giften schützen, die ihn auslösen.«

»Also wird Kos mitkommen?«, fragte Strudel vorsichtig.

»Warum nicht. Mein Vater bedrängt ihn immer mehr und viele Abendsterne würde ihn, ohne zu zögern, umlegen. Sie machen ihn dafür verantwortlich, dass die Lichtbringer den Frost gegen uns einsetzten. Was sollte ihn hier halten?« Yunes schien sich eher über eine andere Person Gedanken zu machen. »Deine Schwester gilt als labil. Glaubst du, sie wird mit uns kommen?«

Mel nickte grimmig. »Ich glaube, wir alle haben Lya viel zu lange unterschätzt. Sie ist um mich zu retten aus Eden geflohen. Sie wird auch 67 verlassen, wenn es darum geht, zu überleben. Und es scheint ihr in letzter Zeit besser zu gehen. Sie spricht mit Strudel über die Möglichkeiten. Sie arbeitet mit ihm zusammen. Duldet ihn hier.« Bei ihrer Aufzählung wurde Mels Ton ein wenig bitter. »Keine Ahnung warum eigentlich. Aber seit dem Angriff. Nein.« Mel brach ab und starrte Strudel einen Moment an. »Seit der Geschichte im Garten.« Nun lächelte sie.

Und Strudel lächelte vorsichtig zurück. Bis gerade eben war Strudel nicht klar gewesen, wie sehr dieser Tag Lyas Verhalten offenbar verändert hatte. Hatte alleine die Tatsache, dass Lya über das Geschehen gesprochen hatte, diese Verbesserungen bewirkt? Die Tatsache, dass sie ihre Schwester nicht mehr anlügen musste? Oder vielleicht das Wissen, dass ihr Ungeheuer tot war? Und jetzt, wo er darüber nachdachte, fiel ihm auf, dass auch er selbst seit jenem Tag seltener den verhassten Besuch von Balor erdulden musste.

»Aber wie stellt ihr euch das genau vor?« Mel verschränkte ablehnend die Arme. »Retten wir uns einfach und lassen alle anderen vor die Mutanten gehen?«

Strudel fand den Gedanken, sich selbst zu retten, während Lichtbringer und Abendstern sich weiter umbrachten, erschreckend und verlockend zugleich. Doch nach kurzem Zögern schüttelte er entschieden den Kopf »Jeder sollte die Möglichkeit haben, ohne Krieg zu leben.«

»Wir können nicht einfach jedem verraten, was wir vorhaben«, erwiderte Yunes nachdenklich. »Wir machen den Anfang.

Wir und eine genau ausgewählte Gruppe. Wir bereiten alles vor. Sobald die Kuppel bereit ist, erhöhen wir die Personenzahl.«

Finan nickte vorsichtig. »Caroline und ich haben ein paar Kontakte bei den Lichtbringern, die sicher zu uns überlaufen würden.« Strudel dachte an die Kandidaten in der Akademie, an Hirt und seine Leute und sogar an General Clausewitz, der ihm einmal ein mysteriöses Angebot gemacht hatte.

Finan fuhr fort: »Wir können unser Wissen über die Verbindung zwischen Abendstern und Lichtbringer nutzen, um die Leute zu einem friedlichen Leben miteinander zu bewegen.«

Es gefiel Strudel nicht. Sicher würde es lange dauern, bis alle, die keinen Krieg mehr wollten, bei ihnen leben konnten. Aber es war Finans Plan. Und seinem intelligenten Freund würde Strudel mit geschlossenen Augen durch einen Kugelhagel folgen. So sehr vertraute er ihm.

In diesem Moment klopfte es erneut an der Tür.

»Wir sind hier doch kein ziviler Diskussionsklub«, schimpfte Mel und war noch vor Strudel zur Tür gelaufen. »Jeder kommt und geht, wie er will!«

Strudel konnte die Worte von draußen nicht verstehen, doch sie veranlassten Mel offenbar Roberta und Caroline hereinzulassen.

Finan strahlte, als er Caroline in der Tür stehen sah. Yunes dagegen runzelte missbilligend die Stirn. Er wartete jedoch, bis die beiden sich zu ihnen gesetzt hatten, bevor er etwas sagte. »Du hast uns angelogen.«

»Ich habe nicht gelogen«, konterte Caroline kalt. »Nur andere Schlussfolgerungen aufgezeigt.«

»Und um das zu tun, musstest du deinen Freund von unserem Treffen fernhalten? Ich finde das nicht besonders vertrauenserweckend.« Yunes schüttelte abweisend den Kopf.

»Jetzt bin ich ja wieder hier.«

Strudel fragte sich, was diesen plötzlichen Sinneswandel ausgelöst hatte.

Mel schien es ganz ähnlich zu gehen. Sie war inzwischen in den Kreis zurückgekehrt und setzte sich neben Strudel. »Ich frage mich nur warum«, murmelte sie.

Caroline sah sie scharf an. »Wenn ihr schon nicht auf mich hören wollt, muss ich wenigstens dafür sorgen, dass nicht alle von euch dabei draufgehen.« Ihr Blick ruhte dabei auf Finan. »Ich vermute mal, ihr seid inzwischen beim Knackpunkt angekommen, ja?« Nun wandte sie sich an Strudel.

»Nein«, versuchte Finan sie zu unterbrechen, aber sie ließ sich nicht von ihm aufhalten.

»Wir hauen einfach ab und überlassen alle anderen ihrem düsteren Schicksal. Wie gefällt dir das, Strudel?«

Er spürte deutlich, dass Caroline ihn in eine Falle locken wollte. Aber er konnte nicht anders, als ehrlich zu antworten. »Ich kann nicht einfach so gehen. Ich kann nicht alle im Stich lassen.«

»Genau. Und natürlich würde sich auch Canina strikt weigern, eine Möglichkeit zu akzeptieren in der wir Nesrin nicht retten.«

Strudel nickte. »Nesrin, Talion und die Klone.«

»Tatsächlich hatte ich gehofft, dass du das sagst.« Caroline lächelte ihm schelmisch zu. »Das passt nämlich ausgezeichnet zu der Rolle, die du in diesem Plan spielen sollst. Ich sollte an dieser Stelle vielleicht erwähnen, dass Finan das überhaupt nicht gefällt. Aber er ist, was das angeht, ungewöhnlich emotional. Er hat selbst gesagt, wir brauchen einen Insider, der nach Nesrin sucht. Nur als ich dich vorschlug, wollte er einen Rückzieher machen.«

»Caro, bitte.« Es schien Finan fast körperliche Schmerzen zu bereiten, diese Worte auszusprechen.

»Was soll das heißen?«, fragte Mel leise.

»Nun, Strudel wird an der ›Dämmerung‹ teilnehmen. Er wird nach Eden eindringen. Er wird Nesrin und wen er sonst noch alles retten will, befreien und sich uns erst danach anschließen.«

Strudel spürte, wie Mel neben ihm zu zittern begann. »Nein. Das wird er nicht.«

»Er ist am besten für diese Aufgabe geeignet. Wir vermuten, dass in der Nähe der Akademie inzwischen einige seiner Klone herumlaufen. Er wird also wenig auffallen.«

Jetzt mischte sich Roberta ein, die schon seit ihrer Rückkehr ausgesprochen schlecht gelaunt wirkte. »Ich werde Strudel begleiten und versuchen, Marco in die Finger zu bekommen.«

»Nein, das wirst du nicht tun«, sagte Caroline bestimmt.

Roberta schaute ihre Truppenführerin zornig an.

»Du bleibst bei uns und hilfst uns, zur neuen Kuppel zu kommen.«

»Ach, deine eigenen Freunde schickst du also nicht in den Tod?« Mel stand auf. »Yunes! Das kannst du doch nicht zulassen!«

Yunes schaffte es nur einen Moment lang, Mels anklagendem Blick standzuhalten. »Es tut mir leid. Wenn ich sein Vater wäre, würde ich es verbieten. Doch das bin ich nicht. Strudel muss für sich selbst entscheiden.«

»Wie könnt ihr das nur von ihm verlangen? Ihr seid …«

»Tu es nicht. Strudel, wir finden einen anderen …«

»Ich mache es«, sagte Strudel schnell, um Mel und Finan zuvorzukommen.

Finan sackte kraftlos zusammen. »Es tut mir leid.«

»Du machst was?«, fragte Mel etwas zu laut.

»Ich gehe mit dem Abendstern nach Eden.«

»Spinnst du? Du musst dich nicht immer für andere aufopfern. Auch du darfst mal Nein sagen.«

»Meine Freunde und meine Familie sind dort. Ich schaff das.« In Wahrheit kroch kalte Angst alleine bei dem Gedanken in ihm hoch. Er würde in die Akademie gehen müssen. Er würde zurückkehren. Zu seinen Albträumen.

»Nein. Das ist furchtbar ungerecht. Warum musst du schon wieder dein Leben riskieren? Hast du nicht schon genug getan?« Mit Schrecken stellte Strudel fest, dass Mels Stimme kippte. »Verdammt.« Sie wischte sich die Tränen aus ihrem Gesicht.

»Mel.« Verwirrt rieb Strudel seine Hand. »Warum weinst du?«

Es tat ihm weh, wie verzweifelt ihn Mels sanfte braune Augen ansahen. »Verdammt! Ich weine, weil du nie weinst. Ich tue es für dich. Weil du mir wichtig bist.«

Die restlichen Aufgaben waren schnell verteilt. Finan und Caroline würden das Vorgehen weiterhin planen. Yunes sollte versuchen, ein Verräter-Netzwerk zu knüpfen, um ihre Flucht überhaupt zu ermöglichen, und Mel musste ihre Schwester einweihen. Einer der schwierigsten Vorbereitungsschritte würde sein, trotz der Knappheit und strengen Überwachung, genug Wasser und Lebensmittel zu horten, damit sie die erste Zeit in der neuen Kuppel überstehen konnten.

Strudel war froh, als ihr Treffen endlich endete. Finan hatte die letzte halbe Stunde kein Wort mehr gesagt und Strudel befürchtete, dass er bald vor Überanstrengung zusammenbrechen würde. Als Roberta ihn wieder auf ihre Schultern wuchtete, war er sogar zu erschöpft, sich von Strudel zu verabschieden.

Es erschütterte Strudel, seinen Freund so schwach und zerbrechlich zu sehen. Er winkte ihm zum Abschied und hoffte, dass Caroline Finan Zeit geben würde, sich zu erholen, bevor sie versuchen würde, mit ihm weiter zu diskutieren.

Mel brauchte eine Woche und vier nervenaufreibende Anläufe, um Lya von ihrem Plan zu überzeugen. Was schließlich den Ausschlag gab, erfuhr Strudel nicht. Vielleicht hätte Mel es ihm erzählt, doch er fragte nicht. Es ging ihn nichts an.

Da er selbst im Grunde nicht mehr zu tun hatte, als sich auf einen Kriegseinsatz vorzubereiten, verstärkte er seine eigenen Anstrengungen im Training. Gleichzeitig wollte er sein Projekt so schnell wie möglich abschließen. Es schien ihm jetzt noch wichtiger als zuvor. Das Inlay war so gut wie fertig. Und obwohl Lya nun tausende Vorbereitungen für ihre Flucht und den Aufbau der neuen Kuppel zu treffen hatte, half sie ihm trotzdem beim letzten Schritt. Die Verbindung zum EXO. In einer nervenaufreibenden und nicht besonders angenehmen Prozedur nahm sie einen Abdruck von Strudels Anschluss, indem sie ein heißes, formbares Material hineingoss. Aus dieser Form baute Strudel nach Lyas Anweisungen in mehreren Nachtschichten einen künstlichen Anschluss. Das Problem war nur, dass er keine Ahnung hatte, ob sich das EXO damit austricksen ließ.

»Wir sollten mit den EXOs trainieren.« Strudel versuchte, es eher beiläufig klingen zu lassen. Nicht so, als hänge das Leben seines besten Freundes davon ab.

Orion beobachtete nachdenklich eine Gruppe Rekruten, die mit einem Funkgerät herumalberte. Strudel war sich nicht mal sicher, ob er ihm zugehört hatte. »Vor dem Einsatz sollten Roberta und ich uns wieder daran gewöhnen«, argumentierte er weiter.

Orion nickte nur kurz und ging dann zu den Rekruten hinüber. Eindeutig, um ihnen den richtigen Umgang mit dem Gerät nochmals zu erklären und ihnen dessen Lebenswichtigkeit einzubläuen.

Wie Orion es schaffte, den Abendstern von der Idee zu überzeugen, war Strudel schleierhaft. Doch schon am nächsten Tag waren sie da. Beide EXOs standen beim Appell bereit. Allerdings zusammen mit zwei schwerbewaffneten Wachen. Ein bärtiger Mann und eine hochgewachsene Frau.

»Diese Trottel meinen wirklich, dass uns diese Witzfiguren aufhalten könnten?« Roberta lachte wild.

Strudel war da nicht so optimistisch wie Roberta. Wenn die beiden Abendsterne wussten, was sie taten, konnten sie ihnen durchaus gefährlich werden. Strudel hatte zwar nicht vor, einen Kampf anzuzetteln, sehr wohl aber etwas mit dem EXO zu tun, das sicherlich unangenehme Fragen aufwerfen würde.

Immerhin hielten die Wachen sie nicht auf, als sie ihre EXOs anlegten.

»Das ist es also? Das EXO?« Emma, die Strudel in den Tagen zuvor aufgefallen war, weil sie sich die Hierarchie bei den Lichtbringern besonders gut einprägen konnte, kam zu ihnen. Auch einige andere Rekruten traten nun neugierig näher heran.

Strudel nickte.

»Und die sind direkt mit euren Körpern verbunden? Durch diese gruseligen Teile in euren Nacken?«

Wieder nickte Strudel.

»Heißt das nicht, dass nur ihr sie benutzen könnt? Vor wem beschützen die Wachen sie dann?«

»Bist du blöd? Vor uns natürlich. Wir sind für sie Feinde. Fremde. Gefahr«, erklärte Roberta auf ihre eigene brutale Weise.

Die Wachen mussten das Gespräch mitbekommen. Sie standen nur wenige Meter entfernt. Doch sie rührten sich nicht.

»Nicht dein Ernst? Die glauben wirklich, dass ihr uns verraten würdet?« Emma warf den Wachen einen verächtlichen Blick zu. »Ich meine, ich kenne niemanden, der die Lichtbringer so sehr hasst wie Roberta.« Einige der umstehenden Rekruten nickten zustimmend und ein paar lachten sogar. »Und Strudel ist doch jetzt schon ewig hier!«

»Das spielt keine Rolle. Sie trauen uns nicht«, versuchte Strudel zu erklären.

Das aufgebrachte Gemurmel, das daraufhin ausbrach, freute ihn.

Jetzt wurde es den beiden Wachen offenbar zu heikel. »Bitte löst diese Versammlung auf«, bat die große Frau nicht unfreundlich.

»Und was wenn nicht?«, knurrte Roberta.

Nun richteten die Wachen ihre Waffen auf Roberta. Augenblicklich herrschte Stille.

Dann schob sich Aaron nach vorne. »Sie dürfen ihre Worte nicht so ernst nehmen. Den Fehler habe ich auch schon gemacht.« Er grinste. »Aber Roberta und Strudel sind in Ordnung. Wirklich!

Sie haben uns in kurzer Zeit mehr beigebracht, als jeder andere Ausbilder.«

»Stimmt!«

»Die sind in Ordnung!«

Die zustimmenden Rufe schienen Roberta wütend zu machen. »Jetzt tut nicht so! Ihr denkt doch genauso! Ich habe Ohren und Augen.«

Es stimmte. Die meisten Rekruten mochten ihn und Roberta akzeptiert haben. Doch es gab das Gemurmel hinter vorgehaltener Hand. Strudel kannte es schon, seit er in Kuppel 67 angekommen war und ignorierte es. Für Roberta war es neu. Die argwöhnischen Blicke. Die ängstlichen Spekulationen. Sie waren nicht bei allen willkommen. Würden es nie sein.

Doch hier unter den Rekruten war es besser. Viel besser als bei den Erwachsenen. Als bei der Zivilbevölkerung. Das lag sicher daran, dass sie so viel miteinander zu tun hatten. So viel Zeit gemeinsam verbrachten. Sich kennenlernten.

Es war nicht fair, dass Roberta ihnen Vorwürfe machte.

Strudel suchte noch nach den richtigen Worten, um Roberta all das zu sagen, als Aaron ihm zuvorkam.

»Ich bin ein Verlorener. Meine Eltern haben mich als Kleinkind in Kuppel 67 abgegeben. Ich weiß wie es ist fremd zu sein. Ich weiß wie es ist nicht dazu zu gehören.« Er zuckte mit den Schultern. »Es dauert eben seine Zeit.« Er sah Roberta beim Sprechen offen an. Dann sah er wieder zu den beiden Wachen, die ihre Waffen immerhin ein gutes Stück gesenkt hatten. »Ich weiß, Sie machen nur ihren Job. Aber bitte vergessen Sie dabei nicht, dass die beiden zu uns gehören. Und wir werden auf sie aufpassen, wenn es sein muss.«

Der bärtige Abendstern nickte und sagte ruhig: »In Ordnung. Bitte löst jetzt diese Versammlung auf.«

Alle sahen zu Roberta.

»Ach. Von mir aus!« Sie hatte ein finsteres Gesicht aufgesetzt, doch irgendwie hatte Strudel den Eindruck, dass auch sie von Aarons Worten beeindruckt war.

Sie gingen auseinander. Hin und wieder warf jemand prüfende Blicke auf die Wachen zurück. Aber alles blieb ruhig.

Ein kleines, warmes Gefühl der Hoffnung wuchs in Strudel. Vielleicht war es möglich. Canina würden sie wahrscheinlich irgendwann respektieren. Immerhin war sie Sanitäterin. Bei Caroline und Finan war es natürlich schwieriger. Es würde sicher sehr lange dauern, bis ihr schlechter Ruf verschwunden war. Aber vielleicht war es möglich. Gemeinsam zu leben. Freunde zu finden. Frieden.

Im Laufe des Tages achtete er auf ein kurzes Zeitfenster, um den Anschluss zu testen. Er fand keins. Beim Training waren er und Roberta natürlich ständig unter Beobachtung. Nicht nur von den Wachen, sondern auch von Orion und den Rekruten. Die meisten von ihnen hatte zuvor noch nicht einmal von EXOs gehört, geschweige denn eins in Aktion gesehen. Natürlich wurden sie überall angestarrt. Draußen gab es keine Deckung und als sie für eine theoretische Einheit nach drinnen gehen wollten, befahlen die Wachen ihnen, die EXOs auszuziehen. Sie schienen Aarons Worte nicht vergessen zu haben, denn es war ein freundlicher Befehl. Freundlich, aber bestimmt.

Trotzdem steckte Strudel den künstlichen Anschluss am nächsten Morgen ein, als er sich auf den Weg machte. Unter seiner normalen Kleidung trug er das fertige Inlay. Er konnte nur hoffen, dass es niemandem auffiel und er es irgendwie schaffte, ein paar Minuten ungestört zu sein.

Beim EXO-Training merkte Roberta schon nach einem kurzen Schlagaustausch, dass Strudel mit den Gedanken woanders war. Sie knurrte unzufrieden, als sie ihn mitten auf die Brust traf. Noch während Strudel zurück stolperte, packte sie ihn mit einem ihrer unberechenbaren Griffe.

»Was ist los? Willst du, dass ich dich in Fetzen reiße? Pass gefälligst auf!«

Obwohl er wusste, dass es Zeitverschwendung war, versuchte er ihren Arm aufzuhebeln. »Ich muss etwas ausprobieren«, vertraute er ihr leise an. »Aber dafür muss ich mit dem EXO für ein paar Momente alleine sein.«

Roberta drückte noch etwas fester zu. »Keine Chance. Die würden uns sogar zum Scheißen begleiten.«

»Deshalb brauche ich deine Hilfe.«

»Ach ja?«

»Das Ausbildungsgebäude ist gerade leer.« Sie wärmten sich ganz in der Nähe auf. Die Fenster waren nur einige Meter entfernt.

»Soll es aber nicht bleiben, ja?« Roberta grinste. »Ich verstehe. Das wird aber kein Spaziergang. Soll ja echt aussehen.«

Er wusste, was er von Roberta verlangte, war gefährlich. Er war dankbar, dass sie dazu bereit war. »Los!«

Roberta ließ Strudel frei, rammte ihm aber schon einen Sekundenbruchteil später das Knie in die Seite.

»Was hast du gesagt, du beschissenes Arschloch?«, brüllte sie in ihrem besten Straßenjargon.

Sie versetzte Strudel eine schnelle Abfolge von Schlägen, von denen er nicht wusste, ob er sie hätte abwehren können, selbst wenn er gewollt hätte.

»Hey! Übertreibt es nicht!«, rief Orion von der anderen Seite des Platzes. Strudel wollte gerade zu den Wachen hinüber sehen, als Roberta ihn am Arm packte und mit aller Kraft des EXOs davon schleuderte.

Strudel spürte, wie er durch die Luft flog. Er hörte Glas brechen, dann landete er schon mit einem harten Schlag auf dem Boden des Lehrraums.

»Meine Güte! Du kleine Irre! Was soll das?« Hörte Strudel die weibliche Wache draußen rufen.

Strudel rollte sich auf die Füße, achtete aber darauf, durch das zerbrochene Fenster nicht zu sehen zu sein. »Alles in Ordnung!«, rief er nach draußen und deaktivierte im selben Moment das EXO.

»Nimm die Hände nach oben!«, befahl der andere Wachsoldat Roberta.

Kaum hatte sich sein EXO zurückgezogen, kramte Strudel mit nervösen Fingern den künstlichen Anschluss aus seiner Gürteltasche hervor.

»Das war doch nur ein kleiner Spaß! Seid nicht so empfindlich!«, lachte Roberta.

Strudel zog seinen Kragen nach unten und klickte den Anschluss an das vorgesehene Verbindungsteil am Inlay.

»Von wegen Spaß! Ich sagte Hände hoch!«, brummte der bärtige Abendstern.

Hastig stellte Strudel sich ins Innere des Grundgerüsts seines EXOs. Er hatte nicht die Zeit, sich Sorgen zu machen, also packte er bloß die Verriegelung und ließ das EXO einrasten. Das Schwierigste dabei war, anders als sonst nicht seinen Nacken, sondern den neuen Anschluss zu treffen.

»Gut so. Und jetzt du, Junge! Komm da raus! Du hast doch diese Wunderrüstung an!«, rief der Mann.

Das EXO begann sich wie gewohnt über seiner Haut auszubreiten. Jetzt bemerkte Strudel, dass er die Luft angehalten hatte, und ließ sie zischend entweichen.

»Junge?« Schritte näherten sich.

Strudel spürte, wie das Inlay leichte Stromimpulse abgab. Es funktionierte!

»Dem habe ich ganz schön eine übergebraten. Soll ich euch zwei vielleicht mal zeigen, wie ich das gemacht habe?«, fragte Roberta angriffslustig.

Probehalber bewegte Strudel seine Hand. Das EXO folgte seiner Bewegung. Vielleicht nicht ganz so elegant wie sonst. Aber es würde genügen.

Die Schritte hielten inne. »Keine Bewegung!«

»Keine Bewegung!«, äffte Roberta den Mann nach. »Ist ja gut!«

Für weitere Tests war keine Zeit. Mit pochendem Herzen löste er die Verbindung zwischen EXO und Anschluss.

»Ich komme schon!«, rief er, so ruhig er konnte.

Das EXO zog sich zurück. Rasch richtete Strudel seine Kleidung, um das Inlay wieder unter ihr zu verbergen. Er löste den künstlichen Anschluss und steckte ihn wieder in seine Gürteltasche.

Die Schritte näherten sich wieder dem zerstörten Fenster.

Strudel griff in seinen Nacken und ließ das EXO in seinen richtigen Anschluss einrasten. In diesem Moment schob sich ein bärtiger Kopf ins Fenster. »Was machst du da, Junge? Warum trägst du deine Rüstung nicht mehr?« Alarmiert hob der Abendstern seine Waffe und zielte auf Strudel. Doch er war zu langsam. Das EXO breitete sich bereits von selbst über Strudels Körper aus. »Beim Sturz hatte sich etwas verklemmt«, sagte Strudel. Selbst in seinen eigenen Ohren klang er unehrlich. Wie sollte das EXO bei einer solchen Kleinigkeit beschädigt worden sein? »Ich musste es deaktivieren. Jetzt geht es wieder.«

Die Wache schien an Strudels Behauptung, zum Glück nichts seltsam zu finden. Im Gegenteil. Offenbar beruhigt senkte er die Waffe. »Nun gut, jetzt komm da raus.«

Gehorsam ging Strudel zum Fenster und kletterte zurück ins Freie.

»Was war denn bei euch beiden los?«, fragte der männliche Abendstern, neben dem Strudel nun stand.

Natürlich war auch Orion herbeigeeilt und alle Rekruten hatten ihr Training eingestellt und beobachteten stattdessen das Geschehen. Strudel nahm sich vor, mit seinen Schülern darüber zu sprechen, dass sie sich nicht so leicht ablenken lassen durften. Im Krieg wäre die Hälfte von ihnen jetzt tot.

»Das war nichts«, sagte Strudel so leichthin, wie er konnte. »Roberta ist ebenso.«

»Das kommt von diesen verdammten Lichtbringern. Haben mich gefoltert und so. Deshalb ticke ich manchmal aus.« Die Lüge kam Roberta so glatt von den Lippen, dass die beiden eigentlich harten Wachen sie nun mitleidig ansahen.

»Nun, wie auch immer«, fasste sich schließlich die hochgewachsene Soldatin zuerst. »Macht so was nicht noch mal. Wir hätten fast geschossen.«

Und damit vermutlich herzlich wenig gegen Roberta ausgerichtet, schoss es Strudel durch den Kopf. Doch er versuchte, reumütig zu schauen. Vielleicht verzog er sein Gesicht aber auch nur zu einer seltsamen Grimasse, denn der zweite Abendstern fragte prompt: »Hast du dich verletzt, Junge?«

»Nein.«

»Aber du blutest«, widersprach Orion und deutete missmutig auf Strudels Kinn.

Strudel fuhr sich über die Haut und ertastete einen kleinen, aber tiefen Riss, der von einer Glasscherbe stammen musste.

Die Aussparung am Gesicht war schon immer der größte Schwachpunkt der EXOs gewesen. Strudel wollte das EXO nicht unnötig vollbluten. Also deaktivierte er es zum dritten Mal innerhalb weniger Minuten.

»Lass das anschauen«, befahl Orion knapp. Strudel war sich sicher, dass er den Ausbilder irgendwie enttäuscht hatte. Wahrscheinlich hatte er erwartet, dass Roberta und Strudel bessere Vorbilder für seine Rekruten waren und sich nicht vor aller Augen prügeln würden.

Strudel nickte.

Ohne ein weiteres Wort kehrte Orion zu der Rekrutengruppe zurück, die er heute beim Aufwärmen enger betreut hatte.

Auch die Wachen zogen sich wieder in sichere Entfernung zurück.

»Danke«, sagte Strudel leise zu Roberta.

»Immer wieder gerne. Hat Spaß gemacht, dich zu verprügeln.«

Roberta grinste und Strudel lächelte zurück.

»Hat der Mist wenigstens funktioniert?«

Strudel nickte.

»Wenn ich den kleinen Scheißer jetzt nicht mehr quer durch die Welt tragen muss, hat sich das Ganze gelohnt.«

Strudel dachte daran, dass Roberta alles andere als glücklich darüber gewesen war, dass Caroline sie nicht an der Dämmerung teilnehmen lassen wollte. Er senkte die Stimme noch weiter. »Ohne dich werden er und die Anderen nicht weit kommen.«

Nun starrte Roberta ihn mit zu wütenden Schlitzen verengten Augen an. Er fürchtete fast, sie würde gleich wieder auf ihn losgehen. Ohne EXO hätte sie ihn in Sekunden zu Hackfleisch verarbeitet. Aber es war wichtig, dass Roberta einlenkte.

»Denkst du, das weiß ich nicht?«

»Also wirst du mitkommen?«

»Natürlich komme ich mit. Wie sollen diese Schwächlinge ohne mich überleben?«

»Und was ist mit Marco?«

»Was geht dich das an?«, knurrte Roberta. »Er hat meinen Trupp verraten. Ich werde ihn töten. Früher, oder später.«

»Hast du dich wieder mit Caroline vertragen?«, fragte Strudel vorsichtig.

Für einen kurzen Moment huschte die Unsicherheit über Robertas sonst so wildes Gesicht. »Wie denn? Sie lassen mich ja nicht zu ihr.«

»Ich dachte, als ihr beide draußen wart.«

Roberta spuckte auf den Boden. »An diesem beschissenen Abend ist irgendetwas zwischen uns verreckt.«

»Wie meinst du das? Sie hat doch eingesehen, dass sie einen Fehler gemacht hat.«

»Wenn man keine Ahnung hat, sollte man die Fresse halten!«, schnauzte Roberta ihn an.

Strudel glaubte schon, dass die Unterhaltung für Roberta damit beendet war. Doch dann setzte sie untypisch leise hinzu: »Caro war die Einzige im Trupp, die mir gleich vertraut hat. Hatte keine Angst vor mir. Egal wie oft wir uns gefetzt haben, oder was für eine Scheiße ich gebaut habe, sie hat trotzdem immer mit mir gesprochen. Diesmal hat sie einfach nur rumgesessen und ist dann zu euch zurück, ohne ein einziges Wort zu mir zu sagen.«

»Es war richtig, dass du Finan zu uns gebracht hast«, sagte Strudel beklommen.

»Scheiße, ja! Das war es. Früher hätten wir uns kurz gestritten und fertig. Aber Caro ist so verdammt wütend.«

»Sie kommt mir nicht wütend vor.« Nicht wütender jedenfalls als Roberta.

»Du kennst Caro eben nicht. Marcos Verrat hat sie fast umgebracht. Dann hat es auch noch Liu erwischt. Sie hasst die Lichtbringer für den ganzen Dreck, den sie uns angetan haben. Ich weiß nicht, wie sie es schaffen soll, ohne Rache zu nehmen.«

Strudel wollte gerade sagen, dass Rache niemanden wieder lebendig machte. Oder zumindest etwas Ähnliches. Doch die Worte blieben ihm im Hals stecken, als er erneut in Robertas zorniges Gesicht sah. Nicht, weil sie ihn eingeschüchtert hatte. Sondern, weil er nie erwartet hatte, Roberta jemals weinen zu sehen. Sie weinte auch nicht richtig. Sie schluchzte nicht laut oder so etwas. Es waren nur zwei Tränen, die von einer unendlichen Traurigkeit zeugten.

»Scheiße! Marco hat uns verraten. Ranja ist wegen ihm gestorben. Und Liu wurde auch noch gekillt.«

Strudel konnte sie so gut verstehen, dass er selbst spürte, wie ihn die Trauer zu überwältigen drohte. »Caroline lebt.«

»Ich kann sie nicht auch noch verlieren.«

»Strudel, warte. Hat es funktioniert?«

Strudel wollte den Appellplatz gerade verlassen, als Mel ihn aufhielt. Sie hatte sich in den letzten Tagen auffällig ruhig verhalten. Strudel hatte angenommen, dass das irgendwie mit ihren Worten beim Verschwörungstreffen zusammenhing. Jetzt war er sich dessen aber nicht mehr sicher. Mel wirkte seltsam apathisch. Fast wie damals, als das Krankenhaus bombardiert worden war.

Unsicher nickte Strudel.

»Gut. Dann hat es sich also gelohnt. Das freut mich für dich.« Gedankenversunken kratzte sie sich am Arm. Dabei rutschte ihr Ärmel nach oben und Strudel sah es.

»Was machst du hier, Mel? Dein Training ist noch nicht beendet. Strudel schafft es schon alleine, sich verarzten zu lassen.« Jetzt war Orion deutlich genervt.

Es war nur eine Sekunde zu sehen gewesen. Vielleicht hatte Strudel es sich eingebildet?

»Du bist in den letzten Tagen überhaupt nicht bei der Sache. Ich glaube fast, dieser junge Mann hat keinen guten Einfluss auf dich!«, schimpfte Orion weiter.

Mel sah ihren Ausbilder nicht an. Sie hatte Strudels Starren bemerkt und schüttelte eindringlich den Kopf.

Das konnte nur eines bedeuten. Das bläuliche Muster war da gewesen. Keine Einbildung. Die Erkenntnis verursachte Strudel Übelkeit. Strudel konnte nicht anders. »Frost«, murmelte er. Sein Mund fühlte sich staubig an. »Du hast den Frost.«

Nun erstarrte auch Orion. »Was? Was redest du da?«

»Strudel. Nein. Bitte.« Mel wollte ihren Arm wegdrehen. Aber Strudel ließ sie nicht. Er packte ihr Handgelenk mit der Rechten und zog mit der Linken ihren Ärmel nach oben.

Da war es. Deutlich. Blau. Frost.

»Mel, warum … Warum hast du nichts gesagt?« Es waren Orions Worte, doch auch Strudel hätte sie gesagt, wenn er nur genug Luft dafür bekommen hätte.

Mel zuckte nur mit den Schultern und schwieg.

»Du warst durch eure Flucht nach 67 eh schon belastet mit diesem Zeug. Ich hätte dich nicht ins Ödland schicken dürfen.«

Auch das hätte Strudel gerne gesagt. Er hätte sie nicht mitnehmen dürfen. Hätte sie notfalls mit Gewalt abhalten müssen. Doch er konnte immer noch nichts sagen. Es war fast wie in dem Moment, als er glaubte Finan verloren zu haben. Die Welt schien über ihm zusammenzuschlagen und er konnte nur hilflos daneben stehen und zusehen, wie sie alles mit sich in den Abgrund riss.

Orion räusperte sich. »Ich habe gehört, wir hätten jetzt einen Experten aus Eden. Strudel.« Er räusperte sich erneut. »Würdest du Mel zu ihm bringen? Ich kann jetzt unmöglich hier weg.«

Offenbar hatte Strudel genickt, denn Orion atmete erleichtert auf.

»In Ordnung. Also Mel, das … Nun das wird schon wieder. Jetzt geht. Los!«

Strudels Körper setzte sich in Bewegung. Er merkte erst nach der Hälfte der Strecke, dass er Mel immer noch ziemlich grob am Handgelenk festhielt und sie neben sich her zog. Sofort ließ er sie los. Sein Griff hinterließ einen deutlichen Abdruck.

»Tut mir leid«, sagte er tonlos.

Mel sah ihn an. »Schon okay.«

»Nein. Mel.« Strudel schüttelte den Kopf und wusste selbst nicht genau, was er damit meinte. »Es tut mir so leid. Das ist meine …«

»Ich habe keine Lust, immer wieder die gleiche Diskussion mit dir zu führen! Das ist nicht deine Schuld«, unterbrach ihn Mel hart und mit einem Mal kehrte Leben in sie zurück. »Warum sollte das deine Schuld sein? Was hast du eigentlich für ein riesiges Ego, dass alles was Schlimmes in der Welt passiert, deine Schuld ist?«

»Ich habe dich mit nach draußen genommen.«

»Es war verflucht noch mal meine Entscheidung! Ich habe dir keine Wahl gelassen. Ich wollte mit. Und ich kannte das Risiko sehr genau. Jeder kennt das Risiko, wenn er raus geht. Aber keiner denkt, dass es einen selbst trifft.«

»Ich hätte irgendwas tun müssen!«

»Ach man! Jetzt hör schon auf damit! Warum glaubst du, habe ich es niemandem erzählt? Ich wollte nicht, dass es euch ablenkt. Wir haben etwas wirklich Wichtiges vor und keiner von euch braucht jetzt so eine Nachricht. Du am allerwenigsten.«

»Deshalb? Deshalb hast du es nicht gesagt?«

»Natürlich! Ich habe doch gesehen, was passieren kann. Du tust immer so, als wärest du superhart im Nehmen. Aber in Wirklichkeit bist du eine Zeitbombe. Labil wie meine Schwester an einem miesen Tag!«

Mels Worte wirkten wie eine Ohrfeige. Langsam schien sein Denken zurückzukehren. »Und die anderen? Die Ärzte? Oder wenigstens Lya.«

»Ich weiß doch, was es bedeutet. Warum sollte ich es groß herumposaunen? Was soll das bringen? Momentan kann mir niemand helfen. Und es wird noch Monate dauern, bis es mich beeinträchtigt.«

»Aber Lya muss es wissen.«

»Nein.«

»Aber …«

»Strudel! Nein! Ich wollte, dass es niemand weiß. Bei dir ist es nun gelaufen und ich muss aufpassen, dass du dich nicht vor das nächste Fahrzeug wirfst. Das reicht ja wohl! Ich kann nicht auch noch meine Schwester kaputtmachen. Es läuft gerade so gut.«

Widerwillig musste Strudel ihr Recht geben. Lya wäre vielleicht tatsächlich für Wochen zu nichts mehr zu gebrauchen. »Dann lass uns zu Kos gehen.«

Mel seufzte. »Du hältst den wohl für eine Art Wunderheiler, was? Was soll er denn tun?«

»Finan hat doch gesagt, er macht Fortschritte.«

»Oh Mann. Na gut. Aber nur wenn du mir versprichst, sonst niemandem etwas davon zu sagen. Niemandem.«

Strudel nickte.

»Versprochen?«

»Versprochen.«

Also gingen sie gemeinsam zu Kos. Unter dem Vorwand, dass Strudel seiner medizinischen Hilfe bedurfte und Mel ihn begleitete, wurden sie vorgelassen.

»Oh Strudel! Ich hatte mich schon gefragt, wann ich mal wieder etwas von dir höre«, sagte Kos, kaum dass sie in sein neu eingerichtetes Labor eingetreten waren. Dabei betonte er das letzte Wort besonders. »Ich bekomme hier schließlich nicht alles mit.« Auch hier waren die letzten beiden Worte wieder extra betont. Strudel war klar, dass Kos ihn an die Abhörung erinnern wollte und nickte nur rasch.

»Ich bin nicht wegen mir hier.«

»Hm … Dabei hätte ich wetten können, das diese Wunde in deinem Gesicht ein oder zwei Stiche braucht.« Kos lächelte, dann bemerkte er Strudels Gesichtsausdruck und wurde schlagartig ernst. »Was ist passiert?«

Zur Antwort zog Mel ihren Ärmel nach oben.

Kos blinzelte. Dann noch mal. Schließlich fuhr er sich über die Stirn und bat ruhig: »In Ordnung. Du bist Mel, oder? Setz dich mal hier rüber.«

»Du kannst ihr helfen, oder? Du hast etwas Neues!«

Kos begann mit routinierten Händen Mels Arm zu untersuchen. »Strudel, du musst aufhören, Wunder von mir zu erwarten.«

»Sag ich doch«, sagte Mel.

»Es gäbe nichts, was ich lieber täte, als deine Freundin zu heilen. Aber ich kann es nicht.« Die Worte hatten einen endgültigen Klang.

»Ich habe dir doch gesagt, dass es Zeitverschwendung ist.« Mel lächelte dabei sogar ein wenig. Es war ein trauriges Lächeln und bohrte sich wie ein Messer in Strudels Körper. Genauso hatte Simon gelächelt, um Strudel zu beruhigen, als er wusste, dass er sterben würde.

»Aber warum ausgerechnet sie? Warum nicht ich? Verdammt! Talion läuft seit Jahren da draußen herum und hat noch keine Spur vom Frost gezeigt!«, brüllte Strudel. Er erinnerte sich, dass er Kos schon einmal so angeschrien hatte und wie leid es ihm danach tat. Schnell füge er hinzu: »Entschuldige. Ich … Ich verstehe es einfach nicht.«

»Schon gut. Ich auch nicht, mein Junge«, sagte Kos leise. Doch irgendetwas schien ihn dabei zu beschäftigen. »Vielleicht kann es Canina. Sie wird noch viel mehr Zeit mit euch beiden zusammen haben. Wir tauschen uns sehr genau aus und ich weiß, sie wird auch weiter machen, wenn ich euch einmal nicht mehr helfen kann. Wisst ihr, ich werde mich meiner Verantwortung stellen. Nichts mehr machen, was ich nicht mit meinem Gewissen vereinbaren kann. Egal was sie tun. Und nie mehr weglaufen.«

Strudel war so abgelenkt von seiner Angst um Mel, dass er Kos versteckte Hinweise fast überhört hätte. Bedeutete das, was Strudel dachte? Kos würde nicht mitkommen? »Also kann Canina Mel vielleicht heilen?«

»Heilen?« Kos seufzte. »Ich will ehrlich zu euch sein. Ich weiß es nicht. Ich kämpfe schon so lange gegen diese schreckliche Krankheit, dass ich langsam keine Kraft mehr habe, mich gegen sie zu stemmen. Aber Canina hat Energie genug für uns alle. Meint ihr nicht? Ich will dir keine falschen Hoffnungen machen.« Kos sah Mel offen an. »Ich weiß nicht, ob es jemals eine Heilung geben wird. Oder ob sie rechtzeitig kommt, um dir zu helfen. Aber ich bin davon überzeugt, dass wir große Fortschritte machen. Wir können den Krankheitsverlauf schon bedeutend verlangsamen.«

Mel nickte und Strudel wurde es ein wenig leichter ums Herz. »Ich werde dir ein paar der Proben mitgeben. Die kannst du erst mal einnehmen. Hier steht, wie oft.« Kos holte aus einer Schublade zwei Päckchen hervor und deutete auf ihre Beschriftung. »Außerdem werde ich Canina Anweisungen aufschreiben. Mehr kann ich im Augenblick nicht für dich tun.«

»Danke. Das ist mehr, als ich erwartet hatte. Wir sollten jetzt wohl besser gehen. Wir verpassen das Training.«

»Training?« Kos Gesicht verdüsterte sich. »Ihr Kinder seid wohl alle gleich, was? Nein, nichts da. Ich schreibe dich krank.«

Mel wollte schon widersprechen, doch dann setzte Kos hinzu:

»Ich denke, dir werden noch ein paar andere Dinge einfallen, die gerade wichtiger sind. Schließlich kann es jeder Zeit losgehen. ›Die Dämmerung‹ meine ich«, sagte Kos, zwinkerte Mel dabei aber verschwörerisch zu.

Und natürlich hatte er recht. Mel konnte für ihren Fluchtplan sehr nützlich sein, wenn sie nicht an die Ausbildung gebunden war.

Trotzdem wirkte Mel alles andere als begeistert. »Ich werde mir aber von diesem verdammten Frost nicht mein Leben ruinieren lassen«, sagte sie trotzig.

»Das verlangt auch keiner. Ich erwarte noch allerhand von dir. Von euch allen.« Kos schien das ernst zu meinen und sah zuerst Mel und dann Strudel eindringlich an.

Plötzlich wurde Strudel klar, dass er Kos gerade vielleicht zum letzten Mal sah. Wie er sagte, konnte der letzte Kampf jederzeit losbrechen. Und egal, ob Strudel überlebte oder nicht, er hatte nicht vor, zu Kuppel 67 zurückzukehren. Wenn Kos tatsächlich hierblieb, dann war das vielleicht ein Abschied für immer.

»Fehlt uns also noch Strudel.« Kos stand auf und kramte ein paar Materialien zur Wundversorgung hervor. »Dass wir über tragische Dinge sprechen, während ich dich zusammenflicke, das scheint so unser Ding zu sein. Findest du nicht auch? Jetzt setz dich mal. Dort neben Mel ist noch Platz.«

Also ging Strudel zur Liege, nahm neben Mel Platz und ließ es zu, dass Kos seine Wunde versorgte. Wahrscheinlich das letzte Mal. Wie immer arbeitete Kos gewissenhaft, versuchte Strudel dabei aber so wenig wie möglich zu berühren. Seltsamerweise hatte Strudel nicht das Gefühl, dass diese Vorsicht notwendig war. Balor hatte ihn lange nicht mehr so fest im Griff wie früher.

»Wenn ich daran denke, wie ich dich damals kennengelernt habe. Dein Zustand war erbärmlich. Dein Körper war ausgemergelt und von Narben übersäht. Doch das Schlimmste waren deine Augen. Ein verstörteres Kind hatte ich nie zuvor gesehen.«

Es war Strudel peinlich, dass Kos das alles vor Mel erzählte. Aber er wollte ihn nicht unterbrechen. Stattdessen ließ er Kos die kleine Wunde nähen und wartete, bis er fortfuhr.

»Und jetzt schau dich an.« Kos musterte zuerst kritisch seine Arbeit, dann trat er einen Schritt zurück und seine dunkelblauen Augen leuchteten plötzlich. »Ein junger Mann. Trotz allem noch am Leben. Trotz allem nicht gebrochen.«

Kos klebte mit schnellen Griffen einen Wundverband auf Strudels Kinn.

»Du schaffst das. Und auch alles was danach kommt.«

Strudel zog die Stirn kraus.

»Ja, ich weiß. Du strotzt nicht gerade vor Selbstvertrauen. Darum übernehme ich das für dich. Ich glaube fest an dich. Verstanden?«

Strudel war sich nicht sicher. Aber Kos Worte fühlten sich gut an.

»Pass auf dich auf! Und bei weiteren Verarztungen, wende dich vertrauensvoll an Canina.«

Strudel spürte, dass der Abschied nun unvermeidlich war. »Das werde ich.«

Kos lächelte. »Nun sind wir also wieder so weit. Und ich kann dir nichts anderes sagen, als damals. Also: Ich bin stolz auf dich, mein Junge.«

Strudel stand auf. Er wusste nichts zu sagen. Zögernd ging er einen Schritt auf Kos zu. Er wollte ihm danken. Er wollte ihm zeigen, wie wichtig er für ihn gewesen war. All die Jahre.

Strudel schloss Kos in die Arme. Er spürte, wie Kos einen Moment überrascht erstarrte, dann erwiderte er die Umarmung. Es dauerte nur einen Moment. Doch Strudel hatte das Gefühl, damit alles gesagt zu haben.

Tiefe Zufriedenheit. Wie lange hatte sie dergleichen nicht mehr empfunden? Er war ihr ins Netz gegangen. Endlich. Dieser elende Misserfolg war seiner Sentimentalität zum Opfer gefallen. Wie hatte er sich nur eine so dumme, so gewöhnliche Verhaltensweise aneignen können? Hatte sich nicht einmal gewehrt, als er ihre wunderbaren, perfekten Produkte gesehen hatte. Hatte sich gefangen nehmen lassen, weil er sie nicht zerstören wollte.

Sie schnaubte verächtlich.

Jetzt würde er für seine Dummheit bezahlen. Wie sehr hatte er sie gedemütigt! Mit seiner Fehlerhaftigkeit. Seinem Ungehorsam. Seiner Untreue.

»Hallo Neshamah 1. Willkommen Zuhause.«

Er versuchte, es zu verbergen. Doch sie kannte ihn zu gut. Sie war seine Schöpferin. Jeden Muskel in seinem Gesicht hatte sie selbst geformt. Er konnte nichts vor ihr verheimlichen. Er hatte Angst.

In seinen Augen funkelte diese verhasste Aufsässigkeit. Er stemmte sich vergeblich gegen seine Fesseln. »Fahr zur Hölle!«

Diese Frechheiten würde sie ihm jetzt ein für alle Mal austreiben.

Vier Tage nach seinem Besuch bei Kos begann ›Die Dämmerung‹.

Der Abschied von Kuppel 67 fiel Strudel schwerer, als er vermutet hatte. Trotz gehässiger Bemerkungen und Vadims Hetze gegen ihn, war er hier besser behandelt worden, als je zuvor. Er durfte einen Beruf ausüben, der ihm gefiel und hatte sogar neue Freunde gefunden. Das war mehr, als er je zu hoffen gewagt hatte. Nun würde er all das zurücklassen. Er würde wieder aus einer Kuppel verschwinden und Menschen, die ihn brauchten, im Stich lassen. Er konnte nur hoffen, dass sie es schafften, alle rechtzeitig aus den beiden sterbenden Kuppeln herauszuholen.

Viel Zeit zum Abschiednehmen blieb ihm allerdings nicht. Obwohl alle seit Tagen auf den Befehl warteten, kam er doch irgendwie plötzlich. Kaum eine Stunde später sollten sich alle abmarschbereit vor der Kommandozentrale einfinden.

Zum Glück hatte er das fertige Inlay bereits sicherheitshalber in seine Wohneinheit geschmuggelt. So konnte er es unter seine neue weiß-blaue Abendstern Uniform ziehen, bis er es brauchte.

Strudel kannte den gesamten Plan nicht, da er bei ihrem nächtlichen Verschwörungstreffen noch nicht fertig ausgearbeitet gewesen war. Er wusste nur, dass sie sich alle dem ›Dämmerungs‹-Auszug aus 67 anschließen würden. Yunes, Noriko und Lya im Geheimen. Alle anderen als Teil der Armee. Allerdings konnte er kaum jemanden in der großen Masse entdecken. Nur Caninas in der Sonne roter Lockenkopf leuchtete etwa 300 Meter vor Strudel aus den vielen Köpfen hervor. Außerdem standen Mel und Roberta zusammen mit Strudel bei Orions Rekruten.

Obwohl es nur der Teil des Abendsterns war, der von hier aus aufbrechen sollte, war die Anzahl beeindruckend. Doch bei genauerem Hinsehen fiel Strudel auf, dass es eben nur viele Menschen und wenig Soldaten waren. Denn trotz Abendstern-Uniform blieben die meisten der hier Versammelten, zu jung, zu alt oder zu schlecht ausgebildet.

Weit vorne trat Vadim aus der Kommandozentrale. Strudel erkannte ihn von seiner Position aus allerdings nur durch seine Stimme, die durch Lautsprecher verstärkt, über den ganzen Platz getragen wurde. Strudel, der Gowans ausschweifende Reden gewohnt war, war überrascht von Vadims Knappheit. Er dankte allen im Namen des Rats für ihr rasches Erscheinen und ihre Einsatzbereitschaft und erklärte, dass sie nun der Herrschaft der Lichtbringer ein Ende setzen würden. Einzig seine letzten Worte passten nicht recht dazu. Vadim schien sie auswendig gelernt zu haben und sprach sie mit einer Spur zu viel Inbrunst: »Lasst uns nun gemeinsam zur Dämmerung werden, die das Licht beendet und den Abend bringt!«

Sie teilten sich in die vorgegeben Gruppen auf, erhielten ihre Ausrüstung und Roberta und er sogar ihre EXOs.

Schon saß Strudel zusammen mit Roberta und Mel in einem Truppentransporter, zwischen dreißig Anderen aus Orions Ausbildungseinheit. Eine Mischung aus Aufregung und Angst hing in der Luft. Nachdem sie 67 verlassen hatten, wurden die Rekruten noch unruhiger. Erst als Roberta anfing, schmutzige Witze zu erzählen, lockerte sich die Stimmung etwas.

»Wie geht es dir?«, fragte Strudel Mel, die erstaunlich gefasst neben ihm saß und leise vor sich hin summte.

»Ich mache mir Sorgen«, gab sie zu.

»Deshalb?« Strudel deutete vorsichtig auf Mels Arm. Er hatte sein Versprechen gehalten und nicht einmal Lya von Mels Erkrankung erzählt.

»Tatsächlich gar nicht so sehr. Seit ich das Zeug von Kos nehme, hat das Kribbeln aufgehört. Ich denke, das ist ein gutes Zeichen.«

Strudel nickte und fühlte sich trotzdem elend.

»Weshalb dann?«

»All das Neue. So weit weg von Zuhause«, antwortete Mel vorsichtig.

»Jedes neue Zuhause war für mich bisher eine kleine Verbesserung«, gab Strudel zu bedenken.

Mel sah ihn einen Moment verwundert an. »Vielleicht hast du recht. Wahrscheinlich bin ich einfach ein typischer Mensch, weil mir das Unbekannte Angst macht.«

Langanhaltendes Gelächter unterbrach ihr Gespräch. »Diesen Lichtbringern werden wir schon beweisen, was wir drauf haben!«

Strudel sah auf.

Es war Aaron, der gesprochen hatte.

Strudel richtete sich auf: »Als ich auf dem Weg zu meinem ersten Kriegseinsatz war, hat mein Truppenführer Simon zu uns gesagt: Wir beweisen gar nichts. Wir überleben. Das ist alles, was zählt.«

Betreten schwiegen die Rekruten.

»Spaßverderber«, brummte Roberta.

Sie waren noch nicht sehr weit gekommen, als der Konvoi abbremste. Irgendwo weiter vorne gab es ein Problem. Keine Minute später strecke ein ihm unbekannter Abendstern den Kopf in den Transportraum.

»Rekrut Strudel? Rekrutinnen Roberta und Mel?«

Strudel hob die Hand und sah im Augenwinkel, dass Mel das Gleiche tat. Roberta dagegen machte eine recht unfreundliche Geste.

Der Abendstern nickte. »Ihr wurdet angefordert. Kommt bitte mit.«

Strudel spürte das Adrenalin. War es schon so weit? War das angebliche Problem weiter vorne Teil des Plans? Würden die Anderen nun fliehen? Je früher, desto besser. Immerhin würde ihr Fehlen in 67 sicher nicht lange unentdeckt bleiben.

Strudel warf einen letzten Blick auf die Rekruten. Er hoffte, dass er gleich wieder zu ihnen zurückkehren konnte. Schließlich würde er im Gegensatz zu Roberta und Mel tatsächlich an die Front ziehen. Er würde es gerne mit den Rekruten zusammen tun. Dann könnte er sie möglichst lange beschützen. Als sie draußen standen, konnten sie die lange Schlange an Fahrzeugen sehen, die wie eine durch den Frost vergiftete blaue Ader durchs Ödland kroch.

»Eins der letzten Fahrzeuge hat euch angefordert. Die haben wohl irgendeinen Sonderauftrag und setzen sich bald von der Hauptstreitmacht ab«, falls dem Abendstern das seltsam vorkam, so ließ er es sich nicht anmerken. »Dort entlang.« Er deutete ans Ende der Reihe, das zum Glück relativ nah war. Offenbar war der Abendstern zumindest so vernünftig, die Rekruten nicht direkt an vorderster Stelle zu platzieren.

Die Ungewissheit verursachte Strudel ein mulmiges Gefühl. Roberta schlug ein schnelles Tempo an. Um Mel nicht zurückzulassen, ließ Strudel sie ein wenig vorauslaufen. Als sie ankamen, hatte Roberta schon herausgefunden, wo sie gebraucht wurden. Mit dem Daumen deutete sie auf einen der letzten Lastwagen. »Na, wenn da keine Überraschung auf uns wartet.« Roberta grinste ausgelassen.

Sie öffneten die Tür nur so weit, bis sie sich hindurchzwängen konnten. Nach der grellen Sonne brauchten Strudels Augen einen Moment, um sich an das Dämmerlicht zu gewöhnen.

Da waren sie. Mehr als er erwartet hatte. Nicht nur Finan, Canina, Caroline, Lya und Yunes. Sondern auch Isabella und zwei andere aus der Kuppelmechanik. Theresa aus dem ZKF. Dazu eine Handvoll andere, die Yunes rekrutiert haben musste. Eine Frau, glaubte Strudel, mal in der Kommandozentrale gesehen zu haben, einen jungen Mann im Krankenhaus.

»Gut. Dann sind wir jetzt vollzählig«, begrüßte Yunes sie.

»Wo ist Noriko?« Strudel konnte einfach nicht glauben, dass Yunes seine Tochter zurückgelassen hatte, und sah sich suchend um.

»Ein Kind wäre ziemlich aufgefallen, findest du nicht?« Yunes nahm eine mobile Kommunikationszentrale, die wie ein Rucksack an seinen Rücken geschnürt war herunter. Vorsichtig stellte er den großen metallenen Kasten ab. Dann löste er geschickt eine versteckte Schnalle und öffnete einen Hohlraum, wo eigentlich keiner sein durfte.

Strudel trat einen Schritt näher und kniete sich hin. Im Innern des Kastens auf einem bequem aussehenden Kissen schlief Noriko friedlich. Der Hohlraum war gut isoliert und nicht heiß und stickig, wie Strudel befürchtet hatte. Bei näherem Hinsehen entdeckte er sogar ein kleines Licht und etwas zu trinken.

»Wir mussten ihr ein Schlafmittel geben.« Diese Tatsache schien Yunes alles andere, als zu gefallen. »Aber sonst wäre das Risiko zu groß gewesen.«

»Es ist wirklich besser, wenn sie diesen aufregenden Teil unserer Flucht verschläft«, versicherte ihm Theresa in einem Ton, als hätte sie es schon mehrfach gesagt.

»Also brecht ihr auf?«, fragte Strudel und fühlte sich mit einem Mal einsam.

Yunes nickte. »Wir wollten dir die Möglichkeit geben, dich zu verabschieden.«

Sie alle würden gehen. Ein besseres Leben vorbereiten. Nur er würde zurückbleiben. In den Krieg ziehen. Die Verantwortung für das Überleben von Nesrin, den Klonen und Talion tragen.

Er würde sich in Gefahr begeben.

Und sie wären in Sicherheit.

Strudel lächelte.

Er begann bei den Kuppelmechanikern. »Bin ich froh, dass Lya uns dabeihaben will«, sagte Isabella strahlend. »Das wird richtig klasse in der neuen Kuppel. Wirst du sehen!«

Er konnte sich nicht vorstellen, dass ihr jemand erklärt hatte, was genau Strudels Aufgabe war und brachte es nicht übers Herz, es selbst zu tun.

Die beiden anderen Arbeitskollegen drückten nur kurz seine Hand.

Theresa erzählte ihm, dass die Kinder, die er im ZKF getroffen hatten, alle wohlauf waren. »Dank dir«, fügte sie mit einem beruhigenden Lächeln hinzu.

Er ging kurz zu Lya, die sich abseits hielt und die vielen Menschen mit panisch hin und her huschenden Augen beobachtete. »Pass auf Mel auf«, bat er sie leise.

Sie sah ihm nur einen winzigen Moment in die Augen. Doch es reichte, um sicher zu sein, dass Lya ihre Schwester mit ihrem Leben verteidigen würde.

Dann ging er kurz zu Roberta, die ihm mit der Faust auf die Brust drosch. Ihr »Knall ein paar von denen für mich ab!«, ignorierte er.

Als er bei Caroline stand, sah er kurz zu Finan hinüber. »Kümmere dich um ihn.«

Er war froh, dass Robertas Befürchtungen offensichtlich unbegründet gewesen waren. Caroline war hier. Sicher hatte Finan sie schlussendlich doch noch überzeugen können.

Caroline schluckte untypisch bewegt. »Das tue ich.« Dann drängte sie: »Es wird Zeit, Strudel.«

Strudel nickte, aber er wollte sich diese paar Minuten nicht nehmen lassen. Er wusste schließlich nicht, ob er einen von ihnen je wiedersehen würde.

Also strich er Noriko vorsichtig über die dunkeln Haare und ließ sich von Yunes auf die Schulter klopfen. »Wenn du Talion siehst, richte ihm aus, er soll seinen dämlichen Hintern gefälligst sofort zu uns bewegen.«

Strudel grinste bei dem Gedanken daran, was Talion mal zu ihm gesagt hatte: »Keine Sorge, ich schleife ihn notfalls an den Haaren zu euch.«

»Das heißt, du kommst auch zurück?«, mischte sich Mel ein.

Er wollte sie nicht anlügen. Er konnte sie nicht anlügen. »Ich werde es versuchen«, sagte er und fühlte eine tiefe Traurigkeit.

Mels Augen, die Simons so ähnlich waren und doch Welten von ihnen entfernt, sahen ihn an. Und er sah zurück.

Strudel war sich der Stille und der Tatsache, dass alle sie beobachteten plötzlich schrecklich bewusst. Alles was er noch hätte sagen können, schien in seinem Kopf herumzuspringen und er brachte kein weiteres Wort heraus.

Mel lächelte ihn in einer Mischung aus traurig und belustigt zu und nickte, zum Zeichen, dass sie verstanden hatte.

Etwas hastig drehte sich Strudel zu Canina. Jetzt fiel ihm auf, dass sie bisher ungewöhnlich ruhig gewesen war. Als er ihr nun ins Gesicht sah, senkte sich ein schweres Gewicht in seinen Magen.

»Was ist passiert?« Seine Stimme zitterte.

Canina sah ihn nicht an, sondern schüttelte nur den Kopf. »Nichts. Ich mache mir nur Sorgen.«

Strudel konnte sehen, dass sie log. »Sag es mir.«

»Canina wollte Kos überreden, doch mitzukommen. Seit sie bei ihm war, führt sie sich so auf«, sagte Caroline ungeduldig. Natürlich war Kos Entscheidung ein Schock für Canina. Sie hatte ihren Mentor gerade erst wiedergefunden. Sicher kam sie sich alleingelassen vor. »Ich werde Nesrin finden«, versprach Strudel, weil er nicht wusste, was er sonst sagen sollte.

»Ich verlasse mich auf dich. Sie ist alles, was ich noch habe.« Plötzlich sah Canina auf. »Sieh bloß zu, dass du lebend wieder zu uns stößt. Und bring am besten so viele Klone mit wie möglich. Ihr könntet die Lösung sein.«

Strudel wollte nachhaken, was Canina damit meinte. Doch Caroline ließ ihm nicht die Gelegenheit dazu. »Wir müssen zum Ende kommen. Hast du nicht noch etwas, das du Finan geben willst?« Caroline wirkte so angespannt, dass Strudel fürchtete, sie würde jeden Moment zusammenbrechen.

Beunruhigt nickte Strudel und wandte sich zu Finan, der als einziger auf einem an die Wand montierten Stuhl saß. Obwohl ›*saß*‹ nicht ganz richtig war. Mehrere Gurte hielten Finan aufrecht. Strudel wurde ein wenig leichter bei dem Gedanken, dass er Finan endlich helfen konnte.

Strudel deaktivierte sein EXO. Roberta hielt das Grundgerüst aufrecht, während Strudel begann, seine Uniform auszuziehen. »Finan, ich habe etwas für dich.«

Finan sah Strudel irritiert an. »Warte mal. Strudel. Was hast du vor?« Dann entdeckte er das Inlay unter Strudels Kleidung. »Bei Eden! Was ist das?«

»Ich wusste nicht, wie ich es sonst transportieren sollte«, entschuldigte sich Strudel.

Da er unter dem Inlay nur noch Unterwäsche trug, alles andere wäre zu auffällig gewesen, war Strudel das Ganze ziemlich peinlich. Niemand sagte etwas. Doch Strudel spürte die Blicke. Seine Truppmitglieder kannten seinen zernarbten Körper natürlich und auch Trupp 7 schenkte ihm keine Beachtung. Aber Strudel hatte das Gefühl, alle anderen würden ihn entsetzt anstarren.

So rasch wie möglich stieg er aus dem Inlay und hielt es Caroline hin. Sie nahm es ihm ab und Strudel griff rasch nach seiner Hose.

»Strudel …«, begann Finan unsicher.

Strudel schloss den Gürtel und warf sich das Uniformoberteil über. »Zieh es an. Bitte.«

»Ich möchte nicht, dass …«

»Ich habe das für dich gebaut.«

Noch immer wirkte Finan nicht überzeugt.

»Finan, bitte.« Die Angst in Carolines Stimme konnte Strudel nicht ganz einordnen. Ohne auf Finans weiteren Protest zu achten, begann sie ihn von seinen Kleidern zu befreien. Ihre routinierten Handgriffe weckten in Strudel den Verdacht, dass sie das schon hunderte Male getan hatte. Finan wehrte sich, so gut er es mit seinem dürren, verdorrten Körper schaffte.

»Wenn er es nicht will, sollten wir ihn in Ruhe lassen. Er muss es doch nicht jetzt gleich ausprobieren«, wandte Yunes mit mühsam beherrschtem Ärger ein.

Caroline ignorierte ihn ebenso wie alles andere. Auch wenn Strudel wusste, dass es nur zu Finans bestem war, gefiel ihm Carolines rabiates Vorgehen nicht. Klar wünschte er sich kaum etwas so sehnlich, wie dabei zu sein, wenn Finan wieder laufen konnte. Aber seinen Willen dabei völlig zu ignorieren, fühlte sich nicht richtig an.

Strudel packte Carolines Arm. »Lass ihn in Ruhe.«

»Strudel! Lass mich gefälligst los! Wir haben keine Zeit hierfür!«

Stattdessen zog Strudel sie von Finan weg. »Ich rede mit ihm«, versprach er.

Caroline war schlau. Sie wusste, wann sie verloren hatte. »Aber beeil dich.«

Strudel kniete sich zu Finan. »Finan bitte. Das ist …«

»Ich weiß, was das ist«, sagte Finan schneller, als Strudel ihm zugetraut hatte. »Ich verstehe, was es für mich bedeutet. Aber ich verstehe auch, was es für dich bedeutet. Strudel, ich finde immer noch nicht, dass du gehen solltest. Und vor allem finde ich nicht, dass du ohne EXO gehen solltest.«

Strudel zog den künstlichen Anschluss hervor und steckte ihn an das Inlay. »Bitte. Bevor ich gehe, muss ich sehen, ob es funktioniert.«

»Ich weiß nicht, ob ich das schaffe. Ich weiß nicht, ob ich es wieder hergeben kann, wenn ich es einmal getragen habe«, gestand Finan leise.

Strudel zuckte mit den Schultern. »Ich komme inzwischen auch ohne EXO zurecht. Probiere es aus.«

Finan betrachtete Strudel eine ganze Weile. »In Ordnung.«

Behutsam half Strudel seinem Freund dabei, das Inlay fertig anzuziehen. Er befestigte die Messgeräte mit Gurten an den richtigen Stellen und hob Finan schließlich hoch. Es erschreckte Strudel, wie leicht Finan geworden war. Vorsichtig trug er ihn zum EXO und stütze ihn, damit er im Grundgerüst nicht umkippte. Dann aktivierte er die Verbindung. Das EXO rastete ein und legte sich sanft wie eine schützende Hülle um Finans zerstörten Körper.

Zögernd ließ Strudel Finan los. Er wankte und Strudel wollte schon wieder zugreifen, doch dann fing sich Finan und blieb stehen.

Als hätten alle im Raum gleichzeitig die Luft angehalten, ging ein erleichtertes Aufatmen durch ihr Versteck.

»Funktioniert es?« Mel klang ebenso ängstlich, wie Strudel sich fühlte.

Finan hob den Kopf, dann die Hand. Er drehte sie und schien verblüfft, dass sie ihm gehorchte. Die Bewegungen waren unsicher und hier und da etwas wackelig.

»Ich weiß, es ist noch nicht perfekt. Ich konnte es nicht genau einstellen. Nur anhand deiner inzwischen schon veralteten Untersuchungsdaten. Bestimmt können dir Canina und Lya damit helfen«, sagte Strudel rasch. »Und der Handcom funktioniert leider auch noch nicht. Dafür müssen wir noch die linke Hand des EXOs umbauen. Das konnte ich noch nicht machen. Wäre aufgefallen, verstehst du?«

»Strudel.« Finan ging einen kleinen, unsicheren Schritt auf ihn zu. Und zum ersten Mal, seit sie sich kannten, schien Finan keine Worte zu finden. Dann begann er zu weinen.

Und nicht nur er. Um sich herum hörte Strudel mehrere Schluchzer und fragte sich, was er falsch gemacht hatte.

»Du freust dich, oder?«, fragte Strudel verunsichert.

»Du verdammter Idiot.« Finan kam näher und lehnte seinen EXObewehrten Kopf langsam an Strudels Schulter. »Du bist der beste Freund, den man haben kann«, flüsterte Finan.

»Und wirst du es tragen?«, fragte Strudel besorgt.

»Natürlich werde ich es tragen. Jeden verdammten Tag.«

Strudel strahlte.

»Aber erst, wenn ich damit nicht mehr dein Leben riskiere«, fügte Finan ernst hinzu.

»Für Strudel steht schon ein neues bereit«, eröffnete Caroline. »Ich musste ja irgendwie sicherstellen, dass nicht auffällt, das seines weg ist.«

Eine jähe Welle der Dankbarkeit für Carolines Planungsgeschick durchflutete Strudel.

»Was? Aber wo hast du es her?«, fragte Finan skeptisch.

»Sie werden von den Lichtbringern jetzt serienmäßig hergestellt.«

Finan wirkte noch immer nicht überzeugt. »Und wieso hast du es nicht hierher bringen lassen und Strudel sein EXO gelassen?«

»Musst du immer alles infrage stellen, was ich tue? Wir haben keine Zeit mehr!«, erwiderte Caroline schroff. »Lass das Teil bloß an!«

»Ich gehe jetzt besser«, sagte Strudel rasch, bevor Finan noch weitere Gründe fand, weshalb er das EXO wieder ausziehen sollte. Ohnehin war alles gesagt.

Also drehte er sich um und ging zur Tür des Laderaums. Einen letzten Blick zurück auf seine versammelten Freunde konnte er nicht verhindern. Am meisten Sorgen machte er sich um Lya, die immer noch abseits kauerte und um die apathische Canina. Das Bild von Finan und Mel, die nun dicht nebeneinanderstanden, ließen dagegen ein Glück in ihm aufsteigen, von dem er wusste, dass es ihn auch in den dunkelsten Stunden wärmen würde.

Strudel hob die Hand zum Abschied, dann stieß er die Tür auf.

Das war dumm. Unvorsichtig. Und er bereute es sofort. Denn sie waren umzingelt. Schwerbewaffnete Abendsterne rückten keine fünf Meter vom Lastwagen entfernt ringsherum an. Strudel drehte sich um. Er wollte rufen, dass sie sich verstecken sollten, dass sie fliehen sollten. Aber wohin?

Das Bild des Glücks verwandelte sich in eins des Grauens.

Denn alle sahen, dass sie verloren hatten. Der Abendstern hatte sie enttarnt.

Caroline trat ein paar Schritte vor. »Schon gut«, sagte sie ruhig.

Im selben Moment wurden draußen zahlreichen Waffen gehoben und einer der Abendsterne forderte: »Sie haben keine Chance. Ergeben Sie sich widerstandslos.«

Finan starrte Caroline an. »Caro, wie konnte das passieren? Der Plan …«

»Finan, lass mich das erklären: Ich liebe dich! Ich liebe dich wirklich. Dir und Rob wird nichts passieren. Aber du warst so überzeugt davon und ich konnte das nicht zulassen. Es ist ein Fehler. Wir müssen uns für den Abendstern entscheiden.«

Finan starrte Caroline an. »Caro. Ist es Edens Glück? Kontrollieren sie dich?«

»Was? Natürlich nicht! Es war meine Entscheidung. Ich habe sie hierher gerufen.«

Während Strudel noch über den Sinn ihrer Worte grübelte, sah er Finan eine Schlussfolgerung ziehen. Im selben Moment entriss Finan Mel ihre Waffe. Er richtete sie auf Caroline. Drückte ab.

Blut spritzte aus ihrem Kopf und traf Finan. Finan suchte Strudels Blick und als er ihn gefunden hatte, lag ein solcher Schmerz in den dunklen Augen seines Freundes, dass Strudel es kaum ertrug.

»Verräter!«, brüllte Finan und riss die Waffe herum. Direkt auf Strudel.

»Finan! Nein! Ich …«

»Halts Maul!«

Strudel konnte nichts erwidern. Er konnte sich nicht mal bewegen. Seine natürlichen Reflexe versagten. Denn es war sein bester Freund, der auf ihn schoss.

Doch Mel fiel Finan in den Arm. Die Ungenauigkeit seiner eigenen Arbeit rettete Strudel das Leben. Das EXO gab nach und das Projektil sauste an Strudel vorbei.

»Verräter!«, brüllte Finan noch mal, doch nun brach die Hölle los. Zwei Soldaten packten Strudel. Zerrten ihn rückwärts davon. Abendsterne stürmten an Strudel vorbei. In den Laderaum. Zu seinen Freunden. Strudel versuchte, sich loszureißen. Er hebelte einen der Griffe auf. Doch schon packten zwei neue Hände zu.

Sie überwältigten seine Freunde. Alle Freude war aus Isabellas Gesicht gewichen. Sie und die anderen beiden Kuppelmechaniker streckten in Todesangst die Arme in die Luft und fielen auf die Knie. Yunes wurde grob auf den Boden gedrückt, während er versuchte, den Kasten in dem seine Tochter schlief zu verschließen. Canina schien endlich wieder in der Gegenwart angekommen zu sein, und wehrte sich verbissen. Lya schrie und kämpfte wie eine Besessene gegen die nach ihr greifenden Hände.

Mel versuchte, zu ihrer Schwester zu gelangen, und wurde niedergeschlagen. Roberta, die Einzige, die vielleicht etwas hätte ändern können, stand nur steif da und starrte auf Carolines Leichnam. Einer der Abendsterne riss grob das Verbindungsstück heraus, das Finan mit dem EXO verband. Finan fiel in sich zusammen und landete in Carolines Blut. Strudel brüllte und schaffte es, sich zwei Schritte vorwärts zu kämpfen. Finan kroch zur Leiche seiner Freundin und brach über ihr zusammen. Sein gequältes Wimmern war das letzte, das Strudel hörte. Dann sauste ein Gewehrkolben auf ihn nieder.

»Ich weiß, dass du mich hasst. Aber ohne mich geht diese Welt zugrunde. Ich bin die Einzige, die sie retten kann.«

»Größenwahnsinnige alte Hexe.«

Was für ein lächerliches, kindisches Verhalten. »Du solltest mir dankbar sein.«

»Dankbar? Wofür zur Hölle soll ich dankbar sein?« Er war erschöpft. Doch noch lange nicht gebrochen.

»Nur mir verdankst du deine Existenz.«

»Ich habe nicht um dieses Leben gebeten!«

»Und doch habe ich dich geschaffen. Früher haben die Menschen ihren Schöpfer Gott genannt. Sie haben ihn verehrt. Geliebt!«

»Liebe? Es gibt nichts auf der Welt, das ich mehr hasse als dich.«

Kalte Verachtung. Sie hatte genug Zeit mit ihm verschwendet. Es warteten wichtigere Aufgaben auf sie. Und er würde ihr nicht davon laufen. Sie würden noch viel Zeit miteinander haben. Also ging sie.

Und ließ ihn alleine mit seiner lächerlichen Existenz.

»Ich gebe zu, ich bin ehrlich überrascht. Von allen, die an dieser Verschwörung beteiligt waren, hätte ich das von dir am wenigsten erwartet.«

Strudel hatte keine Ahnung, was in den letzten Stunden passiert war. Erst recht wusste er nicht, wie er hierhergekommen war. Einzig, dass er unter Schock stand, war ihm merkwürdig klar.

»Natürlich hätte ich mir gewünscht, dass mein Sohn Treue beweist und diese Verräter an uns ausliefert. Nicht dieses Mädchen und du«, sagte Vadim. Strudel saß allein mit ihm an einem Tisch. Wahrscheinlich in einem Feldzelt. Aber Strudel hatte sich nicht die Mühe gemacht, sich umzusehen. Stattdessen sah er auf die metallene Tischplatte vor sich. »Dass du deine Kameraden hintergehst. Interessant. Ich hatte dich wirklich falsch eingeschätzt. Jetzt tut es mir ja fast leid, dass ich dir bei unserem letzten Treffen so zugesetzt habe.«

War es das, was seine Freunde nun von ihm dachten? Vielleicht ihr letzter Gedanke vor Folter und Tod? Dass er, Strudel, sie verraten hatte? Dass er gemeinsame Sache gemacht hatte mit Caroline? Wie konnte Finan das nur von ihm denken? Wie konnte er ihn nur für einen Verräter halten? Verräter. Wie Yaro. Yaro.

»Schade, dass das Mädchen dabei umgekommen ist. Sie war der Kopf des Ganzen. Allerdings hätte sie uns ruhig genauere Informationen geben können. Wir tappen noch etwas im Dunklen, was das Ziel und die Mitglieder dieser Verschwörung angeht. Du dagegen hast nur an unser letztes Gespräch gedacht, nicht wahr? Hattest einfach nicht den Mumm, dich gegen mich zu stellen, was? Hey, sieh mich an.«

Strudel rührte sich nicht.

»Du kannst unbesorgt sein. Sie werden sich nicht an dir rächen, wie dieser aggressive junge Mann es bereits versucht hat. Wir haben die Verräter inzwischen wieder zu 67 zurückgebracht. Dort liegt ein Edikt auf meinem Schreibtisch, das alle Mitglieder dieser Verschwörung zum Tode verurteilt. Mit Ausnahme meiner Blutsverwandten natürlich.« Vadim seufzte. »Eigentlich hat mein missratener Sohn keine Sonderbehandlung verdient. Er hat alles verraten, was ihn sein Leben lang beschützt hat. Einschließlich mich. Aber wie würde es aussehen, wenn ich meine eigene Enkelin zu einem Waisenkind machen würde?«

Yunes war also sicher. Yunes und Noriko. Alle anderen waren wahrscheinlich schon tot. Jetzt fiel Strudel auf, dass seine Hand wehtat. Er sah sie an und stelle fest, dass er schon seit Stunden über die Narbe gestrichen haben musste. Die Haut war stark gerötet. Er hielt inne.

»Mir ist klar, dass das keine einfache Situation für dich ist. Aber ich habe einen Vorschlag für dich. Du hast mich mit deiner Entscheidung beeindruckt.« Vadim legte eine Pause ein, als wollte er Strudel die Gelegenheit geben, etwas zu erwidern. »Dafür hast du eine Belohnung verdient. Das sind die Fakten: Dein sogenannter Klonbruder, dieser Talion ist uns vor ein paar Tagen … nun ja, in gewisser Weise abhandengekommen.«

Talion. Talion war der Einzige, der übrig geblieben war. Talion und Nesrin.

»Ich sehe doch, dass dich das interessiert.« Vadim lächelte wissend. »Nun, wir vermuten ihn in einem sehr speziellen Gefängnis. Einem in der Nähe deiner alten Heimat. Dieser Akademie.«

Bei den Klonen. Den neuen Klonen. Seinen kleinen Geschwistern.

»Bevor wir dort alles dem Erdboden gleich machen, gebe ich dir die Chance, ihn herauszuholen. Na, was meinst du? Ist das nicht großzügig?«

Nun wurde Vadims Lächeln listig. »Alles, was du dafür tun musst, ist mir die Hand zu geben und mir zu danken. Das kannst du, oder? Du bist ja auf meiner Seite.«

Vadim hatte seine Freunde zum Tode verurteilt. Nur der Gedanke daran, ihn zu berühren, verdrehte Strudel den Magen. Es war, als hätte man von ihm verlangt, Balors Hand zu schütteln.

»Also? Willst du deinen Bruder retten? Oder soll ich dich lieber an der Front verheizen?«

Strudel sah in Vadims verformtes Gesicht. Die Züge schienen sich noch weiter zu verschieben und wurden Balors Fratze immer ähnlicher. Strudels Herz raste. Er schmeckte Blut und wusste, dass er sich auf die Zunge gebissen hatte, um nicht zu schreien.

Langsam streckte Strudel seine Hand aus. Der Mann ihm gegenüber hielt ihm seine hin. Mit tauben Fingern packte Strudel die Hand.

»Und jetzt danke mir, dass ich die Verräter getötet habe.«

Strudel schloss die Augen und kämpfte dagegen an sich auf den Schreibtisch zu erbrechen. Isabella, Roberta, Lya, Canina, Mel, Finan. »Danke. Danke, dass sie die Verräter getötet haben.«

Langsam zog Vadim seine Hand zwischen Strudels Fingern hervor und betrachtete sie fasziniert. »Und schon wieder hast du mich überrascht. Du würdest wirklich alles tun, solange es um diese Idioten geht. Was für eine äußerst nützliche Züchtung.« Vadim wischte sich die Handfläche an seiner Hose ab.

»Gut. Ich lege noch etwas drauf: Die Verräter leben noch.«

Strudel riss seinen Kopf so schnell hoch, dass seine Wirbel knacksten.

»Bring mir Viktoria.«

Vadim sah Strudel fest in die Augen.

»Das kannst du doch, oder? Du kennst dich dort aus. Bring mir sie und ihre Forschung. Ich muss weiter denken. Nach den Lichtbringern gibt es noch immer die Verlorenen. Wir werden immer Feinde haben. Nur die Klontechnik kann uns schützen. Bring sie mir und ich wandele die Todesstrafe für die Verräter in lebenslange Haft um.«

Strudels Herz begann zu rasen.

»Was sagst du?«

»Und Talion?«

»Den kannst du von mir aus immer noch befreien, wenn du dazu kommst.«

Strudel dachte nach. »Wie kann ich ihnen trauen?«

»Das kannst du nicht.« Vadim lächelte väterlich.

Strudel wurde von zwei Abendsternen nach draußen geführt und zu seinem EXO gebracht, das vor so kurzer Zeit noch Finan gestützt hatte. Ihm wurde befohlen, es anzuziehen. Ihm wurde befohlen, sich in ein Fahrzeug zu setzen.

Als er alleine war, ihn keiner mehr beobachtete, erbrach er sich.

Das Fahrzeug setzte sich in Bewegung. Brachte ihn unaufhaltsam näher nach Eden. An die Front.

Als sie Stunden später anhielten, war Eden direkt vor ihm. Groß und grün. Dazwischen Krieg. Die Dämmerung war bereits im vollen Gange.

Ihm wurde eine Waffe in die Hand gedrückt und er rannte hinter einer Gruppe Soldaten her. Er duckte sich bei Beschuss. Staub brannte in seinen Augen. Schüsse, Explosionen und Schreie gellten in seinen Ohren. Es roch nach abgefeuerten Waffen, Schweiß und Blut. Er fühlte sich, als ob er in einen seiner Albträume versetzt worden wäre.

In der Nacht schlief Strudel nicht. Am nächsten Tag folgte er der ›Dämmerung‹. Während er mit tausend anderen Soldaten weiter auf Eden zu rückte, überlegte er fieberhaft, wie er zur Akademie gelangen sollte. Eigentlich hätte er, um Nesrin und die Klone zu holen, bei der Hauptstreitmacht bleiben sollen und sich dann dem Truppenteil anschließen, der die Akademie ins Visier nahm.

Vadims Plan dagegen war so einfach wie lebensgefährlich. Strudel sollte mit einer kleinen Stoßtruppe vor der Hauptstreitmacht in Eden einfallen. Dort sollten sie sich zur Akademie durchkämpfen, Viktoria und ihre Klonforschung entführen und beides irgendwie zum Abendstern zurückbringen.

Je länger Strudel darüber nachdachte, umso undurchdachter kam es ihm vor. Schlicht unmöglich. Er hoffte, seinen Tod würde Vadim auch als Erfüllung ihres Handels ansehen.

Er wurde zu der hart umkämpften Frontlinie geschickt, die nahe am Eingang zu Eden lag, durch den sie zur Akademie gelangen sollten. Dort traf er in einem Loch aus Dreck auf sein Team.

»Wir sind das Sondereinsatzkommando Himmel. Ich soll dir vom Ratsvorsitzenden ausrichten, du hast exakt 24 Stunden Zeit. Was auch immer das heißen soll«, sagte Aaron nervös.

Weshalb Vadim ausgerechnet eine Handvoll von Strudels eigenen Schülern ausgesucht hatte, ihn zu begleiten, war ihm schleierhaft. Hatten sie sich durch irgendwas für dieses Selbstmordkommando qualifiziert? Vielleicht, weil sie Strudel und Roberta in Schutz genommen hatten? Oder war es pure Bosheit?

»Was machen wir denn jetzt?«, fragte Emma mit weit aufgerissenen Augen.

Strudel hatte keine Ahnung. Er wusste nur, dass sie nicht bereit waren. Sie waren keine Soldaten. Sie waren bloß verängstigte Jugendliche. »Wir nähern uns den Kämpfen vorsichtig.«

»Ja, und weiter?« Aaron klang wenig überzeugt.

»Wir warten auf eine Gelegenheit«, sagte Strudel und versuchte dabei selbstsicher zu klingen. Er wollte nicht, dass seine eigene Unsicherheit und Angst sich auf die Rekruten übertrug. Sie waren schon verängstigt genug. Aaron und Emma hielten sich noch einigermaßen, doch die beiden anderen Jungen hatten bereits völlig die Nerven verloren. Der eine, dessen dunkle Haut Strudel unweigerlich an Finan denken ließ, hatte die Arme schützend um den Körper geschlungen und zuckte bei jedem Geräusch zusammen. Dem Anderen liefen Tränen über das starre Gesicht. Beide hatten sich dicht nebeneinander auf die Erde gekauert. Strudel ging vorsichtig auf die beiden zu und kniete sich zu ihnen.

Strudel dachte angestrengt nach. Aber seine Zeit als Ausbildergehilfe war zu kurz gewesen, um sich alle Namen zu merken. »Wie heißt ihr?«

Keiner der beiden antwortete. Stattdessen deutete Aaron nacheinander auf sie. »Das zitternde Häuflein Elend nennt sich Rambo. Der hat im Training immer den großen Macker raushängen lassen, wenn Orion nicht in der Nähe war. Der der heult, ist sein Kumpel T.J.«

Strudel nickte Aaron dankbar zu. »Rambo, T.J., schaut mich an«, forderte er ruhig.

Die beiden reagierten. Langsam. Aber immerhin.

Ihr Zustand war gefährlich. So würden sie auf dem Schlachtfeld nicht lange überleben. Fieberhaft überlegte Strudel, was er ihnen sagen konnte. Simons Bild hob sich aus der Erinnerung. »Ich werde euch hier alle lebend rausbringen.« Es war eine Lüge. Auch Simon hatte damals gelogen, das wusste Strudel jetzt. Im Krieg konnte man ein solches Versprechen nicht halten. Trotzdem fügte er fest hinzu: »Habt ihr verstanden?«

Rambo richtete sich ein wenig auf und T.J. wischte sich sogar die Tränen vom Gesicht. Sie nickten.

»Gut. Dann lasst uns aufbrechen«.

Also rückten sie näher. Meter für Meter. Von Deckung zu Deckung. Strudel hatte kaum Zeit, um nachzudenken. Zu sehr war er damit beschäftigt, seine kleine Truppe zusammen und am Leben zu halten.

»Wer ist da?«, brüllte plötzlich eine Stimme aus einem Graben rechts neben ihnen. Strudel wirbelte herum und stellte sich schützend vor die Rekruten. Aus dem Staub löste sich eine blau-weiße Uniform. Strudel entspannte sich ein wenig. »Wir sind das Sondereinsatzkommando Himmel.«

Der Abendstern musterte Strudel misstrauisch und hielt noch immer sein Gewehr auf ihn gerichtet. »Und warum trägst du dann eins von diesen verdammten EXOs?«

Na großartig, dachte Strudel. Natürlich wirkte er wie ein Feind. Also musste er sich nicht nur vor den Lichtbringern in Acht nehmen, sondern auch vor den Abendsternen, die eigentlich auf seiner Seite sein sollten. »Ich bin Strudel«, erklärte er rasch. »Einer von zwei

EXO-Trägern des Abendsterns.« Zumindest dann, wenn Roberta noch nicht erschossen worden war.

Zum Glück huschte eine Erkenntnis durch das Gesicht des Soldaten. »Ach, du bist dieser Junge, der aus Eden geflohen ist? Der kleine Bruder von Talion?«

Strudel nickte. Und gab den Rekruten hinter sich ein Zeichen der Entwarnung. »Kennen Sie Talion?«

Der Soldat nickte knapp. »Jeder kennt Talion. Du siehst ihm wirklich verdammt ähnlich. Habe den kleinen Teufelsbengel schon kämpfen sehen, als er etwa in deinem Alter war. Die reinste Kriegsmaschine.«

Strudel biss die Zähne fest aufeinander, um den Abendstern nicht daran zu erinnern, dass Talion ein Mensch war. Keine Maschine.

Jetzt runzelte der Abendstern die Stirn. »Aber hör mal, Junge. Du solltest nicht hier sein. Nicht mit diesem Teil.« Er deutete auf Strudels EXO. »Wir sind die Anti-EXO-Einheit 13.«

Strudel spähte hinter den Mann und sah die Einheit im Graben kauern. Verwundert stellte Strudel fest, dass nur ein kleiner Teil von ihnen die Uniform des Abendsterns trug. Der Rest wirkte in der heruntergekommenen Kleidung wie … Verlorene!

Der Abendstern war Strudels Blick gefolgt und nickte stolz. »Die Aufklärung hat einen geplanten großflächigen EXO-Einsatz in diesem Gebiet aufgedeckt. Wir sind hier, um ihn auszubremsen.«

»Aber …« Wie? Wollte Strudel fragen. Dann sah er, dass jeder der Verlorenen etwas am Körper trug. Einen metallenen Kasten, der mit mehreren Riemen festgeschnallt war. Strudel spürte eine Gänsehaut.

»Ratsvorsitzender Vadim hat die Entwicklung höchstpersönlich überwacht. Ich hatte mich schon gefragt, woher er die technischen Daten hatte. Aber wenn ich dich jetzt so sehe, ist das natürlich klar.« Der Abendstern grinste Strudel kumpelhaft zu. »Also haben wir wohl dir die Entwicklung der EMPs zu verdanken.«

»EMPs?«, fragte nun Emma von hinten. Strudel erschrak ein wenig. Für einen Moment hatte er die Rekruten beinahe vergessen.

Der Abendstern lächelte Emma schelmisch zu. »Ein Gerät, das einen elektromagnetischen Impuls auslösen kann. Dieser zerstört die Elektronik in den EXOs. Die Entwicklung muss ziemlich kompliziert gewesen sein, da diese Teufelsdinger gegen einiges abgeschirmt sind. Deshalb solltest du jetzt auch wirklich von hier verschwinden«, fügte er zu Strudel gewandt hinzu. »Sonst grillen wir deine Rüstung gleich mit. Und das wäre doch schade.«

Strudel hört ihn kaum. Zu sehr war er mit dem beschäftigt, was er vor sich sah. Diese Verlorenen waren keine Soldaten.

Das Haar der meisten war grau, oder kränklich strähnig und ihre Haut faltig und häufig vom Blau des Frosts durchzogen. Diese Menschen waren alt und krank. Sie hatten nichts in einer Schlacht zu suchen. Ihre Augen waren stumpf, als wären sie schon tot. In Strudels Magen rumorte es. Diese Verlorenen sollten die EMPs in die Nähe der EXO-Träger bringen? Wie sollte das funktionieren? Wie, ohne dass …

Auch Aarons Gedanken schienen in eine ähnliche Richtung zu gehen. »Der Radius der EMPs kann nicht besonders groß sein, oder? Sonst würden wir ja unsere eigene Technik zerstören« sagte er unbehaglich. »Ist es nicht gefährlich, nahe genug an ein EXO heranzukommen, um es zu deaktivieren? Ich meine, ich habe Strudel damit kämpfen gesehen …«

»Gefährlich?« Der Abendstern lachte. »Natürlich ist es gefährlich. Es ist tödlich. Deshalb besteht die eigentliche Einheit ja auch aus Freiwilligen.«

»Sie meinen Verlorene?« Aaron klang so entsetzt, wie Strudel sich fühlte. Strudel rechnete ihm das hoch an.

»Natürlich Verlorene. Sie opfern sich hier für die Rettung von Kuppel 67 und eine Person ihrer Wahl wird dafür in Zukunft in der Kuppel leben. Das ist nur fair.«

Nein. Das war nicht fair. Es war ein grausamer Handel. Fair wäre es, sich um die Verlorenen zu kümmern. Dafür zu sorgen, dass sie in einer Kuppel leben konnten. Nicht, sie in den Tod zu schicken. Strudel ballte die Fäuste. Zorn kochte in ihm. Lichtbringer. Abendstern. Es war egal. Völlig egal.

Aaron gelang es nicht, seine Gefühle zu beherrschen. »Ist das ihr Ernst? Sie verdammtes Arschloch!«

Er wollte sich auf den Abendstern stürzen. Strudel packte ihn. In diesem Moment gellte ein schriller Pfiff über das Ödland. Auf der Lichtbringerseite der Front stieg roter Nebel auf.

»Roter Phosphor! Sie wollen unsere Systeme stören! Es geht los! Bereit machen!«, brüllte der Abendstern seiner Einheit entgegen. Dann drehte er sich noch mal zu Strudel um. »Verschwindet hier! Sofort!«

Seine Rekruten würden einen Kampf gegen EXOs niemals überleben. Strudel drehte sich um und rief: »Lauft!«

Und sie rannten. Schnell und weit. Doch nicht schnell und weit genug. Sie hörten die Schreie. Strudel zerrte Aaron neben sich her. Der brüllte, den Blick nach hinten gerichtet und versuchte, sich loszukämpfen. Strudel konnte nicht anders. Im Laufen drehte er sich um.

Er sah eine Welle EXO-Träger aus dem roten Rauch hervorbrechen. Viel zu viele. Er war zu weit entfernt, um es genau zu erkennen, aber Strudel war sich sicher, dass die EXOs sich leicht verändert hatten. Weiterentwickelt worden waren. Die Köpfe waren nun auch vollständig umschlossen. Strudel sah die EMP-Träger des Abendsterns vorstürmen. Verlorene. Sie rannten mitten in die EXO-Träger. Wurden niedergeschlachtet. Wenn sie es weit genug hineinschafften, zündeten sie die EMPs und legten die EXOs der Lichtbringer lahm. Dann starben sie. Für die Hoffnung. Dafür, dass ihre Familien nach 67 durften. Für diese falsche Hoffnung.

Strudel hasste sich dafür, dass er nicht eingriff. Nichts sagte. Nicht einmal länger als nötig hinsah. Er hasste sich für das, was er vorhatte. Vadim Viktoria zu liefern, würde furchtbares Leid nach sich ziehen. Tausende gequälte Klonkinder. Denn Vadim war skrupellos. Und trotzdem würde Strudel es tun. Er würde alles tun.

Genau wie Vadim gesagt hatte. Nur für die vage Hoffnung, dass er seine Freunde damit retten konnte.

Als sie sich weit genug entfernt hatten, ordnete Strudel eine kurze Pause an. Er ließ Aaron los, behielt ihn vorsichtshalber aber im Auge.

Zitternd brach Aaron zusammen.

Strudel kniete sich zu ihm und reichte ihm seine Feldflasche. »Ich musste dich da wegbringen.«

Aaron nickte langsam. »Ich weiß. Danke.«

Er trank ein paar gierige Schlucke und erbrach das Wasser sofort wieder.

Strudel klopfte ihm zaghaft auf den Rücken. »Ganz ruhig. Langsam. Versuch es noch mal.«

Diesmal blieb das Wasser drin. »Hast du es gesehen? Ich habe mir die ganze Zeit vorstellen müssen, einer von ihnen wäre mein Vater. Oder meine Mutter.« Aaron starrte auf seine zitternden Hände. »Wie können sie sie nur dazu zwingen? Und auch noch behaupten, ihnen damit einen Gefallen zu tun?«

»Es ist leicht, grausam zu jemandem zu sein, den man nicht als richtigen Menschen ansieht.«

»Du meinst Verlorene?« Aaron sah Strudel an. »Und Klone?«

Strudel nickte.

»Aber wir beide sind doch auch Menschen.«

»Ja, das sind wir«, sagte Strudel fest und zog Aaron auf die Füße.

Durch ihre hastige Flucht waren sie ein gutes Stück von ihrem Weg abgekommen. Sie liefen etwa eine Stunde lang durch die notdürftigen Gräben. Immer parallel zur Front. Oft so nahe, dass sie über Stacheldraht hinüber zu den Lichtbringern sehen konnten. Die Fronten lagen hier so nah zusammen, dass er hinter dem Stacheldraht Personen erkennen konnte. Immer nur einen winzigen lebensbedrohlichen Moment. Strudel stutzte. Eins der Gesichter kannte er! Von seinem allerersten Kriegseinsatz. Ein verrauchtes Lazarettzelt und ein ausgeschlagenes Angebot. Strudel musste nachdenken.

Er hob die Hand, das Zeichen anzuhalten und ließ die Rekruten erneut einen Moment ausruhen. Als sich Schritte näherten, drängten sie sich am Grabenrand dicht zusammen, um den vorbeieilenden Abendsternen Platz zu machen.

»EXO!«, brüllte eine weibliche Stimme warnend. Kaum, dass der Blick auf Strudel frei war.

Strudel wirbelte herum.

»Verdammt! Aufstellung!« Die Abendsterne formierten sich augenblicklich. Eine gut ausgebildete Truppe.

»Halt! Er gehört zu uns!«, rief Aaron geistesgegenwärtig und deutete auf seine Abendstern-Uniform.

Strudel hatte kaum Zeit, Aaron dankbar zuzunicken, denn in seinem Kopf entstand ein Plan. Schon zum zweiten Mal innerhalb kurzer Zeit war er für einen Lichtbringer gehalten worden.

Strudel drehte sich zu den Rekruten um. »Aaron übernimmt das Kommando«, befahl er. »Du führst die Anderen so weit wie möglich weg von der Front. Wenn euch jemand fragt, sagt ihr, ihr würdet auf meinen Befehl handeln.« Er hatte keine Ahnung, ob es richtig war, was er tat. Er konnte nur hoffen, dass er sich auf Aaron verlassen konnte. Alles, was Strudel wusste, war, dass er die Rekruten nicht mitnehmen würde. Wenn es schon sein musste, dann würde er nur sein eigenes Leben riskieren.

»Haltet die Köpfe unten. Denkt an das Training.« Sie sahen ihn verwirrt an. »Sagt Vadim, ich werde es versuchen.«

Dann drehte sich Strudel um, ließ seine Waffe fallen und sprang aus dem Graben. Hinter sich hörte er alle wild durcheinander rufen. Er rannte los. Genau zwischen die Linien. Er wedelte mit den Armen und rief so laut er konnte »Nicht schießen!«

Mit seiner EXO-bewährten Hand drückte er den brusthohen Stacheldraht nach unten und sprang dann darüber hinweg. Strudel setzte darauf, dass sein EXO ihn schützen würde. Nicht unbedingt das Metall selbst, sondern die Tatsache, dass nur Lichtbringer es trugen. Und tatsächlich. Es wurden zwar zahlreiche Waffen auf ihn gerichtet, doch er kam lebend auf der anderen Seite der Front an.

»Hinknien!«, brüllte eine Gestalt im Rot-Schwarz der Lichtbringer.
»Hände über den Kopf!«, eine zweite.
»Identifiziere dich!«, die dritte.

Strudel fiel auf die Knie und verschränkte die Finger im Nacken. »Generalmajor Clausewitz! Ich muss mit Generalmajor Clausewitz sprechen!«, keuchte er.

»Identifiziere dich!«

»Lasst mich mit dem Generalmajor sprechen!«

»Bist du ein Abendstern?«

»Nein! Ich muss mit Clausewitz sprechen.«

»Bist du ein Lichtbringer?«

»Nein.« Die Stimme klang ein wenig gedämpft. Denn der Mann, der sich näherte, hatte eine Zigarette zwischen die Lippen geklemmt. »Er ist kein Lichtbringer. Nicht mehr. Nehmt ihm das EXO ab und bringt ihn in mein Quartier!«

Strudel saß auf dem Boden. Man hatte ihm einen Stoff um den Kopf gebunden und etwa eine halbe Stunde lang blind von der Front fortgeführt. Nun saß er hier und wartete. Konnte nur hoffen, dass er auf den richtigen Mann gesetzt hatte.

Als ihm der Stoff vom Kopf gezogen wurde, spürte er einen Moment lang Erleichterung. Sein Platz auf dem Boden war vielleicht doch keine Geringschätzung. Es gab nur einen Stuhl. Und auf diesen setzte sich nun Clausewitz.

»Na, das nenne ich mal eine Überraschung. Da sucht die gesamte Armee seit fast einem Jahr nach dir und deinem mysteriösen Befreier. Nun geht ihr uns innerhalb einer Woche beide ins Netz.« Der Generalmajor zog lang an seiner Zigarette. »Das wird wohl kaum ein Zufall sein.«

»Bitte. Sie müssen mir helfen. Ich muss zur Akademie.«

»Warum nimmst du an, ich könnte dich nach Eden bringen?«

Weil er eine strategische Schlüsselrolle der Armee innehatte. Er ein Teil der Lichtbringer war. »Sie haben Mittel und Wege.«

»Und wieso nimmst du an, ich würde dir helfen?«

Weil er ihn für einen intelligenten Menschen hielt. Für einen Menschen, der verstand, dass dieser Krieg nichts Gutes hervorbrachte. »Weil Sie es schon mal angeboten haben.«

Zwei tiefe Züge lang sagte Clausewitz gar nichts. »Dein Freund. Dieser Finan. Er hat es tatsächlich geschafft. War ein echt guter Kerl. Der beste Taktiker, den wir je hatten, wenn du mich fragst. War echt schade um ihn.«

Strudel überlegte, ob er von Finans Flucht vor den Lichtbringern berichten sollte. Entschied sich dann aber dagegen.

»Nun, du wirst mir ein paar Informationen geben müssen.«

Strudel schüttelte den Kopf. »Ich weiß sicher nicht mehr als ihr. Sie wollen den Sieg durch einen großen Angriff unter Mobilisierung ihrer letzten Mittel erzwingen. Mehr weiß ich auch nicht. Sie trauen mir nicht.«

»Ich traue dir auch nicht«, eröffnete ihm Clausewitz ruhig und stand auf. »Wo ist Nummer 490 Finan?«

Strudels Nackenhaare stellten sich warnend auf. »Tot.«

»Das stimmt nicht.« Clausewitz klemmte sich die Zigarette fest zwischen die Zähne und zog seine Dienstpistole. »Wo ist Nummer 490, Finan?«

»Tot«, sagte Strudel fest. Weit war er ja wirklich nicht gekommen. Vielleicht war aber auch genau das Vadims Plan gewesen. Vielleicht wollte er ihn einfach nur loswerden. Aber wenn er schon sterben musste, dann würde er sicher nicht vorher seine Freunde verraten. Und er würde es nicht auf dem Boden kauernd tun. Strudel stand auf.

Clausewitz lud die Waffe durch. »Du lügst. Wo ist Nummer 490, Finan?«

»Er ist tot«, wiederholte Strudel. Vielleicht log er nicht einmal. Vielleicht war es egal, ob er Clausewitz von Finan erzählte, oder nicht. Vielleicht war Finan tatsächlich schon tot.

Clausewitz richtete den Lauf auf Strudels Schläfe. »Letzte Chance, Soldat.«

»Er ist tot.« Genau wie ich gleich, schoss es Strudel durch den Kopf. Und diesmal würde kein Talion da sein, um ihn zu retten. Denn Talion war in seinen Albträumen gefangen. Und Strudel würde ihn nicht mehr befreien können. Der Gedanke schmerzte ihn.

»Das wird eine ganz schöne Sauerei.« Clausewitz ließ sich Zeit. Mit der freien Hand nahm er die Zigarette aus dem Mund, zog noch mal genüsslich daran und steckte sie zurück. »Wie du willst.«

Strudel schloss die Augen.

Er spürte, wie die Pistole gegen seine Schläfe gedrückt wurde. Er hörte den Abzug. Er spürte sein Herz, das gegen seine Brust schlug, als wolle es die Kugel alleine damit aufhalten.

Keine Kugel.

Nichts passierte.

»Nicht schlecht, Bursche. Du bist echt ein zäher Hund«, brummte Clausewitz. »Finan hat es dir wohl nicht gesagt, was?«

Strudel blinzelte. Seine Uniform klebte schweißnass an ihm.

Clausewitz begann laut zu lachen. »Kluger Kopf, unser Finan. Man sollte seine Verbündeten nicht allzu laut herausposaunen. Davon verstehst du offenbar auch etwas.«

Strudels Knie fühlten sich so instabil an, als hätte man sie ihm gebrochen.

»Tut mir leid, dass ich dir so einen Schrecken eingejagt habe, Junge. Ich musste sichergehen. Das verstehst du doch?«

Strudel nickte matt.

»Ist nicht so einfach, seinen Tod vorzutäuschen. Ist dir nie in den Sinn gekommen, dass sie Hilfe hatten?«

Strudel schüttelte wahrheitsgemäß den Kopf. Doch dann fiel ihm ein, dass Finan bei ihrer Besprechung im Garten etwas erwähnt hatte. Er und Caroline hatten Kontakte auf der Seite der Lichtbringer. Caroline. Die sie verraten hatte. Die tot war.

»Nun, was soll ich sagen: Finan ist eben der Denker von euch beiden.« Wieder lachte Clausewitz ungehemmt.

Strudel lächelte unsicher.

»Wie auch immer. Du musst also zur Akademie? Verdammt. Ein gefährlicherer Urlaubsort ist dir nicht eingefallen?«

»Ich muss Talion befreien.«

»Hier geht alles vor die Hunde und Finan hat nichts Besseres zu tun, als dich loszuschicken, um einen einzelnen Mann zu retten?«

Strudel wagte es nicht, etwas zu sagen, aus Angst sich zu verraten und Clausewitz so mühsam gewonnenes Vertrauen in ihn gleich wieder zu verlieren. Also zuckte er nur mit den Schultern.

»Von mir aus! Aber richte Finan aus: Wenn er nicht bald mit irgendeinem verdammt guten Plan hier aufkreuzt, kann er uns alle nur noch in irgendeinem Loch verscharren.«

Strudel nickte.

»Los, kommt rein. Ihr habt es ja gehört.«

Als er mehrere Schritte hinter sich hörte, wirbelte Strudel herum.

»Verdammter Dreck. Wer hätte gedacht, dass ich dich noch mal wiedersehe.« Es war Wodan, der gesprochen hatte. Der EXO-Träger von Trupp 10. Wodan, der sich mit Neil verbündet hatte, um Strudel in einer verschneiten Nacht aufzulauern.

Trupp 10 bestand immer noch aus vier Mitgliedern. Alle waren sie gewachsen, am meisten Romed, der Sanitäter mit den warmen grünbraunen Augen. Falk am wenigsten und auch sein nachdenkliches Gesicht hatte sich kaum verändert. Bei ihrer Truppenführerin Helena war die körperliche Veränderung am deutlichsten. Sie hatte runde, weibliche Formen angenommen, doch ihr Haar hing noch immer fettig ins Gesicht und der düstere Blick war der gleiche geblieben.

»Ihr habt einen neuen Auftrag« der Generalmajor zog seine Zigarette aus dem Mund und deutete damit auf Strudel. »Bringt ihn, wohin er muss. Vorzugsweise lebendig. Verstanden?«

Trupp 10 nickte.

Clausewitz setzte sich, hob den Stiefel und drückte die letzte Glut an der Sohle aus. »Und jetzt verschwindet. Ich muss mich weiter um diese Katastrophe hier kümmern.«

Helena führte Strudel zu seinem EXO. Bevor er es anziehen konnte, reichte sie ihm schweigend eine Lichtbringeruniform. Natürlich hatte sie recht. Das rot-schwarze Gewand würde ihm in Eden bessere Dienste leisten als das blau-weiße des Abendsterns. Wirklich wohl fühlte sich Strudel aber trotzdem nicht, als er nach so langer Zeit zum ersten Mal wieder die Kleidung der Lichtbringer anlegte.

Als Strudel gerade in das Grundgerüst seines EXOs steigen wollte, hob Helena die Hand. »Nein«, sagte sie griesgrämig.

Irritiert hielt Strudel inne.

»Du bist unser Gefangener. Gefangene tragen kein EXO.«

Strudel konnte Helenas Gesichtsausdruck nicht deuten. Sie wirkte so gelangweilt wie eh und je. »Generalmajor Clausewitz hat gesagt, ihr sollt mir helfen.«

Helena nickte, ohne eine Miene zu verziehen. »Sein Befehl lautet, dich nach Eden zu bringen. Wie, hat er nicht gesagt.«

Strudels Herz schlug schneller. Waren die Zehner nicht vertrauenswürdig? Warum vertraute der Generalmajor ihnen? Wollten sie Clausewitz etwa hintergehen?

Als hätten sie Strudels Gedanken gelesen, schüttelte Helena düster den Kopf. »So wird der Transport am unkompliziertesten.« Es war eine schlichte Feststellung.

Strudel war nicht wohl bei der Sache. Vor allem nicht, als Wodan mit einem paar Handschellen an ihn herantrat. Es blieb ihm allerdings nichts anderes übrig, als Trupp 10 zu vertrauen. Ihnen und Clausewitz. Also ließ sich Strudel widerwillig die Hände auf den Rücken fesseln. So wehrlos und noch dazu ohne EXO, fühlte sich Strudel schutzlos, wie lange nicht mehr.

Helena nickte zufrieden.

»Sollen wir ihm nicht lieber noch ein paar Schrammen verpassen?«, schlug Wodan hoffnungsvoll vor. »So glaubt uns doch niemand, dass wir den meistgesuchten Deserteur von ganz Eden gefangen nehmen konnten.«

Zu Strudels Erleichterung schüttelte Helena knapp den Kopf. »Unnötig. Man wird ihn lediglich für einen seiner Klone halten.«

Wodan zuckte enttäuscht mit den Schultern, wagte es aber offenbar nicht, seiner Truppenführerin zu widersprechen. Sie führten ihn zu einem der typischen Truppentransporter der Lichtbringer. Wodan lud das EXO ein. Falk und Romed halfen dem gefesselten Strudel auf die Ladefläche. Helena stieg ins Fahrerhaus und startete den Motor.

Dann waren sie auf dem Weg, der Kuppel entgegen. Es konnte nicht mehr sehr weit sein, denn die Frontlinie lag nahe an Eden. Einige Minuten verstrichen in Schweigen. Keiner der vier Jungen sagte ein Wort.

Wodan sah Strudel jedoch zunehmend finsterer an.

Schließlich hielt er es nicht mehr aus, derart vorwurfsvoll angesehen zu werden. Nicht von einem Jungen, der zugelassen hätte, dass man ihn mit Stromstößen zu Tode folterte. »Was ist?«

Als hätte Wodan nur auf ein Stichwort gewartet, peitschten die Worte aus seinem Mund: »Erklär mir eins: Wir wurden im letzten Jahr überall dort eingesetzt, wo es die meisten Verluste gab. Wir sind von Kampf zu Kampf gezogen. Und sind nur noch deshalb am Leben, weil Clausewitz auf uns aufmerksam geworden ist. Und du? Dein ganzer verdammter Trupp? Ihr habt es euch gut gehen lassen!«

»Das stimmt nicht«, sagte Strudel bestimmt.

»Was stimmt nicht?«, fragte Wodan aggressiv zurück.

»Uns ging es überhaupt nicht gut.« Strudel zählte es auf: »Finan lag im Koma. Canina und er sind geflohen, als es ihm besser ging. Dann wurden sie verraten und jetzt will der Abendstern sie töten.«

»Und was ist mit diesem Mistkerl Simon?«

»Simon ist tot.«

Wodan schnaubte derart abschätzig, dass Strudel ihm eine reingehauen hätte, wenn er nur die Hände frei gehabt hätte.

»Geschieht ihm recht!«

Wut kochte in Strudel. »Er hat euch nie etwas getan!«

»Das stimmt nicht. Simon hat unseren Trupp im ersten Manöver angeführt. Die Hälfte von uns ist gestorben«, erklärte Falk nachdenklich.

Strudel verstummte.

»Deshalb ist Wodan nicht gerade gut auf ihn zu sprechen«, fügte Romed hinzu. »Eigentlich keiner von uns. Das musst du verstehen. Es hat ziemlich lange gedauert, bis wir wieder einem Anführer vertrauen konnten. Helena hat es geschafft, uns jahrelang am Leben zu halten. Deshalb tun wir, was sie sagt.«

»Und du? Was hast du die letzten zwei Jahre getrieben?« Wodan mahlte mit den Zähnen.

Einen Moment sah Strudel Wodan kühl an und fasste dann knapp zusammen. »Mich wollten die Lichtbringer hinrichten. Dann wurde ich gegen meinen Willen vom Abendstern entführt. Dort will ihr Ratsvorsitzender jetzt ebenfalls meinen Tod. Und wo Nesrin ist, weiß ich nicht.«

»Ich schon«, warf Romed ein. »In der Akademie. Meist in der medizinischen Abteilung, Zimmer 42.«

»Das heißt, sie lebt?«

»Vor einer Woche hat sie es zumindest noch«, versicherte Romed.

Strudel entspannte sich ein klein wenig. Zumindest wusste er jetzt, dass sie noch lebte und wo er anfangen konnte, nach ihr zu suchen. Strudel atmete einmal tief durch. »Wir haben keinen Streit miteinander. Es hilft doch nur IHNEN, wenn wir uns streiten. Meint ihr nicht, wir haben alle genug gelitten? Ich werde versuchen, das heute zu beenden.« Viktoria und Vadim mussten aufgehalten werden.

Der Wagen bremste.

»Auftrag?«, fragte eine ältere weibliche Stimme knapp.

»Gefangenentransport«, antwortete Helena ebenso kurzangebunden.

»Ich muss den Wagen durchsuchen.«

Helena antwortete nicht. Stattdessen hörten sie, wie die Fahrertür zugeschlagen wurde und sich zwei paar Schritte dem Eingang des Laderaums näherten. Strudels ganzer Körper ging in Alarmbereitschaft. Sein Atem beschleunigte. Seine Muskeln spannten sich an.

Die Abdeckplane wurde zurückgezogen und eine Soldatin der Lichtbringer spähte zu ihnen hinein. »Schon wieder so einer, der nicht richtig rundläuft? Was habt ihr mit dieser Mangelware vor?«

In unzufriedenem Ton antwortete Helena. »Sie dürfen es nicht melden. Geheimauftrag von Generalmajor Clausewitz.«

Der Kopf der Lichtbringerin verschwand. »Dann beeilt euch besser. Was wir von der Front hören, klingt nicht gut. Kann sein, dass wir hier bald Besuch bekommen.«

Einige Sekunden später setzten sie sich wieder in Bewegung.

Strudel bemerkte es an der Luft. Sie war nun nicht mehr staubig wie im Ödland und sie schmeckte auch nicht mehr muffig, wie in Kuppel 67. Sie war frisch und klar. Edens Luft. Er war zurück. Zurück Zuhause.

Der Gedanke erschreckte Strudel. Verband er doch so viele schreckliche Erlebnisse mit dieser Kuppel. Trotz allem konnte er es nicht bestreiten: Er war Zuhause.

Sie ging wieder zu ihm. Seine leeren Augen entlockten ihr ein Lächeln. Der menschliche Verstand war ein wunderbares Forschungsobjekt. Faszinierend.

Mit nichts hatte sie ihn wirkungsvoller bestraft, als damit, ihn alleine zu lassen. Seine Gedanken, seine Erinnerungen quälten ihn grauenvoller als alles, was sie ihm hätte antun können.

Je weiter sie nach Eden eindrangen, umso kälter wurde es. Anscheinend herrschte in Eden wieder einer der extremen Temperaturstürze.

»Strudel?« Es war selten, dass Wodans Stimme nicht angriffslustig klang und Strudel sah verwundert auf.

»Das mit Neil damals.« Wodan räusperte sich. »Wir sind zu weit gegangen.«

Strudel verstand, dass Wodan versuchte, sich zu entschuldigen, und nickte ihm zu. »Schon okay.«

Als sie das nächste Mal anhielten, kam Helena zu ihnen nach hinten. »Wir sind da.«

Strudel stand auf. Seine Hände fühlten sich plötzlich feucht an. Es war so weit. Jetzt musste er Nesrin, Talion und die Klone finden. Er musste es irgendwie schaffen, Oberst Viktoria aufzuspüren und gefangen zu nehmen. Und das alles, ohne dabei vom erstbesten Lichtbringer erschossen zu werden. Wieder zweifelte er an der Durchführbarkeit seiner Mission, obwohl die Ausgangslage nun schon viel günstiger war, als zuvor.

»Lässt du ihn etwa alleine gehen?«, fragte Falk skeptisch. »Er hat doch keine Chance.«

»Unser Auftrag war, ihn hier hineinzubringen. Das haben wir erledigt. Ich werde meinen Trupp nicht weiter in Gefahr bringen.«

Das verstand Strudel gut. Helenas oberste Priorität war der Schutz ihres Trupps. Ohnehin wollte er niemanden mit sich in den Abgrund ziehen. »Danke.«

»Das können wir nicht machen, Helena«, widersprach Wodan plötzlich. »Alleine schafft er es niemals hier heraus.«

»Nicht unser Problem«, sagte Helena träge.

»Ich schulde es ihm.« Wodan sah seine Truppenführerin fest an. Sie durchbohrte ihn förmlich mit ihrem eh schon durchdringenden Blick. Mindestens dreißig Sekunden lang sagte niemand ein Wort. Dann nickte Helena. Sie sah der Reihe nach Falk und Romed an und blinzelte kurz. »In Ordnung. Wir bereiten deine Flucht vor. Komm innerhalb von drei Stunden hierher zurück und wir bringen dich raus.« Jetzt sah sie wieder zu Wodan. »Wenn wir dadurch sterben, ist es eure Schuld. Nicht meine.«

»Strudels Auftrag hier muss verdammt wichtig sein. Sonst hätte Clausewitz ihn nicht herkommen lassen. Wir können ihn nicht alleine lassen. Wir sollten mit ihm hinein gehen.«

»Nein«, sagte Helena streng. »Wir unterstehen dem Generalmajor. Er sagt, was wir tun. Wir folgen.«

Die übrigen Zehner mussten sich geschlagen geben.

»Zieh dein EXO an«, empfahl Wodan ihm. »Dann fällst du weniger auf.«

»Vergiss nicht: Medizinische Abteilung Zimmer 42«, erinnerte ihn Romed.

»Dieser Talion, den du suchst, er soll drüben in Viktorias kleinem Privatgefängnis sitzen«, wusste Falk zu berichten.

Strudel war den Zehnern zutiefst dankbar. Er hatte immer gedacht, sein eigener Trupp wäre das einzige Gute an der Akademie. Doch nun wurde ihm klar, dass sie alle, die sie Ausbildung überlebt hatten, etwas verband. Strudel lächelte. Dann zog er sein EXO an und hängte sich widerwillig das vertraute Standardgewehr der Lichtbringer über die Schulter. Er verabschiedete sich mit einem knappen Nicken und sprang aus dem Wagen.

Der Boden unter seinen Füßen war hart gefroren und kalte Luft schlug ihm entgegen. Die Akademie wurde nicht bewacht, was Strudel seltsam vorkam, bis ihm klar wurde, dass auch in Eden alle verfügbaren Soldaten zur Schlacht beordert worden sein mussten. So erreichte Strudel unbehelligt die Eingangstür. Die Akademie ragte weiß und einschüchternd über ihm auf. Alles in ihm sträubte sich dagegen, diesen Ort freiwillig zu betreten. Die Dunkelheit, die tief in seinem Inneren lauerte, regte sich. Hier fühlte sie sich wohl. Gewiss, sie war in Balors kleiner, muffigen Wohnung geboren worden, doch hier an diesem Ort, war sie Jahre lang genährt worden. Sie war gewachsen. Mächtig und stark geworden.

Strudel drängte sie mit aller Macht zurück. Er musste Nesrin holen, Talion finden. Er musste es schaffen, sonst war alles verloren.

Also aktivierte er die Tür und trat ein, bevor er es sich anders überlegen konnte. Als der Ausgang sich hinter ihm schloss, fühlte Strudel sich gefangen. Er wollte umdrehen. Wegrennen. Aber er musste sich beherrschen.

Vorsichtig sah er sich um. Auch hier war niemand. Es war geradezu unheimlich still und leer. Fast wie damals, als er hier als kleiner Junge angekommen war. Er und Simon waren damals die einzigen Kinder. Zu dem dunklen Gefühl musste Strudel nun auch noch gegen den Kloß in seinem Hals ankämpfen.

Um sich abzulenken, wandte sich Strudel zur Treppe. Seine Schritte hallten durch die metallene Verkleidung des EXOs besonders laut. Strudel fürchtete, dass jeden Moment jemand herbeieilen würde, um herauszufinden, was diesen Lärm verursachte. Doch nichts dergleichen geschah. Wachsam stieg er die Stufen hinauf. Der Weg in den 6. Stock kam ihm unendlich weit vor. So war er fast erleichtert, als er endlich den Eingang mit dem seltsamen Stab, auf dem der Lichtbringerstern thronte, erkannte. Als er den Korridor betrat, dachte er unweigerlich an Kos. Immerhin war der in Sicherheit. Wachsam schlich Strudel vorwärts und hielt Ausschau nach Raum 42. Er wusste, dass es einer der Räume war, die stets verschlossen gewesen waren und die er nie betreten hatte. Da! Dort auf dem Türschild stand die kleine unscheinbare Zahl.

Strudels Herz schlug schneller. Würde er wirklich gleich Nesrin wiedersehen? Nach all der Zeit?

Trotz EXO zitterten seine Finger vor Aufregung, als er den Türöffner aktivierte. Halb erwartete er, dass ein rotes Licht ihm den Eintritt verwehren würde. Stattdessen erklang das vertraute leise Summen und die Tür gab den Blick frei in ein kleines Krankenzimmer. Anders als im Lazarett stand hier nur ein einziges Bett. War Nesrin etwa verwundet? Oder gar krank? Alarmiert trat Strudel näher, um besser ins Bett sehen zu können. Was er darin entdeckte, hatte kaum Ähnlichkeit mit einem menschlichen Wesen. Alle Haut, die unter der Bettdecke hervorschaute, war von schrumpeligen Narben aufgeworfen. Nur das Gesicht war verschont. Dafür war es bleich und eingefallen. Hätte eine Leiche im Bett gelegen, hätte sie kaum schlimmer aussehen können. Das Einzige, das an dem geschundenen Körper lebendig wirkte, waren die Augen. Graublaue Augen, umgeben von ungewöhnlich dichten langen Wimpern.

Starr vor Entsetzen blieb Strudel stehen. Neils Augen weiteten sich. »Du!«, keuchte er mühsam.

Strudel wich einen Schritt zurück. Sein Werk. Seine Schuld. Er hatte Neil so zugerichtet. Hatte den Strom in Neils EXO geleitet und ihn dadurch verbrannt. Strudel wollte schreien, wollte fliehen, doch dazu kam er nicht. Eine Nebentür auf der anderen Seite des Bettes, die er zuvor nicht bemerkt hatte, öffnete sich. »Sie wissen doch, dass Sie ihn nicht aufregen sollten. Seine Werte sind heute …« Nesrin stutzte. Dann schlug sie beide Hände vor den Mund und ihre grünen Augen schwammen in Tränen. »Ich wusste es«, sagte sie leise. »Ich wusste, dass du kommst und mich holst.« Der Gedanke schien sie unbeschreiblich glücklich zu machen und unendlich traurig zugleich. »So bist du eben, du würdest deine Freunde niemals im Stich lassen.«

Neil keuchte und Strudel fürchtete, er hätte eine Art Anfall. Dann wurde ihm klar, dass es ein kränklicher Abklatsch seines höhnischen Lachens war. »Oh ja, ein toller Freund. Wirklich. Er lässt alle seine Freunde sterben. Und hat dich dann hier ewig schmoren lassen.«

»Neil …«, begann Nesrin nachsichtig.

»Stimmt doch! Er konnte euren dämlichen Trupp 6 nicht beschützen. Alles, was übrig ist, seid ihr. Wie erbärmlich.«

Und Strudel wurde schlagartig klar, dass Nesrin überhaupt nicht wusste, dass Finan und Canina noch lebten. Doch das konnte er Nesrin in diesem Moment unmöglich offenbaren. Sicher würde Neil seine Freunde an die Lichtbringer verraten.

»Also müssen wir los?«, fragte Nesrin und sah dabei seltsam traurig zu Neil.

Strudel nickte. Noch immer brachte er kein Wort heraus.

»Dann wird es Zeit«, sagte Neil. Strudel fragte sich, ob es an seiner körperlichen Schwäche lag, dass seine Stimme so zärtlich klang.

»Wir können dich mitnehmen!« Nesrin klang geradezu verzweifelt.

»Wir haben das besprochen. Bestimmt vierzig Mal. Ich kann nirgends hin. Du hast es versprochen.« Auch jetzt klang Neil so freundlich, wie Strudel es nie zuvor gehört hatte.

»Ich weiß.« Langsam, als wandle sie in einem düsteren Traum ging Nesrin zu einem Medikamentenwagen. Sie zog eine Ampulle hervor, zog eine Spritze auf und trat an den Infusionsbeutel.

Als Strudel begriff, was sie vor hatte, trat er einen großen Schritt nach vorne. Er wollte über das Bett greifen, sie aufhalten.

»Wag es bloß nicht, Schlacke!«, knurrte Neil ihm das altbekannte Schimpfwort entgegen. »Das ist meine verdammte Entscheidung. Und jetzt verschwinde! Ich will dich nicht dabei haben.«

Strudel hielt inne und sah Nesrin verzweifelt an. »Das kannst du nicht machen.«

Nesrin lächelte traurig. »Es ist seine Entscheidung. Manchmal muss man Patienten gehen lassen.« Sie sah zu Neil hinab. »So schwer es einem auch fällt.«

Dann deutete Nesrin auf die Nebentür. »Warte bitte nebenan.«

Strudel hätte darauf hinweisen können, dass ihnen kaum Zeit blieb. Doch er schaffte es nicht. Nicht in einem solchen Moment. Also folgte er nur Nesrins Anweisung. Als er die Tür schloss, sah er, wie Nesrin begann, die Maschinen an Neils Bett abzuschalten. Obwohl die Tür zu dem kleinen Büro nebenan nun zu war, hörte er die beiden im Zimmer trotzdem. Er wünschte, es wäre anders gewesen.

»Nesrin.«

»Schon gut.«

»Nein. Ich muss es dir sagen.«

Nesrin wartete stumm.

»Danke. Du hattest keine Angst vor mir.«

»Natürlich nicht.«

»Du warst der erste Mensch … Der erste Mensch, der mich lieben konnte.«

»Schon gut.«

»Das … Das haben nicht einmal meine Eltern geschafft.«

»Das war nicht deine Schuld. Es war ihre. Nur ihre.«

»Bitte, vergiss mich nicht.«

»Versprochen.«

Wenig später öffnete Nesrin ihm die Tür. Sie wirkte gefasst. Ihre Augen waren trocken und sie lächelte sogar ein wenig. Es war ein trauriges Lächeln, das Strudel beinahe körperlich wehtat.

»Er ist gegangen«, sagte sie leise. Sanft.

Strudel trat ins Zimmer hinein. Erst traute er sich nicht, Neil anzusehen. Dann nahm er seinen Mut zusammen. Wenigstens das schuldete er ihm. Er hob den Blick.

Neil wirkte im Tod friedlicher, als Strudel ihn je im Leben gesehen hatte. Seine Augen, die Strudel mit ihrer Mischung aus Hass und Angst so oft an Balor erinnert hatten, waren geschlossen. Das ausgemergelte Gesicht entspannt.

Wie sehr hatte er dieses Gesicht gehasst. Gehasst und gefürchtet. Und doch erkannte er jetzt, dass Neil ihm gar nicht so unähnlich gewesen war. Sie hatten beide seit ihrer frühesten Kindheit gelitten. Vielleicht hätten sie sogar Freunde werden können. Und Strudel fragte sich zum ersten Mal, ob es nicht vielleicht noch schlimmer gewesen wäre, wenn ihn, statt Balor, seine eigenen Eltern so gequält hätten.

Doch Strudel hatte keine Eltern. Er war ein Klon. Und die anderen Klone brauchten ihn jetzt. Strudel straffte die Schultern und sah zu Nesrin. »Hast du dich die ganze Zeit um ihn gekümmert?«

Nesrin nickte. »Fast. Ich habe bei Finan gezeigt, dass ich gut in der Pflege bin. Besser als auf dem Feld. Also haben sie mich, nachdem es Finan etwas besser ging, einfach weiter in diesem Bereich eingesetzt.«

Strudel wollte weiter fragen. Aber er wollte Nesrin auch nicht bedrängen, also wartete er.

»Zuerst war es natürlich schwierig. Du kennst Neil ja. Er war unausstehlich. Aber mit der Zeit … Er hat viel erzählt.« Nesrin zuckte mit den Schultern.

»Wart ihr«, Strudel schluckte. »Wart ihr zusammen?«

Nesrin schüttelte entschieden den Kopf. »Nein, Strudel. Ich mochte ihn. Sehr sogar. Aber ich glaube nicht, dass ich je einen Jungen auf diese Weise mögen kann. Canina war die Einzige, die …« Sie brach ab.

Gerade noch professionelle Sanitäterin, kämpfte Nesrin nun mit den Tränen.

Strudel konnte nicht anders. Er musste es ihr sagen. »Canina lebt. Sie und Finan sind nicht gestorben. Sie sind geflohen. Zu Kuppel 67. Zu mir.«

Im ersten Moment schien Nesrin ihm nicht glauben zu können. Sie öffnete den Mund. Schloss ihn wieder. Öffnete ihn erneut. »Sie ist in Sicherheit?«

Strudel nickte und verfluchte sich im gleichen Augenblick dafür. Canina und Finan schwebten beide in höchster Lebensgefahr. Wenn er nun versagte, würde er Nesrin damit ein weiteres Mal den Tod der Freunde durchleben lassen. So kurz nachdem sie wegen ihm Hoffnung geschöpft hatte. Das wäre schrecklich grausam.

Jetzt strahlten Nesrins Augen und er brachte es nicht über sich, ihr die Wahrheit zu sagen. »Gut, wie ist der Plan?«, fragte sie voller Tatendrang.

»Ich muss die Klone finden. Und Talion.« Und außerdem Viktoria gefangen nehmen und ihre Forschung stehlen. Aber davon erzählte er lieber nichts. Es hätte zu viele Fragen aufgeworfen.

Auch so gab es davon genug, denn natürlich wollte Nesrin nun wissen, wer Talion war und wie genau Strudel zurück in die

Akademie gekommen war. Strudel versuchte, alles so rasch wie möglich zu erklären, denn er wusste: Jede Minute war kostbar.

»Dass du ein Klon bist, ist mir schon klar, seit ich das erste Mal drüben im Gefängnis war.« Nesrin schien an dem Gedanken nichts Schlimmes zu finden. »Alle von ihnen haben deine türkisen Augen.«

Strudel schluckte. Genau wie sie vermutet hatten. Viktoria hatte ihr Klonprojekt endlich zum Erfolg geführt.

»Gut, du glaubst also, dein Bruder Talion ist drüben im Gefängnis. Das kann gut sein. Viktoria nutzt es als eine Art private Experimentierkammer. Es gibt schreckliche Gerüchte über das, was dort vor sich geht.«

Strudel lief ein kalter Schauder über den Rücken. Er musste Talion und seine restlichen Klongeschwister unbedingt aus Viktorias grausamen Händen befreien.

»Lass uns aufbrechen!«, drängte er.

Gemeinsam gingen sie hinaus in den Korridor. Und sofort verschmolzen sie wieder zu einem Trupp. In perfekter Einheit schlichen sie durch den Gang. Strudel sicherte vorne. Nesrin hinten. Als sie im Treppenhaus angekommen waren, schloss Strudel die Faust, und er wusste, ohne hinzusehen, dass Nesrin sofort innehielt. Hochkonzentriert spähte Strudel nach oben und unten. Noch immer war alles still. Sie nutzten die Gelegenheit und schlichen hinunter ins Atrium.

Als sie den Ausgang mit dem großen Lichtbringerstern erreichten, warf Strudel einen letzten Blick in die Akademie.

»Wir kommen nie mehr zurück«, wisperte Nesrin, die ebenfalls ein letztes Mal im Atrium hin und her sah.

»Nie mehr«, bestätigte Strudel und aktivierte den Ausgang.

Mit einem besorgten Blick hinauf zu Edens kuppelüberspanntem Himmel stelle er fest, dass es bereits später Nachmittag sein musste. Er hatte nicht mehr viel Zeit.

Als sie in die eisige Luft hinaustraten, erinnerte es Strudel an seinen Weg zur Hinrichtung. Damals war er ebenfalls aus dieser Tür in die Kälte getreten. Auch damals hatte er erwartet, die Akademie nie mehr zu sehen. Und er war ebenfalls davon überzeugt gewesen, nicht mehr lange zu leben. Doch jetzt war er nicht alleine.

Der Weg zum Gefängnis bot keine bösen Überraschungen. Erst als der gut bewachte Eingang in Sicht kam, blieb Strudel stehen.

»Werde ich auffallen?«

Nesrin schüttelte den Kopf. »Ich werde manchmal gerufen, um nach einem verletzten oder kranken Gefangenen zu sehen. Dort drin gibt es viele, die aussehen wie du. Nur das Gewehr solltest du besser mir geben.«

Strudel reichte es ihr schweigend. Klone. Dort drin waren seine Klonbrüder.

»Die Meisten sind gestern abgeholt worden. Ich vermute an die Front.«

Das war ein schwerer Schlag. Es war also zu spät. Die meisten seiner Geschwister waren bereits weggebracht worden. Starben in diesem Moment wahrscheinlich schon an der Front.

»Tragen …« Strudel räusperte sich. »Tragen die anderen Klone EXOs?«

»Ja. Sie erhalten sie, wenn sie etwa in dem physischen Alter sind, in dem ihr den Anschluss bekommen habt.«

Grauen packte ihn. Wie viele seiner Brüder und Schwestern waren von den Anti-EXO-Einheiten durch verzweifelte Verlorene getötet worden?

»Ich habe gehört, die Klone wachsen etwa doppelt so schnell wie normale Kinder«, fügte Nesrin traurig hinzu. »Ich denke, sie haben diese Nahrungspillen weiterentwickelt, die wir bekommen haben. Erinnerst du dich? Irgendwie haben sie es damit geschafft, das natürliche Wachstum zu beschleunigen. Das muss ungeheuer ungesund sein.«

Strudel konnte nichts erwidern. Er war in Gedanken noch bei den aus dem roten Nebel stürmenden Gestalten.

»Aber das ist noch nicht alles. Die Klone sind den Lichtbringern gegenüber absolut loyal. Ich vermute, dass Viktoria auch die Wirkung von diesem schrecklichen Zeug verbessert hat, mit dem sie Adrian vergiftet haben.«

Strudel versuchte, sich auf Nesrins Worte zu konzentrieren. Er wusste, es war wichtig, dass er so viel wie möglich verstand. Angestrengt versuchte er, den Gedanken an die anderen Klone an den Rand seines Bewusstseins zu drängen. »Edens Glück?«

»Genau. Du hast schon davon gehört?«

Nicht nur das. Strudel nickte nur.

Nesrin sah ihn nachdenklich an. »Am besten wird sein, du lässt mich reden. Die älteren Klone sagen eigentlich kaum ein Wort. Sie gehorchen nur.«

Strudel nickte. »Wie kommt es, dass die Lichtbringer dir so sehr vertrauen?«

Nesrin zuckte mit den Schultern. »Ich glaube, sie unterschätzen mich. Ich habe nie versucht zu fliehen. Warum auch? Ich hatte ja Patienten, die mich gebraucht haben.«

Strudel nickte. »Also weißt du, wo die Gefangenen sind?«

»Ja.«

Er straffte sich. »Gut, dann bring mich hin.«

Die schwere Eingangstür bewachte ein vom Frost befallener, schwer angeschlagener Soldat. »Nummer 555? Wo hast du diesen Klon her? Der ist aus der ersten Produktionslinie. Müsste mit den anderen der Charge abgeholt worden sein.«

Nesrin schüttelte bedauernd ihren dunklen Schopf. »Ich habe ihn in der Akademie gefunden. Ist umhergeirrt. Ich glaube, er hat einen Befehl falsch verstanden.«

»Bei Eden! Immer wieder das Gleiche! Dieses Zeug macht sie echt dumm wie Brot. Wenn sie klein sind, sind sie so aufgeweckte Kerlchen. Aber wenn sie dann dieses ›Glück‹ bekommen, ist es vorbei damit.«

»Ich habe gehört, es gibt auch Gruppen, die ohne die Verabreichung von ›Edens Glück‹ arbeiten.«

Der Wachsoldat brummte. »Ja schon, aber dann denken sie vielleicht ein bisschen zu viel.«

Nesrin verzog den Mund, als würde sie das wirklich bedauern. »Wie auch immer. Sobald die großen Massenproduktionen starten, sollen sie es sowieso von Anfang an und dauerhaft bekommen. Uns geht es jedenfalls nichts an.«

Nesrin nickte.

»Nun geh schon rein, Soldat 555. Bring dieses Mängelexemplar am besten gleich ins Labor. Oberst Viktoria wird ziemlich sauer sein. Sie hasst es, wenn einer von diesen Klonen sich als fehlerhaft erweist. Nimmt sie irgendwie persönlich.«

Der Lichtbringer winkte sie durch. Im Gefängnis war es nicht viel wärmer als draußen. Die Wände waren aus massivem Metall. Eine richtige Festung. Kein Wunder. Hier wurden die mächtigsten Waffen der Lichtbringer entwickelt.

Nesrin kannte sich tatsächlich sehr gut aus. Zielstrebig führte sie Strudel die Gänge entlang.

»Hier beginnt der Gefangenentrakt. Wenn wir diesen Talion finden, dann wahrscheinlich hier. Das Problem ist nur, wir haben keinen Zugang zu den Zellen.«

»Dann müssen wir uns Zugang verschaffen.« Strudel wünschte sich, Finan wäre hier. Er hätte die Sicherungssysteme innerhalb von Sekunden lahmlegen können. Jedenfalls dann, wenn er seine Hände vernünftig hätte bewegen können.

Von fern hörten sie ein donnerndes Grollen.

»Klingt, als käme der Krieg näher«, sagte Nesrin alarmiert.

Strudel nickte und wusste nicht, ob er sich freuen sollte, dass der Abendstern offenbar nach Eden eingedrungen war, oder nicht.

Einen Augenblick später lärmte ein Alarm durch den Gang. »Code 6. Code 6. Nach Protokoll vorgehen.«

Verwirrt sah Strudel zu Nesrin. Ihre sonst karamellfarbene Haut war bleich. Ihre Augen, groß und starr. Sie packte Strudel am Arm, etwas das sie sonst nicht tat. »Strudel! Wir müssen uns beeilen!«

»Weißt du, was das bedeutet?«

»Es bedeutet, dass der Feind in Eden eingedrungen ist. Es bedeutet verbrannte Erde. Es bedeutet, sie werden alle hier drin töten!«

Schwere Schritte rannten durch den düsteren Gang. Eine Lichtbringerin tippte den Code in die Schaltfläche vor dem Gefangenentrakt ein. Strudel meinte, dass die Hand der Soldatin, die ihr Gewehr umklammerte, dabei zitterte.

Strudel zögerte nicht. Kaum hatte sie die Tür geöffnet, sprang er aus dem Seitengang hervor und packt die Frau mit dem tödlichen Griff des EXOs. Er schlang einen Arm so um ihren Hals, dass er ihr Genick mit einer winzigen Bewegung brechen könnte. Die andere Hand nutze er, um ihr den Mund zuzuhalten. »Hören sie zu. Sie werden jetzt die Gefangenen für uns befreien. Sonst töte ich sie.« Strudel schauderte über seine eigene Stimme. Er hätte seine eigene Drohung sofort geglaubt, so kalt klangen seine Worte.

Wieder gellte der Alarm durch den Gang.

Nesrin wollte etwas sagen, doch Strudel schüttelte den Kopf. Sie durften jetzt keine Zeit mehr verlieren. Vielleicht war gerade jetzt jemand zu Talion unterwegs, um ihn zu erschießen. Er zerrte die Soldatin in den Gefangenentrakt hinein. Sie machte keine Anstalten sich zu weigern, sondern tippte den Code sofort in die erste Tür ein.

Strudel warf nur einen kurzen Blick hinein. Als er sicher war, dass Talion nicht unter den Gefangenen im Raum war, hastete er zur nächsten Tür. Wieder und wieder. Doch jedes Mal wurde er enttäuscht. Sein Bruder sah ihm nie entgegen. Dafür zahlreiche erschrockene Augenpaare, von heruntergekommenen Gefangenen.

»Code 6. Code 6. Nach Protokoll vorgehen«, wiederholte die Stimme aus den Lautsprechern.

Bei der letzten Tür riss dann ein bekanntes Gesicht Strudel aus seiner Panik. Doch es war nicht Talion. »Hirt? Was tun Sie denn hier?«

»Was meinst du denn, Junge? Ich mache sicher keinen Sonntagsspaziergang«, grummelte Hirt. »Man hält mich offenbar für ›nicht mehr tragbar‹ und ›illoyal‹ nur weil ich mich geweigert habe, diese Kopien von dir an der Front zu verheizen.« Hirt wischte sich über die Stirn. »Nicht, dass ich mit so etwas nicht gerechnet habe. Waren ja schon vorher nicht gut auf mich zu sprechen. Haben meine Leute auseinandergerissen und in der ganzen Armee verteilt. Keine Ahnung, was aus ihnen geworden ist.«

Die Panik nagte an Strudels Nerven. »Haben Sie meinen Bruder gesehen? Talion? Ich kann ihn nicht finden!«

»So ein großer Kerl? Gleiche Augen wie du?«

Strudel nickte hastig.

»Den solltest du oben im Labor suchen. Auf den armen Kerl hat es Oberst Viktoria irgendwie abgesehen.«

»Strudel!« Das war Nesrin. Ihr Ruf ging fast im erneuten Lärm der Alarmanlage unter. Sie stand mitten im Gang und versuchte, die soeben befreiten Gefangenen zu beruhigen. »Was machen wir denn jetzt mit ihnen? Jemand muss sich um sie kümmern!«

»Hirt, könnten Sie das übernehmen?«, fragte Strudel verzweifelt. »Ich muss weiter suchen.«

»In Ordnung. Aber tu mir einen Gefallen und lass die arme Frau los.«

Erst jetzt bemerkte Strudel, wie sehr er seinen Griff verstärkt hatte. Sicher würde die Lichtbringerin große dunkle Flecken von seinen Fingern zurückbehalten.

»Tu ihr nichts«, bat Hirt. »Sie steht auf der falschen Seite. Aber sie ist in Ordnung. War immer anständig zu uns.« Strudel ließ die Frau los.

Sie rieb sich den Hals.

»Tut mir leid«, sagte Strudel und meinte es so.

»Schon gut. Glaub mir, ich hatte eh keine Ahnung, wie ich diese Menschen hätte erschießen können. Jetzt habe ich wenigstens einen guten Grund, es nicht zu tun.« Sie lächelte sogar ein wenig. Strudel lächelte zurück.

Besorgt sah die Frau nach oben, als es erneut dröhnte: »Code 6. Code 6. Nach Protokoll vorgehen.«

»Den Mann, den du suchst, den hat Oberst Viktoria in ihrem privaten Labor. Zweiter Stock. Ich gebe dir den Türcode.«

Während sich Strudel die Zahlen merkte, begann Hirt bereits die Gefangenen zu formieren. Erleichtert, dass ihm diese Aufgabe abgenommen worden war, sah sich Strudel nach Nesrin um. »Vielleicht solltest du besser mit ihnen gehen«, schlug er ihr vor.

»Nein. Die kommen zurecht. Du brauchst mich dringender. Ich zeige dir den Weg.«

Er war froh, denn alleine hätte er sich in dem Labyrinth gleich aussehender Gänge sicher verlaufen. Nesrin dagegen führte ihn zielsicher.

Dann geschah es. Aus einer Nische löste sich plötzlich eine Gestalt und sprang auf ihn zu.

Hätte er sein EXO nicht getragen, wäre Strudel gestorben. Die kleine Gestalt rammte ihm mit erstaunlicher Kraft ein Messer in die Seite. Genau dorthin, wo seine Nieren lagen. Ein guter Angriff. Nur dass sein EXO jeden Schaden verhinderte. Die kleinen Hände konnten das Messer nicht festhalten und es fiel klappernd zu Boden.

Strudel wirbelte herum. Bereit zurückzuschlagen.

»Tu ihnen nichts!«

Strudel erstarrte.

Die kleine Gestalt hatte ihre Arme schützend ausgebreitet. Der Junge hatte dunkles gewelltes Haar. Er war höchstens fünf Jahre alt und Simon wie aus dem Gesicht geschnitten. Nur seine Augen leuchteten in hellem türkis.

»Tu ihnen nichts!«, wiederholte der Klon und sah Strudel dabei entschlossen an.

»Ich tu euch nichts«, versprach Strudel leise.

Der kleine Simon schien sich auf seine Worte nicht zu verlassen. Noch immer schützte er die anderen Kinder, die in der Nische kauerten, mit seinem Körper.

Strudel war ratlos. Wie sollte er einen Jungen, der wohl sein ganzes Leben lang gelernt hatte, Erwachsenen zu misstrauen, klar machen, dass er ihm wirklich helfen wollte?

Nesrin trat näher. »Wir tun euch nichts«, sagte sie freundlich. Natürlich wirkten auch ihre Worte nicht. Doch dann deutete sie auf Strudel. »Schau dir mal seine Augen an.«

Der Junge warf einen raschen Blick nach oben. Tatsächlich schien er sich ein klein wenig zu entspannen. »Du bist ein Klon?«

»Ich bin euer Bruder.« Es fühlte sich völlig natürlich an, diese Worte auszusprechen. »Ich will euch hier herausholen.« Der Kleine ließ die Arme ein paar Zentimeter sinken. »Die anderen Großen tun immer nur, was SIE will.« Er sah Strudel skeptisch an. »Vielleicht hat sie dich geschickt, um uns zu töten.«

»Nimm das Messer«, schlug Strudel vor. »Wenn ich versuche, euch etwas zu tun, darfst du mich töten.«

»Du willst mich reinlegen. Im EXO bist du dagegen geschützt.«

Strudel hob das Messer auf und reichte es dem Jungen. »Dann versuch das nächste Mal, mein Auge zu treffen. Eine ziemliche Schwachstelle bei diesem EXO-Modell.«

Der Junge nickte nachdenklich. »In Ordnung. Ich werfe es dir direkt ins Auge, wenn du uns hintergehst.« Der kleine Simon packte das Messer.

Langsam und vorsichtig wagten sich nun auch die anderen Kinder aus dem Schutz der Nische hervor. Es waren neun. Alle im selben Alter. Drei sahen aus wie der erste Junge. Nur die eine oder andere Schramme unterschied sie. Drei weitere hatten blondes Haar und Strudel wusste, dass er in ihrem Alter exakt gleich ausgesehen hatte.

Zwei der Jungen waren perfekte kleine Ausgaben von Finan. Gesunde, bewegliche Finans. Beim einzigen Mädchen brauchte Strudel eine Weile, dann wurde ihm klar, woher er das ängstliche Gesicht kannte. Die zottigen Haare und der muskulöse Körper passten, aber die wilde Art fehlte völlig. Robertas Klonschwester versteckte sich schüchtern hinter einem der Finans.

»Wir können sie nicht mitnehmen«, sagte Strudel zu Nesrin.

Er konnte ihr ansehen, dass sie nicht wollte. Doch Nesrin musste einsehen, dass es nicht anders ging.

»Bring sie nach draußen. Suche Hirt und die Gefangenen und dann geht zurück zur Akademie. Trupp 10 wartet dort auf euch. Vielleicht müsst ihr noch ein paar Fahrzeuge auftreiben. Aber sie können euch aus Eden rausbringen.«

»Was ist mit dir?«, fragte Nesrin besorgt.

»Ich muss erst Talion finden.« Und Viktoria.

»Wir warten auf dich.« Nesrin verschränkte entschlossen die Arme.

Strudel nickte, wusste aber, dass Helena nach Ablauf der vereinbarten Zeit fahren würde. Er war froh über dieses Wissen, denn Helena würde die Gefangenen, Nesrin und die Kinder in Sicherheit bringen, auch wenn er selbst versagte. »Es ist nicht mehr weit. Wenn du bei der nächsten Abzweigung nach rechts gehst, kommst du zur zweiten Treppe. Dort oben ist schon die Tür zum Labor«, erklärte Nesrin. »Pass auf dich auf!«, verlangte sie dann streng.

»Pass du gut auf meine kleinen Geschwister auf«, bat Strudel.

Die Klonkinder, die das Gespräch sehr genau beobachtet hatten, sahen nun zum mutigen kleinen Simon. Dieser nickte kaum merklich und sie nahmen Formation an. Nesrin voraus. Gerade als sie losgehen wollte, trat der kleine Simon noch mal zu Strudel. Er streckte ihm das Messer hin und deutete auf Nesrin. »Sie hat kein EXO. Mit ihr werden wir auch so fertig. Du brauchst es vielleicht noch.«

Strudel lächelte dankbar. »Pass bitte auch gut auf Nesrin auf.« Er nahm das Messer und steckte es an die dafür vorgesehen Halterung an seinem EXO. »Sie gehört zur Familie.«

Der kleine Simon nickte ernst und trat zurück in die Formation. Strudel drehte sich in die andere Richtung und lief los. Alleine.

Er gab den Code ein. Die Tür öffnete sich. Und ein steriler Geruch, ähnlich wie in der medizinischen Abteilung oder im Krankenhaus schlug ihm entgegen. Von hier konnte er noch nicht viel sehen. Der schmale Gang, der vor ihm lag, weitete sich erst nach einigen Metern zu einem großen Raum. Strudel schlich vorwärts. Schritt für Schritt sah er mehr vom Labor. Auf gewaltigen Tischen waren bösartig glänzende Apparaturen aufgebaut.

Hochleistungscomputer, fremdartige Messinstrumente und große Glasbehälter, die mit einer blubbernden Flüssigkeit gefüllt waren. Brutkästen. Strudel blieb stehen. Brutkästen! Sein Magen fühlte sich ganz flau an. Er wusste, dass er sich unmöglich an die Zeit erinnern konnte, als er in einem solchen eingesperrt gewesen war. Und doch weckte ihr Anblick ein Gefühl der Enge, des Ausgeliefertsein und der Todesangst. Dann schien die Narbe in seiner Handfläche einen Moment in Flammen zu stehen. Und in sein Bewusstsein schob sich das durch Wasser und Glas verzehrte Bild eines verhassten alten Gesichts.

Ein Geräusch holte ihn ins Hier und Jetzt zurück. Ein leises Wimmern. Verzweifelt, wie von einem Kind. Strudel trat einen weiteren Schritt nach vorne und erkannte die Person, obwohl sie mit dem Rücken zu ihm auf einen Stuhl gefesselt war.

Mit einem raschen Blick versicherte er sich, dass sich niemand sonst im Labor aufhielt und die angrenzenden Gänge leer waren. Dann lief er los. »Talion«, wisperte er.

Doch sein Bruder reagierte nicht.

»Talion. Ich bin es«, versuchte er es noch mal.

Als er ihn erreicht hatte, roch er das Blut und den beißenden Angstschweiß. Talion war auf dem Stuhl so weit zusammengesackt, wie es seine an die Metallstreben der Lehne gefesselten Hände zuließen. Sein blondes Haar verdeckte den Großteil seines Gesichts. »Talion?«

Er atmete. Also lebte er.

Behutsam legte Strudel seinem Bruder eine Hand auf die Schulter und schob ihn zurück. Mit der andern Hand stütze er vorsichtig dessen Kopf. Jetzt wünschte er sich, Nesrin wäre noch bei ihm und könnte Talion helfen.

Die Uniform des Abendsterns, die sein Bruder trug, war schwer in Mitleidenschaft gezogen.

Sie war starr vor Schmutz und Blut. Strudel zog das Messer und legte damit vorsichtig Talions Oberkörper frei. Er war kein schöner Anblick. Talions Haut war von Verletzungen übersät. Trotzdem atmete Strudel erleichtert auf. Die Wunden waren ein paar Tage alt. Wenn sie Talion bisher nicht umgebracht hatten, würde sie es auch nicht schaffen, bis Strudel ihn hier herausgebracht hatte.

Doch sie erklärten Talions Zustand nicht. Seine Haut fühlte sich kalt und schweißig an. Einen Moment fürchtete Strudel, er hätte sich mit seiner Einschätzung über Talions körperlichen Zustand getäuscht, dann sah er die Augen seines Bruders. Starr. Leer. Und mit einem Mal wusste er, was mit Talion nicht stimmte. Er war an seinen Ort der größten Angst zurückgekehrt. Er war seinem Balor begegnet. Er war in seinem Albtraum gefangen und das schon für schrecklich lange Zeit. Verzweifelt überlegte Strudel, was ihm selbst geholfen hatte, aus einem derartigen Zustand zu entkommen.

Sachte hob er den Kopf seines Bruders, der wieder auf dessen Brust gesackt war. »Talion?«

Wieder das leise Wimmern, dann drehte Talion den Kopf von Strudel weg. Mit sanfter Gewalt zwang er Talion, ihn wieder anzusehen. »Talion. Ich bin es, dein Bruder Strudel.«

Talion schüttelte leicht den Kopf. Seine Lippen bewegten sich. Doch kein Wort fand den Weg hinaus in die Wirklichkeit.

»Talion! Bitte!« Strudel packte seine Schultern, schüttelte ihn. Talions Kopf kippte von einer Seite zur anderen. Wie bei einer frischen Leiche.

»Nein, Talion! Verdammt! Jetzt sieh mich an!«

»Lassen Sie mich«, murmelte Talion.

»Sie ist nicht hier! Ich bin es! Dein Bruder Strudel. Jetzt schau mich endlich an!« Verzweiflung, Angst und Wut mischten sich in seiner Stimme. »Ich brauche dich!«

Talion blinzelte. »Strudel?«

»Natürlich!«

Talions Blick huschte in Strudels Richtung. »Du bist gekommen.«

»Denkst du vielleicht, ich lass dich hier?«

»Ja«, sagte Talion schwach und Tränen liefen ihm übers Gesicht. »Ich habe dich zurückgelassen. Dich und alle anderen. Alle meine Brüder. Ich habe es nicht verdient, dass du zu mir kommst.«

»Hör auf damit! Du hast mich gerettet. Zweimal! Wenn ich dich gebraucht habe, warst du da! Und jetzt werde ich dasselbe für dich tun. So machen Brüder das!«

Talion sah Strudel zwei Herzschläge lang stumm an. Dann nickte er. Leben war in Talions Augen zurückgekehrt.

Erleichterung durchströmte Strudel. »Jetzt hole ich dich erst mal hier raus.«

Talion zuckte schwach mit seinen Händen. »Viktoria hat den Schlüssel. Sie wollte mich hier krepieren lassen.«

»Du bist wohl noch nicht ganz wach.« Strudel zeigte ihm seine Hände. »Wozu hat Sie mir die Kraft des EXOs gegeben?«

Strudel trat hinter Talion. Er packte die metallenen Handschellen, jede Seite mit einer Hand. Dann atmete er tief ein, konzentrierte sich und riss die Handschelle mit einem kräftigen Ruck in zwei Hälften.

Langsam und mit zusammengebissenen Zähnen nahm Talion die Arme nach vorne. Steif ließ er die Schultergelenke kreisen und obwohl Talion keinen Laut von sich gab, war Strudel klar, dass ihm die Bewegung große Schmerzen bereiten musste. Vermutlich waren seine Arme seit seiner Gefangennahme nach hinten gefesselt gewesen. »Wird es gehen?«

Talion nickte und stand unsicher auf. »Was jetzt?«

»Ich sollte das hier alleine erledigen.«

»Vergiss es.«

»Du bist verletzt.« Gefoltert. Gebrochen.

»Ja und? Scheiß drauf!«

Strudel war froh zu hören, dass Talion zu seiner derben Sprache zurückgefunden hatte.

»Ich lass dich doch jetzt nicht alleine!« Talion klang fest entschlossen, aber er zitterte am ganzen Körper.

Strudel seufzte. Es brachte nichts, es vor seinem Bruder verheimlichen zu wollen. »Ich muss Viktoria gefangen nehmen und sie und ihre Forschung dem Abendstern ausliefern.«

Talion riss den Kopf in Strudels Richtung. Die schnelle Bewegung ließ ihn vor Schmerz zusammenzucken, doch das hielt ihn nicht davon ab, Strudel zornig anzufunkeln. »Spinnst du? Was glaubst du was die dort mit dem Wissen anstellen?«

»Ich weiß«, verteidigte sich Strudel. »Aber es geht nicht anders. Vadim hat alle anderen gefangen genommen.«

Talions Augen verengten sich. »Auch Yunes und Noriko?«

Strudel nickte. »Er tötet sie alle, wenn ich es nicht tue.«

Talion fluchte.

»Ausgezeichnet.« Durch die eiskalte Stimme stellten sich sofort Strudels Nackenhaare auf. Bevor er darüber nachdenken konnte, was das bedeutete, war sein Körper schon in Alarmbereitschaft.

Mit der Geschwindigkeit des EXOs schoss er herum. Und fand sich nur zehn Meter von Viktoria entfernt. Sie hielt eine kleine, fast zierliche Pistole in der Hand. »Glaubst du wirklich, hier in meinem Reich passiert irgendetwas, das ich nicht mitbekomme? Du hast es diesem Bengel doch selbst gesagt, das Auge ist die Schwachstelle.« Sie drückte ab.

Der Knall vibrierte durch das Labor. Talion schrie und versuchte Strudel zu erreichen, doch er war zu langsam. Strudel spürte einen heißen Schmerz an der linken Gesichtshälfte. Er roch Pulver und verbranntes Fleisch. Strudel stolperte einen Schritt zurück. Doch die Kugel tötete ihn nicht. Ob es an Viktorias Schießkünsten lag, oder an Strudels Reflexen, wusste er nicht. Blut lief ihm von der Schläfe ins Auge. »Sie müssen besser zielen, um mich zu töten.«

»Wir Klone sind nicht so leicht umzubringen. Dafür haben Sie gesorgt.« Strudel konnte Talion nicht richtig sehen, er stand in seinem blutverschleierten linken Blickfeld. Den Hass in der Stimme seines Bruders hörte er dafür sehr genau.

»Die Kriegskunst hat mich nie groß interessiert. Meine Waffe ist der Intellekt«, antwortete Viktoria kalt. »Und daran fehlt es dir gewaltig. Was bist du nur für ein dummer kleiner Fehlschlag, Neshamah 49? Denkst, in deinem EXO wärst du sicher.«

»Das wäre ich auch ohne EXO. Diese Waffe hat nur ein Projektil.«

Das war der Moment. Er konnte Viktoria töten. Die Frau, die ihn und all die anderen Klone nur für einen Zweck erschaffen hatte. Dieser Zweck war nicht der Krieg, wie ihm in diesem Moment klar wurde. Der Zweck war, zu beweisen, dass sie es konnte. Dass sie in der Lage war, Leben zu erschaffen. Dass sie klüger und mächtiger war, als alle anderen.

Die Frau, die Simon von hinten erschossen hatte.

Doch er konnte es nicht. Er konnte es nicht, weil er damit seine Freunde zum Tode verurteilt hätte. Er konnte es nicht, weil er nicht mehr morden wollte. Nie mehr.

Und deshalb zögerte er. Gab Viktoria damit Zeit, die andere Hand zu heben. Darin hielt sie etwas, das mehr Ähnlichkeit mit einem medizinischen Gerät, als mit einer Waffe hatte. Er sprintete los. Denn er wusste, sie war nicht gut genug, um ein bewegliches Ziel zu treffen, und sein EXO grenzte den Schussbereich auf ein kleines Ziel ein. Sie würde es nicht schaffen. Doch er irrte sich in einem entscheidenden Punkt. Er war erst zwei Schritte weit gekommen, als sich alles um ihn herum zu verlangsamen schien. Viktoria zielte nicht auf ihn, sondern auf Talion. Strudel warf sich zur Seite, doch der kleine Pfeil, der sich aus dem Gerät löste, schoss wenige Zentimeter an ihm vorbei. Schlitternd kam Strudel zum Stehen. Langsam, wie in einem bösen Traum drehte er sich um. Auch Talion musste mit einem Angriff auf Strudel gerechnet haben. Vielleicht hatten ihn auch seine Verletzungen daran gehindert, auszuweichen. Jedenfalls steckte der kleine Pfeil in seiner

Haut. Strudel sprang zurück zu Talion und riss die lange Nadel aus dem Körper seines Bruders. Ein paar Tropfen silberner Flüssigkeit spritzen auf den Boden.

»Talion?« Strudel wusste nicht genau, was es war, das ihn so in Panik versetzte. »Talion!«

Talions Gesicht war bleich. Er beachtete Strudel nicht, sondern sah Viktoria an. »Ist es das? Edens Glück?«

Viktorias Lachen ähnelte dem Geräusch von Eisplatten, die aneinander kratzten. »Ich nenne es lieber Serum 468. Aber ja, gut erkannt Neshamah 1. So viel Verstand habe ich dir gar nicht zugetraut.«

Sie sah Talion fest mit ihren kalten, silbernen Augen an und drehte den Kopf zur Seite. Obwohl Strudel wusste, dass es nicht geschehen würde, hoffte er inständig, sie würde sich dabei endlich das Genick brechen.

»Hochkonzentrierte Dosis. Dauerhaft. Natürlich habe nur ich Zugriff darauf. Schon in ein paar Sekunden beginnt es zu wirken.« Viktoria drehte ihren Kopf noch ein Stückchen weiter und bohrte ihren Blick so in Talion hinein. »Ich wollte deinen verräterischen Geist eigentlich langsam in den Wahnsinn treiben. Aber manchmal muss man Pläne ändern. Das hat mir die Vergangenheit nur allzu deutlich gezeigt.«

Viktorias faltiges Gesicht verzog sich zu einem Lächeln. Strudel wurde davon eiskalt. »Gleich ist es so weit. Du wirst den Rest deines Lebens genau das tun, was ich von dir verlange. Endlich. Du gehörst mir. Du gehorchst mir. Und das Erste, was du tun wirst, ist diesen elenden Fehlschlag neben dir zu töten.« Viktoria deutete mit ihrem knochigen, krummen Finger auf Strudel.

Strudel wollte losstürmen und Viktoria das elende Lächeln aus dem verhassten Gesicht schlagen. Gerade noch rechtzeitig bemerkte er, dass Talion ihn zurückzuhalten versuchte. Er hatte ihm die zitternde Hand auf die rechte Schulter gelegt. Unter dem EXO konnte er den Griff nicht spüren, deshalb hätte er seinen Bruder beinahe umgerissen. Strudel hielt inne.

»Es ist zu spät. Sie hat es schon ausgesprochen.«

»Nein!«

»Ich werde dich jeden Moment angreifen.«

»Ist mir egal!« Es kostete Strudel alle Beherrschung, Talions Finger behutsam genug von seiner Schulter zu lösen, um ihm nicht die Knochen zu brechen.

»Ich werde dich töten, oder du wirst gezwungen sein, mich zu töten.«

»Mir fällt schon was ein!«

»Nein«.

Strudel spürte eine leichte Berührung am EXO. Er versuchte, das Blut aus seinem Auge zu blinzeln, doch er konnte immer noch nicht richtig sehen, was Talion tat.

»Das ist meine Aufgabe. Nimm es mir nicht übel. So sind große Brüder nun mal.« Die Traurigkeit in Talions Worten brachte Strudel dazu, sich umzudrehen.

Das Messer. Talion hatte ihm das Messer abgenommen. Er hielt es sich an den Hals, schenkte Viktoria sein bestes wahnsinniges Lächeln und schnitt sich die Kehle durch.

Strudel stürzte auf ihn zu. Fing ihn im Fall auf, presste seine Hand auf die klaffende Wunde. Das röchelnde Gurgeln von Talion vermischte sich mit dem kalten Lachen Viktorias. »Das hat nun sogar mich überrascht«, keuchte sie.

Strudel konnte nichts tun. Das Blut seines Bruders quoll warm zwischen seinen Fingern hindurch. Es war zu viel. Viel zu viel. Langsam versiegte der Strom und Strudel wusste, dass mit ihm auch Talions Leben erlosch. Und Viktoria lachte noch immer.

Sanft legte Strudel seinen toten Bruder auf den blutgetränkten Boden. Mit der Hand stieß er dabei gegen etwas Metallenes. Das Messer. Blutiges Messer. Dunkelheit quoll aus seinem Inneren, wie das Blut aus Talion gequollen war. Übermächtig. Todbringend. Strudel packte das Messer. »Sie haben eins vergessen: Jetzt gibt es nichts mehr, was mich davon abhalten kann, sie zu töten.«

Seine Stimme klang rau. Kaum menschlich. Langsam ging er auf Viktoria zu. Sein Griff um den Messerknauf war so fest, dass Metall hart gegen Metall rieb. Es roch nach Feuer.

»Du wirst mich nicht töten«, sagte Viktoria schlicht. »Dazu bist du nicht geschaffen. Ich kenne dich, Neshamah 49, und ich weiß, was du gesagt hast. Du brauchst mich, um diese jämmerlichen Gestalten zu retten, die du für deine Freunde hältst. Treue ist ein wichtiger Bestandteil deines Genoms.«

Strudel packte sie mit der freien Hand so hart am Arm, dass Viktoria das Gesicht vor Schmerz verzog. Trotzdem fügte sie mit einem kalten Glitzern in den Augen hinzu: »Ich habe dich so geschaffen.«

Sie war so überzeugt von ihren Worten. So schrecklich überzeugt. Er hätte so gerne ihr Gesicht gesehen, wenn er ihr die Kehle aufschnitt. So wie Talion es bei sich selbst getan hatte. Um sich davon abzuhalten seinen kleinen Bruder zu töten. Um Strudel zu retten. Talion …

Doch so sehr er es hasste. Viktoria hatte recht. Er durfte sie nicht töten. Er konnte sie nicht töten. Nicht nur, um seine Freunde zu retten. Tief in seinem Inneren wusste er, wenn er der Dunkelheit nun nachgab, würde er für immer in ihr ertrinken. Keiner seiner großen Brüder hätte das gewollt.

Strudel schnitt ihr über die Kniekehle. An beiden Beinen. Sofort brachen Viktoria die Beine weg. Er ließ sie los, um ihren Fall nicht zu bremsen. Dann trat er ihr die Glück-Waffe aus der Hand. Obwohl er bei all dem grob vorging, gab Viktoria weiter keinen Laut des Schmerzes von sich. »Ich wusste es.« Sie lachte schon wieder. Eis krachte auf Eis.

Strudel ließ das Messer fallen. Er musste es, sonst hätte er es vielleicht doch noch zu Ende gebracht.

Stattdessen hob er das Gerät auf, mit dem sie auf Talion geschossen hatte.

Nun trat das erste Mal so etwas wie Sorge in die silbernen Augen. »Was tust du da?«

»Ich werde ihre Forschung zerstören. Sie sind ein egoistisches Monster. Sie haben sie sicher mit niemandem geteilt. Alles ist hier.«

Viktorias sorgenvoller, fast liebevoller Blick zu ihren Geräten bestätigte seine Vermutung. Strudel lächelte. »Ich werde alles zerstören.«

»Sie werden deine Freunde töten, wenn du meine Forschung nicht mitbringst.«

»Ich konnte die Forschungen nicht retten. Schließlich haben sie EXO-Trägern befohlen, hier alles zu vernichten. Code 6.«

»Aber ich werde ihnen sagen, dass …« Die alte Frau brach ab und das erste Mal sah er Angst in ihren Eisaugen.

»Sie werden überhaupt nichts mehr sagen. Nie mehr.« Strudel schoss den kleinen Pfeil ab. Viktoria versuchte zu entkommen und wand sich dabei wie eine besonders schrumpelige Made auf dem Boden. Der Pfeil fand trotzdem sein Ziel. Natürlich. Schließlich war Strudel ein sorgfältig ausgebildeter Elitesoldat.

»Gleich ist es so weit. Du gehörst mir. Du gehorchst mir.« Strudel spürte, wie er zu zittern begann, während er die Worte sprach. »Du wirst nie wieder ein Wort sprechen.«

Viktoria schüttelte ungläubig den Kopf.

»Du wirst nicht schreiben oder dich sonst irgendwie verständlich machen.«

»Nein«, flüsterte Viktoria.

»Du wirst nicht mehr forschen. Nicht mal in Gedanken.«

Viktoria zuckte zusammen, als hätte Strudel sie geschlagen.

»Du wirst eingeschlossen sein in deinem eigenen Kopf. Begraben, mit deinem Wahnsinn.«

»Das kannst du nicht machen! Sie wollten mich! Meine Forschungen! Meinen Intellekt. Wenn du mich so zurichtest …«

»Warum ich?«, unterbrach Strudel sie scharf. »Das hast du selbst getan. Damit du nicht dem Feind in die Hände fällst.« Damit ging Strudel auf die Labor Apparaturen zu. Als Erstes zerschlug er die Brutkästen.

Viktoria stöhnte hinter ihm. »Hast du eine Ahnung, was das kostet?«

Strudel ging weiter, hieb auf die Messinstrumente ein.

»Du zerstörst hier die Zukunft! Die Zukunft der Menschheit!«

»So eine Zukunft brauchen wir nicht!«, brüllte Strudel und räumte mit einem gewaltigen Hieb den nächsten Tisch ab. Statt auf Viktoria prügelte er auf ihre Arbeit ein. Auf das, was ihr wichtiger war, als jedes menschliche Leben. Er zerschlug Tisch für Tisch.

Viktoria schrie hinter ihm, doch dann verstummte sie plötzlich. Strudels Befehl wirkte. Ihre eigene grausame Erfindung. Die sie an Adrian getestet hatte. Adrian, der deshalb seine beste Freundin Jana ermordete. Strudel war an den Computern angekommen, dem letzten, was im Labor noch stand. All die Leben, die für diese Arbeit zerstört wurden. Sein Trupp. Elias, Tian, Yaro, Adrian, Jana, Lauris, Simon. Bei jedem Namen schlug Strudel zu. Zertrümmerte Bildschirme, Rechner, riss Festplatten heraus und verarbeitete alles zu Elektroschrott. All die Klone, die gestorben waren. All seine unbekannten Brüder. Und Talion. Talion! Strudel schlug zu. Achtete nicht auf seine blutenden Hände. Schlug weiter und weiter.

Als sie ihn fanden, schlug er immer noch auf die inzwischen unrettbar zerstörten Computer ein.

Es musste ein anderer EXO-Träger sein, der ihn wegzerrte. So groß war die Kraft. Er hatte mit seiner Selbstbeherrschung auch seinen Plan verloren. Sie hatten es gesehen. Dass er es war. Dass er alles zerstört hatte. Und damit hatte er seine Freunde zum Tode verurteilt.

Strudel versuchte, sich zu befreien.

Kämpfte.

Schrie alles hinaus.

Seine Angst.
Seine Wut.
Seinen Schmerz.

Da erklang eine unendlich traurige Melodie. Sie drang durch all die Dunkelheit. Warme Finger schlossen sich um seine EXO-bewährten Hände. Das Lied verstummte. »Ist schon gut, Strudel. Du kannst aufhören zu kämpfen.« Die sanfte Stimme ließ Strudel innehalten. Er sah auf. Es waren keine Lichtbringer, die ihn gefunden hatten. Auch keine Abendsterne. Sondern Roberta, Mel und Nesrin.

Roberta ließ ihn los.

»Die Anderen?« Noch nie hatte er sich vor einer Antwort so gefürchtet.

»Es geht ihnen gut«, sagte Mel rasch.

»Wie?«, frage Strudel verwirrt.

»Dafür ist später noch genug Zeit«, sagte Mel.

»Ich habe euch nicht verraten.«

»Natürlich nicht. Das wissen wir alle.«

»Auch Finan?«

»Besonders Finan. Er hat das nur getan, um dich vor Vadim zu schützen. Dir das anzutun, hätte ihn fast umgebracht.«

»Bei Eden!« Nesrins Blick wanderte durch das Labor. Von der starr auf dem Boden kauernden Viktoria zu Talions Leichnam in der großen Blutlache und weiter zu Strudels Verletzungen. »Was ist bloß passiert?«

Strudel konnte es nicht erzählen. Noch nicht. Er wollte einfach nur weg. Weg von Tod und Leid und Krieg.

Hände packten sie.
Sie wollte das nicht.
Sie wand sich.

Die Hände schlossen sich fester.

Es gab kein Entkommen.

Viktoria schrie.

Doch die silbernen Fesseln hielten ihre Schreie gefangen. Ihre Gedanken.

Kein Entkommen.

Ihre Genialität war dahin.

Sie war ein Nichts.

Klein.

Bedeutungslos.

EPILOG

Seine Hand lag in ihrer. Warm und sicher. Mit Mel zusammen stand Strudel vor zwei weißen Grabsteinen. Schon als Kind hatte sich Strudel einen Ort gewünscht, an dem seine toten Truppmitglieder Frieden finden konnten. Einen solchen Ort hatte Strudel nun geschaffen. Und heute, am ›Tag der Erinnerung‹ hatten sie ihn eingeweiht. Jeder weiße Stein stand für einen Freund, der in der Grausamkeit des Krieges sein Leben lassen musste. Talions und Simons Steine hatte Strudel nebeneinander aufgestellt.

Während sie auf die Gräber sahen, begann Mel die traurige leise Melodie zu summen, die Strudel zurück aus der Dunkelheit geführt hatte. Endlich konnten sie beide um ihre Brüder trauern. Die Musik berührte etwas in Strudels Innerem. Eine alte eitrige Wunde. Und er spürte wieder, wie die Dunkelheit aus ihr herausgezogen wurde wie Gift. Es war schmerzhaft. Doch es musste sein. Jeden Tag ein wenig mehr. »Nichts ist so stark wie die Sanftheit«, las er den Spruch, der auf den Grabsteinen geschrieben stand. Mel sah ihn mit ihren warmen, braunen Augen an und vervollständigte: »Und nichts ist so sanft wie wahre Stärke.«

Vadim war wenige Stunden, nachdem Strudel ihn zuletzt gesehen hatte, von Attentätern ermordet worden. Angeblich von den Lichtbringern, doch da stritten sich die Gerüchte. Die neue Ratsvorsitzende, unter deren Aufsicht Strudels Freunde in 67 standen, ließ die Gefangenen frei. Sie sagte, sie schulde es Strudel für das

Leben ihres Sohnes. Einzige Bedingung: Sie sollten nie mehr nach 67 zurückkehren. Diese Bedingung erfüllten sie gerne. Denn der Krieg zwischen Abendstern und Lichtbringer ging weiter, genau wie Finan vorhergesehen hatte.

Die neue Kuppel lag weit genug von Eden und 67 entfernt, um zumindest fürs Erste vor deren Krieg sicher zu sein. Und doch nah genug, dass diejenigen, die Frieden suchten, ihn hier finden konnten. Und sie kamen. Egal ob aus Eden, 67 oder dem Ödland. Natürlich konnten sie ihren Standort nicht allzu laut in die Welt hinausschreien. Zu groß war die Gefahr, sich zum Ziel eines neuen Eroberungskriegs zu machen. Doch sie hatten andere Möglichkeiten. Aufseiten der Lichtbringer hatte Clausewitz ein geheimes Fluchtnetzwerk aufgebaut. So hatten viele von Strudels ehemaligen Kameraden aus der Akademie und zahlreiche Klone ihren Weg hier her gefunden. Beim Abendstern koordinierte Yunes, indem er seine weitläufigen Beziehungen einsetzte, alle die dem Krieg den Rücken kehren wollten. Und die Verlorenen hatten ihr ganz eigenes Nachrichtennetz.

Insgesamt waren sie so viele geworden, dass sie inzwischen schon an Plänen für die Besiedlung einer zweiten Kuppel arbeiteten.

Finan räusperte sich hinter ihnen. Im schimmernden Gewand des EXOs trat er einen Schritt näher. »Für Simon passt das ja wirklich gut. Aber Talion?«

Strudel drehte sich zu seinem Freund um. Der Tag im Labor lag nun genau ein Jahr zurück. Seitdem hatte er selbst das EXO nicht mehr getragen. Es gehörte nun Finan, gehörte fast genauso zu seinem Körper wie der Handcom, für den Strudel die linke Hand des EXOs extra etwas umgebaut hatte.

Strudel zuckte mit den Schultern. »Talion hätte sich über jeden Spruch lustig gemacht, den wir für ihn aussuchen.«

Finan lächelte. Das tat er noch immer nicht oft. Carolines Verrat hatte ihn schwer getroffen. Er hatte es sich immer noch nicht verziehen, dass er sie erschossen hatte. Obwohl es die einzige Möglichkeit gewesen war, Strudel zu retten und somit allen

Verschwörern wenigstens eine winzige Überlebenschance zu sichern. Alle Argumente änderte nichts daran, dass er die Frau erschossen hatte, die er liebte. Eine Zeit lang hatte Strudel befürchtet, Finan würde an seiner Tat zerbrechen.

Dann hatte Nesrin ihnen vorgeschlagen, gemeinsam unter ihrer Anleitung etwas auszuprobieren, das sie ›Gesprächstherapie‹ nannte. Es half. Doch vor allem seit Finan eine neue Aufgabe hatte, fand er langsam zu seinem alten Ich zurück.

Schon wenige Wochen nach der Besiedlung der neuen Kuppel waren die Rufe nach einem Anführer laut geworden. Die Leute wollten jemanden, der das Sagen hatte. Der Teil ihrer damals noch bescheidenen Bevölkerung aus Kuppel 67, hatte Yunes vorgeschlagen. Der hatte allerdings dankend abgelehnt. Wie er Strudel im Vertrauen verraten hatte, fürchtete er, wie sein Vater zu werden, wenn man ihm die Macht dazu gab. Und so war Finan zum ersten Präsidenten der neuen Kuppel gewählt worden.

»Das stimmt«, sagte Yunes, der nun auch ein Stück näher kam, die kichernde Noriko auf dem Arm. »Talion wäre nur wichtig gewesen, dass ein Name auf dem Stein steht. Keine Nummer.«

»Wir sollten nicht mehr ewig hier rumstehen«, sagte Canina. Sie und Nesrin hatten die unliebsame Aufgabe übernommen, während des kurzen Gedenkfestes auf die Klonkinder aufzupassen. Das war leichter gesagt, als getan. Es hatte Monate gedauert, doch dann war aus den traumatisierten kleinen Soldaten eine unzähmbare Bande fröhlicher Kinder geworden.

Und so schaffte es Nesrin nicht, den ehemaligen Anführer der Kinder aufzuhalten. »Bruder!« Die türkisen Augen des Jungen strahlten Strudel entgegen.

»Hallo Sam«, grüßte Strudel.

Sam hatte sich seinen Namen selbst ausgesucht. In einem Verfahren, für das sich der Begriff Talion-Tradition etabliert hatte, taten das alle nummerierten Klone, die in ihre neue Kuppel kamen.

»Wo ist denn Lya? Warum muss sie nicht hier rumstehen?«

»Lya, Isabella und die Anderen arbeiten an der Kuppel. Du weißt doch, wir sind noch lange nicht fertig.«

»Gehst du später auch noch?«

Strudel nickte. Er half, wann immer er konnte. Es gab ständig etwas zu tun. Aber tatsächlich war die Kuppel in keinem so schlechten Zustand, wie sie zunächst befürchtet hatten. Die gröbsten Probleme ließen sich relativ schnell beseitigen. Lya stellte sogar die Vermutung an, dass die Kuppel größtenteils absichtlich manipuliert worden war, um sie als Lebensraum zu zerstören. Strudel hatte nicht verstanden, warum man so etwas tun sollte. Doch Finan wusste es. »Es ist viel leichter, Menschen zu kontrollieren, wenn man in ihrer Nähe ist. Von den ursprünglich über hundert Kuppeln haben sich viele eigenständig entwickelt. Das war VENUS bestimmt nicht recht«, hatte Finan vermutet.

Sam setzte sein strahlendes Lächeln auf. »Nimmst du uns mit?«

Strudel zögerte.

»Du hast uns versprochen, dass wir mal mitkommen dürfen!«

»Also gut«, lenkte Strudel ein.

Sam sprang triumphierend in die Luft und rannte zurück zu den Anderen, um ihnen die frohe Kunde zu überbringen.

Sam und die anderen Kinder wussten nicht, was für eine wichtige Rolle sie bei der Besiedlung spielten. Die wöchentlichen Bluttests fanden sie nervig. Strudel hatte trotzdem darauf bestanden, ihnen nichts zu verraten.

Suchend ließ Strudel den Blick schweifen und fand den richtigen Stein. Am Tag der Dämmerung hatte Canina Kos tot in seinem Labor gefunden. Neben ihm lag ein hastig von Kos hingekritzelter Zettel mit dem Satz: »Habe meine Aufgabe erfüllt. Bin nach Hause gegangen.« Niemand beim Abendstern kümmerte sich darum, herauszufinden, wie er gestorben war. Alle waren viel zu beschäftigt. Und so blieb es ein Rätsel, ob er sich die tödliche Injektion selbst gesetzt hatte oder wegen seiner Forschungen getötet worden war. Wie auch immer es gewesen war, er hatte zuvor dafür gesorgt, dass seine neuesten Ergebnisse auf Caninas DIMMTA übertragen wurden. Kos hatte herausgefunden, dass Klone immun gegen den Frost waren und somit der Schlüssel zu dessen Heilung. Dieses Wissen hatte Canina nur mit Nesrin, Finan und Strudel geteilt und sie hatten beschlossen, es geheim zu halten. Zu groß war ihre Sorge, die Klone könnten sonst als Rohstoff für ein Heilmittel missbraucht werden. Strudel hatte nicht einmal Mel davon erzählt und so wusste sie nicht, dass das Mittel, das sie vom Frost befreit hatte, aus Strudels Blut gewonnen worden war.

Yunes holte Strudel zurück aus seinen Gedanken. »Hast du dich entschieden? Die Leute fragen danach. Wie wollen wir unsere Kuppel nennen?«

Aus irgendeinem Grund waren sich alle einig gewesen, dass Strudel den Namen für die Kuppel wählen sollte. Der ›Tag der Erinnerung‹ war gleichzeitig als Namenstag der Kuppel ausgewählt worden.

Strudel sah hinauf zu dem sicheren Dach über ihnen. Irgendwann würden noch viele weitere Kuppeln hinzukommen. Mit viel Glück konnten sie sogar eines Tages wieder außerhalb leben. Doch bis dahin würde hier ihre neue Heimat sein. Er hatte lange darüber nachgedacht. Und schließlich den einzig passenden Namen gewählt.

Strudel lächelte. »Wir nennen sie Frieden.«

ENDE

DANKSAGUNG

Es war ein langer Weg zu diesem Ende. Ein Weg, den ich alleine nicht hätte gehen können.

Mein erster Dank gilt meiner Familie.

Sowohl der Familie, in die ich hineingeboren wurde, bestehend aus meinen Eltern, der besten Schwester der Welt und meinen Großeltern.

Wie auch der, die ich mir selbst gewählt habe. Dazu gehören meine Freunde und mein Mann.

Danke, dass ihr immer für mich da seid. An guten, wie an schlechten Tagen. Ihr wisst, an diesem Punkt gleichen Strudel und ich uns sehr: Ihr seid unser Licht, unsere Hoffnung, unser Frieden.

Als Nächstes möchte ich Euch danken. Euch, die ihr so lange gewartet habt und trotzdem nicht das Interesse verloren habt. Euch, die ihr mich immer wieder motiviert habt, weiter zu machen. Ohne euch LeserInnen wären wir Autoren verloren. Deshalb vielen Dank für eure Geduld und fürs Lesen dieser Geschichte.

Ein großer Dank geht an meine großartige Testleserarmee: Anna, Kathrin, Pati, Alex, Edwin, Petra, Michi, Philip, Isi, Steffen, Erik, Chrissy, Rebecca, Sandra, Susanne und natürlich Saskia.

Ohne Euch wäre dieses Buch nie das geworden, was es jetzt ist. Jeder Hinweis, jede Notiz, jeder Smiley von Euch lässt mich zu einer besseren Schriftstellerin werden. Danke.

Nicht vergessen werden dürfen die Helferlein für die ›kleinen Alltäglichkeiten‹: Die Mitglieder vom ›Offenem Münchner

Autorenstammtisch‹ zum Beispiel, die immer ein offenes Ohr haben. Der Fotograf Bernd Volz, den nicht mal eine Schulterverletzung davon abhalten kann, großartige Bilder zu schießen. Meine persönliche Expertin für Buchhaltung, die mir hilft, den Überblick ins Chaos zu bringen. Oder meine Spezialistin für Rechtschreibung und Genderfragen, der einfach nichts entgeht. Und natürlich die wahnsinnig tollen Buchbloggerinnen und Buchblogger, die mir helfen, die Welt auf meine Geschichten aufmerksam machen.

Ein besonderer Dank geht an den Legionarion Verlag.

Allen voran, an meine Verlegerin Annett, die einen fantastischen Job macht und immer für ihren magischen ›Hühnerstall‹ voller AutorInnen da ist, sowie an Antonio, der mit seinem wunderbaren Talent für mich zaubert und meine Romane in ihr grandioses Gewand gekleidet hat.

Ich freue mich riesig, mit Euch diese Reise fortzusetzen und bin mir sicher, dass wir gemeinsam jeden Drachen, der sich uns in den Weg stellt, zähmen werden.

Danke, dass ihr mir diese Chance gegeben habt und ich ein Teil eurer großen kuscheligen Familie sein darf.

Und zuletzt ein Dank, der eher eine Bitte ist. Gerichtet an jeden, dem dieses Buch gewidmet ist. An alle Ronjas dieser Welt.

Danke, dass ihr weiterkämpft. Danke, dass ihr an euch selbst glaubt.

Lasst Euch von so etwas Unwichtigem wie Rechtschreibung nicht von Euren Träumen abhalten. Denn Eure Legasthenie ist keine Schwäche. Im Gegenteil: Sie kann Eure größte Stärke werden. Und selbst wenn die ganze Welt das anders sieht. Dann irrt sich die Welt.

LEGIONARION

Sabrina Wolv
Nummer 365
Lichtbringer

ISBN: 978-3-96937-006-3

»Das hier ist die Akademie. Dein neues Zuhause. Du kannst dich geehrt fühlen, Soldat. Von heute an gehörst du zu den Lichtbringern.« Strudel fühlte sich nicht geehrt, Strudel hatte Angst.
Als der sechsjährige Strudel seinen tyrannischen Onkel tötet, wird er von den Lichtbringern – den uneingeschränkten Herrschern des Lebenserhaltungssystems Eden – in die Akademie gebracht. Dort sollen er und zweihundert andere Kinder in einem tödlichen Training zu Soldaten ausgebildet werden. Gemeinsam mit seinen Freunden Simon und Finan muss Strudel fortan ums Überleben kämpfen. Doch welches Ziel verfolgen die Lichtbringer, und was verbirgt sich hinter »Projekt Neshamah«?
Kann Strudel seine Vergangenheit hinter sich lassen?
Kann er seine Freunde retten?
Wird er überleben?